巫

신비소설

무

5 / 죽은 자가 깨어나는 밤

문성실 장편소설

巫

신비
소설

무

5 죽은 자가
깨어나는
밤

달빛정원

巫

신비
소설

무
5

차례

제 1 화

어머니,
그리운 나의 어머니

1

이른 아침 푸르른 물기를 한껏 머금은 이슬이 수풀 가득 내려 앉았다. 숲을 가득 메운 갈나무와 소나무 가지 끝에는 찬란한 보석보다 더 맑고 구슬보다 더 영롱한 이슬이 아침을 열었다. 가지 끝에 매달린 이슬방울이 수풀 사이로 채 떨어지기도 전에 천신의 암자에서는 날카로운 기합 소리가 들려왔다.

"으협!"

"이야압!"

힘차게 소리치며 제 키만 한 나무 막대를 들고 허공을 가르며 달리는 것은 이마 가득 송골송골 구슬땀이 맺힌 낙빈이었다. 낙빈은 늘 그렇듯 하얀 한복을 입고 막대를 두 손으로 단단히 든 채 어느 때보다도 매섭고 힘찬 눈초리로 정면을 노려보았다. 낙빈의 막대가 가리키는 곳에는 회색 승복을 입은 정현이 회초리만 한 늘참나무 막대를 들고 서 있었다. 정현은 이른 아침인데도 춥지 않은지 회색 승복 바지만 입고 웃통을 벗은 채 서 있었다. 아무것도 입지 않았는데도 오랫동안 단련된 구릿빛 피부가 갑옷보다 더 단단해 보였다.

"낙빈아, 네가 손에 든 것은 유일무이한 일검—劍이다. 일검의 공격이 들어가면 그 순간이 절체절명의 허점이 되고 만다. 그러니 단 일검으로 상대를 제압하지 못했다면 내지르는 동시에 상대편의 공격에 대한 방어를 준비해야만 해."

낙빈의 공격을 막으며 뒤로 훌쩍 물러섰던 정현은 낙빈의 공격이 끝나자마자 한 바퀴 빙그르르 돌아 낙빈의 다리 아래쪽을 향해 일획을 그었다.

"허엽!"

"이얍!"

낙빈은 정강이로 날아오는 정현의 막대를 향해 목검을 반듯이 세워 십자 모양으로 막아냈다. 그러고는 재빨리 뒤편으로 훌쩍 물러섰다. 두어 발 물러서서 정현과 눈을 맞춘 낙빈은 언제라도 공격과 방어를 행할 완벽한 준비를 하고 있었다.

"좋았어! 이번엔 정말 잘했다."

정현은 공격과 동시에 방어, 다시 방어와 동시에 공격을 준비하면서 매서운 눈으로 자신을 바라보는 낙빈에게 싱긋 미소를 머금었다. 낙빈은 솜과 같은 아이였다. 무골武骨을 타고나 무술에 인생을 걸어야 하는 정현만큼이나 몸 쓰는 방법이 영특했다. 낙빈은 정현이 가르치는 것들을 보송보송한 솜이 물을 빨아들이듯 쑤욱쑥 잘도 받아들였다.

특히 대무신제大武神帝를 받은 이후로 낙빈의 검술 실력은 눈에 띄게 도약하고 있었다. 검을 드는 순간 자신도 모르게 낙빈의 무의식 저편에 가라앉은 그 용맹한 무신武神의 본능이 꿈틀거렸다. 고대로부터 무왕武王으로 칭송받은 대무신제 무휼의 눈빛이 번뜩이는 것이다.

신마 거루의 영혼이 담긴 일월신령日月神鈴을 받은 뒤로 낙빈은 대무신제를 부르고 그의 힘을 빌려 사용하는 것이 어렵지 않게 되었다. 대무신제는 오랜 벗 거루를 만나게 해준 대가로 낙빈에게 강신하겠다는 약속을 이행했다. 낙빈에게 이것은 보통 일이 아니었다. 대무신제와 거루는 물론 대무신제 아래에 있는 모든 신을 운용하게 되었다는 의미였다. 때문에 낙빈은 더더욱 게으름을 피울 수가 없었다. 그 모든 신을 한꺼번에 받고 탈이 나지 않으려면 더욱더 스스로를 단련하고 수련해야 했다.

하지만 낙빈의 놀라운 성장 속도에는 숨겨진 이유가 하나 더 있었다. 가슴이 벅찰 만큼 두근거리는 천신 스승의 약속이 있은 후로 낙빈의 성장은 더더욱 눈에 띄게 빨라졌다.

천신의 약속. 그것은 바로 잠시 동안이라도 어머니를 만나게 해준다는 것이었다. 어머니를 만날 수 있다는 말 한마디에 낙빈은 날아갈 듯 기쁘고 들뜬 마음을 모아 온 힘을 다해 수련했다.

어머니를 만나면 너무나 할 말이 많았다. 낙빈은 상상하지도 못했던 많은 사건을 경험했다. 그리고 그때마다 작은 힘을 보태고 조금씩 성장했다. 태어나 처음으로 비행기도 타보았고, 중국 소호산에서 대무신제의 팔주령도 받았다. 자랑하고 싶은 형과 누나도 생겼다. 그동안 어머니에게 할 말이 산더미처럼 쌓였다.

낙빈은 뱃가죽이 쪼르륵 피리를 불어댈 때까지 수련했다. 낙빈과 정현이 새벽 수련을 마치고 돌아오면 정희가 지어놓은 따끈한 밥이 그들을 기다리고 있었다.

아담한 암자의 대청마루에 오손도손 둘러앉아 두런두런 이야기꽃을 피우는 아침 식사 시간에 누구보다도 싱글벙글 입이 벌어져서 너끈히 서너 그릇을 비워대는 것은 당연히 낙빈이었다. 어머니를 만나게 된다는 사실만으로도 무엇을 먹든 솜사탕처럼 입 안에서 살살 녹아내리는 기분이었다.

"내일이지? 어머니 만나뵈러 가는 게."

밥 한 공기를 뚝딱 해치우고 다시 머슴밥을 산만큼 푸는 낙빈을 보며 정희가 물었다.

"네, 헤헤…… 에헤헤헤……."

낙빈은 내일이라는 말을 듣는 것만으로도 더없이 기분이 좋아져서 바보같이 실실 웃음을 흘렸다.

"하이고, 자식. 그렇게 좋으냐?"

승덕이 '꽁' 하고 알밤을 놓아도 마냥 웃음만 나왔다.

"자식!"

승덕은 낙빈이 좋아하는 모습을 보며 얼마 전까지만 해도 풀이 죽어 있던 낙빈의 얼굴을 떠올렸다. 중국을 다녀온 후로 낙빈은 몹시도 어머니를 그리워했다. 몇천 년 만에 상봉한 절친한 벗 대무신제와 신마 거루의 모습을 보았기 때문일까. 어린 낙빈의 꿈속에 부쩍 어머니가 자주 나타났다. 새벽 잠결에 "어머니, 어머니" 하며 눈물짓는 낙빈을 지켜보던 승덕은 어른인 척하지만 그저 어린아이일 뿐인 낙빈의 속을 누구보다 잘 알고 있었다.

중국에서 돌아온 지 얼마 안 된 어느 날이었다. 여느 때처럼 책무덤에 싸여 새벽을 꼴딱 넘기던 승덕의 옆에서 쿨쿨 잠든 낙빈이 커다란 소리로 잠꼬대를 시작했다.

"어머니…… 어머니……."

승덕은 며칠째 잠꼬대를 해대는 낙빈의 얼굴을 딱한 표정으로 바라보았다. 나이 든 승덕도 부모님과 동생 승미를 먼저 떠나보내고 벌써 몇 년이 흘렀어도 불쑥불쑥 그들 생각에 가슴 아픈데 어린 낙빈이 말은 하지 않아도 얼마나 맘이 허전할까 싶었다.

"흐음."

승덕은 작게 한숨을 내쉬며 낙빈의 동그란 얼굴을 바라보았다. 어머니를 부르는 낙빈의 긴 속눈썹 사이엔 보일 듯 말 듯 물기가 어려 있었다. 새근새근 잠든 소년의 얼굴은 모진 운명을 타고났다고는 믿기지 않을 만큼 다른 아이들과 다를 바가 없었다.

"사내 녀석이 속눈썹은 참 기네."

박수무당이니, 신인神人이니 하는 이름은 어린 꼬마의 얼굴에 새겨져 있지 않았다. 언젠가 남해 외딴섬의 모모 님이 예언했듯 이 인류의 최후가 이 작은 아이의 손에 달렸을지도 모르고, 사람들이 떠들어대듯 이 아이가 진인眞人이나 미륵불일지도 모른다. 하지만 이 순간만은 낙빈도 그저 어린 소년일 뿐이다. 공부를 잘하는 사람이 있는가 하면, 그림을 잘 그리거나 운동을 잘하는 사람이 있다. 누구는 남의 말을 잘 들어주는 재주가 있고, 누구는 앞에 나서기를 좋아한다. 각기 다른 세상사 속에서 낙빈 역시 남들과 조금 다른 능력을 가지고 있을 뿐, 그 외에 다를 것 하나 없는 어린 소년이다. 승덕은 이처럼 어린 녀석이 어머니랑 떨어져서 생판 모르는 타인들과 잘 지내는 것만도 참으로 용한데, 커다란 인생의 짐까지 어깨에 지고 하루하루를 살아가는 것이 얼마나 힘들까, 살붙이가 얼마나 그리울까 싶었다.

바로 그날 승덕은 아직도 젖살이 통통한 낙빈의 볼을 쓰윽 쓰다듬으며 천신 스승에게 낙빈의 귀향에 대해 한번 이야기해봐야겠다고 마음먹었다.

2

검은 도복을 입은 천신과 하얀 한복을 입은 낙빈은 서로 완벽하게 대비되는 모습이었다. 우선은 온몸을 감싼 옷가지가 달랐다. 목부터 발끝까지 모든 색을 삼킬 듯한 검은색 두루마기를 길게 입은 천신의 복장도 특이했지만 어린아이가 하얀 한복을 익숙하게 입고 다니는 모습도 독특했다.

천신의 희끗희끗한 머리털은 윤기 없이 거칠한 반면 어린 낙빈은 반짝반짝 빛이 나는 까만 머릿결이었다. 무언가 어울리는 듯 어울리지 않는 두 사람이 손을 잡고 천천히 산길을 걷는 모습을 사람들마다 신기한 듯 고개를 돌려 쳐다보았다.

사람들이 쳐다보거나 말거나 천신과 함께 걷는 낙빈의 걸음걸이는 마치 구름 위를 걷는 것처럼 더없이 경쾌했다. 눈에 익은 시골 마을에 도착한 낙빈은 산 중턱을 향해 걸음을 옮겼다. 낙빈의 눈에는 길바닥을 구르는 돌멩이 하나도, 길가에 뻗은 노송 한 그루도 예사로 보이질 않았다.

등에 단단히 멘 보자기 속에는 대무신제의 일월신령을 담고 머릿속에는 이야기보따리를 한가득 안은 낙빈의 눈에 드디어 저 멀리 너무나도 낯익은 황토 너와집이 눈에 들어왔다. 그때부터 낙빈의 심장은 쿵쾅쿵쾅 요동치기 시작했다.

산마루 중턱에 있는 작은 너와집은 지은 지 꽤 오래된 낡은 것이었다. 갈나무, 전나무, 소나무 밑동으로 만든 투박한 널빤지가 촘촘히 짜 맞춰진 지붕은 주변의 진한 고동빛 나무색과 같았고 너와집을 지탱하는 황토벽은 좀 더 누런빛이었다. 두 식구가 살기에 적당히 단출한 너와집은 시끄러운 세상사와 동떨어진 듯 참으로 고요하고 적막했다.

조금 더 산을 오르자 대문 앞에 흰색 한복을 입은 여인이 다소곳이 두 손을 모으고 서 있는 모습이 눈에 들어왔다. 언제부터 그렇게 서 있었는지 상상이 되지 않을 정도로 정갈하게 미동도 없이 서 있는 여인은 꿈에도 그리던 어머니였다.

"어머니!"

그 모습을 보는 순간 낙빈은 여인을 향해 정신없이 내달렸다.

"어머니이!"

어머니의 모습을 보는 순간 낙빈은 한없이 어리광쟁이가 되고 싶었다. 어머니의 너른 치마폭에 휩싸여 아무것도 모르는 작은 갓난쟁이가 되고 싶었다.

"어머니, 어머니이……."

어머니의 부드러운 흰 소복 자락에 하염없이 볼을 비비고 또 비비며 뒹굴고 싶었다.

"왔느냐."

어머니는 치마폭에 감겨 떨어질 줄 모르는 어린 아들의 양어깨를 감쌌다. 그러고는 훌쩍 커버린 아들의 볼을 감싸고 두 눈으로 지그시 바라보았다.

"그새 많이 컸구나."

어머니의 맑은 눈은 반짝이는 아들의 얼굴에서 그동안의 아픔과 고생, 그리고 그리움의 자국을 낱낱이 읽을 수 있었다.

"어머니……."

어린 아들은 이게 꿈인지 생신지 분간이 되지 않아 연신 어머니와 얼굴을 마주하고 눈을 맞추려 했다. 혹시라도 매일 꾸는 허망한 꿈일까봐 어머니의 볼을 쓰다듬었다. 그사이 푹 꺼진 마른 볼이 낙빈의 두 손에 생생히 느껴졌다. 혹시 이 모든 것이 한낱 백일몽일지라도 아들은 그저 어머니의 얼굴을 두 눈에 가득 담고 싶었다.

천신은 반가워하는 어머니와 아들을 보며 한참을 기다렸다. 모자가 서로를 얼마나 그리워하고 있었는지 눈빛만 보아도 충분히 짐작할 수 있었다. 어머니의 품에서 떨어질 줄 모르는 낙빈뿐 아니라 애써 감정을 숨기려 애쓰는 낙빈 어머니의 모습에서도 그 그리움이 쏟아질 듯 느껴졌다. 이렇게 너무나도 서로를 아끼는 모자가 생으로 떨어져 있다가 재회하는 것을 보니 가슴 한편이 시렸다.

낙빈 어머니는 자꾸만 품을 헤집고 들어오는 낙빈을 살며시 밀치며 아이의 뒤에 서서 그들을 바라보는 천신을 향해 머리를 숙였다.

"어찌 이리 누추한 곳까지 오셨습니까."

천신 역시 합장하며 고개를 숙였다.

"우리 모두 참으로 질긴 인연인가 봅니다."

천신은 보일 듯 말 듯 엷은 미소를 지으며 낙빈 어머니를 마주했다.

"너무나 오랜만입니다. '그 사람' 신방神房에 향이라도 피우고 싶습니다. 신방이 어딥니까?"

"……저 왼쪽 끝입니다."

낙빈은 어머니의 치마폭에 매달려 천신을 바라보았다. 스승이 말하는 '그 사람'이 누구인지 낙빈도 알 것 같았다. 어머니는 두 눈을 가만히 내리깔고는 가장 깊은 골방을 가리켰다.

그곳은 그녀가 모시고 있는 신들의 신방이 아닌, 그보다 안쪽에 깊숙이 자리한 아주 작은 방이었다. 낙빈은 그곳에 아버지를 모셔두었다는 것도 오늘에야 알았다.

"너도 도사님과 함께 인사드리고 오너라."

낙빈도 천신을 따라 끝자락에 있는 작고 어두운 방으로 들어섰다. 벽에 걸린 시렁마다 아무것도 없이 텅 빈 작은 방에는 다만 짙은 갈색 소반만 쓸쓸히 놓여 있었다. 소반 위에는 모래흙이 소복이 담긴 작은 항아리와 작은 나무 상자가 놓여 있었다.

사진 한 장 없이, 그림 한 폭 없이 쓸쓸한 신방이었다. 작은 항아리에 소복이 쌓인 흙 위로 길고 까만 향불 하나만 방을 밝히고 있었다.

낙빈은 텅 빈 시렁을 바라보며 눈앞에 있는 작은 나무 상자 외에는 아버지의 흔적이 하나도 없다는 걸 깨달았다. 허탈할 정도로 남은 것이 없는 아버지의 흔적 사이로 오늘 아침에도 어머니가 손수 꺾어놓았을 아름다운 들꽃이 소반 아래 한아름 놓여 있었다.

천신이 신단 앞에서 절을 하고 향을 피우는 동안 잠시 잊고 있던 아버지의 존재가 다시 낙빈의 의식에 떠올랐다. 원한령과의 싸움에서 죽음 직전의 낙빈과 어머니를 도와주신 아버지. 그 싸움에서 처음으로 만나본 아버지란 존재……

낙빈은 혼령魂靈도 아니고 혼백魂魄도 아닌, 그저 푸른 기운으로만 남아 있는 아버지를 기억하며 가는 향에서 피어오르는 흰 연기를 하염없이 바라보았다. 아무런 힘도, 흔적도 없는 아버지는 하얀 연기만큼이나 잡히지 않는 존재였다. 너무나 막연해서 뜬구름 같은 아버지를 기억하며 낙빈은 그저 멍하니 피어오르는 향불만 바라보았다.

자신이 모르는 과거의 어느 세월에 어머니와 천신 스승이 아버지와 어떤 인연을 맺고 있었는지 궁금했지만 감히 물어볼 생각도

들지 않았다. 상상으로도 떠올리기 힘든 아버지란 존재에 대해
듣는 것이 어쩐지 겁나고 무서웠기 때문이다.

"그동안 미천한 자식을 맡겨두고 인사도 못 드렸습니다. 용서
하세요."

큰방으로 천신을 모신 어머니는 그에게 큰절을 했다.

"저런…… 신세라니, 그 무슨 당치 않은 말씀이십니까. 그 사람
을 지키지 못한 저의 업을 조금이라도 갚게 해주어 고맙습니다."

천신 역시 함께 맞절을 했다.

낙빈은 어머니가 편지 한 통을 쥐어 보낼 때는 천신이라는 분
이 어머니와 막역한 사이가 아닐까 생각했다. 하지만 이렇게 서
로 인사하는 모습을 보니 어머니나 천신 스승은 서로를 무척이나
어렵게 대하고 있었다. 어머니가 천신을 믿고 낙빈을 맡긴 것은
어머니와의 인연이 아니라 아버지와의 인연 때문임이 분명했다.
어머니와 천신 스승의 인연 그 중심에 있는 아버지, 얼굴도 모르
는 그 아버지의 흔적이 낙빈의 가슴속으로 찌르르 번졌다.

"저기, 어머니 이것 좀 보세요."

두 사람이 자리에 앉자 낙빈은 서둘러 등에 멨던 보자기를 풀
었다. 이것저것 할 말이 너무나 많아 입이 간지러웠다. 어서 어머
니에게 그동안 있었던 일을 모두 알려드리고 싶어 몸이 달았다.
낙빈은 흰 보퉁이에서 하얀 천으로 돌돌 말린 무언가를 꺼냈다.
소중히 감싼 터라 몇 겹을 풀고서야 겨우 내용물이 나왔다.

"이게 무어냐?"

보자기 안을 들여다본 어머니는 놀란 눈으로 낙빈을 바라보았다. 보자기 안에는 잔뿌리 하나하나까지 고이 캐내어 생채기 하나 없는 산삼 세 뿌리가 가지런히 놓여 있었다.

"어머니, 어머니 드시라고요……."

낙빈은 볼을 붉히며 뒷머리를 긁었다. 어머니께 가자는 소리를 들은 뒤 수련 시간을 쪼개고 쪼개서 하루 종일 산속을 헤맸다. 하루에도 수십 번씩 구르고, 손톱이 빠지도록 고생하며 캐낸 산삼 세 뿌리였다.

이 산삼들을 발견했을 때 낙빈은 자신이 대견스럽고 자랑스러워 죽을 지경이었다. 지금도 그랬다. 부끄러웠지만 어머님을 위해 고생한 것을 생각하니 너무도 자랑스러웠다.

하지만 붉어진 얼굴로 어머니의 얼굴을 올려다본 낙빈은 예상과 너무나 다른 어머니의 표정을 보았다. 어머니는 고마움과 기특함이 가득한 마음으로 낙빈을 바라보는 것이 아니라 불쾌하고 한심하다는 얼굴로 산삼 세 뿌리를 바라보고 있었다.

"누가 너더러 이따위 것을 캐라더냐!"

낙빈은 뜻하지 않은 어머니의 역정에 눈을 둥그렇게 뜨고 아무 말도 못했다. 어머니는 짙은 눈썹을 움찔거리며 매서운 눈빛으로 낙빈을 쏘아보고 있었다.

"누가 이 어미를 걱정하라든! 이따위 것을 캐느라 신을 제대로 간수나 했을까! 받을 신이 수천인데 이따위 짓에 시간을 허비하다니!"

"하, 하지만 어머니, 그건 걱정 마세요. 전 이번에 여기 이……
이 팔주령도 발견했고, 드디어 고구려의 대무신제님과 그분을 따
르던 신마 거루 님까지 받았어요!"

낙빈은 어색한 웃음을 지으며 가슴께에 단단히 싸둔 하얀 천을
풀고 천신만고 끝에 얻은 대무신제의 일월신령을 꺼내 보였다.
검은 빛깔의 팔주령은 투박한 빛으로 은은하게 반짝였다. 그 빛
이 너무나도 고귀하고 아름다워 낙빈은 슬며시 미소를 지었다.

방사형으로 뻗은 여덟 개의 가지 끝에 작은 방울이 달린 팔주령.
팔주령의 중앙 부분에 금빛으로 새겨진 것은 아름다운 영마靈馬 거
루였다. 화려한 금빛 날개가 유려하게 새겨진 팔주령은 기품 있는
흑색의 몸을 떨며 말할 수 없이 고귀한 모습을 드러냈다.

"이따위 것!"

"아앗!"

낙빈은 깜짝 놀랐다. 두 손으로 꺼내 보인 대무신제의 팔주령
을 어머니가 세게 쳐낸 것이다. 고귀한 흑빛 방울이 누런 방바닥
위에서 힘없이 뒹굴었다. 흘끗 그 기운만 보아도 얼마나 소중하
고 고귀한 물건인지 누구보다 잘 알고 있을 어머니가 어찌 이러
시나 싶어 낙빈의 눈이 이지러졌다.

"어머니, 왜……?"

낙빈의 큰 눈에 눈물이 그렁그렁하고 까만 눈썹은 아래로 기울
었다. 어머니가 왜 이토록 화를 내시는지 이해할 수가 없었다.

"이런 방울이 네겐 그리 중하더냐? 방울 없이는 대무신제가 강신하지도 못하는 네가 이딴 무령巫鈴을 얻어 강신을 받았다 한들 날뛰며 좋아할 일이더냐? 부끄러운 줄 알아라, 부끄러운 줄을! 무당이 구슬이 없고 방울이 없다 하여 신을 부르지 못한다면 그게 어디 무당이겠느냐! 네가 저 방울을 들어야 신이 오실 수 있다면 그게 네 능력이냐, 저 무령의 능력이지!"

"아아!"

그제야 낙빈은 어머니를 이해할 수 있었다. 지금의 낙빈은 대무신제를 받을 능력이 없어 일월신령이 필요한 것이다. 아무것도 없이 대무신제를 받았다간 낙빈의 몸에서 폭주暴注가 일어날 것이라고 그의 신들이 말하지 않았던가. 그런데 낙빈은 어린 마음에 대무신제를 받았다는 기쁨에 휩싸여 중요한 것을 잊고 있었던 것이다.

"방울을 들어야 겨우 신을 하나 받을 수 있다니. 네가 겨우 이정도였느냐! 그동안 귀신을 다루는 법은 얼마나 배웠느냐?"

"그게……"

낙빈은 아무 말도 할 수 없었다.

"이 어미가 준 『치귀도治鬼道』는 어디까지 보았느냔 말이다."

"그것은 아직…… 1절 이후로는 도통 이해할 수가 없어서……"

와장창!

"아윽!"

낙빈이 두 손으로 머리를 감싸 쥐며 뒤로 나뒹굴었다. 어머니가 사정없이 던진 쟁반이 방구석에 빙글빙글 돌고 있었다.

"네가 그따위로 수련하고도 이 어미를 보러 왔느냐? 지금 당장 나가거라! 신을 다루기 전까지, 모든 수련을 마칠 때까지 어미를 만날 생각은 하지도 말라고 하였는데 어찌 어미를 보러 왔느냐!"

어머니의 불같은 화는 가라앉을 줄 몰랐다. 낙빈의 눈에선 저도 모르게 굵은 눈물이 뚝뚝 떨어졌다. 낙빈의 두 손은 얻어맞은 이마를 감싸 쥐고 있었지만 그깟 쟁반에 맞은 머리는 더 이상 아프지 않았다. 다만 쓰라리게 아픈 것은 마음이었다.

"어머니, 잘못했어요. 어머니……."

낙빈은 하염없이 눈물을 흘리며 용서를 빌었다. 그렇게 머리 숙인 어린 아들을 바라보며 모진 소리를 내뱉는 어머니의 두 뺨에도 한 줄기 맑은 물이 툭 하며 떨어지는 것을 낙빈은 미처 보지 못했다.

뼈아프게 그리워했을 것이 눈에 보이는데도 아픈 소리를 주고받는 모자를 보다가 마침내 천신이 슬쩍 말을 바꾸었다.

"그보다…… 어쩌다 그런 큰 내상內傷을 받으셨습니까? 참으로 큰 내상이십니다. 비교적 최근에 얻은 내상으로 보이는데 아직 이 상태라니……. 어쩌다 이리 되셨습니까?"

"아, 그건, 저……."

낙빈 어머니는 어물어물 말을 흐렸다. 그런 어머니를 보며 낙빈의 머리에 번쩍하고 떠오르는 것이 있었다.

'내상……!'

낙빈의 직감이 크게 울었다. 천신이 말한 어머니의 상처는 예전 자신의 안에 있던 치우천왕의 공격과 자신이 집을 떠나기 바로 전에 있었던 그 원한령과의 싸움에서 생긴 것이 틀림없었다. 낙빈은 잠시 잊고 있던 그 일을 기억해냈다. 박수가 될 아들의 운명에 맞서 싸우던 어머니가 자신의 기는 물론이고 10년에 달하는 목숨을 잃어버렸던 것을 말이다.

"스, 스승님! 어머니를 좀 고쳐주세요. 다 저 때문에 입으신 상처들이에요! 제발 어머니를 고쳐주세요!"

좀 전까지만 해도 어머니에게 얻어맞고 마음 아파 울던 낙빈의 두 눈에 눈물이 말랐다. 아이는 두 눈을 맑게 뜨고 천신 앞에 넙죽 엎드려 두 손으로 빌었다. 어머니의 잃어버린 10년치 명命과 공력, 지독한 내상…… 낙빈은 그 모든 것이 자신 때문임을 알고 있었다.

"그만두어라, 낙빈아. 염치도 없이 어찌 그런 말을!"

낙빈 어머니는 애써 말렸지만 이제 낙빈의 귀에는 아무것도 들리지 않았다. 얻어맞은 것 따윈 까맣게 잊은 아이는 천신의 검은 도복을 붙잡고 늘어졌다. 이미 염치나 원망 같은 것은 까맣게 잊은 아이가 진심을 다해 눈을 반짝이자 천신은 슬며시 미소가 번졌다. 참으로 마음 아플 정도로 서로를 생각하고 아끼는 모자의 마음이 천신에게도 고스란히 전해졌다.

3

낙빈은 툇마루에 무릎을 꿇고 눈을 감았다. 감은 눈 저편에서 번개가 번쩍하기도 하고, 뱀들이 꿈틀거리기도 하고, 자욱한 안개가 흩어지는 형상도 보였다. 눈을 뜨면 보이지 않는 강한 기의 흐름이 눈을 감으면 그렇게 휘몰아쳤다 사라지고 굽이치다 솟아오르곤 했다.

천신은 어머니의 간힌 기운을 뚫기 위해 기 치료를 시작했다. 기운이 흩어지는 것을 막기 위해 신방에는 스승과 어머니만 들어가고 낙빈은 마루로 나왔다. 눈을 감으면 꾸물대는 엄청난 파동을 보면 천신이 어머니에게 하는 기 시술은 보통 강력한 것이 아니었다.

낙빈은 툇마루에 무릎을 꿇고 안절부절못했다. 천신 스승이 아니라면 감히 누구도 불러내지 못할 엄청난 기운이 연신 휘몰아치는 중이었다. 기운을 받아내는 어머니도, 기운을 쏟아내는 천신도 엄청난 공력이 필요할 것이다. 이 순간 낙빈이 할 수 있는 일은 두 손을 모아 간절히 신령님들께 비는 것밖에 없었다.

'제발 도와주세요. 제발 어머니를 도와주세요.'

낙빈이 그렇게 온 마음을 다해 기도하는 차였다.

"낙빈아!"

닫혀 있던 방문이 벌컥 열리더니 천신 스승의 목소리가 들려왔다.

"네, 스승님!"

낙빈은 천신의 말이 떨어지기가 무섭게 자리에서 펄쩍 뛰어올랐다.

"이것 좀 버리고 수건을 몇 장 가져오너라."

낙빈은 그제야 방 안을 들여다볼 수 있었다.

방 안에는 흰 소복을 입은 어머니가 꼿꼿이 정좌하고 있고 어머니의 바로 뒤에 검은 도복을 입은 천신이 어머니의 등을 단단히 짚고 앉아 있었다. 천신은 많은 기를 쏟은 탓인지 얼굴 가득 굵은 땀방울이 흘러내렸다.

"네, 네에…….."

잠시 멍한 표정을 짓던 낙빈은 문 앞에 놓인 커다란 양동이를 보았다. 그 안에는 검붉은 피가 출렁거리고 있었다.

"흡!"

엄청난 핏덩이들에 흠칫 놀라긴 했지만 낙빈은 서둘러 양동이를 들고 뒷마당 우물가로 내달렸다. 양동이에 담긴 핏물을 버리자 바닥에 가라앉아 있던 검은 핏덩이들이 쏟아졌다. 그동안 어머니의 몸속에서 기혈의 순환을 방해하던 기운들이 뚫리며 핏덩이들도 빠져나온 것이리라.

낙빈은 핏물로 흠뻑 젖은 수건도 박박 빨았다. 치료 전에 넣어드렸던 수건은 분명 하얬건만 지금은 온통 새빨간색으로 변해 있었다.

핏물이 스며든 수건은 아무리 빨아도 쉬이 흰빛으로 돌아오지 않았다. 별수 없이 낙빈은 새로운 수건 몇 장을 더 꺼냈다.

"여기 있습니다."

낙빈은 은색 양동이와 새 수건을 조심스럽게 방 안에 놓았다.

"그래, 수고했다. 좀 더 기다리거라."

"네."

낙빈은 가만히 방문을 닫고 조심스럽게 뒷걸음쳤다.

"이제 다시 시작하겠습니다."

낙빈 어머니의 뒤에 꼿꼿이 정좌한 천신은 또다시 기를 끌어올렸다.

"네."

낙빈 어머니는 낙빈이 가져다준 양동이를 무릎 위에 올려놓고 양손에 수건을 한 장씩 집어 들었다.

"잃어버린 명이야 어쩔 수 없지만 막혀 있는 기맥을 풀면 기력은 훨씬 되살아날 겁니다. 지금은 기맥이 혈과 뭉쳐져 신체의 각 부위를 막고 있으니 피가 제대로 소통하지 못하고 죽은피가 몸 밖으로 나오질 못하고 있습니다. 특히 심장 부근에 기와 혈이 뭉쳐 있으면 숨을 쉴 때도 괴롭고 새로운 피를 공급하지도 못합니다. 목 뒷부분에 기혈이 뭉쳐 있으면 척수가 압박을 받아 모든 반사 신경이 무뎌지고, 하체에 힘이 없어 지팡이를 짚지 않고는 걸어 다니기도 힘들어집니다. 무녀님의 경우 가장 중요한 심장과 뒷목 부위에 죽은 핏덩이들이 돌처럼 딱딱하게 굳어 뭉쳐 있습니다.

좀 전에는 전체적인 기 운용을 뚫어놓았으니 피 소통은 조금 원활해졌을 겁니다. 이번에는 기혈이 뭉친 심장과 뒷목을 풀어보겠습니다."

"네에."

천신은 천천히 낙빈 어머니의 뒷목에 양 손바닥을 댔다.

"뒷목에 뭉친 혈로 기가 통하질 못하니 숨이 가쁠 수밖에 없고 말소리가 잘 들리지 않으며, 뭉친 기혈이 척수를 눌러 팔다리를 펴지 못하고 금세 저리곤 했을 겁니다. 그 부위의 혈을 풀어줄 것이니 막힌 피가 귀와 눈, 코와 입 등 몸의 열린 부위로 모두 빠져나올 겁니다. 좀 전보다 고통이 심하고, 토하는 피의 양도 더욱 많을 것입니다."

"네."

천신은 낙빈 어머니의 뒷목에 손을 대고 힘을 주기 시작했다. 천천히 등줄기를 따라 내려와 척수의 중심 부근에서 더욱더 손바닥에 힘을 주며 천천히 원을 그렸다.

"욱! 우우웁!"

천신이 기를 끌어올리자 낙빈 어머니의 입에서 시커먼 핏물이 솟아올랐다. 입으로 커다랗고 검은 핏덩이가 흘러나와 양동이로 쏟아졌다.

천신의 두 손이 등 중앙에서 원을 그리며 세게 밀자 그녀의 눈이 붉게 타올랐다. 죽은피가 눈과 코로 흘러나오니 눈을 뜨기도, 숨을 쉬기도 쉽지 않았다. 그녀는 아들이 가져다준 수건을 들어 얼굴을 닦았다.

천신은 계속 그녀의 등에 손을 대고 원을 그렸다. 그의 손을 통해 엄청난 기운이 낙빈 어머니의 몸으로 퍼져 들어왔다. 기운들은 혈관을 타고 들어가 혈관 곳곳에 쌓인 굳은 피를 터뜨리고 단단히 멈춰 있던 죽은피를 돌게 했다.

혈관이 요동치고 돌아가면서 기와 혈의 운용을 막고 있던 핏덩이가 쉴 새 없이 몸 밖으로 빠져나왔다. 눈, 코, 귀 등 몸에 있는 모든 구멍에서 피가 쏟아졌다. 입으로는 거르지 못했던 거대한 핏덩이들도 뿜어져 나왔다.

"으음. 너무나 무리를 하셨습니다. 이제 다시는 이런 일이 없도록 하십시오. 온몸의 마디마디가 혈로 뭉쳐 있고 떨어진 기를 급히 수습하느라 무리한 탓에 남은 기의 흐름마저 들쑥날쑥하게 변했습니다."

천신은 몇 개월 전 낙빈 어머니가 겪었을 어마어마한 격전이 눈에 보이는 것만 같았다. 천신은 이토록 기가 세고, 훈련을 많이 했으며, 자가 치료력도 있는 낙빈 어머니의 몸이 엉망으로 기혈이 뭉친 것을 보면서 가히 상상이 되지 않을 정도로 어마어마한 싸움이 있었음을 느꼈다.

"이번엔 가슴으로 가겠습니다."

천신은 등 중앙 위쪽을 지그시 눌렀다. 천신은 낙빈 어머니의 가슴에서 느껴지는 딱딱한 기운의 덩어리에 깜짝 놀랐다. 기를 운용한다는 사람의 가슴에 이토록 단단한 덩어리가 뭉쳐 있는 것이 이상했다. 내상과는 다른 형태의 덩어리가 가슴을 꽉 막고 있었다.

손바닥 너머로 이리저리 둘러보던 천신은 작게 한숨을 내쉬었다.

"온 기를 한꺼번에 모으신 적이 있군요. 자폭自爆이라도 하실 생각이셨습니까?"

낙빈 어머니는 원한령을 처치하기 위해 자폭을 결심하고 모든 기를 끌어모으던 일을 생각해냈다. 온몸의 기를 끌어내어 심장에 모으고 한꺼번에 기를 폭발시켜 원한령과 함께 죽을 결심을 했을 때…… 바로 그때 『치귀도』를 훔쳐 수사水使에게 물의 운용을 배운 낙빈이 나타나 자폭하지 못했다. 그때 조금 더 기다리지 않고 원한령과 함께 자폭했다면, 그랬다면 저 어린 아들을 다시는 보지 못했으리라.

"……"

모든 것을 꿰뚫어보는 천신에게 낙빈 어머니는 아무 말도 할 수 없었다.

"모든 기와 혈이 심장에 모여 있습니다. 이곳에 모여 있는 기혈을 풀어도 회복하려면 반복적인 훈련이 필요할 겁니다. 이대로 몇 년을 더 버티셨더라면 숨이 가쁘고 괴로운 것은 물론이고 명이 반의반으로 깎였어도 이상할 것이 없었을 겁니다. 낙빈이보다도 무녀님의 몸을 먼저 생각하십시오. 이런 몸을 그대로 두고 계시다니요. 중이 제 머리 못 깎는다더니…… 수많은 사람을 살리신 분이 정작 자신의 몸은 이리 내버려두고 계시다니요."

천신은 손바닥에 더욱 힘을 가했다.

"으음…….."

"우욱! 크으윽!"

천신의 낮은 신음 소리와 함께 낙빈 어머니에게 엄청난 고통이 밀려왔다. 뭉친 기가 풀어지고 기가 붙들고 있던 혈이 터지면서 낙빈 어머니의 몸에서는 작은 폭발들이 일어나고 있었다.

가슴팍에 모여 있던 피가 식도를 타고 올라와 연신 입에서 피가 쏟아졌다. 천신은 계속해서 손바닥에 힘을 가했고 낙빈 어머니의 입과 코, 눈과 귀에서는 검붉은 피가 쏟아져 나왔다.

낙빈 어머니가 몇 분 동안이나 피를 철철 흘린 후에야 등 뒤에서 느껴지는 천신의 힘이 서서히 사그라졌다.

"흐음, 이제 가슴을 한번 만져보십시오."

낙빈 어머니가 입과 코, 눈과 귀로 넘어온 피를 닦고 자신의 가슴팍을 눌러보았다. 조금 전만 해도 돌덩이처럼 딱딱하게 뭉쳐 있던 기혈이 온데간데없이 잡히질 않았다.

"아아, 고맙습니다. 이리 신세만 지다니, 은혜를 어찌 다 갚을까요."

그녀는 아직도 흘러내리는 핏물을 누르며 고맙고 죄송한 마음으로 고개를 숙였다.

"은혜라니요, 그 무슨 섭섭한 말씀이십니까. 그나저나 이 몸으로 혼자 끙끙 앓기만 하고 도움조차 받지 않으셨다니 참으로 답답하십니다. 남보다 기가 세신 만큼 그것이 요동치면 당해낼 재

간이 없지요. 조심하셔야지요. 낙빈이를 위해서라도 더욱 그러셔
야지요."

"네에, 감사합니다, 도사님."

"허허, 감사는요. 진정 감사하시다면 이 피곤한 늙은 몸, 오늘
내쫓지 마시고 내일이나 내쫓아주십시오. 껄껄."

천신은 호탕하게 웃으며 자리에서 일어났다.

낙빈 어머니는 멀어지는 검은 도복을 바라보며 모든 것이 낙빈
모자를 위한 천신의 배려임을 알아차렸다. 좀 전에 당장 나가라
는 말에 서운했을 낙빈과, 맘에도 없는 말을 내던진 어머니를 위
해 천신은 하룻밤 묵게 해달라며 웃음을 지은 것이다. 낙빈 어머
니는 그 깊은 마음 씀씀이가 고마워 차마 말이 나오지 않았다.

벌컥.

"에구구!"

방문 앞에 달라붙어 무릎을 꿇고 기다리던 낙빈은 갑자기 방문
이 열리는 바람에 엉덩방아를 찧었다.

"아이고 원, 녀석! 예서 뭐하는 거냐? 네 어머니를 고쳐주나 안
고쳐주나 감시하느냐, 녀석!"

"저는, 그게 아니고……."

삽시간에 낙빈의 얼굴이 붉어졌다.

"껄껄, 난 좀 씻어야겠구나. 우물이 어디냐?"

"네, 뒷마당에 있습니다, 스승님."

"오냐!"

천신은 호쾌하게 웃으며 신발을 신고 뒷마당 쪽으로 돌아갔다. 그제야 낙빈은 쪼르르 안방으로 들어가 어머니 앞에 앉았다.

"어머니, 괜찮으세요?"

낙빈은 어머니의 하얀 치마폭에 떨어져 있는 붉은 핏자국을 보며 얼굴을 찌푸렸다.

"그래, 도사님께서 이 어미의 뭉친 기혈을 모두 풀어주셨구나."

"그래도 그게 다가 아니잖아요! 어머니도 항상 환자분들께 말씀하셨잖아요! 이제부터 진짜로 푹 쉬시고, 맛있는 것도 많이 드시고, 조심하셔야 돼요! 또 이제는 남을 돕는다며 예전처럼 심하게 기 운용을 하셔도 안 되고요, 그리고 또……."

"그래, 그래. 걱정 마라. 이 어미, 금방 안 죽으니 걱정 마라."

낙빈 어머니는 살짝 웃으며 아들의 머리를 쓰다듬었다.

어머니의 가느다란 손가락이 머리카락을 문지르자 낙빈은 얼굴이 빨개졌다. 어느새 좀 전에 혼났던 일은 까맣게 잊어버린 채 낙빈의 마음은 한없이 푸근해졌다. 그저 한없이 졸리고, 한없이 따듯하고, 한없이 푸근한 그 느낌……. 그것이 가슴 안쪽 멀리서 샘솟듯 올라오는 것이었다. 진한 피 냄새를 뚫고 너무나도 익숙한 내음이 맡아졌다. 참으로 말캉거리고 따스하고 훈훈한 내음이. 어머니…… 너무나도 그리운 어머니의 내음이었다.

4

인적 하나 없는 깊은 산속에 오늘도 어김없이 까만 밤이 찾아
왔다. 꺽다리처럼 기다란 소나무와 전나무, 그리고 갈나무 사이
사이로 기다란 그림자가 지더니 너와집 지붕 위로도 까만 어둠이
밀려왔다.

사시사철 차갑게 식어 있던 너와집이 오늘만은 분주했다. 말라
있던 굴뚝에서 연신 하얀 연기가 몽글몽글 솟아났다.

"활활 타올라라."

낙빈 어머니는 부엌 아궁이를 한껏 열어젖히며 그렇게 중얼거
렸다.

아궁이 불씨들은 그녀의 말을 알아들었는지 붉은 불꽃을 탁탁
튀기며 높이 솟구쳤다. 이 세상에서 가장 사랑하는 아들과, 그 아
들을 돌봐주시는 귀한 손님이 계시다. 낙빈 어머니는 가장 아늑
한 잠자리를 만들고 싶었다.

그녀는 손으로 자신의 가슴을 지그시 눌러보았다. 더 이상 아무
런 멍울도 잡히지 않았다. 오늘 낮 천신의 기 치료 이후로 헉헉거
리던 가쁜 숨도 나아지고 뻐근하던 등줄기와 무릎의 고통도 사라
졌다. 지금껏 혼자서 정좌하고 기 치료를 해봤지만 여간해선 운용
이 되지 않던 것이 천신의 높은 공력으로 완전히 치유된 것이다.

낙빈 어머니는 활활 타오르는 불길을 확인하고 부엌 문턱을 넘
었다. 하늘에는 총총 어여쁜 별님들이 수놓여 있었다. 그녀는 천

신이 들어간 큰방을 향해 깊이 고개 숙인 뒤 아들이 누워 있는 작은 방 쪽으로 몸을 틀었다. 툇마루를 지나 문을 밀치자 얼굴이 발그레한 아들이 환한 미소를 짓고 있었다.

"어머니, 방이 절절 끓어요. 추운데 어서 이리 들어오세요."

어머니를 내내 기다리고 있던 어린 아들은 서둘러 손짓을 했다. 낙빈 어머니는 동그란 눈을 깜빡이는 아들의 얼굴만 봐도 한없이 마음이 풍요로워져 자신도 모르게 웃음이 배어 나왔다.

'언제 저렇게 컸을까. 집을 떠날 때만 해도 아주아주 작은 아이였는데…… 언제 저리 컸을까…….'

일 년도 지나지 않았는데 그사이 아들은 껑충 자라 있었다. 아들의 눈은 더욱더 맑고 총명했다. 아들의 몸은 훨씬 더 단단하고 다부지게 변했다. 키도 훌쩍 커서 곧 어머니의 키를 따라잡을 것 같았다.

낙빈은 어머니가 이불 안으로 채 들어오기도 전에 이런저런 이야기를 늘어놓았다. 어머니와 떨어진 뒤로 어찌 살았는지, 누구를 만났는지, 어떤 능력을 갖게 되었는지 말하고 싶어 몸이 단 것이다.

"……그래서요, 정희 누나는 희생보살을 모시고 계세요. 그 덕에 누나는 사람들을 치료하고, 아픈 사람을 그냥 지나치지 못해요. 하지만 아픈 사람의 고통을 누나가 죄다 자기 몸으로 받아야 하니까 어떨 때는 무척이나 힘들어 보여서 너무너무 불쌍해요. 하지만 누나는 자기 몸이 아파도 남을 고쳐주는 것이 좋대요. 누나의 고통은 약사여래님이 금방 낫게 해주신다고 자꾸만 아픈 사람들을 도우려고 해요. 아픈 사람을 그냥 지나치면 마음이 꺼림칙하고 자꾸만 생각나서 참을 수가 없대요. 누나는 저한테 무지무지 잘해주세요. 진짜 친누나 같고 너무너무 좋아요, 어머니. 그리고 정희 누나랑 쌍둥이인 정현이 형은 말이지요……."

낙빈은 폭신한 이불 위에 누워 작은 참새마냥 쉬지 않고 재잘댔다. 하룻밤에 다 풀어내기엔 이야기할 것이 너무 많았다.

"정현이 형 팔뚝은 제 허리보다도 두꺼워요. 웬만한 아저씨들 장딴지보다도 두꺼울 거예요. 형은 아기 때부터 절에 살았던 탓인지 항상 머리를 밀어요. 형 말로는, 무술인들은 대부분 형처럼 머리를 밀거나 짧게 깎는대요. 머리카락을 잡히면 대결에서 질 수 있는 여지가 높아서래요. 또 승덕 형은요, 되게 웃겨요. 만날 웃긴 소리를 하는데요, 아는 건 또 되게 많아요. 만날 청바지에 모자를 눌러쓰고 다니는데요……. 형이 제 신들에 대해서도 자세히 알려줬어요. 형은 정말 모르는 게 없어서 제게 오시는 신들을 저보다 훨씬 더 많이 안다니까요."

"그렇구나. 다들 좋은 분이구나."

"네, 어머니. 진짜 좋은 분들이세요."

"그래, 이번엔 네가 받았다는 대무신제님 이야기를 좀 해주련?"

"네에! 승덕 형이 대무신제님에 대해 자세히 말해줬어요. 대무신제님은요, 고구려의 세 번째 왕이셨대요. 첫 번째 왕이 동명성제시고, 두 번째 왕이 유리명제시고, 세 번째 왕이 바로 대무신제예요. 대무신제는 두 번째 황후의 두 번째 아들이었대요. 모든 아들 중에는 세 번째 아들이었고요. 대무신제님이 셋째아들, 그것도 둘째부인의 아들이신데 어떻게 왕이 되셨는지 참 궁금했거든요? 그건요…….

아버지인 유리명제님이 무지 엄격하고 무서운 분이었대요. 유리명제께는 여섯 아들이 있었는데 첫째가 도절이란 분이세요. 이분이 첫째부인의 아들이신데, 유리명제님과의 갈등으로 돌아가셨대요. 둘째 해명이란 분은 황룡국 왕이 선물한 활을 부러뜨리는 바람에 아버지 유리명제님의 명에 따라 자살하셨고요. 그래서 셋째아들인 무휼, 대무신제께서 즉위하셨대요. 유리명제님은 참 무서운 아버지 같아요, 그죠? 근데 그런 무서운 아버지 밑에서 자라서인지 대무신제님도 무지 엄격하고 무서운 왕이셨대요. 겁도 없고, 용기가 하늘을 찌를 듯했다고 해요.

대무신제님은 어릴 때부터 매우 총명하고 용감했대요. 여섯 살 때 대국인 부여 왕의 사신이 와서 고구려가 부여를 섬기지 않으면 패망시키겠다고 협박했대요. 그때 고구려는 많은 부족과 전쟁을 끝내고 나라를 세운 직후라서 유리명제님은 부여와 싸울 힘이 없다고 판단했대요. 하지만 무휼 님은 나이가 아직 어린데도 직접 부여 사신을 찾아가 '부여의 왕은 자기의 위태로움은 알지 못하고 남이 와서 굴복하기를 강요하고 있으니, 잘못된 일이다. 자신의 나라를 우선 잘 돌보지 않으면 부여는 망할 것이다'라고 이야기했대요. 그것도 직접 말하면 죽임을 당할 것을 알았던

지 '알卵'에 비유해서 이야기했대요. 무휼 님은 이때 겨우 여섯 살이었는데 말이에요!"

"대단하신 분이로구나……."

낙빈 어머니는 신나게 이야기하는 아들의 얼굴을 보며 빙긋이 웃음을 지었다.

"그리고 대무신제님이 나라를 다스릴 때 정말 신비스러운 일이 많았대요. 그래서 역대 어떤 왕보다도 전설이 많이 전해져 내려온대요. 한번은 커다란 전쟁이 일어나서 적과 싸우는데, 왕과 병사들이 모두 배고픔에 지쳐 있었대요. 그때 물가에서 커다란 솥을 발견한 대무신제께서 거기에 쌀을 넣고 밥을 지으려고 했대요. 그런데 불을 때지 않고 쌀만 넣었는데도 글쎄 쌀알이 익어 풍성한 밥이 지어졌대요. 그래서 병사들이 그 밥을 먹고 힘을 내어 싸울 수 있었대요.

대무신제께서 그토록 찾으셨던 신마 거루는 깊은 숲 속에서 우연히 만난 신령한 말이었대요. 거루는 사람보다도 사람의 말을 잘 알아들었대요. 거루가 대무신제를 태우고 전장에 나오면 그 어떤 명장보다도 용맹했다고 해요. 대무신제께서 실수로 적국과의 싸움에서 거루를 잃어버리시고는 거루가 죽은 줄로만 알고 슬퍼하셨대요. 그런데 일 년이 지난 어느 날 거루가 적국의 말 수백 마리를 이끌고 당당하게 입궐했대요. 이게 바로 살아서나 죽어서나 단 한 명의 주인을 모시는 위대한 신마의 전설이에요. 그 신마 거루를 담은 팔주령이 바로 제가 찾은 일월신령이고요."

어머니는 낙빈이 들려주는 이야기를 들으며 입가에 미소가 어렸다.

"그 이야기를 승덕이란 분이 해주셨다고?"

"네에. 승덕 형은요, 어머니. 무지 웃기고 장난도 잘 치는데, 정말 아는 게 많아요. 어릴 적부터 책이란 책, 글이란 글은 죄다 읽는 버릇이 있어서 '활자중독자'라는 별명까지 붙었대요. 또 승덕 형은 있죠, 어머니…… 하아암."

이야기를 하던 낙빈이 입을 크게 벌리며 하품을 했다. 어젯밤 마음이 들떠 한숨도 자지 못한 탓에 마음과 달리 피곤이 밀려드는 모양이었다.

"승덕 형은 부모님이 다 돌아가셨어요. 동생도 있었는데…… 그분도 돌아가셨대요."

"저런, 그 사람도 참 안됐구나."

"네에. 하지만 형은 언제나 잘 웃고 장난도 잘 치고 그래요. 아참, 형에게는 '염동력'이라는 것이 있어서 손을 안 대고 물건 같은 걸 이리저리 움직이고 그래요. 근데 염동력은 잘 안 쓰려고 해요. 왜냐하면 맘대로 조절이 안 된대요."

"음. 모든 능력은 조절할 수 있게 마련인데…… 수련을 하지 않는가 보구나."

"네에. 염동력 쓰는 걸 안 좋아해요. 형은 그 능력 때문에 동생을 잃었다고…… 그 능력이 싫다고…… 아함……."

또다시 낙빈이 입을 커다랗게 벌리며 하품을 했다.

"졸리는가 보구나, 낙빈아."

어머니는 낙빈의 이마에 살포시 손을 대주었다.

"아니에요, 어머니. 졸리긴요. 으음, 어머니, 그리고요, 지난번에는요…… . 그리고요, 어머니…… ."

낙빈 어머니는 아들의 이마에 지그시 손을 대고 말소리에 귀를 기울였다. 아들의 말소리가 오래 계속되진 않았다. 낙빈의 말은 또렷했다가 점차 중얼거리는 소리가 되더니 쌔근거리는 고른 숨소리로 바뀌었다.

낙빈 어머니는 잠자고 있는 어린 아들의 얼굴을 내려다보았다. 동그랗고 반들반들한 이마, 하얀 볼과 새까만 눈썹, 그리고 기다란 속눈썹…… . 여전히 어리긴 하지만 못 본 사이 부쩍 커버린 아들의 모습이 눈앞에 있었다. 어머니는 꼭 감아쥔 아들의 주먹을 살포시 잡았다. 아들의 작은 손에는 또래 아이들에게서 볼 수 없는 굳은 살점이 박혀 있었다.

"낙빈아, 네 앞에 어떤 길이 있더라도 주변에 휘둘리지 말고 언제나 올바른 길을 선택하려무나. 나와 같이 소중한 사람을 잃고 서야 내 갈 길을 깨닫지 말고 옳은 길을 선택하여 자신을 믿고 걸어가려무나. 그리고 부디…… 네 아버지처럼 훌쩍 떠나지 말고 오래도록 이 어미 곁에 있어주려무나."

검디검은 비단결 같은 밤을 넘어서도록 어머니는 언제 다시 만날지 모를 아들의 얼굴을 눈 안에, 가슴 안에 고이고이 새겨놓으려는 듯 내내 바라보고, 또 바라보았다.

어머니는 이불을 덮고 세상모르게 잠든 아들을 바라보며 연신 아들의 볼과 머리카락과 귓불을 쓰다듬었다. 야속하리만치 짧은 하룻밤 동안 그녀는 잠든 아들의 얼굴을 바라보고, 또 바라보았다.

제 2 화

죽은 연인을 위한

진혼곡

1

암자는 여느 때처럼 고요하고 한산했다. 해가 지면 얼음장처럼 차가워지는 공기도 햇살이 비치는 한낮이면 언제 그랬냐는 듯 따사롭게 변했다.

해가 떠오르기 전부터 낙빈은 정현과 함께 무술을 수련했고 날이 어두워지면 승덕과 함께 세상사, 알아야 할 지식을 틈틈이 익혔다. 하루가 어찌 가는지 모를 정도로 꽉 짜인 바쁜 나날이지만 이렇듯 햇살이 따듯하게 들어오는 한낮이면 딱히 할 일이 없는 경우가 많았다.

낙빈은 오늘도 별다른 일이 없어 숲 속의 너른 바위 위에 정좌했다. 자세를 바르게 하고 앞을 바라보니 바위 밑으로 산 아래가 훤히 눈에 들어왔다. 나무숲을 뚫고 들어온 맑은 빛이 넓적한 바위를 데워 엉덩이가 뜨듯했다. 따스한 기운이 온몸으로 퍼지면서 얼마 전에 다녀왔던 고향 집이 생각났다.

'어머니…….'

동시에 자동적으로 떠오르는 어머니의 얼굴이 눈앞에 아련했다.

어머니와 함께한 하루는 너무 짧았다. 이야기를 하기에도, 어머니의 얼굴을 가슴에 담기에도 짧은 시간이었다. 야속하리만치 짧은 그 시간 동안 못한 이야기도 많았다.

'흑단인형……'

결국 낙빈은 흑단인형에 대해서는 한마디도 꺼내지 못했다. 무시무시한 능력을 가진 지난 세기의 신인을 중국 땅에서 만났다는 것도, 흑단인형이 어머니에 대해 말했다는 것도 이야기하지 못했다. '신성한 집행자들'에 대해서도 말하지 못했다. 그저 암자 식구들과 힘들게 소호산에서 일월신령을 발견했다는 이야기밖에 못했다.

잊은 것은 아니다. 몇 번이나 묻고 싶고, 몇 번이나 확인하고 싶었다. 어머니가 그 흑단인형을 아는지, 전에 어떤 인연이라도 있었는지, 혹시 흑단인형이 낙빈을 다른 사람으로 착각하고 어머니에 대해 이야기한 것은 아닌지…… 물어보고 싶은 말이 너무나 많았다.

하지만 가슴속에 가득 담긴 말은 하나도 못하고 그만 안녕을 고하고 말았다. 알 수 없는 불안감과 두려움이 차마 입을 떼지 못하게 만들었다. 낙빈이 알지 못하는 아버지, 어머니의 인생과 그분들의 인연에 대해 아는 것이 무서웠다. 어머니가 애써 말하지 않는 이야기를 알아내는 것이 죄스럽고 겁이 났다.

낙빈은 세차게 고개를 저었다. 고민해봤자 혼자 해답을 찾을 수 있는 일이 아니었다. 지금은 때가 아니라는 생각이 들었다. 어머니뿐 아니라 낙빈이 모시는 신들도 아버지에 대해 침묵하고 어머니에 대해 별다른 말을 해주지 않는 것은 그럴 만한 이유가 있기 때문이란 생각이 들었다. 언젠가 때가 되면 어머니와 이야기할 수 있는 날이 오리라. 낙빈은 그렇게 믿었다.

낙빈은 품에서 새하얀 광목 주머니를 꺼냈다. 그리고 그 안에 숨겨놓았던 책을 꺼냈다. 표지부터 누렇게 바랜 낡디낡은 고서였다. 본래는 하얀색이었겠지만 이제는 노랗게 변한 한지가 얼마나 오래된 책인지를 여실히 알게 해주었다.

낙빈은 조심스러운 손길로 책장을 넘겼다. 한 장 한 장이 일반 한지보다 몇 배는 두꺼웠다. 너무나 많이 쳐다봐서 닳고 닳은 것을 소중히 한 장 한 장 배접했기 때문이었다. 본래 낡은 종이를 새 한지에 풀을 바르고 붙여서 좀 더 오래가도록 만든 것이었다.

속표지를 넘기자 '치귀도'라는 글자가 흐릿하게 번져 있었다. 어머니가 소중히 물려준 귀신을 다루는 책이었다. 누구에게 어떻게 물려받았는지 알 수는 없지만 참으로 소중하게 간직해온 책을 어머니는 낙빈에게 대물림해주었다.

여태껏 신내림을 핑계로 차일피일 미뤄두었던 '치귀도 수련'을 낙빈은 다시 시작했다. 어머니를 뵙고 눈물이 쏙 빠지게 혼나지 않았다면 조금쯤 등한시했을지도 모르는 수련이었다. 위대한 신들을 내림받은 만큼 낙빈은 신을 다스리고 제어하기 위해 더욱더 수련에 매진해야 한다는 것을 잘 알고 있었다.

낙빈은 살며시 책을 들어 얼굴 가까이 가져갔다. 세월의 세례를 받은 고서의 향기가 콧속으로 퍼져 들어왔다. 고소한 땅콩 냄새 같기도 하고 구운 누룽지 향 같기도 한 고서의 독특한 내음을 맡으니 말할 수 없이 마음이 차분해졌다.

낙빈은 천천히 고개를 들고, 바위 위에 『치귀도』를 내려놓았다. 한 장을 더 넘기니 그동안 열심히 수련했던 물의 기운을 다루는 법, 수귀水鬼를 부르고 사용하는 법이 나왔다. 이제 한 글자 한 글자를 모두 외울 정도로 익숙해진 내용이었다. 하지만 글을 아는 것과 운용하는 것은 천지 차이였다. 같은 내용을 한 달 전에 연습할 때와 한 달 후에 연습할 때가 달랐다. 이해하는 수준과 폭이 달랐고 끌어내는 기운과 운용법도 묘하게 달랐다.

낙빈은 몇 장을 더 넘겼다. 이제 수의 운용이 지나가고 화火의 운용법이 나왔다. 화는 수보다 더 세밀하고 까다로운 운용이 필요한 부분이었다. 그동안 화 운용에 진전이 없었던 것은 순전히 낙빈의 수련이 부족한 탓이었다.

낙빈은 「화 운용 편」을 펼쳐두고 두 눈을 감았다. 가만히 정좌한 뒤 사방팔방의 모든 기운을 읽으려 애썼다. 온 산에 퍼져 있는 기운을 읽고, 온 지구를 둘러싼 거대한 기운을 바라보았다. 그리고 저 아래 지구를 받치고 있는 불구덩이 속에서 꿈틀거리는 거대한 기운을 느꼈다.

승덕에게 배운 지구과학에서는 지구 내부에 뜨거운 핵이 있어서 그 온도가 태양의 표면보다도 높을 정도라고 했다. 평소에는 뜨거운 지구를 체감할 수 없었지만 눈을 감은 이 순간 낙빈은 온몸이 불타오를 것 같은 뜨거운 땅덩어리를 여실히 느낄 수 있었다.

그 깊고 깊은 지구의 안쪽으로부터 숨어 있던 거대한 에너지가 꿈틀거리며 솟아올랐다. 뜨겁고 진득한 에너지의 뭉치가 낙빈의 온몸을 타고 올라와 사방으로 터져 나갈 듯 울컥거렸다. 가슴은 불타오를 것처럼 뜨거워지고, 온몸은 날아오를 것처럼 폭발하려는 기운이 들끓었다. 하지만 실제로 살갗에 느껴지는 뜨거움은 견딜 만한 정도였다. 낙빈은 천천히 오른손을 들어올렸다.

"불의 기운이여!"

나지막한 읊조림과 함께 낙빈의 오른손 장심에서 불의 기운이 솟아올랐다.

화르륵.

거대한 불꽃이 낙빈의 손바닥 중심에서 솟아나 낙빈의 키만큼이나 하늘 위로 솟구쳤다. 노랗고 붉은 기운이 솟아나자 숲 속에 잠들어 있던 작은 산새들이 놀라 푸드덕 하늘로 날아올랐다. 영적 기운이 전혀 없는 사람의 눈에도 언뜻언뜻 번쩍거리는 빛이 보일 정도로 강하고 거대한 기운이었다.

"지구의 열기여!"

열렬하고 거센 기운이 낙빈의 몸을 타고 올라왔다. 지구 내부의 깊고 깊은 곳에 숨어 있던 거대한 열 덩어리가 낙빈의 몸을 통로 삼아 세차게 솟아났다.

쿠와아아.

낙빈의 왼손에 엄청난 불의 기운이 솟아올랐다. 거대한 기운은 작은 아이의 손을 타고서라도 모든 기운을 쏟아낼 기세였다. 낙빈은 두 눈을 질끈 감고 자신의 몸을 타고 오르는 불의 기운을 조절하려 애썼다.

콰아아아.

그러나 낙빈의 생각과 달리 너무나도 많은 불의 기운이 화약이 터지는 것처럼 작렬했다.

"으, 으아아아!"

낙빈은 이를 악물며 왼손을 움켜쥐었다. 터져 나오는 거대한 불꽃 탓에 손가락을 굽히기도 힘들었다.

"아아, 안 돼!"

낙빈은 오른손을 들어 마구잡이로 불꽃이 튀어나오는 왼손을 간신히 접었다. 손가락 하나하나를 접고 주먹을 쥐자 그제야 간신히 불꽃이 잠잠해졌다.

"헉, 허억. 헉."

낙빈은 거친 한숨을 내쉬며 왼손을 바라보았다. 손가락 사이사이로 회색 연기가 뭉게뭉게 피어났다.

"우웃!"

접었던 손가락을 도로 펴자 극심한 통증이 느껴졌다. 손바닥 전체가 시뻘겋게 타오르고 벌써 울룩불룩 물집까지 잡혔다. 손을 댈 수 없을 만큼 욱신거렸다.

"아후."

낙빈은 왼쪽 손목을 붙잡고 털며 인상을 찌푸렸다. 불의 기운을 느끼고 불러오는 것은 기가 막힐 정도로 발전했지만 무시무시한 불의 기운을 조절하는 것은 아직 멀었다.

혼자서 좌선하고 집중할 때도 이렇게 운용하기 어려운데, 흥분한 상태이거나 두려움이 가득한 때라면 불의 기운을 끌어내는 것이 자폭이나 마찬가지일 것이다. 완전히 자유자재로 운용하기 전까지는 함부로 사용할 수 있는 기운이 아니었다.

"어머나, 낙빈아. 저런……."

물집 잡힌 왼손을 후후 불고 있는데 언제부터 지켜보았는지 숲그림자 속에서 정희가 튀어나왔다.

"아, 누나. 괜, 괜찮아요……."

낙빈은 재빨리 왼손을 등 뒤로 돌렸지만 정희는 이미 모든 것을 알고 있었다. 긴 머리를 하나로 땋은 정희가 조용히 다가와 등 뒤로 감춘 왼손을 앞으로 잡아끌었다. 작은 손에는 아직도 열기가 펄펄 끓었다. 손바닥 전체에 붉은 기운이 돌고 연기도 피어올랐다.

"아휴, 저런. 이를 어쩌니."

정희는 낙빈의 왼손에 자신의 오른손을 포갰다.

"아윽."

살짝 건드리기만 해도 아픔이 일었다.

하지만 잠시 후 정희가 포갠 손바닥에서 차가운 기운이 흘렀다. 펄펄 끓는 아궁이에 차가운 폭포수를 뿌리는 것처럼 시원하고 상쾌한 기운이 맴돌았다.

"저런."

정희가 낙빈의 상처와 고통을 고스란히 느끼며 미간을 찌푸렸다. 어린아이가 감당하기에는 너무나 아픈 고통이 느껴졌다. 그런 고통이 밀려오는데도 싫은 소리 하나 하지 않고 열심히 수련하는 모습이 대견하기만 했다.

"누나, 전 괜찮아요. 신경 안 써도 돼요."

"그래, 그래."

정희는 그렇게 말하면서도 또 낙빈의 뒤를 몰래 밟을 생각이었다. 치귀도 수련을 시작한 뒤로 혼자 만들어낸 상처가 수없이 많았다. 낙빈이 아프다는 말도 하지 않고 감추기만 하니 걱정하지 않을 수가 없었다. 이미 낙빈은 정희의 소중한 동생이었다. 낙빈에게 정희가 피붙이 누나 같은 존재이듯.

"정말 애쓰는구나, 낙빈아. 모든 일엔 대가가 있다고 하지. 열심히 수련하는 만큼 언젠가 그만큼의 보람이 돌아올 거야."

"네, 어머니도 말씀하셨어요. 주는 대로 받는다고. 귀신과의 관계도 마찬가지래요. 제가 열심히 모시고 수련하는 만큼 귀鬼와 신神을 모두 다루고 운용할 수 있대요. 하지만 게으름을 피우면 그 대가 역시 반드시 받게 된다고 하셨어요."

"그래, 맞아."

정희도 맞장구를 치며 고개를 끄덕였다.

"착하게 사는 사람들에게는 참으로 반가운 소리겠지만 많은 죄를 짓고 사는 사람들에게는 참 무서운 말일 거야, 그렇지?"

"맞아요. 어제도 승덕 형이랑 신문 기사를 확인하고 중요한 것은 분류해두었는데, 무시무시한 일이 참 많더라고요. 그런 사람들은 대체 어떻게 죗값을 치르려고 그러는지 모르겠어요."

"그러게 말이다."

정희는 낙빈의 손을 더 꼭 붙잡았다. 세상의 어지러운 일을 점점 더 알아갈수록 낙빈의 생각이 어떻게 바뀔지 정희는 걱정스러웠다. 정희는 어린 낙빈이 자라고 또 자라더라도 세상이 너무나 끔찍하고 무서운 곳이라고 생각하기보다 세상이 참 따뜻하고 살아볼 만하다고 생각하기를 바랐다.

지난 세기의 신인이라는 흑단인형이 세상의 멸망을 결정했다는 것은 아마도 참혹하고 비참한 인간사를 보았기 때문일 것이다. 비록 세상에 그런 처절하고 참담한 일들이 존재할지라도 맑디맑은 낙빈의 눈에는 보다 밝고 살 만한 세상이 비쳐졌으면 하는 것이 정희의 바람이었다.

"누나, 시원한 느낌이 들어요. 참 편안해요. 고마워요."

정희는 빙긋이 미소 짓는 낙빈을 바라보았다. 참 맑고 선한 아이의 얼굴이 그 안에 있었다. 정희는 그 모습이 좋아 슬며시 웃음을 머금었다. 사람들이 모두 맑은 마음만 가지고 산다면 얼마나 좋을까. 그래서 무서운 일 하나 없이 한가롭고 편안한 나날이 지속되면 얼마나 좋을까. 그런 생각이 들었다.

하지만 정희는 알고 있었다. 이런 바람이 얼마나 부질없는지를. 소박한 바람을 이루기가 얼마나 어려운지를. 정희는 세상 곳곳에서 무섭고도 서글픈 일이 수없이 일어나고 있다는 것을, 알고 싶지 않지만 모를 수도 없는 그 많은 일이 벌어지고 있음을 알고 있었다.

2

그리운 나의 사랑 게오르게.

나는 하루하루 언제나 당신만을 생각하며 기쁠 때나 괴로울 때나
즐거울 때나 힘들 때에도 언제나 용기를 잃지 않습니다. 아침에
일어나도, 밥을 먹을 때도, 저녁에 눈 감을 때도 나의 기도 속에는
언제나 당신이 있습니다. 게오르게, 내게 힘을 주고 내게 용기를
주고 나를 모든 것으로부터 보호하는 분은 바로 당신입니다.

게오르게, 전에도 말씀드렸듯이 저와 함께 한방을 쓰는 니카는 항
상 제가 너무나 부럽다고 이야기합니다. 니카에게는 저와 같이 애
틋한 사랑도, 누구보다도 그녀를 아끼고 사랑해줄 혈육도 없으니
까요. 그녀는 변변한 친구도 없이 혈혈단신이기에 더욱 저와 당신
을 부러운 듯 바라봅니다.

니카는 당신으로부터 편지를 받으면 누구보다도 함께 기뻐해줍니
다. 그리고 변함없이 굳건한 당신의 사랑을 느끼게 해주는 말들이
나오면 그녀 자신이 사랑을 받는 기분이라며 행복해하곤 합니다.
그러니 게오르게, 제가 니카에게만은 당신의 편지를 살짝 보여주
는 것을 부디 용서해주세요.

사랑하는 당신……

나는 매일 아침 얇은 커튼 사이로 비쳐오는 환한 햇살을 온몸으로
받으며 하루를 시작합니다. 그리고 오늘 아침도 파리의 햇살을 받
으며 침대에서 눈을 떴습니다.

그런데 저는 그 순간 당신의 얼굴을 보았답니다. 잠을 깨기 직전 당신의 꿈을 꾼 탓인지 햇살 사이로 그리운 당신의 얼굴이 분명히 보였답니다. 그 순간 저는 너무나 놀라 침대에서 벌떡 일어났죠. 그러고도 한참 동안 당신을 찾았답니다. 모든 것이 꿈결이었다는 걸, 이곳에는 당신이 없다는 걸 깨닫기까지 몇 분의 시간이 필요했답니다.

게오르게, 당신이 내 옆에 없다는 사실에 저는 눈물을 흘렸습니다. 그러나 저는 깨달았습니다. 당신이 진심으로 나를 염려하고 사랑하기에 수천 킬로나 떨어진 이곳에서 루마니아에 있는 당신의 모습이 보인 것임을. 그러자 저는 누구보다도 행복한 여자가 되었습니다.

사랑하는 게오르게.

사랑하는 당신을 남겨두고 루마니아를 떠나 이 낯선 땅에서 생활한 지도 벌써 3년이 넘었습니다. 누군가가 이야기했지요, 눈에서 멀어지면 마음에서도 멀어진다고……. 하지만 제 사랑은 다르답니다. 헤어져 있는 3년 동안 하루하루가 지날수록 당신에 대한 사랑은 점점 더 커지고 단단해지기만 하니까요.

사랑해요, 게오르게.

진심으로 당신만을 사랑할 것을 맹세합니다. 누군가가 당신과 나를 갈라놓으려 해도 제 마음은 결코 변하지 않을 겁니다. 세월이 흐르고 우리 사이의 먼 거리가 우리 둘을 갈라놓는다 할지라도……. 아니, 게오르게 당신이 나에게 실망하고 나를 떠난다 할지라도 당신에 대한 나의 사랑은 결코 변하지 않을 거예요.

사랑해요, 게오르게.

하루하루 더욱 애틋하고, 더욱 진하고, 더욱 강렬하게 당신에 대한 사랑은 커져갑니다. 지금 서로 헤어져 있는 것은 우리의 더욱 큰 사랑을 위해서라고 생각하니 나는 조금도 힘들지 않습니다.

게오르게, 사랑해요.

그러니 나의 사랑 안에서 언제나 건강하세요.

당신의 안위는 나의 생명입니다. 만일 당신에게 무슨 일이 일어난다면 전 정말 단 하루도 살 수 없을 거예요.

사랑해요, 게오르게.

너무나, 너무나 사랑합니다.

내 생명보다도 더…….

파리에서

당신을 사랑하는 마리안

세상의 빛이며 어둠이고, 나의 여왕이며 반려자인

나의 사랑 나의 마리안.

당신의 편지를 받고 당장이라도 파리로 달려가고 싶었지만 나는 간신히 나 자신을 추슬렀소. 당신의 말대로 조금만 더 참자고 말이오.

루마니아는 여전히 깊은 경제공황에 허덕이고 있소. 거리에는 실업자와 거지 아이들이 가득하다오. 매일매일 빵 값이 다르고 전화

비마저 들쑥날쑥이라오. 하지만 이번에 나는 운이 좋게도 외국 회사의 정식 사원으로 들어갈 것 같소.

어제만 해도 막노동판이든 거리 청소든 건물 외벽 닦기든, 닥치는 대로 일했지만 일용직인데다 직업소개소가 수수료를 턱없이 높게 가로채는 바람에 사실 시골에 있는 동생과 부모님의 생활비를 조금 보내주고 내 밥값을 치르고 나면 남는 것이 없었소.

하지만 이번 일이 잘돼서 3개월의 수습 기간 동안 최선을 다해 기술을 익히면 안정적인 외국 회사에 들어가 평생 걱정 없이 당신을 행복하게 해줄 수 있을 거요. 그러기 위해서 나는 온 힘을 다하고 온 정성을 다해 일할 거요. 그러니 마리안, 이제 조금만 참으면 우리는 만날 수 있소.

마리안, 지난 3년 동안 내가 얼마나 당신을 그리워하고 보고 싶어 했는지 당신이 알까. 당신이 나를 그리워하는 마음의 열 배, 백 배만큼 내가 당신을 그리워한다는 것을 알아주오.

어제 당신의 편지를 읽고 또 읽다가 깜빡 잠이 들었소. 당신이 한 자 한 자 정성껏 써내려간 편지를 두 손으로 안은 채 말이오. 그래서인지 어젯밤 꿈에서는 더욱더 생생하게 당신의 모습을 볼 수 있었소. 내 곁에 있던 그 모습 그대로 당신은 조금도 변하지 않고 여전히 맑고 순수하고 여리고 아름다웠소.

꿈속에서 나는 키스했소. 당신의 태양처럼 반짝이는 갈색 머리카락에…… 수줍은 듯 깜빡이는 긴 속눈썹 위에…… 눈처럼 희고 부러질 듯 가녀린 얇은 목선에…… 부끄러운 듯 떨리는 봉긋한 분홍빛 젖가슴에…… 나는 끝없이 키스를 퍼부었소.

마리안, 사랑하오. 나는 이 편지 위에 수십 번, 수백 번을 키스하오. 당신에게 내 터질 듯한 강렬한 사랑을 보내려 하오.

마리안, 그대는 나의 생명이오. 그대는 존재하는 것만으로도 내게 행복을 주는 천사요. 사랑하오. 나는 이 밤이 새고 아침 해가 떠오를 때까지 당신을 사랑한다고 속삭이겠소. 우리는 비록 멀리 떨어져 있지만 우리의 사랑은 조금도 변하지 않을 거요.

내가 정식 사원으로 채용되기만 한다면 당신은 당장이라도 파리를 떠나 이곳 갈라치에 올 수 있겠지. 나는 최선을 다할 거요. 그리고 반드시 하루라도 빨리 당신을 나의 품으로 되돌아오게 만들 거요. 당신은 나의 생명이오. 부디 건강하게만 있어주오. 그대만 내 곁에 있어준다면 나는 어떤 일이든 할 수 있소.

사랑하오. 나의 목숨보다도, 나의 조국보다도, 나의 사상보다도…….

이 세상의 무엇보다도 당신을 사랑하오.

갈라치에서

당신의 노예 게오르게

루마니아 대사는 커다란 집무실 책상 위에 신문을 패대기쳤다. 아예 오늘은 노골적으로 게오르게와 그의 연인 마리안의 편지가 원문 그대로 실렸다. 기자들은 벌떼처럼 달려들어 두 연인의 애틋한 사랑의 증거들을 하루가 멀다 하고 신문 전면에 대문짝만하게 걸어댔다. 이런 기사가 걸리면 걸릴수록 마리안이라는 여자를 당장 찾아내라는 본국의 압박은 강해지고 국민들의 원성은 높아질 게 뻔했다.

프랑스 주재 루마니아 대사관저는 최근 루마니아 여성들의 실종 사건과 더불어 '게오르게 사건'이라 불리는 이 엽기적인 사건에 대해 정부가 어떤 명령을 내릴지 노심초사하고 있었다.

루마니아의 수많은 여성이 부유한 서유럽 국가로 퍼져나오고 있었다. 그들은 외국에서 떼돈을 벌 거라는 믿음을 가지고 있지만 러시아, 프랑스, 캐나다 등지에서 그들은 몸을 파는 창녀로 전락하거나, 심지어 인신매매의 표적이 되고 말았다. 이런 실종 사건이 하루에도 몇 건씩 보고되고 있는 것이 바로 지금의 실정이었다.♦ 그러나 이러한 사건이 일어나도 빈국貧國인 루마니아는 국내에서만 분통을 터뜨릴 뿐, 대외적인 활동을 못했다. 그런데 바로 며칠 전에 일어난 '게오르게 사건' 때문에 루마니아 국내는 물론 프랑스 전국에까지, 아니 동유럽 국가 전역에까지 여성의 실종 사건, 인신매매 문제가 본격적으로 대두되기 시작했다.

게오르게라는 청년과 마리안이라는 여인의 절절한 편지가 신문 지면을 장식하면서 루마니아의 전 국민이 들끓었다. 서로를 목숨보다 사랑하는 두 사람이 돈을 벌기 위해 생이별하면서 비극

♦21세기 경제 위기 전후로 국제적인 여성 인신매매가 날이 갈수록 심각해지고 있다. 특히 루마니아, 헝가리 등 동유럽권 여성들이 마피아에 의해 러시아, 마카오, 캐나다 등지로 매년 100만~200만 명씩 성 노예로 팔려가고 있다고 한다.

은 시작되었다. 국외로 나가 직업을 찾고 돈을 벌기 쉬운 쪽은 누가 뭐래도 여자 쪽이었다. 인력시장은 절대적으로 여자들의 취업에 유리했다.

그 때문에 마리안이란 여자도 파리 외곽으로 일자리를 찾아 떠났다. 그녀는 파리의 재단 공장에 취직했다. 그렇게 남자는 루마니아에서, 여자는 파리에서 서로 눈물나는 편지를 주고받으며 몇 년간이나 사랑을 이어왔다. 그러다 갑자기 마리안이 실종되면서 일이 시작되었다.

사라진 연인을 찾기 위해 게오르게가 전 재산을 털어 파리로 날아와 곳곳을 헤매기 시작한 것이다. 엉망진창이 되어버린 경제 상황에서 목숨보다 귀하다는 외국 회사의 일자리마저 내팽개치고 사랑하는 연인을 찾아나선 것이다. 그러나 그가 단순히 연인을 찾아 헤매고 말았으면 이것이 '게오르게 사건'이라 불리지는 않았을 것이다. 미친 듯이 연인을 찾아 헤매던 가엾은 청년이 그토록 끔찍한 모습으로 살해되지만 않았어도.

"실례합니다, 대사님."

때마침 비서실장이 집무실 문을 열고 들어섰다.

"어떻게 된 건가? 범인은 누군지 알아냈나? 마리안이란 여자는 찾았나?"

대사는 눈물나는 연인의 편지가 실린 신문을 구기며 일어섰다. 두 손으로 고풍스러운 책상을 짚은 대사의 이마는 신문처럼 구겨져 있었다.

"그게…… 아직도 못 찾았습니다. 프랑스 정부도 여론 때문에 샅샅이 찾고는 있지만 목격자가 없는데다 잔인한 정도를 봐서는 마피아 짓이 확실하기 때문에 수색하는 데 어려움이 많다고 합니다. 여러모로 베일에 가려진데다 치밀한 전문가의 솜씨라 수사에 진척이 없답니다. 장소도 장소인 만큼 쓰레기 더미 속에 누가 어느새 시체를 버렸는지 모를 일이라……."

비서실장의 보고는 오히려 대사의 신경을 자극했다.

"모른다, 모른다, 모른다! 일이 터졌는데 해결은 못하겠다면 어쩌겠다는 거야!"

대사는 커다란 의자에 털썩 앉더니 신경질적으로 의자를 돌렸다. 이제 비서실장에게는 대사의 등을 받치고 있는 회전의자밖에 보이지 않았다.

"나가봐."

마치 바람 빠진 풍선마냥 허탈하기 그지없는 대사의 목소리가 들려왔다. 비서실장이 밖으로 나간 뒤에도 그는 커다란 한숨을 내쉬며 곰곰이 생각에 빠져 있었다.

지금 온 국민이 떠들어대고 있는 '게오르게'란 자는 대기업 총수도 아니고, 정부 고위급 인사도 아니다. 매일매일 벌어지는 숱한 살해 사건들 중에 유독 이 사건이 모두의 이목을 끄는 것은 살해된 그의 상태와 발견된 장소가 루마니아 국민들의 피를 끓게 만들었기 때문이다.

처음 시작은 그랬다. 신원 미상인 남자의 시신이 거대한 쓰레기 하치장에서 발견되었다. 쓰레기 더미 사이에서 발견된 남자의 시신은 프랑스 시민들을 공포와 분노 속으로 밀어 넣었다.

단순히 쓰레기 하치장에 버려진 시체가 아니었다. 시체가 열두 조각으로 나뉘어 있다는 사실, 그 조각을 맞춰본 결과 죽기 전까지 상상할 수도 없는 잔인한 고문이 이뤄졌다는 사실이 밝혀지면서 시민들은 분노했다. 그리고 그가 살아 있는 동안 받았을 고문에 대한 추측성 기사가 연달아 실리면서 시민들의 분노는 극에 달했다.

얼마 지나지 않아 그의 국적이 루마니아라는 사실이 알려졌다. 결혼을 약속한 약혼녀가 프랑스에서 갑자기 사라지면서 게오르게라는 남자가 없는 돈을 긁어 프랑스로 건너왔다는 사실과 함께 그가 며칠씩 굶으면서도 그녀를 찾기 위해 필사적이었다는 눈물나는 행적이 밝혀졌다.

마치 『엄마 찾아 삼만 리』에 등장하는 끈질기고 불쌍한 어린아이처럼 그가 끝도 보이지 않을 것 같은 연인의 실종 사건을 쫓다가 마침내 열두 조각의 시체로 쓰레기 더미에 묻히고 말았다는 사실도 알려졌다.

이것은 게오르게 한 사람의 일이 아니었다. 단순히 루마니아의 일만도 아니었다. 수많은 루마니아인이 해외 각지에 흩어져 있었고, 가난한 동유럽 국가들은 서유럽 마피아에 인신매매의 표적이 되어 있었기 때문이다.

게오르게 사건 역시 그가 열두 조각으로 잘리지만 않았더라도, 아니 죽기 전에 그토록 잔인한 전기고문, 물고문, 불고문 등을 당하지만 않았더라도, 그의 눈물나는 행적이 고스란히 방송되지만 않았더라도 그저 하루가 멀다 하고 일어나는 그렇고 그런 사건들처럼 묻혀버렸을지도 몰랐다. 하지만 그의 행적이 명명백백 드러나면서 모든 사람이 불쌍한 게오르게의 편에서 그의 연인을 찾으라고, 그의 죽음을 규명하라고 강력히 요구하고 있었다.

"젠장!"

이번 사건 역시 지난 숱한 사건들마냥 아무런 진전 없이 끝나버릴 것 같다는 생각에 대사는 의자 손잡이를 힘껏 내리쳤다. 나라가 가난하고 힘이 없다는 사실은 눈물이 나올 만큼 답답하고 한심한 일이었다.

3

달빛 한 점 없는 어두운 밤이지만 파리 16구 외곽 불로뉴 숲의 불빛만은 저녁이 밤이 되고 밤이 새벽을 가를 때까지 잠시도 사그라지지 않았다. 현란한 조명등 아래서 요란한 화장으로 얼굴을 감춘 여인들은 속옷이 비칠 정도로 아슬아슬한 미니스커트를 흔들며 숲 속을 통과하는 차량 운전자들과 근처를 배회하는 뭇 남성들의 시선을 붙들었다.

얼굴 가득 분가루를 하얗게 끼얹은 여인들은 어두운 공원 근처를 누비고, 때로는 분주한 도시의 좁은 골목을 누비고, 때로는 강한 비트의 음악이 흘러나오는 클럽을 서성이며 얼큰히 술에 취한 남자들을 붙잡기 위해 분주했다. 그녀들이 분주할수록 포주들 역시 신경을 곤두세우며 거리를 서성댔다.

"흥, 이년들 옷 꼬락서니 봐라! 이년들아, 네년들 몸뚱어리가 뭐가 귀하다고 꽁꽁 숨겨두는 거냐? 찢어라! 훌렁훌렁 내놓고 발정 난 수캐의 아랫도리를 잡으란 말이야!"

벌써 몇 시간 전부터 손님을 한 명도 잡지 못한 여인은 성질 사납기로 유명한 포주, 일명 '미친개 할리'에게 트집이 잡히고 말았다. 무릎까지 오는 까만 부츠를 신고, 허벅지도 가리지 못할 만큼 짧은 미니스커트를 입은 금발 여인에게 할리는 거침없이 잔소리를 퍼부으며 여인의 가슴을 가리고 있던 짧은 체크무늬 남방의 단추를 우두둑 뜯어버렸다.

그러자 작은 남방 안에서 팽팽하게 터질 듯했던 커다란 열매 두 개가 하얀빛을 출렁거리며 튀어나왔다. 금발 여인은 눈을 째며 잽싸게 앞가슴을 가렸다. 그러고는 할리를 피해 다른 여인들 사이로 들어갔다. 할리의 곁에 있다가는 무슨 일을 당할지 알 수 없다는 걸 잘 알고 있기 때문이었다.

미친개라는 별명에 걸맞게 할리는 짙은 붉은색 머리를 어깨까지 지저분하게 늘어뜨린 거구의 사내였다. 2미터에 달할 정도의 키에 건장한 근육이 울룩불룩 튀어나와 있었다.

오늘 할리는 평소보다도 좀 더 기분이 나빠 보였다. 기분이 안좋은 할리를 잘못 건드렸다가는 온몸이 난자당한 채 쓰레기 하치장에 버려질 수도 있다는 사실을 알고 있기에 거리의 여인들은 슬슬 눈치만 볼 뿐이었다. 그녀들은 온 세상을 떠들썩하게 달군 게오르게 사건의 범인이 할리일 거라 짐작하고 있었다. 미친개할리가 아니라면 대체 누가 그런 짓을 한단 말인가!

"이년들아! 돈을 벌어, 돈을! 이 생활을 때려치우고 싶으면 더열심히 하란 말이야! 지나가는 사내새끼들을 모조리 잡아채란말이야, 이년들아!"

길거리를 서성대던 거리의 여자들은 서둘러 술 취한 남자들을향해 몸을 돌렸다. 서둘지 않으면 아무도 못 말리는 미친개 할리에게 무슨 일을 당할지 알 수 없기 때문이었다.

"이봐, 할리! 할리!"

괜스레 여자들을 못살게 굴던 할리에게 호세가 달려왔다. 검고짧은 곱슬머리에 키가 작은 호세는 까무잡잡한 피부의 라틴계 남자였다. 그는 할리의 유일한 친구이자 믿음직한 부하였다. 그는할리와 달리 아주 왜소한 사내였다. 그래서 불로뉴 밤거리에 할리와 호세가 나란히 서면 거인과 소인이 함께 있는 것만 같았다. 이들은 다른 외모처럼 서로의 부족한 점을 보완해주는 관계를 유지하고 있었다.

"무슨 일이야?"

거대한 몸집이 실룩거리며 무뚝뚝한 저음이 울렸다. 호세는 할

리의 음성을 듣자마자 그의 기분이 나쁘다는 걸 알아챘다. 호세
는 할리의 기분을 바꿔주기 위해 일부러 들뜬 음성으로 말을 걸
었다.

"새 물건이 왔어. 보러 가야지?"

"드디어 왔어? 지겹게도 오래 걸렸군."

할리는 붉은 머리를 흔들어댔다.

"요즘은 파리든 러시아든, 감시가 심해졌으니까. 그놈의 게오
르겐가 뭔가 하는 그놈 때문에 말이야."

"젠장, 가! 어서 가자고!"

할리는 고개를 절절 흔들며 어서 가자는 손짓을 해 보였다.

루마니아의 가난뱅이 게오르게인가 뭔가의 사건이 터진 이후
프랑스 전역에서 여자를 구하기가 무척이나 힘들어졌다. 보잘것
없는 사내놈 하나 죽은 게 무슨 대수라고 온 유럽이 이 난리인지,
할리의 사업에 막대한 지장이 아닐 수 없었다.

할리는 호세가 끌고 온 까만 세단에 몸을 실었다. 세단은 요란
한 굉음을 내며 거리 저편으로 사라졌다.

4

지하가 분명했다.

지하 몇 층인지 확실치는 않지만 분명 깊은 지하실이 분명했

다. 아래로부터 스멀스멀 기어 나오는 지독히도 습한 냉기를 느끼고 회색 천장에 매달린 물방울이 투욱 떨어지는 소리를 들으며 울리아나는 이곳이 깊은 지하일 거라고 생각했다. 형광등 하나, 백열등 하나 켜져 있지 않은 회색의 깊은 어둠이 눈에 익어가자 울리아나는 이곳이 검은 창살로 막힌 거대한 감옥임을 알아차렸다.

"괘, 괜찮아요? 깨어난 사람…… 있나요?"

사방의 벽을 더듬던 울리아나는 벽 귀퉁이에서 자신과 마찬가지로 두려움에 몸을 떨고 있는 여인들을 향해 말을 걸었다.

"나도 정신이 들었어요. 여긴…… 여긴 어디죠? 국경을 넘은 건가요? 아니면 여전히 프랑스인가요?"

울리아나 말고도 세 명의 여인이 더 있었다. 그들 모두는 자신이 있는 이곳이 어딘지, 파리 시내로부터 얼마나 떨어져 있는지, 심지어 오늘이 며칠인지조차 알 수 없었다.

"나는 헝가리 출신이에요. 파리에는 돈을 벌러 왔어요. 제일 먼저 찾아간 곳이 바로 직업소개소였어요. 시내에 있는 커다란 직업소개소는 겁이 나서 외곽에 있는 낡은 소개소를 찾아갔어요. 자기소개서를 쓰는데…… 소장이란 사람이 이것저것 꼬치꼬치 묻기 시작했어요. 결혼은 했느냐, 파리에 친척은 있느냐, 돈은 얼마나 있느냐, 헝가리에선 어떤 일을 했느냐…… 이것저것 물어보더니…… 드링크제 하나를 건네줬어요. 아마도 거기에 수면제가 섞여 있었나 봐요. 그걸 마신 뒤로 기억이 없어요. 가끔 정신이 흐릿하게 깨면 낯선 남자들이 날 보고 있었던 게 기억나요. 하지만 그때마다 다시 수면제에 취한 건지 정신을 잃었어요. 그리고 이제 깨어나보니 이곳에 있네요. 제가 얼마나 정신을 잃었던 건지…… 여기가 대체 어딘지 알 수가 없어요. 기껏 비행기 표를 사서 파리까지 왔는데…… 프랑스에서 돈을 벌어보려고…… 돈 좀 벌겠다고…… 어렵게 어렵게 왔을 뿐인데……. 으흑, 으흐흐흑!"

최선을 다해 침착하게 이야기하려던 헝가리 여인은 결국 울음을 참지 못하고 두 손에 얼굴을 묻었다. 그러자 누가 먼저랄 것도 없이 모두 목 놓아 울어대기 시작했다.

"으흑. 으흐흑……."

"흑흑흑……."

모두의 이야기를 듣지 않아도 서로 처지가 비슷하다는 것을 알 수 있었다. 울리아나 역시 돈을 벌기 위해 파리로 왔고, 그녀 역시 누군가에게 속아 감쪽같이 납치되었던 것이다.

"바보처럼! 그날은…… 그날은 나오지 말았어야 했는데!"

울리아나는 가슴 밑바닥에서 솟아오르는 후회에 미칠 것만 같았다. 울리아나의 어머니는 루마니아와 헝가리의 접경지대인 시크 지방의 집시 출신이었다. 어머니를 따라 집시 점을 치며 하루하루 입에 풀칠을 하다가 젊은 나이에 이대로 있긴 억울하다는 생각에 틈틈이 저축하고 돈을 빌려 프랑스로 날아왔다.

그녀는 몇 년간 죽도록 일해서 빚을 갚고 사람처럼 살아보자고 결심했다. 하지만 그녀의 계획은 파리에 도착한 첫날, 점괘가 지독히도 나쁜 그날 시내를 배회하다가 그만 물거품이 되고 말았다.

납치되던 날 아침 울리아나는 평소처럼 점을 쳤다. 그날 울리아나의 점괘는 말할 수 없을 만큼 최악이었다. 하지만 파리까지 오느라 쓴 항공비며 고국에 보내야 하는 돈을 생각하자 멍하니 있을 수가 없었다. 하루라도 빨리 일거리를 찾아야 했다.

하지만 최악의 점괘가 나온 그날만큼은 움직이지 말았어야 했다. 결국 일거리를 찾아 헤매다가 괴한들에게 납치까지 당하고 말았다. 울음도 터져 나오지 않을 만큼 분하고 속상했다. 여기까지 그 고생을 하며 왔는데…….

그긍…… 덜커덩.

그때였다. 침묵만 흐르던 어두운 지하에 갑자기 누런 형광등이 켜지면서 육중한 철문이 열렸다.

"……!"

바짝 긴장한 여인들은 겁에 질렸다. 그들은 습한 회색 벽에 붙어 웅크린 채 눈만 크게 껌뻑였다.

뚜벅. 뚜벅. 뚜벅…….

축축한 지하실을 비추는 어스름한 형광등 불빛 아래로 험상궂은 남자의 모습이 비쳤다. 거구에 어울리지 않게 빨간색으로 머리를 물들인 남자는 미친개 할리였다. 그는 축축한 감옥에 갇힌 네 명의 여자를 진득한 눈빛으로 쳐다보았다.

"이번엔 뭐, 그저 그렇군."

싱글거리는 호세와 달리 할리의 표정은 마뜩잖아 보였다. 별 특색도 없는 여자들이라니, 이제 신물이 날 지경이었다.

"이봐, 할리! 하지만 자네 때문에 밖에선 얼마나 난리인 줄 알아? 이것도 감지덕지라고!"

"쳇!"

할리는 호세의 말이 무슨 의미인지 누구보다 잘 알고 있었다. 성난 할리가 게오르게라는 시골 청년을 붙잡아 실컷 고문하고 끝내는 잔인하게 죽인 탓에 프랑스는 물론 루마니아와 동유럽이 들끓고 있었다. 이런 상황에서 가난뱅이 나라의 여자들을 잡아온다는 건 위험천만한 일이었다.

떨떠름한 표정을 짓던 할리는 네 명의 여자에게서 눈을 돌려 그의 뒤를 따라온 까만 머리의 여인을 바라보았다.

"니카, 네가 알아서 먹을 거나 좀 먹여봐. 죽지 않을 만큼만 말이야. 5일쯤 뒤에나 손을 봐줄 테니까. 알았냐?"

까만 파마머리의 여인은 할리의 말에 아무런 대답도 없이 고개를 끄덕였다. 그녀는 분명히 잔뜩 겁에 질린 얼굴로 눈치를 보고 있었다. 모르는 사람이 보더라도 그녀가 할리를 얼마나 끔찍하게 두려워하는지 금세 알 수 있을 정도였다.

"이봐요, 당신들은 누구죠? 우릴 왜 여기로 데려온 거죠? 우릴 놔줘요! 우릴 놔주면 신고는 하지 않을 테니까, 그냥 놔줘요. 제발요!"

바로 그때 울리아나가 벌떡 일어나 미친개 할리를 향해 겁도 없이 소리를 질렀다. 그러나 그녀의 목소리는 다음 순간 다른 여인들과 마찬가지로 침묵으로 바뀔 수밖에 없었다.

퍼어억!

"닥쳐!"

할리의 낮고 음산한 목소리를 듣는 순간 그녀는 그 엄청난 살기에 오금이 저렸다. 할리가 자신의 거대한 주먹으로 이 캄캄한 감옥의 벽을 내려친 것이었다. 그 힘이 얼마나 대단한지 벽돌 귀퉁이가 우수수 부서져 내렸다.

"닥쳐! 당장 죽고 싶지 않으면 그 주둥아리를 닫아둬야 할 거다. 닷새 뒤부터 손을 봐줄 테니 자세한 얘기는 그때 하자고. 닷새 후에 너는 내가 특별히 봐줄 테니 기다려라. 크크크."

음산하고 섬뜩한 웃음소리가 지하실에 울려 퍼졌다. 그의 음성에 숨어 있는 잔인함에 모든 사람이 질려버릴 정도였다. 울리아나는 공포가 가득한 눈으로 그 자리에 털썩 주저앉고 말았다.

무시무시한 남자들이 떠나자 네 명의 여자는 서로서로를 붙들고 울음바다를 만들어냈다. 그들의 앞날이 어찌 될지 험상궂게 일그러진 할리의 얼굴만 보더라도 충분히 짐작할 수 있었다. 정말 앞날이 캄캄했다.

철커덩…… 그긍…….

또다시 저 멀리서 철문 열리는 소리가 들렸다. 겁먹은 여인들은 한쪽 벽 끝에 몰려 앉아 서로서로를 부둥켜안고 덜덜 떨었다.

그런데 이번에는 그 무시무시한 남자가 아니라 겁먹은 눈으로 찍
소리도 못하던 니카라는 여인 혼자였다.

"식사해요."

그녀는 간단한 수프와 빵을 감옥 안쪽에 있는 여자들에게 밀어
넣어주었다. 하지만 누구도 그녀가 건네준 음식에 가까이 가려
하지 않았다.

"안 먹으면 손해예요. 우선 수프라도 좀 먹어요."

검은 머리의 니카는 무시무시한 남자들과 달리 사근사근하고
친절한 말투로 여자들을 대했다. 게다가 그녀의 말투에는 여인들
을 향한 안타까움과 연민이 담겨 있었다. 자세히 바라보니 니카
역시 그녀들과 비슷한 또래일 듯싶었다. 생김새를 보니 그녀 역
시 동유럽 출신이 분명했다.

"당신…… 당신도 여기 잡혀 있는 거죠?"

니카를 쳐다보고 있던 울리아나가 갑자기 감옥 바깥쪽에 있는
그녀에게 조금씩 다가가 그렇게 물었다. 하지만 니카는 쓸쓸한
표정으로 고개를 가로저었다.

"아니에요. 나는 잡혀 있지는 않아요. 나는 음식을 사러 차를
타고 나갈 수도 있고, 상점에 다니면서 이야기도 할 수 있어요."

"아니, 그렇지 않아요. 당신은 잡혀 있어요! 우리처럼 잡혀 있
는 거예요! 돌아다닐 수 있다고 자유가 있는 건 아니죠. 당신은
자유롭지 않아요. 그리고 당신…… 몇 달 전에 아주 소중한 사
람이 죽지 않았나요? 당신이 아끼고 사랑하던 사람이 죽지 않

왔나요?"

"그, 그걸 어떻게……?"

울리아나의 얘기에 니카는 깜짝 놀라 두 눈을 껌뻑거렸다.

"난 집시예요. 루마니아 시크 지방이 고향이죠. 점을 볼 줄 알아요. 그래서 당신 얼굴에서 그 사실을 알 수 있었어요."

"그…… 그랬군요."

니카의 두 눈에 말간 물이 고였다. 니카 역시 루마니아 사람인데다 그녀의 슬픈 기억이 또다시 되살아났던 것이다.

마리안…… 파리에 와서 사귄 둘도 없는 친구 마리안이 죽은 것은 벌써 몇 달 전의 일이었다. 더없이 맑고 아름다운 영혼을 가졌던 그녀가 니카의 곁을 떠난 것은…… 아니, 그 지독한 할리 놈에게 살해된 것은 몇 달 전의 일이었다. 그것도 끔찍한 방법, 끔찍한 모습으로.

게다가 할리…… 그 끔찍한 괴물은 마리안이 가장 사랑하고 가장 소중히 여겼던 남자까지 붙잡아 고문하고 죽인 것도 부족해서 시체를 잘라 한낱 쓰레기로 만들어버린 짐승 같은 놈이었다. 그 처절하고 괴로웠던 일들이 머릿속에 떠오르자 니카는 그 자리에서 울컥 눈물을 보이고 말았다.

"당신의 소중한 사람은 그자에게 살해당했군요. 짐승의 눈빛을 한 그 거대한 자, 바로 그에게 살해당했군요!"

아무 말을 하지 않았는데도 울리아나는 모두 알고 있는 것 같았다. 점을 치는 집시라는 말이 분명 거짓은 아니었다. 그러나 아무리 미래를 알고 운명을 점치더라도 이 상황에서는 뾰족한 방법이 없었다. 누구든 미친개 할리에게 물리면 놈의 손에서 벗어날 수 없었다. 만에 하나 도망치더라도 할리는 세상 끝까지 쫓아가 잡아왔다. 잡혀온 자의 최후는 말할 필요도 없었다. 죽음보다 더 끔찍한 일을 당해야 했다.

니카를 비롯한 모두들 할리에게 잡힌 이상 그놈 곁을 벗어날 방법은 없었다. 죽음밖에는.

하지만 울리아나는 조금도 포기한 눈빛이 아니었다.

"니카, 혹시 집시 카드가 있을까요? 우리와 당신을 위해 지금 점을 쳐봐야겠어요. 아까 만났던 그 거구의 남자는 지은 죄가 많아서 누군가가 그를 조금만 죽음의 세계로 발을 들이게 한다면 우리를 괴롭히지 못하고 죽어버릴 거예요. 내가 점을 쳐서 그를 죽음으로 몰아넣을 사신死神이 누군지 알아내겠어요! 그 사신을 만난다면 그자는 반드시 죽을 거예요! 날 믿어요! 당신과 내가 자유로워질 수 있도록 부디 나를 도와줘요! 날 믿어줘요!"

울리아나는 철창 너머로 니카의 두 손을 꽉 붙들고 놓지 않았다. 니카가 유일한 탈출구였다. 울리아나는 니카를 탈출시킬 사람은 자신밖에 없다는 믿음을 주기 위해 니카의 손을 붙들고 흔들었다. 그 믿음이 니카의 마음에도 뜨겁게 전달되었다.

유일한 친구인 마리안을 죽이고 눈물나도록 아름다웠던 그녀의 연인 게오르게까지 죽인 할리를 벌할 수만 있다면 니카는 무엇이라도 할 수 있을 것 같았다.

"카드…… 카드라면 위층에서 봤어요. 할리의 패거리는 모두 떠났으니까. 위…… 위층에서 찾아올게요!"

니카는 곧 카드를 찾아내어 울리아나에게 건넸다.

울리아나는 정신을 집중해 점을 치고, 또 쳤다. 그리고 그때마다 점괘는 똑같았다. 첫째, 바로 내일이 할리를 죽일 절호의 날이라는 것. 내일이 바로 할리의 운이 지독히도 안 좋은 날이었다. 둘째, 할리를 죽음으로 몰아넣을 수 있는 자는 '붉은 피의 천사'라는 것이었다. 셋째, 그들이 붉은 피의 천사를 만날 시간과 장소는 바로 내일 오전 사람들이 많은 넓은 곳이었다.

울리아나는 몇 번이나 반복되는 점괘를 확인한 뒤 눈물을 흘렸다. 지독히도 재수가 없었지만 이제 운명은 변했다. 울리아나는 물론이고 함께 이곳에 갇힌 여인들 모두 죽지 않을 것이다. 그들을 구원할 '붉은 피의 천사'를 만난다면.

울리아나는 창살 너머에 있는 니카와 두 손을 맞잡았다.

"믿어요, 니카! 우리를 구해주실 분이 올 거예요. 붉은 피의 천사가…… 그분이 우리를 구원해줄 거예요. 그분에게 구원을 요청해야 해요! 그분을 통해 구원을 얻어야 해요! 니카, 당신이 우리 모두를 대신해 그분을 찾아야 해요. 맹세컨대 당신은 반드시 그분을 찾아내어 당신 자신과 우리 모두를 자유롭게 풀어줄 수 있어요!"

니카는 겁먹은 얼굴로 창살 너머의 울리아나를 바라보며 벌벌 떨었다. 울리아나는 할리가 얼마나 무서운지 알지 못하기 때문에 저리도 호기롭게 말하는 것이다. 바늘로 찔러도 피 한 방울 나오지 않을 할리를 상대로 니카가 무슨 일을 할 수 있단 말인가! 니카는 수프와 빵이 고스란히 남은 접시를 들고 다시 철문을 빠져나왔다. 이어 천천히 위층으로 올라갔다.

이곳은 도시 외곽에 있는 할리의 개인 별장이었다. 별장 지하에는 비밀스럽게 파놓은 감옥과 고문실이 있었다. 할리는 별장의 1층에서 질 나쁜 친구들을 모아 파티를 즐겼고, 니카는 그의 시중을 드는 하녀 역할을 했다.

니카는 빵과 수프가 담긴 접시를 물에 씻으며 눈물을 흘렸다. 비록 자유롭게 마을을 돌아다니며 먹을 것을 사고 감옥 밖에서 여인들을 감시한다고는 해도 니카 역시 그녀들과 다를 바 없었다. 그녀도 할리의 손아귀에서 절대로 벗어날 수 없는 노예였다. 그 장소가 감옥 안이냐 밖이냐의 차이만 있을 뿐.

니카의 손이 벌벌 떨렸다. 울리아나의 말을 들은 뒤 니카의 뇌리에서 그녀의 말이 잠시도 떠나질 않았다. 한 장 한 장 넘어가는 카드를 보면서 구원의 붉은 천사에 대해 이야기하던 울리아나의 눈빛이 잠시도 머릿속에서 사라지지 않았다. 뽑아도 뽑아도 귀신처럼 똑같은 카드가 나오는 그 믿기지 않는 현상에 속임수가 있다고는 생각할 수 없었다.

'구원…… 나도 구원받길 바라. 이 지긋지긋한 감옥에서 벗어나 내 나라로 돌아가고 싶다. 돈이 없어도, 가난해도, 구걸을 해도 이렇게…… 살고 싶진 않아!'

니카는 스스로를 향해 힘껏 소리 질렀다. 붉은 피의 천사……
만일 정말로 그 천사가 나타난다면…… 그것은 새로 잡혀온 네
명의 여자를 위해서가 아니라 니카, 그녀 자신을 구원하기 위해
서일 것이다. 그녀는 지금 자신이 '사는 것'이 아니라 '죽지 못해
살아 있는 것'이라고 생각했다.

할리에게 잡혀온 여자들의 인생은 뻔했다. 이 남자, 저 남자에
게 몸을 팔면서 인생을 허비하다가 아버지를 알지도 못하는 애라
도 임신하면 면허도 없는 돌팔이 늙은이에게 말도 안 되는 낙태
수술을 받으며 몸을 버리고 만다. 특히나 새로운 여자들이 잡혀
올 때마다 니카는 이 시골구석에 들어와 하녀 노릇을 하며 여자
들의 비명 소리를 듣고 할리 일당의 추악한 짓을 지켜봐야 한다
는 것이 죽기보다 싫었다. 모든 것이…… 그녀를 둘러싼 모든 것
이 지긋지긋하고 구역질 날 정도로 싫었다.

니카는 별장 2층에 있는 작은 창고 방에 감춰두었던 작은 상자
를 꺼냈다. 힘들 때나 아플 때나 고통스러울 때…… 세상이 싫어
지고, 스스로가 싫어질 때마다 꺼내 보는 니카의 보물 상자였다.

네모난 뚜껑을 열자 흰색 항공우편 봉투가 아주 수북이 차곡차
곡 쌓여 있었다. 마리안이 가지고 있던 게오르게의 편지를 니카
는 너무나도 소중한 보물처럼 간직하고 있었다.

"마리안…… 게오르게 씨……."

수북한 편지를 멍하니 바라보던 니카는 두 팔로 힘껏 상자를
감싸 안았다.

'니카, 너만이라도 자유롭게 살기를…… 난 죽어서도 네가 자유로워지기를 기원할 거야. 죽어서라도…… 우리를 붙들고 있던 할리의 족쇄를…… 저주하고, 또 저주할 거야. 그리고 너만은 자유로워지도록 나 죽어서도 꼭…… 널 도와줄 거야!'

새하얀 얼굴의 마리안이 떠지지도 않는 두 눈을 홉뜨며 간신히 간신히 내뱉던 말이 니카의 머릿속에 되살아났다. 핏기도 없는 새하얀 손으로 니카의 손을 붙잡고는 반복하고 또 반복하던 그 유언을 니카는 잊지 않았다.

'나, 죽어서도 복수할 거야. 저 살인자에게 철저히 복수할 거야! 절대로…… 절대로 잊지 않을 거야!'

온몸이 피투성이가 된 깡마른 마리안의 마지막 말이 니카의 뇌리에 끝없이 퍼지고 메아리쳤다.

몇 달 전 니카와 마리안도 어두컴컴한 지하 감옥에 끌려왔다. 마리안도 니카도 돈을 벌기 위해, 그리고 가족들을 굶기지 않기 위해 무작정 파리로 온 동유럽의 가난뱅이 아가씨였다. 마피아에 납치된 처녀들이 모두 그렇듯 이곳으로 끌려온 마리안 역시 두려움에 몸을 떠는 불쌍한 가난뱅이 아가씨에 불과했지만 니카에게, 아니 모두에게 마리안은 색다른 여자였다.

여자들이 마피아에 붙잡혀온 이후의 스토리는 누구나 거기서 거기였다. 심하게 반항하는 여자, 살려달라 풀어달라며 매달리는 여자, 인생을 포기한 듯 심한 우울 증세를 보이는 여자 등 조금씩은 달랐지만 감금과 폭행, 유혹과 거짓말이 반복되다가 어느새 정신을 차리고 보면 거리의 여자가 되어 있는 자신을 발견하는 것이 보통이었다.

니카와 마리안도 마찬가지였다. 처음에는 매트리스 하나 없는 축축하고 추운 지하 감옥에서 개에게나 줄 법한 식사를 제공받았다. 그렇게 2~3일이 지나자 할리의 패거리들이 몰려와 반항하고 소리치고 애원하는 여자들을 때리고 협박하면서 그녀들의 소중한 곳을 헤집고 더럽히고 조롱하며 악마 같은 욕망을 실컷 배출했다.

반항은 오히려 두세 배로 되갚음 받게 되어 그녀들이 정신을 차릴 때까지, 고분고분해질 때까지 그 짐승들 모두를 상대해야 하는 경우도 있었다. 자비와 용서를 구하는 여자들도 우악스러운 사내들에게 짓눌려 성적 도구가 되기는 마찬가지였다. 그러고 나면 진혼곡을 틀어놓은 듯한 저주와 울음의 바다에 마치 크나큰 선물이라도 베푸는 듯한 눈빛으로 그들은 매트리스를 뿌리고 돌아가버린다.

짐승들의 유희는 그 후로도 며칠 동안 계속되었다. 그녀들이 반항하지 않을 때까지, 삶을 포기할 때까지, 고분고분해질 때까지 그녀들의 몸을 희롱하고 그녀들의 마음을 유린하는 것이다.

그렇게 생판 모르는 괴물들의 먹이가 되어 먹히고 또 먹히고, 유린당하고 또 유린당할수록 그녀들은 정작 몸이 아닌 정신을 잃어버리는 것이다. 겁탈당하는 몸은 정신을 어지럽혀서 영원히 도망갈 수 없음을, 영원히 노예가 될 수밖에 없음을 각인시킨다. 자신이라는 존재는 단지 욕망의 도구일 뿐이며, 이제 그 도구로서의 자신 외에는 어떤 모습도 남아 있지 않다는 사실을 깨닫게 되는 것이다.

이때가 되면 모두 지독한 우울감에 빠져든다. 자아는 상실되고, 자존감은 무너지며, 여지없이 반항이 꺾이면서 심각한 무기력증이 나타난다. 바로 이때 놈들은 교활한 혀를 날름거리며 오히려 단꿀을 뱉어놓는다.

"네년들 집에 돈을 부쳐야 하지? 너희 모두 돈 벌러 왔잖아?"

돈…… 돈이란 그 파렴치한 저주의 물건은 자기를 잃은 그녀들에게 유일한 희망이 된다.

"돈을 벌게 해주마. 매달 너희 집에 엄청난 돈을 송금하게 도와주마! 내 말만 잘 들어, 알겠냐? 너희를 그 지긋지긋한 가난으로부터 해방시켜주마!"

놈들은 여자들에 대해 속속들이 알고 있다. 그녀들이 돈을 벌어 고국의 가족에게 송금해야 한다는 사실도, 좀 더 풍족하게 송금할 수만 있다면 이제 기꺼이 그들의 말을 따를 수밖에 없다는 사실도.

인생을 모두 포기한 그 시점에 구걸하는 동생들을 먹여 살리고 뿔뿔이 흩어진 가족이 한곳에 모여 살도록 돈을 벌게 해주겠다는 말은 그녀들의 유일한 목표이자 삶의 희망이 되는 것이다. 할리 일당의 말은 거짓이 아니었다. 그녀들은 돈을 벌 수도, 고향에 송금할 수도 있다. 하지만 그사이에 빚이 눈덩이처럼 불어나기 때문에 영원히 할리의 손에서 벗어날 수 없는 노예로 전락하고 만다.

모든 것을 포기한 가난뱅이 아가씨가 처음 손님을 받기 위해서는 옷과 피임 도구, 잠자리와 소개꾼이 필요하다. 할리 일당이 그것들을 해결해주는 대신 그 모두는 온전한 빚이 된다. 신원을 보증해줄 사람 한 명 없는 가난뱅이 나라의 여자에게 돈을 빌려줄 경우 엄청난 이자가 동반되게 마련이다.

빚덩이는 그녀들이 하룻밤 새 십수 번씩 몸을 팔고 또 팔아도 늘어만 갈 뿐, 결코 줄어들지 않는다. 송금하지 못할 만큼 수입이 좋지 않은 때도 할리 일당은 기꺼이 돈을 빌려준다. 한참이 지난 뒤에야 그녀들은 그것이 할리 일당의 온정이 아니라는 것을 알아차린다. 그녀들은 그렇게 벗어나지 못할 족쇄와 보이지 않는 노예의 낙인이 늘어난다는 것을 알아차린다.

그렇다. 이런 식으로 가난뱅이 아가씨들은 할리 일당의 노예가 되어 하루하루를 연명하게 된다. 니카도, 다른 아가씨들도 그렇게 할리 일당에게 넘어갔다. 그들의 술수에 조금씩 넘어갈 수밖에 없었다.

하지만…… 마리안은 달랐다. 그녀에겐 목숨보다도 더 사랑하는 게오르게가 있었으므로, 그녀에겐 그녀 자신보다도 그녀를 더 사랑하는 남자가 있었으므로 그녀는 모든 고통을 감수하면서도 결코 마음을 꺾지 않았다. 니카에게는 목숨을 소중히 지키라고 했지만 정작 마리안은 자신의 목숨보다 게오르게에 대한 사랑을 소중히 지켰다. 그리고 결국 마리안은 할리의 손에 사라졌다.

말을 듣지 않는 여자 따위를 그냥 봐줄 할리가 아니었다. 마리안은 고통받고 또 고통받다가 목숨을 잃었다. 그것으로 끝이 아니었다. 그사이 게오르게가 사라진 마리안을 찾기 위해 몇 달이나 파리를 헤맸다. 그는 마리안을 찾아 헤매다가 결국 할리에게까지 찾아왔다. 절대로 그러지 말았어야 했다. 게오르게는 미친개 할리가 어떤 인간인지도 모르고 그를 찾아온 것이다. 결국 사랑스러운 두 연인은 저주받을 짐승 할리에게 죽임을 당하고 말았다.

두 사람이 니카에게 남긴 것은 그들의 진실한 사랑이 담긴 수백 통의 편지뿐이었다. 그러나 마리안은 그보다 더한 것을 니카에게 주고 떠났다. 그것은 니카, 바로 그녀 자신이었다. 그리고 그녀의 자유에 대한 갈망이었다.

5

니카는 아침 일찍 일어나 파리 광장 주변을 서성댔다.

울리아나는 오늘, 바로 오늘이 가장 희망적인 날이라고 했다. 오늘 분명 그녀들을 구해줄 '붉은 피의 천사'를 만날 수 있다고 했다. 사람이 가장 붐비는 곳에서 니카는 '천사'를 기다리기로 했다.

이곳 파리 광장은 할리 패거리들이 니카같이 방황하는 가난뱅이 처녀들을 납치하는 장소이기도 했다. 뒷거래를 일삼는 악덕 직업소개소 외에 그들이 가장 많이 찾는 장소가 바로 이곳이었다. 멍한 표정으로 광장을 헤매는 여인들을 보면 니카도 누가 가난한 외국 아가씨인지 쉽게 구분할 수 있었다.

니카는 울리아나의 말대로 한눈에 '그'를 알아볼 수 있을지 의심스러웠다. 하지만 굳게 믿을 수밖에 없었다.

'붉은 피의 천사. 그 이름대로 붉은 옷을 입고 있을까?'

아마도 그렇다면 단번에 찾을 수 있을 것이다. 니카는 아무리 숱한 인파 속에서도 진한 빨간색은 분명하게 찾아낼 자신이 있었다.

'그의 직업은 뭘까? 대체 누군데 우리를 구해줄 수 있는 걸까? 경찰일까?'

하지만 일개 경찰이 조직적인 마피아를 당해낼 수는 없을 것이다. 그리고 경찰이 덮친다는 소식은 경찰보다 마피아에 더 빨리 전달될 것이다. 그러니 경찰이 덮칠 때면 이미 여인들은 흔적도 없이 할리 일당의 또 다른 아지트에 몸을 숨긴 후일 것이다.

'그럼 정말로…… 그는 천사일까? 날개 달린 천사가 정말로 나타나는 걸까? 아니면 잠자는 공주를 축복하던 그 착한 마법사 같은 사람일까?'

니카는 피식 웃음을 내뱉었다. 어울리지 않게 말도 안 되는 동화책 얘기라니…… 우습다 못해 허무하기 짝이 없는 상상이었다. 이 끔찍한 일상에 동화라니. 한심했다.

'그럼 대체 우리를 구하러 온다는 그는 누구일까?'

이런저런 상상을 하며 광장을 배회하던 니카는 벌써 시간이 꽤나 흘렀다는 사실을 알아챘다. 배가 너무 고파 고약한 신물이 넘어오고 있었다.

"벌써 4시네……."

시간은 물 흐르듯 했지만 니카의 마음에 다가오는 인물은 없었다. 울리아나의 말대로라면 누구든 그를 만나면 '붉은 피의 천사'라는 사실을 알 거라고 했다. 니카 역시 그를 바라보기만 해도 당장 그가 우리를 구원할 자라는 사실을 알아챌 거라고 생각했다. 하지만 니카의 눈에 들어오는 사람은 없었다. 특히 파스텔 톤이 유행의 물결을 잡은 탓에 진한 빨간 옷 또는 피처럼 붉은 옷은 금방 눈에 띌 텐데도 전혀 보이지 않았다.

"하아……."

니카는 긴 한숨을 내쉬며 광장 한쪽에 주저앉았다. 더 이상 왔다 갔다 서성대지도 못할 만큼 발바닥이 아팠다. 이럴 줄 알았으면 하이힐을 신지 않는 건데. 니카는 시계를 확인했다.

5시. 이제 곧 니카는 할리의 아지트로 돌아가 저녁을 준비해야 했다. 니카는 갑자기 모든 것이 너무나 허무하고 바보 같다는 생각을 했다.

"쿡쿡…… 바보, 바보처럼……."

너무 한심해서 웃음이 나올 지경이었다.

붉은 피의 천사라니, 우리를 구해줄 구원자라니 한두 살 먹은 어린애도 아닌데 바보처럼 울리아나의 말을 철석같이 믿고 있었다. 생각해보니 너무나 한심했다. 인생이 동화책과는 딴판이라는 것을 이미 잘 알고 있지 않은가.

"미쳤군, 미쳤어!"

니카는 스스로를 향해 말했다. 미치지 않았다면 어떻게 이런 한심한 짓을 벌일 생각을 했을까. 마치 무언가에 홀린 것처럼 자신의 비정상적인 행동이 이해되지 않았다.

"바보! 멍청이! 네가 무슨 동화 속 공주라도 되는 줄 아나 봐? 구원의 천사라고? 하하."

니카는 이제 스스로에 대해 분하고 한심해서 찔끔찔끔 눈물까지 나왔다. 그동안 얼마나 모질게 살아왔는데 이까짓 일에 눈물이란 말인가! 그녀는 고개를 숙이고 흐르는 눈물을 살짝 닦았다. 창피하고, 한심하고, 부끄러웠다.

또각. 또각. 또각.

눈물을 닦아내는 니카의 귀에 거슬리는 발소리가 들렸다. 분명 번쩍이는 새 하이힐 소리리라.

또각. 또각. 또각.

고개를 숙이고 눈물을 닦던 니카는 거슬리는 구두 소리에 그저 반사적으로 고개를 들었다. 귀를 후빌 정도로 하나하나 똑똑하게 울려대는 그 소리는 빠르지도 느리지도 않았다. 마치 흐르는 시계처럼 정확한 리듬으로 한 박자, 한 박자 또렷하게 울려대고 있었다.

"헉!"

또각. 또각. 또각.

니카는 구두를 바라보는 순간 심장이 멎어버리는 느낌이었다. 핏빛 구두, 핏빛 드레스, 핏빛 매니큐어, 핏빛 목걸이, 핏빛 입술, 핏빛 머리, 핏빛 눈동자를 가진 붉은 피의 천사가 그녀의 눈앞에 있었다.

"처, 천사!"

니카의 예상과 달리 붉은 피의 천사는 잘생긴 남자가 아니었다. 천사는 심장이 멎어버릴 정도로 아름다운 여인이었다. 니카는 후들거리는 다리에 힘을 주고 한 발, 한 발 조심스럽게 '천사'를 향해 다가갔다.

"핫!"

그러나 그 순간 니카는 너무나 낯익은 사내의 얼굴을 알아보고 재빨리 반대쪽으로 고개를 돌렸다. 니카처럼 붉은 천사를 향해 다가가는 남자…… 그는 분명 '미친개 할리'였다.

6

광장은 언제나 수많은 사람들로 북적였다. 광장 곳곳엔 저마다 짝을 지은 연인들이 눈부신 태양 아래서 애정을 과시하고 있었으며 저마다 다른 스타일, 다른 제품의 옷을 걸친 수많은 젊은이가 광장을 지나치고 있었다.

"흐흠……."

그리고 이 광장 한쪽에서 지나치는 여인들의 몸매와 스타일을 감상하며 이리저리 고개를 돌리는 남자는 바로 할리였다. 그는 두 눈과 직감을 동원해 가난한 나라의 가출 소녀들, 어리숙한 시골뜨기들을 찾고 있었다.

"퉤! 오늘따라 쓸 만한 년이 한 명도 없구먼!"

한두 시간이 지나도 눈에 들어오는 여자가 한 명도 없자 할리는 쌍소리를 해대며 바닥에 침을 뱉었다.

"오늘은 일진이 영……."

고개를 흔들며 뒤로 돌아서려는 순간 그는 그 자리에 얼어붙은 듯 꼼짝할 수가 없었다. 할리는 두 눈을 비비며 다시 광장 쪽을 바라보았다. 그는 발끝에서부터 찌르르 전달되는 전율에 몸이 떨렸다.

"미…… 믿을 수가 없군!"

허리 밑까지 내려오는 긴 머리를 피처럼 붉은 색깔로 염색한 여인이 광장을 천천히, 아주 천천히 걸어오고 있었다. 그녀는 바람에 나부끼는 풍성한 웨이브 머리뿐만 아니라 한 번도 빛을 받은 적이 없는 듯한 순백의 피부를 감싼 하늘하늘한 스커트도, 또각또각 그녀의 걸음이 놓일 때마다 울어대는 늘씬한 곡선의 하이힐도 모두 흉내조차 낼 수 없는 완전한 붉은색을 간직하고 있었다.

바람을 타듯 부드럽고 우아하게, 그리고 너무나도 유혹적으로 걸음을 옮기는 여인의 모습은 할리뿐 아니라 광장 내 모든 사람의 시선을 빼앗아버렸다. 바람이 불어올 때마다 나부끼는 머리카락 사이로 가슴과 어깨의 흰 곡선이 그대로 드러났고 그녀의 몸을 휘감은 스커트는 아름답게 뻗은 늘씬한 다리 곡선을 보여주었다.

　　"꿀꺽!"

　　할리는 자신도 모르게 마른침을 삼켰다. 날고 기는 숱한 미녀와 색기가 철철 넘쳐흐르는 매력녀까지 수많은 여인을 섭렵한 할리지만, 이 여자를 보는 순간 그야말로 다리 힘이 쭈욱 빠지는 느낌이었다.

　　할리는 용기를 내어 그녀의 앞을 막아섰고, 걸음을 멈춘 여인은 지긋한 눈빛으로 할리를 바라보았다. 그녀를 정면에서 똑똑히 바라본 할리는 자신의 눈이 틀리지 않았음을 알아챘다. 그윽한 붉은빛 눈동자에는 우수가 그득했고 상대편의 마음을 꿰뚫을 듯한 날카로움이 도사리고 있었다. 높고 곧은 콧대와 비웃음이 살짝 닮긴 새빨간 입술은 색정을 그대로 드러내고 있었다. 그녀를 보는 순간 깊은 욕정에 심장이 떨릴 지경이었다. 여자라면 지겨울 정도로 만나본 미친개 할리가 느껴본 적도 없는 요상한 기분이었다.

　　"실례가 되지 않는다면 차라도 한잔하시겠습니까?"

　　할리는 정중하게 엷은 쥐색 양복 안주머니에서 명함을 꺼내들었다. 그곳에는 여자들이 혹할 만한 '모델 기획, 매니지먼트' 등의 직함이 적혀 있었다.

보통 여인이라면 이 명함만 봐도 솔깃하게 마련이다. 특히 외모에 신경 쓰면서 스스로가 미인이라고 생각하는 어린 소녀들에게는 거의 백발백중인 방법이었다. 하지만 이 여자도 이 명함에 솔깃해할까? 할리는 명함을 내밀면서도 줄곧 여자의 얼굴 표정을 세심하게 살폈다.

"……."

그러나 여자는 단 한마디도 내뱉지 않았다. 그녀는 할리의 명함에도 전혀 흥미를 느끼지 못하는 눈빛이었다.

"아, 저는 영화 관련 캐스팅부터 모델 발굴과 관련 엔터테인먼트 일까지 합니다. 특히 당신처럼 아름다운 분이라면……."

할리는 여인을 놓칠세라 이런저런 설명을 덧붙였다. 그러나 그녀는 할리의 이야기를 듣는다기보다 할리의 뒤쪽 어딘가를 아득한 눈빛으로 바라보는 것이었다. 할리는 불안했다. 여자는 할리의 얘기에는 전혀 관심이 없는 것 같았다. 할리는 무슨 말로 이 여자를 붙잡을지 머리를 굴렸다.

그러나…… 할리가 애써 다음 말을 내뱉기도 전에 그녀의 입에서 이런 말이 흘러나왔다.

"좋아. 얘기를 들어볼까?"

여자는 거만하게 고개를 치켜들었다. 그녀의 목소리에는 거역하지 못할 마력이 담겨 있었다. 그녀의 목소리는 그녀의 다른 모든 신체 부위처럼 너무나 유혹적이고 우아했다. 위엄과 복종을 요구하는 동시에 날카로움과 두려움, 그리고 위험이 섞인…… 그런 목소리였다.

'대박이다!'

할리는 쿵쾅거리는 자신의 심장박동을 느꼈다. 얼마 만에 느껴보는 떨림인지 몰랐다.

할리는 드디어 자신이 제대로 임자를 만났음을 알았다. 이 여자라면 할리의 인생은 완전히 달라질 것이다. 지저분한 조무래기 따위를 모으려고 애쓸 필요도 없었다. 할리는 여인과 함께 근처 카페를 향해 걸어갔다. 할리는 혹시나 싶어 최대한 그녀에게 밀착하며 동행했다.

할리는 가까운 카페로 들어가 여인이 앉을 의자를 손수 빼주었다. 할리는 정중함을 잃지 않으려 애썼다. 맞은편에 앉은 여인을 보는 할리의 입에선 자신도 모르게 감탄의 한숨이 새어나왔다.

온몸을 진한 붉은색만으로 감싼 여인은 누구도 쉽게 도전하지 못할 까다로운 색을 마치 자신의 피부처럼 조금의 어색함도 없이 완벽하게 소화해내고 있었다. 게다가 상대의 심장을 녹여버릴 것만 같은 풍성하고 하얀 가슴선, 마음속을 꿰뚫어보는 듯한 그윽한 붉은 눈, 상대방을 비웃는 듯한 붉은 입술까지 그녀는 이미 여자를 알 대로 알고, 닳을 대로 닳은 할리의 가슴까지 쿵쾅거리게 하는 거대한 마력을 발휘하고 있었다.

'이 여자라면…… 이 여자라면 돈을 버는 건 순식간이야! 이 여

자는 진짜 물건이야.'

할리는 입이 바짝바짝 말랐다.

"어디 사람이죠? 프랑스? 독일? 미국? 영국? 아니면 러시아? 대체 어디 출신이죠? 이름은?"

할리는 숨을 헐떡거릴 정도로 재빨리 물었다. 여인의 얼굴로는 대체 어디 출신인지 가늠하기가 힘들었다. 그녀의 얼굴에는 국가를 초월한 것 같은 애매함이 있었다. 그러나 여자는 할리의 물음에 단 한마디도 대답하지 않았다.

"날 부른 이유가 뭐지?"

붉은 눈의 여인, 그녀의 기다란 붉은 속눈썹이 슬로비디오가 돌아가듯 천천히 깜빡거렸다. 그녀는 너무나 거만하고 또 그만큼 고귀해 보였다.

"난 당신의 모습에 감동했소. 당신은 그 모습 그대로가 완벽한 예술이오! 당신이라면 세계 어디서든 국적을 불문하고 모든 남성이⋯⋯."

할리는 있는 말, 없는 말을 모두 갖다 붙여 여자를 들뜨게 한 다음 자신과 사업을 해보자고 제안할 생각이었다. 몸치장에만 열정을 쏟는, 얼굴 예쁜 것들이 모두 그러하듯 너는 아름답다, 예쁘다, 완벽한 예술품이다, 라는 말로 꼬시면 백발백중 할리의 말에 솔깃해한다. 칭찬에 익숙한 것들일수록 남들로부터 칭찬받기를 원하는 법이다.

그러나 할리의 생각은 오산이었다. 침을 튀기며 온갖 칭송을 하려는 할리를 붉은 여인은 한마디로 일축해버렸다.

"시끄럽군. 간단히 말해."

순간 할리는 자신이 하려던 모든 말을 잊어버리고 머리에 있던 모든 것이 하얗게 지워지는 느낌이었다. 그녀는 눈빛만큼이나 단호했고, 자세만큼이나 당당했다. 우수에 젖은 듯 슬퍼 보이는가 하면 야한 듯 지적으로 보이기까지 했다. 단순히 유혹적인 얼굴이 아니었다. 그녀의 얼굴에는 섹시함만 가득한 백치들과 비교도 안 되는 고귀함이 있었다.

"간단히. 단도직입적으로 말하면……."

할리는 침을 꿀꺽 삼켰다. 어디까지 진실을 말해야 하는지 고민되었다. 입에 발린 소리로는 이 여자를 잡을 수 없을 것 같았다.

"당신과 함께 돈을 벌고 싶소!"

할리는 모든 감언이설을 버리고 최대한 직설적으로 이야기하기로 했다. 여자를 꼬실 때 단 한 번도 시도해본 적이 없는 정직한 태도였다.

"돈?"

최대한 직접적이고 사실적인 이야기였지만 붉은 여인의 관심을 끌기에는 역부족인 모양이었다. 그녀는 비웃음 가득한 눈초리로 할리를 바라보더니, 아무 말도 하지 않고 앞에 놓인 붉은 와인을 입에 댔다. 농익은 와인도 핏물이 뚝뚝 떨어질 것 같은 여인의 새빨간 입술 앞에서는 빛이 바랬다.

'이 여자와 한 번만 키스할 수 있다면 당장 죽어도 좋다고 매달

리지 않을 남자가 있을까?'

투명한 유리잔 사이로 보이는 불꽃보다 붉은 여인의 입술과 유리잔을 잡은 투명한 피부, 그리고 기다랗고 새빨간 손톱을 보며 할리는 자신도 모르게 마른침을 삼켰다. 할리는 어느 때보다도 진실해졌다. 어쩐지 그녀 앞에서는 어떤 거짓말도 해서는 안 될 것 같았고, 거짓말을 할 수도 없었다. 그녀에게는 그런 마력이 있었다.

"돈? 돈 따위엔 흥미 없어. 내가 널 따라온 건 네가 뭔가 재미있는 것을 보여줄 거란 생각이 들어서야."

와인잔을 테이블 위에 내려놓은 그녀는 한쪽 다리를 꼬며 비웃음 가득한 눈빛으로 할리의 눈동자를 뚫어져라 바라보았다.

"재미? 재미있는 것?"

그녀의 말을 되풀이하던 할리는 그녀의 붉은 눈동자가 하는 말을 알아들을 것만 같았다. 그녀의 눈이 원하는 것은 쾌락, 섹스, 진탕한 놀이라기보다는 어딘가 음험하고 어두운 구석이 있는 잔악과 공포, 가학과 흥분…… 바로 그런 것이라는 생각이 들었다. 할리는 자신의 눈이 정확하다고 확신했다.

할리가 새로 잡혀온 여자들의 새하얀 블라우스와 언더웨어를 찢어발길 때, 용서해달라고 소리치는 순진한 어린것들을 범할 때, 공포로 비명을 지르는 년들을 정복할 때, 바로 그때…… 바로 그때 느끼는 그 쾌락! 그 전율! 그 엑스터시! 그 오르가슴! 그녀의 눈동자에는 그러한 잔혹함과 잔인함이 배어 있었다!

"당신이 바라는 걸 알겠군. 보고 싶은가? 고통과 비명으로 멍들어가고 피와 눈물에 젖어드는 인간의 마지막 순간을……. 말로 다할 수 없는 그 가학의 순간을…… 보고 싶은 거야? 나는 그것을 보여줄 수가 있지."

할리는 가장 낮은 목소리로 말했다.

그리고 그 순간 그녀에 대해 모든 것을 알아버린 것처럼 기쁨이 밀려왔다. 할리의 생각대로, 그의 느낌대로 좀 전까지만 해도 그의 말에 시큰둥했던 붉은 여인이 드디어 관심을 갖는 눈초리를 보였다. 뚫어져라 자신의 얼굴, 특히 입술에 집중하는 여인을 만족시켜주기 위해 할리는 더욱더 음산한 이야기를 풀어나갔다.

"크크크…… 우리 둘은 잘 만났군! 더없이, 아주 더없이 잘 만났어! 나는 네 몸을 감싼 그 천처럼 새빨간 피를 좋아하지. 너처럼 부서질 것 같은 새하얀 피부에서 분수처럼 터져 나오는 피를 말이야. 얼마 전…… 루마니아 녀석이 냄새나는 썩은 쓰레기 더미에서 발견된 것을 알고 있나? 나는 그 녀석을 죽이기 위해 갖가지 방법을 동원했지. 루마니아 놈들은 드라큘라의 자식들이지.♦ 모두가 흡혈귀의 나쁜 피를 받은 놈들이란 말씀이야. 그래서 거기에 걸맞은 화려한 죽음을 선사해주었지. 키키킥…… 영생을 가진 그 아름답고 섹시한 존재를 죽이는 방법이 무언지 아나? 그놈들을 영원히 일어서지 못하게 하는 방법 말이야. 드라큘라를 죽이는 방법♦♦에 대해 알고 있나? 우선 심장을 도려내어 불에 태운 다음 사지를 열두 조각으로 나누어 마늘과 소금으로 절이는 거야. 그러고는 십자가를 꽂아줘야 하지. 목을 자르거나 불에 태워도 되지만 그건 너무 재미없잖아? 크크크…… 나는 그런 식으로 그 가난한 루마니아 청년이 흡혈 괴물로 일생을 마감하도록 도와주었지. 키키킥."

할리는 음산한 웃음을 내뱉었다. 그 끔찍한 이야기를 하면서도 할리는 눈앞에 앉아 있는 붉은 여인의 표정을 놓치지 않았다. 그녀가 과연 할리의 말에 관심을 가지고 있는지 주의 깊게 관찰했다.

쓸데없이 아름다움을 찬양할 때는 따분함을 감추지 않던 그 얼굴이 이제 흥미진진한 얼굴로 변해 있었다. 여자는 할리만큼이나 위험한 장난을 갈구하고 있는 것이 분명했다.

"하지만 죽음을 함부로 선사할 수는 없지. 그건 가장 마지막 선물이야. 안식은 함부로 줄 수 없어. 고문은 죽지 않을 만큼 조금

◆흡혈귀의 대명사인 드라큘라의 모델은 블라드 드라큘라(1431~1476년)다. 루마니아의 시기소아라에서 미르스 왕의 손자로 태어난 그는 아버지의 원수를 갚고 자신의 왕위를 지키기 위해 터키군과 치열한 전투를 벌인 뒤 전쟁 포로들을 잔인한 방법으로 죽여 유럽 전역에 이름을 날렸다. 블라드 드라큘라가 가장 즐긴 처형 방법은 말뚝 꽂기였다. 때로 그는 말뚝에 박기 전에 희생자의 몸을 토막 내게 했고 그 장면을 보면서 식사를 했다고 한다. 드라큘라와 흡혈귀의 영향으로 루마니아는 흡혈귀로 생각되는 시체를 화형에 처하는 등의 의식을 가장 마지막까지 행한 나라이기도 하다. 지금도 루마니아의 카르파티아 산등성이에 블라드 드라큘라의 성이 있다. 그리고 이 산에는 세계적으로 진귀한 흡혈박쥐가 서식하고 있다.
◆◆브람 스토커의 소설 『드라큘라』와 루마니아 등의 전설에는 흡혈귀 퇴치법이 나온다. 흡혈귀는 인간의 피를 빨아먹지 못하면 시체와 같은 운명을 맞이하며, 먼지로 변한다고 한다. 살아 있는 흡혈귀를 퇴치하는 방법에 대해서도 많은 자료가 있다. 흡혈귀로 여겨지는 시체가 발견되면 벌거벗긴 다음 근처의 숲으로 운반하여 심장을 도려내고 잘게 썰어 불에 던져넣었다고 한다. 심장에 말뚝을 박고 목을 잘라 불에 태우는 것도 소멸시키는 방법 중 하나라고 한다.

씩 끝까지 절절한 고통을 느끼게 해야 돼. 흡혈귀가 가장 고통스러워하는 고문은 예수처럼 거대한 십자가에 온몸이 박히는 거야. 그때는 죽지도 못하고 살지도 못한 채 영원히 고통으로 괴로워하게 되는 거지. 어때, 나와 함께 그곳에 가보겠어? 피와 살이 그대로 남아 있는 거대한 십자가, 흡혈귀를 못 박은 그 십자가로 말이야. 그대가 나와 손을 잡기만 한다면 그대에게도 기회를 주지. 사람을 죽일 수 있는 그 금단의 권력을 맛볼 기회를 말이야! 그대가 원하는 대로 아름답고 화려한…… 때론 고통스럽고 처절한…… 가장 잔인하고 고통스러운 방법으로 순진하기만 하고 세상을 모르는 어린것들을 죽일 기회를 주지. 어때, 나와 함께 가겠나? 지금 당장이라도 내 아지트에서 그 짓을 해볼 텐가?"

할리는 음산한 표정 가운데 스산한 미소를 머금으며 테이블 아래로 손을 뻗어 붉은 여인의 길고 가늘고 하얀 허벅지를 살짝 건드렸다. 그녀의 다리에는 뱀 모양의 구불구불한 굵은 발찌가 나선형으로 길게 감싸여 있었다.

하늘하늘한 천 너머에 쭉 뻗은 여자의 다리는 할리의 남성을 혼란스럽게 했다. 할리가 조금만 더 이성을 제어하지 못했다면, 혹은 그들이 앉아 있는 카페가 조금만 더 어두웠다면 그는 당장에 그녀에게 달려들었을지도 모를 일이었다.

그녀에게는 분명 감히 범접치 못할 아름다움, 감히 함부로 접근하지 못할 아름다움이 있었지만 그러한 아름다움조차도 그녀의 온몸에서 풍겨 나오는 색기를 제어하기에는 역부족이었다.

치렁치렁한 붉은 머리털도 할리의 욕정을 자극했다. 그 붉은 머리로부터 은은하게 풍겨오는 향기 속에는 피 맛과 같은 색다른 무언가가 있었다. 형용하지 못할 만큼의 지독한 유혹과, 그만큼의 위험한 냄새…… 그런 것이 있었다.

7

요란한 소리를 내며 비포장도로를 달리던 대형 세단은 가로등 불빛마저 비치지 않는 고약한 돌길을 지나 숲으로 우거진 고지대로 들어섰다. 거대하고 오래된 회색 저택에 도착했을 때는 이미 날이 어두워진 후였다.

한 줄기 불빛도 없는 이곳이 할리의 비밀 별장이었다. 폐허처럼 보이는 거대한 저택은 기묘한 기운을 내뿜고 있었다. 당장 귀신 따위가 나타난다고 해도 전혀 이상할 것이 없을 정도였다.

"조심해서 내리시지."

평소답지 않게 할리는 붉은 여인을 위해 손수 문을 열어주고, 그녀의 손을 살짝 잡아주면서 마치 예의 바른 신사처럼 굴었다.

처음 이곳에 오는 여자들 중에 두 눈을 가리지 않고 할리가 손수 에스코트하며 데려온 여자는 그녀가 처음이었다. 하지만 할리에게도 생각이 있었다. 이 붉은 여인은 할리가 이끄는 대로 새로 잡아온 여자들 중 한 명을 살해할 것이다. 마침 반항기가 풍부한

루마니아 년이 또 하나 끼어 있으니, 이 붉은 여인이 그년을 죽게 만든다면…….

그는 자신의 왼쪽 주머니에 챙겨놓은 소형 카메라를 만지작거렸다. 이 카메라로 붉은 여인이 그년을 죽이는 장면을 담기만 한다면…… 이 붉은 여인의 정체가 무엇이든 할리는 그녀의 평생을 움켜쥘 수 있을 것이다. 할리는 거대한 회색 저택의 육중한 철문을 작은 금빛 열쇠로 열었다.

그그긍…….

워낙 크고 무거운 철문이라 열리는 소리 또한 육중했다. 그런데 겉으로 보기엔 불빛 한 점 없던 집 안으로 들어서자 휑하니 넓은 거실에 은은한 샹들리에가 빛을 발하고 있었다. 모든 창문에 두꺼운 판자를 못질해두고 그 위에 검은색 모직 커튼을 드리운 탓에 샹들리에의 금빛 광채가 밖으로 새어나가지 않는 모양이었다.

"니카! 니카!"

거실로 들어온 할리는 고풍스럽고 아름다운 르네상스풍의 화려한 소파에 붉은 여인을 앉히고 커다란 목소리로 니카를 불렀다.

"네, 네, 가요!"

그녀는 할리의 목소리가 들리자 곧장 부엌 커튼 뒤에서 얼굴을 내밀었다.

"핫!"

할리와 붉은 여인을 본 순간 은빛 부엌칼을 들고 있던 니카는 요란하게 놀라며 칼자루를 바닥에 내동댕이치고 말았다.

"놀라긴······."

할리는 화들짝 놀라는 니카의 모습이 웃긴지 혼자서 키득거리기 시작했다.

할리는 자신이 처음으로 데려온 여자 손님을 보고 니카가 크게 놀라는 것도 당연한 일이라 여겼다. 말짱한 모습으로 이 저택에 들어와 할리와 함께 그가 아끼는 화려한 소파에 앉은 여인의 모습을 니카는 상상조차 못했을 테니까.

"니카, 내가 가장 아끼는 술을 가져와. 시원한 얼음도 함께."

"네, 네네······."

니카는 정신을 차리고 떨어뜨린 칼을 주운 뒤 급히 부엌 저편으로 도망치듯 물러났다.

"킥킥. 유일하게 이 저택을 자유롭게 오갈 수 있는 여자요. 니카라는 저 계집은 내가 그 루마니아 놈을······ 흡혈귀 처형식으로 죽일 때 바로 옆에서 모든 것을 지켜보았지. 그리고 저년과 가장 친한 친구 년이 죽어가는 것도 두 눈으로 똑똑히 봤기 때문에 나에 대해선 절대적인 두려움을 갖고 있지. 내가 죽을 때까지 저년은 절대로 도망치지도 배신하지도 못하지. 배신했다가는 저년은 물론이고, 저년과 관련된 모든 인간이 몰살당할 테니까. 킥킥킥."

할리는 허둥대는 니카의 모습이 우스운지 계속 키득거렸다. 길어도 30분 후면 붉은 여인은 자신의 것이라는 생각이 들자 그는 모든 것이 유쾌하고 재밌기만 했다.

이 여자면…… 이 여자 하나만 붙잡으면 그가 일 년간 벌어들이는 모든 돈을 단 며칠 만에 뜯어낼 수 있을 것이고, 억만장자로 불리는 유수 기업의 사장들보다 훨씬 큰돈을 벌어들일 수 있을 것이다. 이 여자라면 하룻밤에 수천, 수억 원을 받는다고 해도 그 하룻밤을 위해 수많은 남자가 줄을 서서 기다릴 것이 분명하다.

"킥킥킥……."

그 순간 이런저런 생각으로 키득거리는 할리의 귀에 여인의 날카로운 목소리가 들렸다.

"이쪽이 기다릴 수 없다는군. 당장 피를 보고 싶다는데?"

날카롭게 찢어진 그녀의 두 눈이 할리의 얼굴을 꿰뚫듯 바라보았다. 붉은 매니큐어를 바른, 길고 날카로운 손톱이 그녀의 아랫도리를 가리키고 있었다. 붉은 드레스 사이로 그녀의 길게 뻗은 다리와, 다리를 둘둘 감은 금빛 뱀 형상의 발찌가 눈에 들어왔다.

'저년은 타고난 사디스트로군!'

사실 서두르고 싶은 쪽은 할리였다. 그는 당장이라도 여자가 꼼짝 못할 사진을 찍어 그녀를 영원히 자기 소유로 만들고 싶은 마음이 굴뚝같았다. 하지만 서두르다가 일을 그르칠 수도 있고 혹시 붉은 여인의 마음이 약해질까봐 알코올을 듬뿍 먹일 생각이었다. 그런데 오히려 여자가 할리보다 더 몸이 달아 있었다. 저 정도라면 알코올의 기운 따위 필요하지 않을 것이라는 확신이 들었다.

"좋아. 가지. 크크크……. 가고 말고! 내 개인 고문실로 초대하지. 크크크……."

할리는 다시 한 번 왼쪽 호주머니의 소형 카메라를 만지작거리
며 음산한 웃음을 내뱉었다.

"허억, 헉! 진정하자, 진정해."

니카는 펄떡펄떡 요동치는 가슴을 매만지며 연신 한숨을 내쉬
었다.

"붉은 피의…… 천사!"

바로 오늘 낮 광장에서 그녀가 찾던 붉은 피의 천사가 할리와
함께 이곳에 온 것이다.

니카는 그녀가 붉은 피의 천사가 분명하다고 확신하고 그녀를
향해 다가가려던 순간 할리의 얼굴을 보았다. 그 순간 니카는 뒤
도 돌아보지 않고 다시 이곳으로 돌아왔다.

광장에서 할리를 만났다면…… 할리는 왜 거기에 왔는지 죽일
듯이 니카를 추궁했을 테고 그녀가 탈출을 모의했다는 사실이 밝
혀지는 순간 그녀는 상상만 해도 끔찍한 고문 속에서 죽어갔을
것이다. 그래서 니카는 할리를 발견한 순간 죽을힘을 다해 이 지
긋지긋한 악마의 저택으로 되돌아온 것이었다.

그런데…… 그 '붉은 피의 천사'가 나타난 것이다. 그것도 바로
그녀들의 원수인 할리와 함께! 그것도 다정한 모습으로!

니카의 머리는 혼란스러웠다. 이것이 과연 신의 뜻인가. 하필
이면 왜 할리와 함께 나타난 건가? 그녀들을 이 지옥에서 해방시

켜준다는 '붉은 피의 천사'가 할리와 다정하게 나타나다니 믿을
수가 없었다. 그렇게 괴로워하는 니카의 귀에 또다시 걸쭉한 할
리의 음성이 들려왔다.

"니카, 지하실 열쇠를 가져와! 술은 나중에 마시겠다!"

지하실…… 지하실…….

열쇠 꾸러미를 손에 쥔 니카의 온몸은 사시나무 떨리듯 부들거
렸고, 그녀의 얼굴과 등으로 식은땀이 폭포수처럼 흘러내렸다.

8

습기가 물방울이 되어 뚝뚝 떨어지고 온몸이 얼어버릴 것처럼
춥기만 한 어두운 지하에 갑자기 누런 형광 불빛이 일제히 들어왔
다. 축축한 바닥 한구석에서 서로의 체온을 나누며 동그랗게 웅크
리고 있던 네 명의 여인은 갑작스러운 인기척에 벌떡 일어섰다.

찰칵. 찰칵.

그긍…….

저 위쪽에서 들려오는 육중한 철문 소리에 여인들은 서로의 얼
굴을 쳐다보았다.

"니카 씨일까?"

불안한 기대감 속에서 여인들은 서로의 손을 꼭 부여잡았다.

"믿어요. 우리는 탈출할 수 있어요! 신의 대리자가…… 위대한

천사가 우리를 구해줄 거예요. 이 악마의 소굴에서 우릴 구원해
줄 거예요."

울리아나는 여인들의 손을 잡으며 다짐하듯 말했다. 사실 그것
은 다른 여인들이 아니라 울리아나 자신에게 하는 말이었다.

뚜벅. 뚜벅…….

또각. 또각…….

그리고 구두 소리가 들려왔다.

"혼자가 아니야."

그랬다. 적어도 두 명 이상의 구두 소리였다. 둔탁한 남자의 구
두 소리와 경쾌한 여자의 구두 소리. 여인들의 얼굴은 불안과 흥
분으로 일그러져 있었다.

"니, 니카 씨? 아!"

다가오는 발소리와 함께 제일 먼저 그녀들의 눈에 들어온 것은
니카였다. 그러나 반가움의 인사를 하기도 전에 니카의 뒤로 우
락부락한 얼굴의 할리가 등장했다.

그리고 그림자에 가려 있던 또 한 명의 여인이 나타났다. 다정
하게 할리의 팔짱을 끼고 나타난 여인은 머리부터 발끝까지 핏
물을 뒤집어쓴 것처럼 새빨간 여인이었다. 그녀는 바로 여인들이
기다리던 '붉은 피의 천사'가 틀림없었다. 하지만 그들의 천사가
왜인지 할리의 팔짱을 끼고 있었다. 니카가 아닌, 할리의 팔짱을!

"니카, 저년을 끄집어내!"

주욱 찢어진 할리의 교활한 눈이 울리아나를 가리키고 있었다.

니카는 겁먹은 눈동자로 감옥 안에 있는 울리아나를 복도로 빼냈다. 울리아나는 반항을 하다가 포기한 듯 감옥 밖으로 나왔다. 니카는 다시 단단히 철창을 잠갔다.

"니카, 왜…… 어떻게……."

울리아나는 최대한 낮은 소리로 왜 자신만 빼내는지 물었지만 니카는 사시나무처럼 떨고만 있었다.

"저년의 팔을 비틀어 묶어. 그리고…… 이쪽으로 데려와."

울리아나의 팔을 뒤로 잡아당겨 밧줄로 감은 니카는 할리의 마지막 말과 그의 눈이 가리키는 지하 복도의 끝 방을 확인하자 그 자리에서 휘청거렸다.

"서, 설마…… 설마, 할리 씨, 설마……."

니카의 목소리는 목구멍에서 새어나오는 것이 신기할 정도로 바들바들 떨려왔다. 그녀는 두 손으로 입을 막고 금세라도 울음을 터뜨릴 것처럼 위태로운 자세를 취하고 있었다.

"아…… 아아……!"

상황이 어찌 돌아가는지 어리둥절해하던 울리아나 역시 니카의 울음 섞인 음성을 듣고 공포로 크게 벌어진 눈동자를 보자 할리가 무엇을 하려는지 본능적으로 알아차렸다. 그것은 단순한 겁탈이 아니었다. 울리아나의 목숨과 관련되어 있음을 본능적으로 알 수 있었다.

"아악, 안 돼! 안 돼애……!"

울리아나는 외마디 비명을 지르며 할리로부터 달아나려 했다.

그러나 그보다 빨리 할리의 우악스러운 손가락이 그녀의 가는 팔뚝을 낚아챘고 울리아나가 벗어나기에는 그의 힘이 너무나 강했다.

"안 돼! 살려줘! 살려줘요!"

울리아나의 비명이 커다란 지하 감옥이 무너질 정도로 크게 울렸지만 할리의 거대한 손아귀에 붙잡힌 울리아나의 몸뚱이는 도살장에 끌려가는 소처럼 '그 방'을 향해 속절없이 끌려가고 있었다.

거대한 시멘트벽에 문의 흔적만 간신히 보이게 만든 마지막 방은 보통의 방법으론 열리지 않았다.

끼릭, 끼리릭…….

문 위쪽에 달린 누런 형광등의 끝부분을 오른쪽으로 세 번 돌리자 거대한 시멘트벽 문이 '그르릉' 마찰음을 내뱉으며 천천히 옆으로 벌어지기 시작했다. 문은 꽤 오랫동안 사용하지 않았는지 울퉁불퉁한 근육질의 할리조차 힘껏 용을 써야 열렸다.

"으악! 아아악!"

그 방 안을 바라본 순간 울리아나는 외마디 비명을 지르며 털썩 주저앉고 말았다. 칙칙한 회색 벽에 둘러싸인 넓고 커다란 방에는 그녀가 한 번도 본 적이 없는 갖가지 기계가 그득했다. 생전 처음 보는 것이라도 그 괴상한 기계들에서 풍겨 나오는 얼음처럼 차가운 기운은 그것들이 어디에 쓰이는지 충분히 짐작케 했다.

"크크…… 내 수집품들이오. 내 취미 생활을 위해 목숨을 걸고 밀수한 것도 있소. 크크…… 중세 마녀사냥에 쓰였던 온갖 고문 기계부터 나치는 물론이고 베트남, 라오스, 캄보디아, 일본, 한국에서 구한 골동품 기계들이 다 전시되어 있소. 어때, 엄청나지?"

할리는 즐거운 듯 시커먼 쇠붙이들을 만지작거리면서 붉은 여인의 얼굴을 주시했다. 붉은 여인의 얼굴에는 매우 재미있다는 표정이 떠올라 있었다.

"원래는 수집이 취미였기 때문에 직접 사용해본 것은 몇 개 안 됩니다. 내 수집을 수집으로만 끝나지 않게 해준 장본인이 바로 저기에 있지!"

할리가 벽의 한쪽 끝을 가리켰다.

"끄아악!"

그쪽을 바라본 순간 울리아나는 그 자리에서 기절해버렸고, 붉은 여인의 얼굴에도 한 차례 근육 경련이 지나갔다. 할리는 그 모습을 놓치지 않았다.

"으흐흑…… 으윽윽……."

할리의 협박으로 방 앞까지 따라온 니카도 마침내 참지 못하고 바닥에 엎어져 소리를 죽이고 신음을 토해냈다.

벽면에는 나무 십자가가 있었다. 예수가 골고다 언덕에 지고 올라갔을 법한, 성인의 몸이 충분히 박힐 만큼 거대한 십자가였다. 십자가는 진한 고동색이었다. 그 고동빛의 중간중간에는 새까맣게 물든 얼룩이 있었다. 그 얼룩이 무엇인지, 그 얼룩이 누구의 것인지는 여전히 십자가에 걸려 있는 한 여인의 시체로 짐작할 수 있었다.

벽면에 걸린 거대한 십자가에는 핏물로 얼룩진 거무죽죽한 옷을 걸친, 길고 구불구불한 머리카락의 시체가 양손과 양발이 단단히 박힌 채 매달려 있었다. 그것은 니카가 사랑하는 친구 마리안이었다. 이미 몇 개월은 지난 듯 시커멓게 썩어 문드러진 시체는 목과 허리, 그리고 허벅지에 두꺼운 밧줄이 친친 동여매져 있었다.

"크크크…… 내 소중한 수집품이지! 저년도 저년의 애인처럼 열두 조각을 내어버릴까 하다가 저대로 예술품을 만들어놓고 싶어서 이렇게 벽에 전시해뒀지. 어때, 아름답지 않은가? 안타까운 일이라면 저년이 못 박혀 서서히 죽어가는 게 싫었던지 혀를 깨물고 죽어버린 거야. 덕분에 내 예술에 작은 흠을 남기고 말았지만…… 크크, 어떤가? 멋지지? 훌륭하지 않은가?"

할리는 부패한 시체를 바라보며 신나게 떠들어댔다.

"자, 이제는 당신 차례야, 당신 차례라고! 아름다운 예술품을 한번 만들어보라고! 죽음은 아름답지. 고통과 괴로움으로 몸부림치는 모습을 보는 건 정말 절정의 순간과도 같아! 자, 이년이 깨면 시작하자고! 기절한 것보다는 깨어서 발광하는 편이 훨씬 재밌으니까 말이야. 크크크크……."

할리는 기절한 울리아나를 발로 툭툭 건드렸다. 그는 음산한 미소를 지으며 붉은 여인을 바라보았다. 울리아나를 맘껏 고문해

보라는 뜻이었다. 놀랍게도 이 충격적인 예술품을 보고도 그녀는 여전히 비웃음이 가득한 섹시한 미소를 잃지 않고 있었다.

"기다릴 필요 없어. 지금 시작하지."

"그, 그럴까?"

이번에는 오히려 할리가 놀랐다. 이 여자는 보통내기가 아니다. 붉은 여인은 표정 하나 바뀌지 않은 채 할리를 쳐다보았다. 이 여자는 생각보다 더 강하고 더 잔악했다.

'이년…… 점점 더 맘에 드는 걸?'

할리는 그녀를 만나게 해준 '오늘'에 새삼 감사한 마음이 들었다.

"자, 그럼 어떻게 해줄까? 뭐부터 하고 싶은 거지? 그대에게만은 내 귀한 수집품들을 마음껏 쓰게 해주지!"

할리는 크게 웃으며 그녀에게 무얼 도와줄지를 물었다.

"아니, 됐어. 난 손대지 않아. 이걸 사용하는 건 '그녀'의 마음이야."

"뭐라고?"

할리는 붉은 여인이 무슨 소리를 하는지 이해할 수가 없었다. '그녀'라는 것도 무엇을 가리키는지 알 수가 없었다.

"내가 여기에 온 것도, 너 같은 인간쓰레기와 이야기를 나눈 것도 모두 그녀의 바람 때문이었지. 너 같은 놈과는 단 한마디도 하고 싶지 않았던 내가 구역질을 참으면서 여기까지 온 것도 말이야."

"뭐?"

할리는 붉은 여인의 손가락이 그녀의 다리 사이를 가리키고 있는 것을 깨닫고는 하늘거리는 붉은 치마를 바라보았다.

"아하! 우선······ 그 짓을 먼저 하자는 거냐?"

할리는 이제야 알아듣겠다는 듯이 싱긋 웃어 보였다. 그러나 그것은 엄청난 착각이었다. 붉은 여인의 미소는 흥분으로 물들지 않았기 때문이다. 그녀의 미소는 차갑고 싸늘한 기운으로 가득했다. 그것은 뼈가 시릴 만큼 차가운 한기가 가득한 미소였다.

"소리가 들리지 않나? 이곳에는 온갖 소리가 내 귀를 찢을 것처럼 울려대는군. 온갖 원혼이 내는 한숨, 괴로움과 저주와 복수의 음성이 내 귀를 가득 채우는군. 네놈 같은 지방 덩어리에겐 들리지 않겠지만······."

"뭐, 뭐라고?"

할리는 갑자기 사방이 얼음장처럼 차가워지는 것을 느꼈다. 붉은 여인의 싸늘한 표정을 보는 순간 그는 무언가 잘못되어간다는 느낌을 받았다.

'저년이 미친 걸까? 내가 정신병자를 데려온 걸까?'

할리는 자신이 미친 여자를 데려온 건가 싶었다. 하지만 왜 등골이 이토록 싸늘해지는지 이해할 수가 없었다.

"죽도록 사랑하고도 이승에서 맺어지지 못한 이들은 영계靈界에서 맺어진다. 그들은 이승에서 이루지 못한 사랑을 저승에서 이루어낸다. 하지만······ 아무리 사랑했어도 저승에서 만나지 못하는 경우가 있다. 어떤 경우인지 아나?"

"······."

할리는 여자가 눈치채지 못하게 뒷걸음쳐야 된다는 생각이 들었다. 무언지 모르지만 위험이 시시각각 그를 향해 다가오고 있다는 느낌을 지울 수가 없었다.

"바로 자살. 자살한 영혼은 저승 문턱을 넘어가지 못하지. 대신 이승을 떠돌며 방황해야 한다. 후후…… 저 여자가 말하고 있군. 마지막에 혀를 깨물고 죽었다고 했지? 죽음보다 더한 고통 때문에 단 몇 분간을 참지 못해 혀를 깨물고 죽은 것이…… 영원히 사랑하는 사람을 만나지 못하게 만들었다는군."

붉은 여인은 십자가에 못 박힌 마리안의 사지를 보며 여전히 비웃음 가득한 미소를 지은 채 할리를 향해 중얼거렸다. 그녀는 마치 시체가, 마리안의 시체가 무언가를 말하는 것처럼 이야기하고 있었다.

"그리고 '그녀'가 말하는군. 저 여자의 소리가 너무 크다고. 듣기 싫을 정도로 괴로워하는 저 여자의 목소리가 싫다고 말이야. 저 여자를 깨워서 복수하게 해야겠다고, 그러지 않으면 저 여자의 비명 소리가 너무 커서 고막이 터질 것 같다고 말이야."

또다시 그녀는 자신의 다리 사이를 가리켰다. 그제야 할리는 그녀의 다리 사이에서 무언가가 움직이고 있다는 사실을 깨달았다.

"서, 설마……."

흰 다리가 아슬아슬하게 비치는 그녀의 얇은 치마 안쪽에서 무언가가 꿈틀거린다고 생각한 순간.

파박!

"으헉!"

그것은 붉은 여인의 다리를 지나 등과 가슴으로 올라와 마침내 새하얀 가슴 사이로 정체를 드러냈다.

"카아악!"

입을 쩌억 벌리며 '카악카악' 쇳소리를 내는 것은 징그러운 금빛 뱀이었다. 하지만 좀 전만 해도 그것은 여자의 허벅지를 감고 있던 발찌가 분명했다. 할리가 카페에서 그녀의 허벅지를 쓰다듬을 때 만져지던 딱딱한 금색 발찌. 그때는 분명 단단한 조각이었는데…… 분명 죽은 듯 움직이지 않는 조각이었기에 독특한 액세서리쯤으로 생각했는데…… 그것이 꿈틀대며 자신을 향해 커다란 입을 쩌억 벌리고는 날카롭게 소리치고 있었다.

"왜 뱀이 지혜를 상징하는 동물이 되었는지 아나? 왜 신성한 지혜의 상징이 뱀인 줄 아느냐고. 후후…… 뱀은 아주 지혜로워서 그토록 오랜 세월 동안 단 한순간도 사라진 적이 없지. 거대한 몸집의 공룡이 멸망한 뒤에도, 그리고 인간으로 인해 황폐해진 자연 속에서도 뱀은 결코 멸망하지 않았어. 왜냐하면 뱀은 자연의 흐름과 법칙을 본능적으로 알고 있기 때문이지. 뱀은 배가 고플 때만 공격하고, 배가 부른 순간부터 사냥을 멈춘다. 배가 부른 뱀은 쥐를 공격하지 않고, 심지어 쥐와 동반자로 공존할 수도 있다. 먹기 위해 죽이는 이외의 모든 죽음은 죄악이다! 뱀이 멸망치 않는 것은 죽음에 대한 우주의 법칙을 완전히 이해하는 종족이기 때문이다! 거대한 우주는 인과율의 집합체. 고통을 준 자는 그만큼 고통을 되받게 마련이지. 인간이란 것들은 이런 대우주의 법칙을 모르고 어리석게도 제 무덤을 파고나 있으니 세상에서 가장 어리석은 종족이다. 스스로의 잔악함으로 수많은 생명을 죽이고 멸종시키는 가장 잔인한 종족! 네놈은 온 우주의 법칙에 따라 네가 베푼 그대로를 돌려받을 것이다. 그리고 네놈뿐 아니라 모든 인간이 네놈과 같이 자신들이 쌓은 그 모든 것에 대해 고스란히 되갚음 받을 것이다!"

"캬아악!"

그녀의 말이 끝나기가 무섭게 금빛 뱀은 더욱 날카로운 쉿소리를 내며 할리 쪽을 향해 힘껏 모가지를 치켜들었다.

"라미아Lamia의 뱀♦이여, 너의 그 위대한 지혜로 대우주의 규칙을 알려다오! 너를 둘러싼 나의 결계의 힘을 제거하노라!"

순간 꼿꼿이 고개를 쳐든 금빛 뱀의 위를 뒤덮은 얇은 금빛 막

♦라미아는 상반신은 아름다운 여인이고 하반신은 뱀의 형상이다. 라미아와 관련된 신화는 몇 갈래가 있고 그 이름도 조금씩 다르다. 가장 유명한 첫 번째 신화는 제우스와의 이야기다. 본래 라미아는 벨로스의 공주였지만 제우스의 정부情婦가 되어 아기를 여럿 낳았다고 한다. 그러나 헤라의 질투로 낳은 아기가 모두 죽자 비탄에 잠긴 라미아는 복수심에 눈이 멀어 어린아이들을 납치하고 죽이는 괴물로 변하게 된다. 두 번째는 성경에 등장하는 최초의 인간 아담과 관련되어 있다. 아담의 첫 번째 부인이었던 릴리스Lilith가 아담에게 버림받자 라미아가 되어 갓난아이를 잡아먹었다는 전설이다. 릴리스는 아담과 마찬가지로 흙에서 만들어졌다. 그녀는 성행위 체위體位에서 평등을 요구하다가 아담과 헤어진 것으로 전해진다. 즉 남성인 아담은 자신이 윗사람이라며 릴리스를 아래에 두려 하지만 릴리스는 두 사람 모두 흙으로 빚어져 동등하니 서로에게 복종할 이유가 없다면서 아담의 아래에 눕는 것을 거부한다. 이렇게 성 평등을 주장한 릴리스는 스스로 아담의 곁을 떠났고 아담은 신에게 다른 순종적인 여인을 만들어달라고 청하게 된다. 결국 신은 그의 갈비뼈로 두 번째 부인인 이브(하와)를 창조했다. 당시의 남존여비 사상과 유일신 신앙에서 벗어난 릴리스는 기존 사회에서 배타적 존재로 여겨졌고 악마적 존재로 묘사된다. 결국 그녀는 홍해로 도망가 사탄과 관계하여 많은 악마를 생산한 것으로 기록되어 있다. 또한 신이 릴리스를 겁박하여 돌아오지 않으면 자식을 매일 100명씩 죽이겠다고 하자 릴리스는 분노와 복수심에 불타 오히려 갓난아이들을 잡아먹는 라미아로 변했다고 전해진다.

이 마치 허연 허물이 벗겨지듯 '쩍' 소리를 내며 갈라지기 시작
했다.

"죽은 자에겐 삶을, 산 자에겐 죽음의 기회를 줄지어다!"

쉬이익!

거대한 쇳소리가 지하실에 스산하게 울려 퍼지자 노란 눈동자
를 반짝이던 초록 뱀이 높이 날아올랐다. 그 기다란 몸뚱어리가
허공을 휘감고 돌며 할리를 향해 미끄러지듯 다가왔다.

"우왁! 우와악!"

그제야 뭔가 완전히 잘못되었음을 깨달은 할리가 있는 힘을 다
해 뒷걸음쳤다. 초록 뱀은 공포로 크게 벌어진 할리의 입속으로
쏜살같이 날아 들어오더니 꾸역꾸역 그의 식도를 타고 아래쪽으
로 내려가기 시작했다.

"우웩! 캑! 꾸웨엑!"

그는 비명조차 제대로 지르지 못한 채 두 눈을 멀쩡히 뜨고
자신의 몸 안으로 들어오는 기다란 초록 뱀을 바라볼 수밖에 없
었다.

"꾸어어억!"

할리는 눈앞이 새하얗게 변해가는 것을 느꼈다. 그리고 그가
정신을 잃어버리기 직전 붉은 여인이 십자가에 못 박힌 시커먼
마리안의 시체를 향해 손가락을 뻗는 것을 보았다. 그녀의 손끝
에서 어떤 마술이 벌어졌는지는 몰라도 정신을 잃기 바로 직전
그는 시커멓게 부패한 마리안의 한쪽 팔이 꺾여 올라가는 것을

보았다.

"온 우주의 법칙에 따라 너는 네가 베푼 그대로를 돌려받을 것이다. 모든 것이 그렇듯이."

정신이 가물거리는 가운데 저 멀리서 붉은 여인의 차가운 음성이 들려왔다.

9

괴수를 죽이자.
삐그덕 삐그덕 의자 위에
삐그덕 삐그덕 잡아매고
삐그덕 삐그덕 손톱 뽑고
삐그덕 삐그덕 뿔을 잘라
삐그덕 삐그덕 피를 빼고
삐그덕 삐그덕 못질해서
삐그덕 삐그덕 톱질해서
삐그덕 삐그덕 열두 조각.

할리는 어디선가 아득하게 들려오는 음울한 노랫소리를 들으며 서서히 눈을 떴다. 약에 취한 듯 심하게 몽롱한 정신에 노랫소리만 윙윙거렸다. 도대체 몇 번이나 반복되는지 알 수 없는 그 노랫소리가 머릿속을 뱅뱅 맴돌았다.

그 순간 할리는 언젠가 그 노래를 들어본 적이 있다는 것을 깨달았다. 루마니아에서 온 집시 창녀가 예로부터 내려오는 집시의 노래라며 부른 적이 있었다. 루마니아에서 죄 없는 여자들을 잡아다가 고문을 하고 화형을 하는 마녀사냥 시절에 불렀던 노래라고 했다. 죄 없는 여자들을 고문하던 자들이 불렀던 끔찍하고 무시무시한 노래라고 했다. 그 노래가 이제는 여인들의 슬픈 인생을 들려주는 민요처럼 전해져 내려온다고 했다.

민요라고 하기에는 너무나 끔찍하고 무시무시한 노랫말인데도 아주 어린 아이들까지 신이 나서 부른다던 그 노래가 반복되고 또 반복되었다.

쾅!

"끄아악!"

그리고 그 순간 정신이 번쩍 들 만큼 어마어마한 통증이 그의 왼쪽 손바닥으로부터 강하게 전해졌다. 그는 눈을 번쩍 떴다. 제일 먼저 눈에 들어온 것은 침침한 회색 천장이었다. 그는 어지러운 머리를 들어 주위를 둘러보았다.

"뭐야? 이, 이건…… 대체 뭐야? 내게 무슨 짓을 한 거지?"

그제야 할리는 자신의 사지가 꽁꽁 묶여 있는 것을 알았다. 그는 주변을 돌아보았다. 장소는 그대로였다. 그가 붉은 여인을 데리고 왔던 고문실이 분명했다. 조금 전의 일이 꿈이 아니라면 할리는 초록 뱀이 입에 들어온 순간 정신을 잃고 쓰러진 모양이었다. 그리고 정신을 잃은 사이 그의 사지는 바닥에 꽁꽁 묶이고 말았다.

할리는 자신의 발 쪽을 바라보았다. 그리고 그의 발 쪽에서 뾰족한 빨간 구두를 신고 비스듬하게 몸을 비튼 붉은 여인이 자신을 내려다보고 있다는 사실을 깨달았다. 아니, 붉은 여인 혼자가 아니었다. 그녀의 곁에는 두 손을 맞잡고 기도하는 니카가 있고 그 뒤로는 며칠 전에 잡아온 새로운 여자들도 있었다. 그녀들은 모두 공포 가득한 얼굴로 할리를 내려다보고 있었다.

"너, 네가 감히 내 사업을⋯⋯!"

할리는 여자들을 보는 순간 머리에 열불이 났다. 저 붉은 미치광이 여자가 할리의 사업을 완전히 엉망진창으로 만들어놓고 말았다.

"미친개 할리에게 이런 짓을 하다니, 네년들을 하나도 남김없이 모두 다 갈기갈기 찢어 죽여버리겠⋯⋯!"

그가 시뻘건 얼굴로 막말을 하는 그 순간이었다.

쾅!

"끄아악!"

이번엔 그의 오른손에서 몰려온 거대한 통증이 그의 온몸 곳곳으로 퍼져 나갔다. 오른손을 향해 고개를 돌린 순간 할리는 커다란 망치를 들고 있는 여인의 모습에 소스라치게 놀라고 말았다.

"으아악! 끄아아악!"

새까만 얼굴과 너덜거리는 썩은 살, 그리고 군데군데 보이는 흰 뼈……. 썩은 살로 간신히 뼈를 지탱하고 있는 긴 머리의 여인은 분명히 죽은, 아니 썩어 문드러진 '마리안'이었다.

쾅!

"*끄악! 끄아아악!*"

그 시커먼 시체는 살아 움직이고 있었다. 놀랍게도 그녀의 오른손이 할리의 손마디에 거대한 쇠말뚝을 박아 넣고 있었다.

"살…… 살려줘! 살려줘! 살려줘! 제발 살려줘!"

그는 본능적으로 이 믿을 수 없는 일이 붉은 여인, 붉은 피의 여인 때문임을 짐작했다. 그는 있는 힘을 다해 눈물까지 흘리면서 붉은 여인을 향해 외쳐댔다. 그러나 그녀의 표정은 여전히 차갑고 냉엄했다.

그녀는 할리에게 아무 말도 하지 않고 그의 양손에서 흘러내리는 피를 향해 얇디얇은 붉은 옷을 펼쳤다. 그녀의 옷자락이 할리의 피로 촉촉이 젖었다. 그 순간 할리는 그녀가 결코 자신을 도와주지 않으리라는 사실을 깨달았다. 그녀의 아름다운 빨간 드레스는 누군가의 피로 붉게 물든 것이라는 사실 역시 깨달았다.

"으…… 으…… 으아악!"

괴로움 가득한 할리의 비명 소리는 벌써 쉬어 있었다.

"네가 뿌린 씨앗이다. 이제 담아보아라."

붉은 피의 여인은 할리의 피를 옷자락에 적신 채 비웃음을 남기고 그의 눈앞에서 멀어졌다.

또각. 또각. 또각.

여인의 구두 소리가 점점 멀어졌다. 겁에 질린 여인들도 붉은 여인의 뒤를 따라 할리에게서 멀어졌다.

그그긍.

할리의 고문실 문이 단단히 닫히는 소리가 들렸다. 할리는 이제 마리안의 시체와 자신만 이곳에 남아 있다는 사실을 새삼 깨달았다.

"가지 마……. 가지 마……. 가지 마! 살려줘! 가지 마! 살려줘 어어!"

그는 꽁꽁 묶인 사지를 힘껏 일으키면서 사라지는 붉은 여인을 향해 소리쳤다.

"가지 마! 날 두고 가지 마! 이대로 날 두고 가지 마! 제발 부탁이야!"

그러나 그의 목쉰 울음은 메아리 없는 비명처럼 허공을 헤맬 뿐이었다. 붉은 여인은 단 한 번도 돌아보지 않고 냉정한 뒷모습만 남긴 채 사라지고 말았다.

괴수를 죽이자.
삐그덕 삐그덕 의자 위에
삐그덕 삐그덕 잡아매고
삐그덕 삐그덕 손톱 뽑고
삐그덕 삐그덕 뿔을 잘라
삐그덕 삐그덕 피를 빼고

삐그덕 삐그덕 못질해서

삐그덕 삐그덕 톱질해서

삐그덕 삐그덕 열두 조각.

쾅쾅쾅!

"끄악! 끄악! 끄아악!"

이번에는 두 발을 포개고 못질하는 소리가 들려왔다. 발끝에서 느껴지는 미칠 것 같은 통증에 할리는 차라리 정신을 잃었으면, 죽어버렸으면 하고 간절히 바랐다. 그러나 그의 정신은 너무나 또렷했고, 그의 사지는 너무나 생생하게 모든 고통을 전달해주고 있었다.

끔찍한 고통 속에서도 할리의 정신은 흐려지지 않았다. 오히려 고통스러운 그 순간에 모든 신경이 깨어나 더욱 생생하게 고통과 괴로움을 전해주었다. 고통으로 물든 그의 머릿속에 사라진 붉은 여인의 말이 떠올랐다.

'온 우주의 법칙에 따라 너는 네가 베푼 그대로를 돌려받을 것이다. 모든 것이 그렇듯이.'

그것은 그에게 가장 두렵고 고통스러운 저주의 말이었다. 그가 베푼 대로 모든 것을 받아야 한다는 것은 바로 죽음의 그 순간까지 의식이 있어야 한다는 뜻이었다. 마리안의 시체가 웅얼대는 저 음울한 노랫가락처럼 죽지 않은 채 모든 고통을 똑똑하게 느끼고 받아야 한다는 이야기였다. 그가 마리안과 게오르게에게 했던 그대로.

괴수를 죽이자.
삐그덕 삐그덕 조심조심
삐그덕 삐그덕 죽지 않게
삐그덕 삐그덕 못을 박고
삐그덕 삐그덕 톱질하지.
삐그덕 삐그덕 조심조심
삐그덕 삐그덕 죽지 않게
삐그덕 삐그덕 못을 박고
삐그덕 삐그덕 톱질하지.

음울한 노랫소리는 할리의 두 귀를 찢어놓을 것만 같았고, 검은 얼굴의 썩어가는 시체 마리안의 손에는 이제 빛나는 톱니가 번쩍이고 있었다. 노랫가락과 함께 더욱더 끔찍한 고통이 할리의 발목으로부터 전해져왔다.

서걱. 서걱. 서걱.

형용할 수 없는 끔찍한 고통과 함께 할리의 괴로운 비명 소리가 방 안 가득 메아리쳤다.

제 3 화

작고 어린 손님

1

하늘도 채 밝아오지 않은 새벽부터 정현은 회색 승복을 난정히 입고 일어나 있었다. 짧은 숨을 후후 뱉어가며 차가운 새벽 공기를 가득 들이쉬니 정신이 더욱 또렷해졌다.

"훅훅, 훅훅!"

아직 암자의 누구도 깨어나지 않은 시간이지만 마당 한가운데서 연신 짧은 제자리 뛰기를 하던 정현은 허공을 향해 날카로운 발차기를 반복했다. 정현의 동작은 나비처럼 가벼웠고 허공을 가르는 발끝은 독수리처럼 날카로웠다.

드르륵.

"으하암."

쌍둥이의 방 바로 옆방 문이 스르르 열리더니 낙빈이 나타났다. 낙빈은 아직 잠이 덜 깼는지 커다랗게 입을 벌리고 하품을 해댔다.

"형아, 벌써 일어나셨네요?"

낙빈은 두 눈을 또렷하게 뜨고 힘껏 기지개를 켜면서 정신을 차리려 했지만 자꾸만 몸이 움츠러들었다. 어느 계절이라 하더라도 이른 새벽의 공기는 살을 에듯 차갑게 느껴지게 마련이었다.

"가자, 낙빈아."

추위에 떨면서 자꾸만 쪼그려 앉으려 하고, 또 자꾸만 팔짱을 끼려고 하는 낙빈을 향해 정현이 빙긋 웃으며 곧바로 수련장을 향해 바람처럼 달려 나갔다. 두 사람의 이른 새벽은 언제나 이렇게 육체 단련으로 시작되었다.

"네, 형!"

살을 에는 바람이 불었지만 낙빈은 정현의 뒤를 놓칠세라 냉큼 달리기 시작했다. 낙빈은 아직 눈곱도 떨어지지 않은 얼굴이었지만 열심히 달리다 보니 어느새 감기기만 하던 눈도 번쩍 떠지고 추위에 움츠러들던 가슴도 서서히 펴지기 시작했다.

새벽에 일어나는 것이 조금 힘들 뿐, 콧바람 가득 새벽 공기를 받으면 그렇게 개운할 수가 없었다.

정현이 만들어놓은 수련장은 암자에서 조금 떨어진 숲에 있었다. 그곳은 낙빈이 대무신제의 일월신령을 찾기 훨씬 전부터 정현이 무술을 연마하기 위해 닦아놓은 터였다. 그곳은 균형 운동을 위한 나무 틀, 검력劍力을 키우기 위한 장치 등이 갖추어져 홀로 무술을 수련하기에 더없이 좋은 곳이었다.

정현은 수많은 무술을 직접 체험하기 위해 전국을 돌아다녔지만 낙빈에게 무술을 전수하기 시작한 이후로는 좀처럼 암자를 떠나지 않고 거의 모든 시간을 이곳 수련장에서 보내고 있었다.

혼자 수련할 때와 달리 낙빈과의 수련은 정현에게도 많은 가르침과 자극을 주었다. 정현도 놀랄 만큼 낙빈의 무술 실력은 나날이 성장하고 있었다. 낙빈의 몸에 강신한 대무신제와 신마 거루의 힘이 컸다. 정현의 가르침을 어린 낙빈이 어려움 없이 따라 하고 훌륭하게 재연하는 것은 낙빈의 몸에 깃든 위대한 무신武神 대무신제의 도움 덕분이었다. 위대한 무신의 존재는 정현에게도 순간순간 가르침을 줄 때가 많았다.

"이야압!"

파앙, 팡!

낙빈은 땅속 깊이 꽂은 두 개의 작은 나무 막대에 올라가 균형을 잡기 시작했다. 균형을 잡고 나무와 나무 사이를 재빠르게 움직이는 훈련이 이어졌다. 정현은 작고 힘이 없는 낙빈이 날렵함으로 승부를 걸어야 한다고 생각했다. 그러려면 어떤 자세, 어떤 공격에도 균형을 흐트러뜨리지 않으며, 균형을 잃었다가도 금세 회복하는 법을 배워야 한다고 판단했다.

낙빈에게 어떻게 훈련할지를 가르쳐준 뒤에 정현도 수련을 시작했다. 온갖 무술과 무도에서 배운 것들을 자신의 내면으로 끌어들여 자기 것으로 재창조해야만 진정한 무도가 되기에 정현의 수련은 끝이 없었다.

그렇게 정현과 낙빈이 새벽을 가르며 각자 수련을 하는 중이었다.

"누구냐?"

정현의 고함 소리가 숲 속 가득 울려 퍼졌다.

"누구냐? 누가 도둑고양이처럼 남의 수련을 지켜보는 거냐?"

위태위태하게 나무 막대 위에 서 있던 낙빈은 정현의 고함 소리에 그만 중심을 잃고 땅 위로 떨어졌다.

"형, 누가 있어요?"

아무런 낌새도 채지 못한 낙빈은 두 눈을 크게 뜨고 주변을 두리번거렸다.

"누구냐? 어서 나와라!"

정현이 다시 한 번 소리치자 그제야 저 멀리 커다란 바위 너머에서 무언가가 바스락거리며 움직였다.

"죄, 죄송해요."

놀랍게도 두 사람의 눈앞에 나타난 것은 낙빈보다도 어려 보이는 작고 귀여운 여자아이였다. 아이는 까무잡잡한 피부에 새까만 고수머리가 어깨 아래까지 내려오고 오색 단추가 달린 까만 원피스에 꽃무늬가 수놓인 하얀 스타킹을 신고 있었다. 아이의 왕방울 같은 눈에는 겁이 잔뜩 서려 있었다. 아이는 미안한 듯 땅바닥과 정현의 눈을 번갈아 바라보며 두 손을 포갰다.

"넌 누구냐?"

무서운 목소리로 쩌렁쩌렁 고함을 질러대던 정현도 작은 여자아이의 모습에 갑자기 어안이 벙벙해지고 말았다. 이 깊은 숲 속에 여자아이가 혼자 나타나다니 믿어지지가 않았다. 어른들이 오르기도 힘든 산을 이토록 작은 여자아이가 올라오다니.

"저는 미덕이…… 미덕이에요. 산에 왔다가 우리 아저씨를 잃어버리고 말았어요. 우, 우와앙!"

아이는 겁에 질린 커다란 눈을 껌뻑이며 또박또박 말하다가 갑작스레 울음을 터뜨리고 말았다. 너무나도 작고 귀여운 여자아이가 엉엉 울어대자 낙빈도 정현도 안절부절 서로를 바라볼 뿐이었다.

천신과 정희, 그리고 승덕은 게눈 감추듯 허겁지겁 밥을 먹는 계집아이를 멍하니 바라보았다. 얼마나 굶었는지, 얼마나 배가 고팠는지 미덕이란 아이는 정희가 차려준 밥상을 그야말로 초토화시키고 있었다.

"그래, 아홉 살이라고?"

"네, 할아버지."

미덕이란 계집아이는 천신의 질문에 고개를 끄덕이며 친근하게 '할아버지'라는 말을 붙였다. 이 계집아이는 아무런 고민도 없이 처음 보는 천신을 '할아버지'라 부르고 있었다. '할아버지'라 부른 계집아이도, 그렇게 불린 천신도 표정의 변화가 없었지만 낙빈과 승덕, 정희와 정현은 괜스레 쑥스럽고 어색한 기분이 들었다.

"야, 스…… 스승님이라고 불러."

"뭐라고? 크게 말해!"

낙빈은 일부러 목소리를 죽이고 소곤댔지만 미덕은 철딱서니 없는 표정으로 대꾸했다.

"에고, 아니야!"

낙빈은 그런 계집아이가 어쩐지 멍청해 보이기도 하고 푼수 같기도 해서 아무 말도 안 하기로 마음먹었다.

"부모님은 어디 계시니?"

"부모님은 안 계세요. 제가 갓난아기일 때 돌아가셨대요. 그래서 전 아저씨랑 선생님이랑 언니들이랑 친구들하고 같이 살았어요."

"그럼 이 산에는 누구랑 같이 왔지?"

"세상에서 제가 제일 좋아하는 우리 아저씨랑요!"

크고 까만 눈동자가 '아저씨' 이야기를 하면서 더욱 커지고 생기가 돌았다. 그 눈을 보면 미덕이 '아저씨'란 사람을 얼마나 좋아하는지 여실히 드러났다. 아무래도 아이는 가족도 없이 아저씨란 사람과 함께 살아온 모양이었다.

"그래, 그럼 같이 있던 아저씨를 산에서 잃어버린 거냐?"

"아니요, 그게……. 사실은 아저씨를 잃어버린 건 아니에요. 아저씨가 저한테 여기 있으면 금방 데리러 올 테니까 며칠만 기다리라고 하셨어요. 그러니까 곧 오실 거예요."

아무래도 이 귀엽게 생긴 아이는 누군가에게 버림을 받은 게 틀림없었다. 이 깊은 산속까지 어린아이를 끌고 와 며칠 뒤에 데리러 오겠다고 했다니 버림받은 게 아니고 무엇이랴. 그러나 계집아이는 '아저씨'의 말을 철석같이 믿고 있었기에 그 누구도 '넌 버림받은 거야'라고 말해줄 수가 없었다.

"그래, 그러냐."

천신은 곰곰이 생각에 잠긴 눈으로 아이를 바라보았다. 까만 원피스를 곱게 차려입은 아이는 천신의 눈을 똑바로 바라보며 말똥말똥한 눈을 굴렸다.

"그래, 이 산도 이 암자도 누구의 소유가 아니다. 모든 것이 자연의 것인데 내가 어찌 오는 사람을 가리고 가는 자를 막겠느냐. 이리 만난 것도 모두 인연이니 떠나는 그날까지 네 집처럼 지내거라."

"와, 고맙습니다!"

천신은 더 이상 아무것도 묻지 않았다. 모든 것이 인연이고 운명이라며 미덕 역시 암자 식구로 지내줄 것을 당부했다. 미덕은 더 캐묻지도 않고 받아주는 것이 고마운지 쪼르르 천신에게 달려가 무르팍에 착 달라붙었다. 마치 할아버지 곁을 맴도는 어린 손녀 같은 모습이었다.

그 모습이 귀여운지 천신이 슬며시 미덕의 까만 고수머리를 쓰다듬었다. 미덕은 슬슬 졸음이 오는 고양이마냥 천신의 손 아래에서 눈을 가물가물 떴다. 그러다가 슬그머니 한 손을 들어 머리를 쓰다듬는 천신의 손에 갖다 댔다.

"......!"

그 순간 천신은 무언가 전기에 닿은 듯 살짝 놀랐다. 모두들 귀여운 미덕을 보느라 눈치채지 못했지만 천신의 어깨가 아주 짧은 시간 굳어버렸다. 그런 천신의 작은 변화를 눈치챈 것은 천신의 손 아래에 있는 미덕뿐이었다. 미덕은 큰 눈을 깜빡거리며 살짝 굳은 천신의 얼굴을 빤히 올려다보았다. 그 까만 눈에 호기심이 한가득 찰랑거렸다.

천신은 모두가 눈치채지 못할 정도로 천천히 미덕의 머리에서 손을 뗐다. 그리고 까만 도복 사이로 두 손을 단단히 숨겼다. 범상치 않은 힘을 알아챘지만 일부러 아는 체하지 않았다.

"미덕이가 아홉 살이라고 했지? 그렇다면 낙빈이가 오빠로구나. 미덕이는 이제부터 낙빈이를 오빠라고 불러야겠구나."

"네, 할아버지!"

까만 눈을 깜빡거리던 계집애는 또다시 천신 스승을 할아버지라 불렀고, 천신은 그런 계집애를 향해 은은한 미소만 지었다.

"낙빈이도 처음 동생이 생겼으니까 아주 소중하게 대해줘라. 승덕이와 정현이, 정희는 말하지 않더라도 잘할 거라 믿는다."

"네, 스승님."

까만 피부에 눈이 큰 미덕은 갑자기 생긴 오빠, 언니 덕분에 혼자 신나 있었다. 하지만 정희나 정현, 낙빈이나 승덕은 모두 조금은 떨떠름한 표정을 짓고 있었다. 그들은 이 아이가 혼자 산속에 버려져 있었다는 사실을 떠올리며 그저 기쁜 표정만 지을 수는 없었다.

2

"언니야, 나 머리 좀 빗겨주."

미덕은 아주 붙임성이 좋았다. 하루, 이틀, 사흘…… 며칠 지나지도 않았는데 마치 원래 함께 살던 식구처럼 거리낌 없이 사람들 사이를 누볐다.

특히나 여자가 정희 혼자뿐이었던 암자에 미덕이 들어와 정희 옆에 찰싹 달라붙자 정희는 여간 기분 좋은 것이 아니었다. 미덕이 들어온 뒤로 남자만 들끓던 암자에 소꿉장난 같은 일들이 생겨났다. 곱슬곱슬한 까만 머리를 묶어주는 것도 그랬고 아랫마을에서 얻어온 여자아이의 옷들을 입혀보는 것도 그랬다. 정희는 마치 딸이 하나 생긴 것처럼 들뜨고 신기해했다.

"응, 그래. 그래."

정희는 커다란 솥에 물을 가득 붓고는 앞치마에 손가락을 톡톡 문지르며 햇살이 따뜻하게 비치는 툇마루에 걸터앉았다. 그러자 머리빗과 방울끈을 두 손에 든 미덕이 길고 헝클어진 고수머리를 팔락거리며 쪼르르 달려와 정희의 무르팍에 올라앉았다.

"언니야, 나 토끼 머리 해줘."

"응, 그래."

정희는 제 무르팍에 앉은 미덕의 머리를 빗으로 꼭꼭 빗겨서 이런저런 머리 모양을 만들어주는 것이 무엇보다도 즐거운 일과 중 하나가 되어버렸다.

"자, 됐다. 아유, 예뻐라!"

정희는 머리를 양 갈래로 갈라 토끼 귀처럼 올려 묶은 미덕이 너무나 귀엽고 사랑스러워서 저도 모르게 함박웃음이 배어 나왔다. 인형처럼 커다란 눈에 얼굴이 동그란 여자아이에게서는 귀염성이 물씬물씬 뿜어져 나왔다. 머리를 묶는 동안 아이는 까만 눈을 껌뻑거리며 꾸벅꾸벅 졸기 시작했다. 졸음이 한껏 몰아칠 만큼 따스한 낮이 분명했다.

"어마, 우리 미덕이가 졸리나 보네."

정희가 손을 뻗어 툇마루 한쪽에 있던 방석을 끌어왔다. 그러고는 돌돌 말아 작은 베개 모양을 만들었다.

"이거 베고 누워 있어. 언니는 부엌 좀 치울게."

"으응. 네."

미덕은 갓 태어난 강아지마냥 눈도 뜨지 못하고 대답했다. 그 모습이 얼마나 귀여운지 정희의 입에서 자꾸 웃음이 나왔다. 정희는 햇살 따뜻한 툇마루에 고양이처럼 잠든 미덕을 보다가 총총히 부엌으로 들어갔다. 돌아서는 정희의 뒷모습에서도 새로운 즐거움에 들뜬 기분이 느껴졌다. 하지만 정희가 사라진 뒤 마당 밖에서 씩씩대며 들어오는 낙빈의 표정은 정희와 아주 딴판이었다.

"야, 황미덕! 네가 이랬지?"

미덕과 가장 사이가 좋지 못한 암자 식구는 바로 낙빈이었다. 외아들인 낙빈이 또래와 잘 어울리지 못해서 그런 것은 아니었다. 암자에서 지금껏 막내 노릇만 하다가 자리를 빼앗긴 탓은 더더욱 아니었다.

"야, 너 내가 죽어라고 닦아놓은 건데…… 네가 이렇게 해놨지?"

마당 한가운데서 울상을 지으며 서 있는 낙빈은 흙탕물에 젖은 무명 주머니를 들고 있었다. 낙빈이 주머니에서 꺼낸 것은 다름 아닌 팔주령이었다. 그것은 바로 목숨을 걸고 얻어낸 대무신제의 일월신령이 틀림없었다.

무명 주머니에서 나온 팔주령은 방울마다 뚝뚝 흙탕물이 떨어지는 것이 몹시도 볼품없었다. 한시도 주머니를 놓지 않고 애지중지하는 낙빈이 그랬을 리는 없었다. 낙빈은 너무 속상해서 눈물까지 그렁그렁했다.

토끼 머리를 하고 툇마루에 누워 따듯한 햇살을 쬐던 미덕이 발딱 일어나 꽥 하고 소리쳤다.

"내가 언제 그랬어? 너, 증거 있어? 봤어? 봤어? 봤냐고!"

"야, 그럼 네가 아니고 누가 그랬겠어? 내가 어제 공부한다고 안 놀아주니까 몰래 이걸 꺼내서 흙탕물에 담가놓은 거지, 그렇지? 네가 아니면 누가 그랬냔 말이야!"

낙빈이 미덕과 사이가 좋지 않은 것은 바로 이런 이유 때문이었다. 미덕은 천신이 말한 대로 낙빈을 '오빠'라고 부르기는커녕 무슨 원수가 졌는지 항상 낙빈을 골탕 먹이는 것을 취미이자 특기로 삼아버린 것이었다.

"야, 너 봤어? 봤냐고!"

미덕의 짓이 분명했건만 이 자그마한 계집애는 툇마루에서 발딱 일어나 낙빈 앞으로 다가가더니 되레 두 눈을 치켜뜨며 큰소리를 쳤다.

"아휴, 이걸!"

"어어? 너…… 그 손으로 나를 때리겠다 이거야? 때려봐, 때려봐, 때려봐!"

낙빈은 머리 위까지 손이 올라갔지만 차마 때릴 수가 없었다. 아무리 봐도 눈을 동그랗게 뜨고 자신을 바라보는 아이는 어린 동생이 아닌가! 게다가 미덕은 나이보다도 몸집이 작아서 더욱 어려 보였다. 낙빈이 손만 허공을 휘저을 뿐, 아무것도 못하자 미덕의 커다란 눈이 살짝 추켜올라갔다.

따악!

그 순간 낙빈의 눈앞에 불꽃이 번쩍했다.

"이 바보! 이 멍청이! 메롱!"

정신을 차렸을 때는 이미 낙빈의 이마 가운데로 매운 주먹다짐이 지나간 뒤였고 눈앞에 있던 미덕은 몇 미터 앞에서 혀를 삐쭉 내밀며 달아나고 있었다.

"야, 너 거기 안 서?"

낙빈은 흙탕물에 젖은 일월신령을 내려놓고 재빨리 미덕을 잡으러 달렸다.

"꺄악!"

낙빈이 한쪽 머리를 잡으려는 순간 미덕은 비명을 지르며 천신의 방문을 향해 부리나케 올라갔다.

"꺄아악, 할아버지! 오빠가 때려요!"

노크도 없이 문을 벌컥 열고 들어간 미덕은 어느새 그렁그렁한 눈물까지 보이며 천신의 검은 도복 속으로 고개를 숙이는 것이었다.

"엉, 할아버지! 큰오빠! 낙빈 오빠가 저 때려요, 엉엉."

마침 그곳에는 스승과 이런저런 이야기를 나누던 승덕이 있었다. 미덕을 자세히 보면 눈물도 나오지 않고 우는소리만 하는데도 승덕은 매서운 눈초리로 낙빈을 쳐다보았다.

"야! 너, 여동생한테 함부로 하지 말라고 그랬지!"

천신은 그저 허허 헛웃음만 짓고 승덕은 무조건 나무라기만 하니 낙빈은 어쩔 줄 몰라 눈을 내리깔았다.

'아이고, 여우 같은 계집애! 살쾡이보다 더 얄밉고, 뱀보다 더 징그러운 계집애! 다른 사람들 앞에서만 오빠라고 하지, 나랑 있을 때는 만날 너, 너 하면서!'

낙빈은 억울했지만 변명해봤자 승덕 형에게 혼나는 것은 바로 자신이라는 걸 알고 있었다.

"허허, 그러지 마라, 승덕아. 어린애들은 싸우면서 크는 법이다. 낙빈이도 미덕이에게 너무 겁주지 말고, 미덕이도 오빠를 잘 따르고. 둘 다 싸우지 말고. 알겠니?"

낙빈은 너그럽게 웃어주는 천신 스승까지 조금 원망스러웠다. 낙빈은 한 번도 저 계집애에게 겁을 준 적이 없는데 저 여우 같은 계집애가 있는 이상 낙빈이 예전처럼 기를 펴고 살 일은 완전히 사라진 것인지도 몰랐다.

'아이고, 억울해라!'

낙빈의 속이 계속 부글대던 이날은 미덕이 암자에 온 지 꼭 열흘째 되는 날이었다.

3

어느 때보다도 암자의 한낮은 따사롭고 부드러웠다. 한없이 평화롭고 온화한 기운이 온 산을 감돌았다. 깊은 숲에는 짙은 초록빛이 그득하고 고요한 풀벌레 소리만 밤낮 없이 진동했다.

승덕은 이렇게 좋은 날 방구석에 처박혀 책만 본다는 사실이 어쩐지 따분하고 아까운 생각이 들었다. 그는 툇마루로 나와 두 다리를 뻗고 누워보았다. 책을 보느라 굽었던 허리를 주욱 펴니 머리 위의 파란 하늘이 두 눈 가득 들어왔다.

"야, 너 이리 와아!"

승덕이 고요한 숲의 소리에 귀를 기울이며 두 눈을 감는 순간 저 멀리서 낙빈의 목소리가 들렸다. 승덕은 피식 웃음이 나왔다. 녀석이 오늘도 빠지지 않고 미덕에게 된통 당한 모양이었다.

승덕은 애교도 많고 귀염성도 많은 미덕이 때때로 낙빈의 속을 벅벅 긁어대는 것을 잘 알고 있었다. 때로는 심하다 싶을 만큼 장난을 거는 것도 모르지 않았다. 하지만 한 번도 낙빈의 편을 들어준 적이 없었다.

낙빈이 조금 속상해할지 몰라도 승덕은 이제야 낙빈에게서 어린아이다운 모습을 제대로 볼 수 있었다. 언제나 애어른 같기만 하던 녀석이 미덕을 만난 뒤로 놀랍도록 어려지는 것 같아 승덕은 미덕의 심한 장난에도 질끈 눈감아주고 있었다.

자박…… 자박…….

풀벌레 소리만 가득한 암자 안에 여유 있는 발소리가 들려왔다. 두 눈을 감고 있던 승덕이 급히 몸을 일으켰다. 천천히 발걸음을 내딛는 것은 천신 스승이 분명했다. 천신이 마당으로 들어서며 승덕을 불렀다. 천신의 뒤로는 정현이 커다란 상자를 들고 있었다.

"승덕아, 아이들을 좀 불러오너라. 오늘은 미니가 너희 모두에게 편지를 보내왔구나."

"미니가요?"

승덕은 툇마루 아래로 내려와 정현이 내미는 상자를 건네받았다. 하나는 무척이나 묵직했다. 뜯어보니 상자 안에 책이 그득했다. 여러 가지 수험서와 홈스쿨 자료가 들어 있는 것을 보면 낙빈에게 보낸 것이 분명했다. 또 다른 상자에는 하나 가득 어린 친구들이 좋아할 만한 맛난 초콜릿과 과자가 들어 있었다. 암자 식구들을 위한 편안한 셔츠와 양말도 그득했다.

"얘는 여기가 뭐 군대라도 되는 줄 아나?"

승덕은 투덜거리면서도 미니의 마음 씀씀이가 참으로 고마웠다. 달콤한 과자들은 암자에 있는 동안 구경도 못한 것임이 분명했다. 아마도 이것저것 살피고 무엇이 도움이 될까 한참 고민했을 것이다.

상자의 한쪽에는 알록달록한 무늬가 새겨진 보랏빛 편지 봉투가 들어 있었다. 승덕이 두툼한 봉투를 열어보니 암자 식구들 각각에게 쓴 네 통의 편지가 들어 있었다. 중국에 다녀온 뒤로 고마웠다, 즐거웠다는 말도 못해준 것이 새삼 미안해졌다.

승덕은 좀 전까지 소리가 들리던 냇가로 내려갔다. 냇가 주변에서 낙빈이 씩씩거리며 미덕을 쫓는 모습이 보였다. 미덕은 또 뭔가 낙빈의 것을 망쳐놓고 도망치는 것이 분명했다. 승덕은 그런 낙빈을 보는 게 좋았다. 어린 녀석이 제 감정을 감추는 것에 익숙했는데 미덕을 만나면서 어린아이의 솔직한 감정들이 그대로 드러나는 것 같았다.

"낙빈아, 미니한테서 편지 왔다!"

"미니 누나요?"

낙빈은 눈을 크게 뜨고 승덕을 바라보았다. 반가움이 가득한 얼굴이 승덕을 올려다보았다. 하지만 낙빈이 승덕을 향해 고개를 돌린 그 순간.

퍼어억!

어디선가 까만 여자아이의 구두가 날아와 낙빈의 뒤통수를 가격했다.

"아, 아이고! 야아, 이……."

뭐라고 소리를 지르려던 낙빈은 승덕이 눈앞에 있어서인지 포기했다는 듯 큰 한숨을 내쉬고 말았다. 낙빈은 까만 구두를 바위 위로 툭 던지고는 터덜터덜 승덕의 곁으로 걸어왔다. 승덕은 편지 봉투 안에 있는 진한 초록색 편지지를 내밀었다.

"야아, 미니 누나! 중국에서 정말 재밌었는데……. 또 보고 싶어요, 형."

낙빈은 편지를 받고 볼에 홍조까지 띠며 기뻐했다. 낙빈은 태어나 처음 받는 편지에 저도 모르게 가슴이 뛰었다.

"그건 또 뭐야?"

어느새 신발을 주워 신은 미덕이 날쌔게 낙빈의 편지를 빼앗았다.

"야, 황미덕! 야, 너 거기 안 서?"

미덕은 낙빈의 편지를 낚아채어 산 위 바위숲을 향해 뛰어 올라가버렸다. 낙빈은 다시 콧바람을 씩씩대며 미덕을 향해 내달렸다. 승덕은 한숨을 내쉬었다. 어찌 된 것이 요즘은 매일매일 이런 식이었다. 미덕이 좀 심하다 싶을 정도로 낙빈을 골려댔다. 하지만 미덕의 그런 모습 속에는 낙빈을 유독 좋아하는 어린 마음이 있다는 것을 누구라도 알 수 있었다.

"야, 넘어진다, 조심해!"

승덕은 잽싸게 달려가는 두 아이에게 소리쳤다.

"저러다 친해지는 거지……."

"아, 스승님."

어느새 승덕의 뒤로 다가온 천신이 뒷짐을 지고 낙빈과 미덕을 바라보고 있었다. 승덕도 천신처럼 두 아이의 뒷모습을 바라보았

다. 정신없이 달리는 아이들을 보니 승덕은 저도 모르게 웃음이
나왔다.

낙빈아.

잘 지내고 있는지 모르겠네. 너무너무 보고 싶다.

나는 언제나 그렇지만 학교 다니랴, 방송국 다니랴 정말 정신없이
바쁘게 지내고 있어. 때론 정말 학교 좀 안 갔으면, 좀 빠졌으면
하다가도 네 생각이 나서 용기를 내고 힘을 내어 씩씩하게 나가곤
한단다. 학교에 가고 싶어도 가지 못하는 너도 있는데 내가 이래
선 안 되지 하면서 말이야.

낙빈아.

낙빈이 공부에 도움이 될 만한 책이랑 참고서들도 함께 보낼게.
저번에 승덕 오빠랑 얘기하다가 네가 벌써 초등 과정도 다 떼고
중학 과정을 배운다는 얘기를 들었어. 공부도 좋지만 우리나라에
서는 자격도 중요하니까 초등 과정이랑 중학 과정을 위한 검정고
시 자료도 함께 보낼게. 뭐가 필요한지 잘 몰라서 이것저것 보내.
혹시 더 필요한 게 있으면 언제든 연락해. 네 연락 항상 기다리는
거 알지?

그리고 참, 승덕 오빠한테 모르는 거 물으면 만날 꿀밤부터 맞지?
후후, 그러면 나한테 편지로 물어봐. 알았지? 이래봬도 이 누나가
전교 등수는 끝내주거든. 호호.

중국에 다녀온 뒤로 모두들 굉장히 소중해진 느낌이야.

뭐, 승덕 오빠야 항상 보고 싶지만(호호) 요즘엔 낙빈이랑, 정희 언니랑 정현이 오빠까지 문득문득 생각나고 너무너무 보고 싶어. 잠이 안 오는 날에는 글쎄 모두의 얼굴이 눈앞에 아른아른하다니 까! 차에서 깜빡 잠이 들었다가 깨어날 때면 으레 승덕 오빠랑 네 꿈이지 뭐야? 이럴 줄 알았으면 그때 만났던 소인한테 소원이라 도 빌어볼 걸. 암자 식구들이랑 자주 만날 수 있게 해달라고 말이 야. 후후.

낙빈아, 이상하게도 나는 모두가 내 친척 같고 가족 같아. 특히나 낙빈이 넌 정말 내 친동생 같아. 지난번 중국에서 촬영하느라 반 달 정도 엄마랑 떨어져 있었더니 네 생각이 더 많이 나. 난 그렇게 오랫동안 엄마랑 떨어진 것이 처음이었거든! 그렇게 엄마랑 떨어 졌다 다시 한국에서 만나니까 어찌나 눈물이 나던지……

나도 그런데 어린 낙빈이는 얼마나 엄마가 보고 싶을까? 그것도 굉장히 오랫동안 떨어져 있는데 말이야. 그래서인지 정말 낙빈이 네 생각이 나면 정말 네가 보고 싶고, 너를 꼭 안아주고 싶어져. 이런 걸 깨닫게 해준 넌 진짜 내 은인이야. 내가 얼마나 승덕 오빠 와 너에게 고마워하고 있는지, 얼마나 감사하는지, 또 얼마나 좋 아하는지 두 사람은 꿈에도 모를 거야.

낙빈인 누나가 안 보고 싶을지 몰라도 미니 누나는 낙빈이가 무지 무지 보고 싶단다. 너무너무 보고 싶어서 꿈까지 꾼다고! 그러니 까 이거 받으면 꼭 답장해줘, 알았지?

그리고 누나가 보내준 책으로 공부도 열심히 해야 돼, 응?

꼭 약속이다!

서울에서

미니 누나가

"미니 누나……."

낙빈은 산바람이 솔솔 부는 커다란 바위 위에 앉아 간신히 빼앗은 편지를 읽었다. 글을 한 줄 한 줄 읽다 보니 미니 누나를 보고 싶은 마음이 간절해졌다. 더불어 혼자 집에 계실 불쌍한 어머니 생각도 새록새록 나면서 너무나 그리워지고 말았다.

"미니 누나! 어머니!"

낙빈은 산 아래를 향해 힘껏 소리를 질렀다. 그러자 마음이 한결 뚫리는 기분이었다. 낙빈은 저 멀리 펼쳐진 산 아래를 바라보았다. 숲이 끝나는 저 멀리로 작은 마을들이 보였다. 저 마을들을 지나고 지나면 그 어디쯤에 미니 누나도, 어머니도 계시겠지. 언제쯤이면 보고 싶은 사람들을 원 없이 만날 수 있을까.

보고 싶은 사람들을 마음껏 만나기 위해서는 열심히 수련을 해야 했다. 그래서 낙빈에게 강신할 모든 신을 모실 만큼 성숙해지면 예전처럼 어머니와 함께 살면서 그리운 사람들 앞에서도 떳떳해질 것이다.

마음을 다진 낙빈은 암자로 내려가기 위해 천천히 몸을 일으켰다. 고개를 돌린 낙빈은 말똥말똥한 눈으로 자신을 쳐다보고 있는 두 개의 눈과 부딪혔다.

"히익!"

"헤헤헤."

깜짝 놀란 낙빈의 앞에서 신나게 웃는 것은 분명 아까 편지를 갖고 도망가다가 산길을 구르면서 울음보를 터뜨린 미덕이었다. 낙빈은 우는 미덕을 본체만체 편지만 쏙 빼앗은 다음 따라오지 못하게 이곳 바위까지 달려왔다. 그런데 미덕이 어떻게 알았는지 어느새 낙빈의 뒤에 떡하니 버티고 앉아 있는 것이었다.

"헤헤, 애기처럼 엄마가 보고 싶어서 운대요. 헤헤헤. 엄마나 부르고 헤헤헤……."

"너, 어……."

화를 내려던 낙빈은 문득 아무 말도 못하고 그 자리에 굳어버렸다. 어찌 된 일인지 빙글빙글 웃으며 놀려대던 미덕의 커다란 눈에 하나 가득 물기가 서려 있었기 때문이다.

"히익!"

낙빈은 깜짝 놀라 고개를 돌렸다. 미덕의 커다란 눈에서 금방이라도 눈물이 떨어질 것 같아 재빨리 눈을 피했다. 애써 명랑한 척하는 아이의 그런 표정을 봐서는 안 될 것 같았다.

"야, 그 누나가 좋냐?"

낙빈은 자신이 앉아 있던 바위로 올라와 털썩 주저앉는 미덕을 힐끗 바라보았다. 다행히 좀 전까지 그렁그렁했던 눈망울이 살짝 말라 있었다.

낙빈은 미덕이 초록색 편지지를 슬쩍 빼앗는데도 좀 전의 그렁

그렇하던 눈물이 생각나 말릴 수가 없었다. 미덕은 미니의 편지를 펼치지도 않고 접혀 있는 채로 이리저리 들여다보았다.

"으응, 잘 아는 누나야. 가수 누나."

"치. 뭐, 별로 예쁘지도 않네."

투덜거리는 미덕의 말에 낙빈은 눈이 동그래졌다.

"어? 너 미니 누나 알아?"

"흥, 나보다 눈도 작네."

낙빈은 툴툴거리는 미덕을 놀란 눈으로 바라보다가 곧 고개를 끄덕였다. 텔레비전에도 자주 나오고 굉장히 유명하다더니 어린 미덕도 미니를 알고 있는 모양이었다.

"치, 이 언니 이상하네. 승덕 오빠가 뭐 자기 오빠인 것처럼 막 좋아하고 그러냐?"

"형이 누나를 도와줘서 미니 누나가 그때부터 승덕 형을 좋아…….."

낙빈은 뭔가 설명을 하려다가 고개를 갸웃거렸다. 미덕은 마치 미니가 승덕을 좋아하는 걸 다 아는 것처럼 말하고 있었다. 낙빈은 미덕이 어떻게 이것저것을 다 알고 있는지 조금 이상한 생각이 들었다.

"치, 이 언니 진짜 기분 나쁘네. 짜증나."

"야, 너 그게 무슨 말버릇이야?"

미덕은 뭐가 맘에 안 드는지 초록색 편지지를 손가락 두 개로 펄럭거리며 인상을 찌푸렸다. 낙빈은 알지도 못하면서 미니에게

괜히 화를 내는 미덕이 이해되지 않았다. 낙빈은 미덕의 말본새가 미워서 인상을 찌푸렸다.

"내가 뭐? 치, 이 언니 기분 나쁘네. 자기가 뭔데 다들 보고 싶대? 자기는 엄마도 있고 둘이 잘 살면서. 뭐야, 뭐?"

낙빈은 미덕을 나무라려다가 미덕의 눈가가 다시 촉촉해지는 것을 보고 그만두었다. 미덕은 아무렇지 않은 듯 소매로 재빨리 눈가를 비볐지만 오히려 한껏 맺힌 눈물방울이 그렁그렁한 구슬이 되어 툭툭 떨어지기만 했다.

"아······."

그제야 낙빈은 미덕이 눈물 흘리는 기분을 알 것 같았다. 미덕에게는 낙빈처럼 그리워할 어머니도 안 계신 것이다. 아버지도 어머니도 태어날 때부터 안 계셨다고 했으니 부모님의 얼굴조차 모르는 것이 분명했다. 게다가 믿고 있던 아저씨란 사람마저 미덕을 이 숲에 버렸다.

그날 새벽 낙빈과 정현이 미덕을 발견하지 못했다면 정말 쥐도 새도 모르게 숲 속에서 죽었을지도 모를 일이었다. 완전히 홀로인 미덕은 엄마와 살고 있다는 것만으로도 미니가 싫을지 몰랐다.

"너 혹시 아저씨······ 보고 싶은 거니?"

"······."

미덕은 말 대신 그렁그렁한 눈으로 저 멀리 하늘을 노려보았다. 어쩐지 이 순간 낙빈은 미덕과 갑자기 아주 친해진 듯한, 어쩐지 둘의 마음이 통하는 듯한 동질감을 느꼈다. 이 순간만은 미덕이 툭하면 낙빈을 괴롭히는 못된 장난꾸러기가 아닌 것 같았다.

"사실 나도 어머니가 보고 싶어. 너도 그 아저씨가 보고 싶지?"

"으응. 하지만 아저씬 곧 올 거야."

낙빈은 미덕의 얼굴에 가득한 그리움의 흔적을 여실히 볼 수 있었다. 벌써 2주가 지났지만 미덕이 기다리는 아저씨는 연락조차 없었다. 낙빈은 미덕이 자신을 데리러 오지 않는 아저씨 때문에 버림받았다는 걱정과 근심이 가득할 텐데도 언제나 기쁜 척, 강한 척한다는 것을 알고 있었다. 그래서 낙빈은 다시 미덕의 두 눈에 물기가 어리는 것을 보고는 고개를 돌려 저 멀리 산 아래 펼쳐진 하늘을 바라보았다. 구름 한 점 없는 하늘이 눈부시게 파랬다.

'어머니……'

낙빈은 마음속으로 너무나도 그리운 어머니를 불러보았다. 그리고 푸른 하늘에 가득 어머니의 얼굴을 그렸다.

뽀로롱…….

그 순간 이름 모를 작은 산새가 퍼덕이며 날아올랐다. 매일 듣는 소리인데도 오늘따라 유난히 맑고 청아하게 들렸다.

"참 예쁜 소리다, 그지?"

낙빈은 숲 속에서 아름다운 소리를 내며 날아오른 산새를 바라보면서 그렇게 말했다. 그러자 미덕은 방긋 미소를 지으며 새처럼 목을 길게 빼고 허공을 향해 입을 오므렸다.

"뽀로로롱……."

"우앗!"

낙빈은 깜짝 놀랐다. 분명히 미덕의 입에서 나오는 소리였다.

"뾰로롱…… 뾰로로롱……."

저쪽 숲 속에서 미덕의 목소리를 들었는지 또다시 산새의 울음 소리가 들려왔다.

뾰로롱…….

미덕이 내는 소리는 산새의 그것과 정말로 똑같았다.

"햐아, 미덕아! 정말 대단하다!"

낙빈의 함박웃음이 좋은지 미덕은 곧 여러 가지 소리를 냈다. 컹컹대는 개 소리, 야옹거리는 고양이 소리는 물론이고 새, 말, 닭, 오리, 염소, 개구리, 매미에 이르기까지 온갖 동물의 소리를 아주 똑같이 내는 것이었다. 심지어 숲 속에서 소곤대는 나무의 소리라며 바람 같은 소리를 내기까지 했다.

"야아, 미덕아, 너 정말 대단하구나!"

낙빈은 힘껏 박수를 쳤다. 소리를 귀에 담고 푸르른 하늘을 바라보며 천천히 몸을 기댔다. 그리고 눈가로 들이치는 빛나는 햇빛을 가리며 스르르 눈을 감았다. 한없이 따스하고 온화한 햇살이 바위 가득 비쳐들었다.

따뜻한 바위, 선선한 바람, 푸르른 초록빛, 가득한 숲의 내음…….

졸음이 낙빈의 눈에 가득했다. 낙빈이 그렇게 눈을 감으려는 찰나의 순간 옆에 앉아 있는 미덕의 모습이 눈에 들어왔다. 거의 감긴 눈 속으로 희미하고 뿌옇게 들어오는 작은 미덕의 모습은 마치 그림과도 같았다. 그 그림의 주인공은 까만 고수머리를 하고 등 뒤에는 하얗고 작은 날개를 단 소녀였다.

뾰로로롱…….

잠으로 빠져드는 순간 낙빈은 귓가에 들리는 아름다운 새소리가 미덕의 것인지 아니면 산새의 것인지 구분조차 할 수 없었다.

살랑거리는 시원한 바람이 낙빈의 눈을 감겼다.

뾰로롱…….

맑은 소리가 온 산에 퍼져나갔다.

4

오늘도 하늘이 채 밝기 전 짙은 남빛 새벽이 찾아오자 정현과 낙빈은 졸린 눈을 비비고는 매일매일 반복되는 고된 수련을 위해 숲 저편을 향해 달리기 시작했다. 숲도 암자도 모두 깊은 잠에 빠진 그 시간, 두 사람의 하루가 어김없이 시작되었다.

"훅훅, 훅훅."

"후우, 후. 후우."

정현과 낙빈의 하루는 험한 산등성이를 넘나들며 체온을 높이는 것으로 시작되었다. 처음에는 짙은 새벽 빛깔에 이리저리 넘어지고 깨지는 일이 부지기수였던 낙빈은 이제 제아무리 비 온

다음 날이라도 진득한 흙덩이에 미끄러지는 일이 없었다.

하루하루 날이 갈수록 정현의 뒤를 따라오는 낙빈의 숨소리는 눈에 띄게 규칙적이고 또한 안정적으로 변해갔다. 그와 동시에 어두운 숲 속을 달리는 낙빈의 발걸음은 가벼웠고 그 속도도 급속히 빨라지고 있었다.

산자락 가득히 그림자를 들이고 암자 가득히 진한 검은빛을 드리웠던 시커먼 하늘도 서서히 파란 제 빛을 찾기 시작했다. 아직 방 안으로 햇살이 들어오지는 않았지만 문풍지 너머로 느껴지는 진한 푸름에 정희는 천천히 두 눈을 떴다.

"아흠······."

작게 기지개를 켜고 일어나니 쌍둥이 동생 정현의 이부자리는 깨끗이 정리되어 있었다. 잠자리가 이미 차가워진 것을 보면 훨씬 전에 일어나 새벽 훈련을 나갔다는 것을 알 수 있었다.

"벌써 하루가 시작되었네."

정희는 옆에 곤히 잠든 귀여운 여자아이를 바라보며 빙긋이 미소를 지었다. 정희 곁에 바싹 붙어 몸을 웅크린 미덕은 영락없는 어린아이였다.

미덕은 처음부터 암자에 사는 아이였던 것처럼 이상할 정도로 자연스럽게 그들 사이에 녹아들었다. 꼭꼭 숨겨진 낙빈의 어린 본성을 끄집어내는 것을 보면 흡사 낙빈과 남매 같았다. 정희와 정현, 그리고 승덕에게는 한없이 귀여운 막내 동생처럼 굴었

고 천신에게는 '할아버지, 할아버지' 하며 허물없이 다가가 귀염
을 떨었다.

이제 미덕은 암자에 없어서는 안 될 아이가 되었다. 매일매일
이리저리 식구들 사이를 오가며 치대는 모습이 참으로 귀여운 아
이였다.

"귀여워라. 후후……."

정희는 솜이불을 끌어다가 미덕의 목까지 꼼꼼하게 덮어주고
나서야 자리에서 일어섰다.

"하아……."

정희는 뻐근한 어깨를 돌리며 방문을 열었다.

뾰로롱…….

뾰로로롱…….

정희가 방문을 열자 아까부터 그녀를 기다리고 있었다는 듯 이
른 아침의 산새들이 아름다운 소리로 지저귀며 푸르른 하늘로 날
아올랐다.

"안녕, 모두들 좋은 아침이네요."

정희는 맑은 웃음으로 새들에게 인사하며 언제나 그렇듯이 부
엌을 향해 걸어갔다. 부엌문 앞에는 어젯밤에 패놓았을 장작이 수
북하게 쌓여 있었고 아침 일찍 떠왔을 말간 물도 커다란 통에 가
득 담겨 있었다. 쌍둥이 동생 정현이 빈틈없이 해놓은 일이리라.

정희는 이렇게 평화로운 하루하루가 너무나 좋았다. 한동안 이
런저런 사건에 휘말리기도 하고 난생처음 외국까지 나가 고생한

뒤로는 변함없이 그대로인 아침이 그저 감사하고 고마웠다. 할 수만 있다면 정희가 아는 모든 사람의 하루가 늘 평안하기를 바랐다.

빙긋이 미소 짓던 정희가 부엌 안으로 발을 내디디려는 순간.

"여이, 정희 씨. 또 만났네요."

어디선가 들은 적이 있는 목소리가 뒤쪽에서 울려 퍼졌다. 그 목소리는 그녀의 소박한 하루를 뒤흔들었다.

언제나처럼 고된 새벽 수련을 마치고 돌아오던 낙빈은 암자에 가까이 이르러서야 무언가 평소와 다르다는 것을 알아차렸다. 보통 낙빈과 정현이 새벽 수련을 마치고 돌아올 즈음이면 밥과 반찬 냄새가 모락모락 풍기고 게으른 승덕이 그제야 힘껏 기지개를 켜며 방문 밖으로 나와야 했다. 그런데 오늘은 어찌 된 일인지 음식 냄새도 나지 않았고 잠꾸러기 승덕도 벌써부터 마당을 서성이고 있었다.

미덕은 아직 제 방에서 쿨쿨 잠을 자는 것 같은데, 미덕보다도 늦게 일어나던 승덕이 벌써 멀쩡한 얼굴로 마당을 서성이는 것이 이상했다. 게다가 암자로 돌아오는 정현과 낙빈을 바라보는 정희의 표정도 평소와 달리 이상야릇했다.

"누나, 큰형, 여기서 뭐해요?"

낙빈은 두 사람의 표정이 이상해서 고개를 갸웃거렸다.

"저기, 손님이……."

"어, 이른 시간에 누가 오셨어요?"

정희가 가리킨 것은 천신 스승의 방 앞에 놓여 있는 반짝반짝한 검은 구두였다. 누군가가 암자를 찾아온 모양이었다. 구두는 성인 남자의 것으로 보였다.

"누군데 그래요?"

정현은 구두와 정희의 얼굴을 번갈아 바라보았다. 정희의 얼굴에 어린 두려움을 놓칠 정현이 아니었다. 정희는 야릇한 표정으로 승덕을 바라보았다. 청바지에 티셔츠를 입은 승덕이 뒷머리를 벅벅 긁었다. 뒷머리가 아직도 삐죽삐죽 일어나 있는 것을 보면 몹시도 다급하게 일어난 모양이었다.

"저기…… 현욱이라는 사람이 왔어."

정희의 입에서 의외의 이름이 튀어나오자 낙빈과 정현의 눈이 커졌다. 이상하게도 자꾸만 부딪히던 그 남자. 신성한 집행자들에 소속된 그 남자가 왜 암자를 찾아와 천신 스승과 단둘이 이야기를 나누고 있는지 수상쩍은 생각이 들었다.

"왜요? 왜 그분이 여기에……?"

낙빈은 눈이 동그래져서 승덕을 쳐다보았다.

"모르겠어. 자세히는 모르겠지만 스승님과 현욱이란 남자…… 서로 아는 눈치야."

"네에?"

"그 사람이 인사하니까 스승님이 오래전부터 알던 사람처럼 맞았어."

"네에?"

중국에서 만났던 현욱이란 남자. 그 사람을 조만간 다시 만날 거라는 느낌을 받긴 했지만 암자까지 찾아오다니……. 게다가 천신 스승과 서로 아는 사이라니……. 어찌 된 일인지 도통 짐작되지 않았다. 모두들 무슨 일인지 머리가 복잡해졌다. 저 남자가 스승과 어떤 대화를 하는지도 너무나 궁금했다.

덜커덕!

정현과 낙빈, 그리고 승덕과 정희가 영문을 알지 못한 채 마당에서 웅성거리던 바로 그때 천신의 방문이 활짝 열렸다. 뒤이어 스승의 근엄한 목소리가 울려 퍼졌다. 기분 탓인지는 몰라도 천신은 평소보다 조금 더 딱딱한 표정에 조금 더 낮은 목소리를 냈다.

"모두 들어오너라."

낙빈은 고개를 갸웃거렸다. 아무리 다급한 일이 있어도 스승의 목소리가 다르게 들리는 것은 상상할 수도 없는 일이었다. 언제나 평온하고 고요한 연못 같은 그분의 마음에 돌 하나가 떨어진 것 같았다.

낡고 오래된 앉은뱅이책상과 수많은 책이 한쪽 벽면을 빼곡히 채우고 있는 스승의 방은 언제나처럼 고풍스러운 학자의 방 같았다. 천신은 현욱과 작은 다과상을 마주하고 앉아 있었다. 정희가 들여왔을 따스한 찻잔이 이미 차갑게 식은 채 소반 위에 놓여 있었다. 암자 식구들은 두 사람의 옆쪽으로 가지런히 앉았다.

"현욱 지부장과는 모두들 안면이 있다고 들었다."

천신은 궁금한 표정을 짓는 네 사람이 가지런히 자리를 잡고 앉은 지 한참이 지나서야 입을 뗐다. 승덕은 스승의 앞에 차분히 앉아 있는 현욱을 바라보았다. 언제나 그렇듯 까만 양복을 깨끗하게 입은 그 남자가 스승의 앞에서 조용히 그들을 바라보고 있었다. 겉으로는 고요하지만 한없이 위험해 보이는 이 남자가 왜 이곳에 나타났는지 승덕은 열심히 가늠하는 중이었다.

현욱과 암자 식구들 사이에는 긴장감이 팽팽했다. 특히 동생들을 지켜야 한다는 남다른 책임감을 느끼고 있는 승덕의 긴장감이 가장 높았다. 현욱의 등장은 승덕에게 그리 달갑지 않았다. 가까이 지내기에 이 남자는 너무 위험해 보였다.

"오늘 이분이 이곳에 들른 것은 다름이 아니라……."

천신이 차분차분 이야기를 시작하려는 순간.

벌컥!

갑자기 그들의 등 뒤에서 문이 열리는 소리가 들렸다. 하얀 문풍지가 사라지더니 암자의 앞마당과 푸른 하늘이 나타났다. 그리고 그 가운데에 크고 까만 눈의 미덕이 서 있었다. 이제야 잠이 깬 미덕은 텅 빈 암자를 돌아다니다 천신의 방까지 찾아온 모양이었다. 분홍색 원피스 잠옷을 입은 미덕이 졸린 눈을 비비며 문 안으로 들어섰다.

"어머나, 미덕아. 언니랑 잠시 나가자꾸나."

정희가 발딱 일어섰다. 어린 미덕을 위험한 남자로부터 떼놓기 위해서였다.

"아, 그래. 손님이 오셨으니까 넌 나가 있어."

까만 양복 차림의 남자가 아이를 보지 못하게 승덕과 낙빈, 그리고 정현까지 미덕을 향해 몸을 일으켰다. 하지만 호기심이 가득한 아이는 오빠들과 언니를 요리조리 비껴가며 천신 스승의 앞에 앉아 있는 손님의 얼굴을 확인했다. 그리고 마침내 그 남자와 눈이 마주치는 순간.

"꺄아악!"

미덕의 커다란 눈이 더욱 커졌다. 그 까만 눈동자가 갑자기 별이라도 본 것처럼 맑게 빛나기 시작했다. 미덕은 사방이 떠나가도록 소리를 질러댔다.

"아저씨! 아저씨! 아저씨 왔구나! 꺄아악!"

미덕은 곧장 위험한 그 남자를 향해 달려들었다. 미덕은 허공을 파닥거리며 날아올라 현욱의 목을 두 팔로 껴안았다. 작은 아이가 정체 모를 위험한 남자의 목에 매달려 힘껏 볼을 비비면서 반가워하는 모습에 낙빈도, 정희도, 승덕도, 정현도 입을 다물지 못했다.

"아, 아저씨란 사람이…… 저 사람이었던 거야?"

모두들 온몸이 꽁꽁 얼어붙은 듯 꼼짝도 못했다. 그리고 눈물까지 흘리며 기뻐하는 미덕을 보며 누구도 말을 잇지 못했다.

천신은 온 방이 꺼질 정도로 방방 뛰던 미덕이 현욱의 품에 안겨 잠잠해질 때까지 기다렸다. 마침내 아이가 흥분을 가라앉히고 현욱의 무릎 위에 앉아 까만 넥타이를 만지작거리자 천신이 잠시 멈추었던 이야기를 이어갔다.

"오늘 이분이 이곳에 들른 건 미덕이를 부탁하기 위해서다."

"아……."

모두의 눈이 커지고 입이 벌어졌다. 이미 미덕이 이곳에서 지내는 것이 당연하게 여겨질 정도로 그들은 아이와 정이 들어 있었다. 미덕이 사라지면 아쉬움에 눈물을 펑펑 쏟을 정도로 그 짧은 시간에 정이 흠뻑 들어버렸다. 그래서 미덕이 이곳에서 지낸다는 것이 너무나 당연하게 생각되었다.

그런데 그 '아저씨'가 현욱이라니. 이곳에 미덕을 두고 사라졌다가 다시 미덕을 맡아달라고 부탁하는 그 남자가 현욱이라니. 모두들 어떤 표정을 짓고 무슨 말을 해야 할지 어리둥절했다.

"너희도 잘 알고 있겠지만 지금껏 나는 암자에 온다는 사람을 한 번도 막아본 적이 없다. 이곳은 내 소유가 아니고 나 역시 산으로부터 잠시 이곳을 빌렸기 때문이다. 누구라도 이곳에 있겠다면 나는 그 뜻을 받아들여야 한다고 생각한다. 그것이 누구라 해도, 어떤 이유가 있다 해도 말이다. 내 뜻을 이해하겠느냐?"

"네, 스승님!"

스승의 말에 네 사람은 고개를 숙였다.

네 사람은 그들의 암자에 나타난 까만 양복 차림의 현욱을 찬찬히 바라보았다. 어쩐지 거리감이 들게도 하고, 이상한 느낌이 들게도 하는 이 남자 주변에는 위험한 일이 수없이 닥쳐올 것이다. 그리고 그런 그가 암자 식구들의 주변을 맴돈다면 모두들 원하든 원하지 않든 위험에 휘말릴 것 같은 불안감이 일었다.

하지만 그에게는 미덕이 있었다.

승덕은 고개를 설설 저었다. 승덕은 현욱이 얼마나 간교한 사람인가 혀를 내두를 지경이었다. 아무도 내치지 못할 어리고 맑은 아이를 암자에 두고 가서 모두의 마음을 빼앗은 뒤 이러지도 저러지도 못할 제안을 하는 그의 솜씨에 기가 찼다. 아무것도 모르는 해맑은 미덕을 통해 앞으로 자신들을 얼마나 이용해먹을지 보지 않아도 뻔했다.

낙빈은 현욱의 넥타이를 조물거리는 미덕을 멍하니 바라보았다. 아무것도 모르는 평온한 얼굴로 정체불명인 위험한 남자의 무르팍에 앉아 있는 미덕을 어떻게 해야 할지 알 수가 없었다.

'미덕이가 기다리던 아저씨가 저분이었다니. 저분은 미덕이를 일부러 암자에 보내놓고 이렇게 나타난 걸까? 현욱, 정말 이상한 사람…… 속을 알 수 없는 사람…….'

낙빈은 멍하니 어린 미덕을 바라보았다.

다들 눈물까지 글썽이며 현욱에게 매달린 미덕과 속을 알 길 없는 현욱을 멍하니 바라볼 수밖에 없었다. 그들이 저항할 수 없는 운명의 수레바퀴가 돌기 시작했다는 스산한 느낌이 들었다.

제4화

우리들만의 비밀

1

암자를 둘러싼 숲은 어느새 푸르게 변해 있었다. 연한 빛으로
반짝이며 세상에 얼굴을 내민 어여쁜 새순들이 온 산을 말간 웃음
으로 물들인 것이 엊그제 같은데, 이제는 그 어린 새싹들이 더욱
높이 떠오르는 태양 아래서 강인한 진녹색으로 변해가고 있었다.

어린 싹들이 시간의 흐름에 따라 눈치채지 못할 만큼 조금씩
조금씩 그 빛을 짙게 물들이는 것과 같이 작고 여리던 낙빈도 눈
에 띄지 않을 만큼 서서히 변해가고 있었다. 요즘 낙빈은 정현과
의 무술 수련뿐만 아니라『치귀도』와도 씨름하고 있었다. 낙빈의
눈동자는 그 어느 때보다도 반짝거렸고『치귀도』를 익히는 속도
도 전에 없이 빨라졌다. 마치 마른 솜이 물을 빨아들이듯.

사실 낙빈이 어머니가 소중히 여긴『치귀도』를 처음 훔쳤을 때
는 보통 반년이 걸린다는 수水, 즉 물의 운용법 제1절을 단 하루
만에 익혔다. 하지만 그 후로는 아무리 애를 써도『치귀도』의 다
음 장, 다음 절로 넘어가기가 힘들었다. 천신의 암자에 들어와서
도 꾸준히『치귀도』를 붙잡았지만 기껏 조잡한 수준의 화火 운용
법을 익히고 십이지신十二支神 중 가장 온순한 우신牛神을 불러내는
수준에 멈춰 있었다.

『치귀도』가 말하는 바와 의미하는 바는 머리로 이해되었지만

실제로 운용하는 것은 별개였다. 즉 머리로는 이해해도 가슴과 몸은 이해하지 못했다. 귀鬼와 신神과 정령精靈을 운용하고 자유자재로 다룬다는 것은 깊고 깊은 영력靈力과 도력道力이 필요한지라 나이 어린 소년에게는 쉽지 않은 거대한 벽이었다.

그러나 지난번 소호산에서 흑단인형을 만난 이후 이 거대한 벽에 금이 가기 시작했다. 소호산을 내려온 뒤로 낙빈에게는 누구에게도 말하지 못한 비밀이 생겼다.

봉선의 시간에 거대한 양기陽氣의 힘으로 커다란 바위 위에 둥실 떠 있던 낙빈은 아주 짧은 순간 흑단인형을 만났다. 그리고 놀랍게도 그녀는 낙빈에게 아는 체를 했다. 그녀가 말했다.

'내가 아는 눈이로구나.'

요마의 숲에서 만났던 흰 가면의 소녀는 가면 저편에서 낙빈의 눈빛을 알아보았다. 그녀의 검은 눈동자를 바라보는 순간 낙빈은 그녀가 착각한 것이 아님을 깨달았다. 붉은 기모노를 입은 그녀는 쭉 뻗은 새까만 머리카락을 찰랑이며 낙빈을 바라보았다.

그 작은 아이 앞에서 낙빈은 뱀 앞의 작은 개구리처럼 온몸이 굳는 것을 느꼈다. 그것은 두려움만은 아니었다. 왜인지는 모르겠지만 낙빈은 흑단인형에게 알 수 없는 경외감을 느꼈다. 두려움과 무서움 속에서도 낙빈은 그녀의 깊은 고뇌와 고통을 느낄 수 있었다.

낙빈은 오른손으로 턱을 문질렀다. 흑단인형이 작은 손으로 만진 그곳이었다. 낙빈은 자신도 모르게 파르르 손이 떨렸다. 마치 그 순간 하얀 가면 저편에서 새까만 눈동자를 굴리며 낙빈을 바라보던 흑단인형이 그곳에 서 있는 것만 같았다.

'네 어머니는 이제 사람이 되어 살고 있더냐?'

낙빈은 머리를 감싸 쥐고 두 무릎 사이에 얼굴을 묻었다. 잊고 싶지만 잊을 수가 없는 그 말이 자꾸만 자꾸만 머릿속에서 반복되었다. 그 아이를 만난 뒤로 잠이 들어도, 눈을 떠도 낙빈은 문득문득 검은콩보다 더 까맣던 그녀의 생머리가 생각났다. 그럴 때면 가늘게 찢어진 눈과 새빨간 입술의 하얀 가면이 언제나 낙빈을 내려다보는 것 같았다.

그 아이는 어머니를 알고 있었다. 분명히 알고 있었다. 그래서 어머니에게 묻고 싶었다. 너무나 물어보고 싶었다. 어째서 그녀가 어머니를 아는지, 어머니와는 어떤 관계인지, 둘 사이에 무슨 일이 있었는지. 하지만 어머니 앞에서 낙빈은 아무 말도 꺼내지 못했다.

암자 식구들에게도 마찬가지였다. 낙빈은 흑단인형이 자신에게 말을 걸었다는 것을, 그녀가 어머니를 알고 있었다는 것을 아무에게도 털어놓지 못했다. 어쩐지 겁이 나서 말할 수가 없었다.

"아우!"

낙빈은 지친 듯 한숨을 내쉬었다. 흑단인형의 모습과 목소리도 한숨과 함께 날아가기를 바라면서. 처음으로 갖게 된 비밀이 어린 가슴을 짓누르고 있었다.

"으아아아!"

낙빈은 두 손을 펴고 모든 힘을 끌어내 앞쪽으로 내뿜었다. 낙빈의 손끝에 푸른빛이 일렁이더니 푸른 연기 같은 것이 뭉글뭉글 커지기 시작했다.

"하아앗!"

낙빈은 머릿속을 어지럽히는 모든 잡념을 손끝으로 보냈다. 머릿속이 텅 빌 때까지 기운을 끌어올리자 드디어 눈앞에 또렷한 형상이 서서히 떠오르기 시작했다.

끼루루룩!

요란한 소리를 내며 눈앞에 나타난 것은 커다란 수탉 모습의 신장神將이었다. 낙빈은 스스로도 놀랄 정도로 너무나 또렷하고 분명한 신장의 모습을 만들어냈다.

"됐다……!"

낙빈이 만족스럽게 중얼거렸다. 낙빈은 요즘 매일매일 신장들을 꺼내고 힘을 가하는 훈련을 하고 있었다. 『치귀도』에 따르면 열두 신장을 꺼내고 다루는 훈련을 하는 것은 열두 신장을 운용하기 위해서가 아니었다. 이 신장들을 끌어내 열두 방위에 놓으면 엄청난 결계의 힘을 만들 수 있게 된다.

그러나 보호만으로는 부족했다. 좀 더 적극적인 자기방어를 위해서는 더 큰 힘을 사용할 수 있어야 했다. 그것은 바로 사신四神의 힘이었다. 신비하고 상서로운 네 신인 청룡青龍, 백호白虎, 주작朱雀, 현무玄武를 다루기 위해서는 먼저 열두 신장을 자유자재로 운용하는 훈련이 필요하다고 『치귀도』에 적혀 있었다. 낙빈은 그 훈련을 착실히 수행하는 중이었다.

소호산에서 받았던 거대한 양기가 낙빈에게 영향을 미쳐서인지, 아니면 흑단인형을 만난 뒤 낙빈에게 고민과 번뇌가 생겨서인지 알 수는 없어도 그날 이후로 낙빈의 능력은 놀랍도록 빠르게 성장했다. 일부러 일월신령을 들거나 대무신제를 부르지 않아도 종전과 비교되지 않을 정도의 힘을 발휘할 수 있었다.

하지만 낙빈은 그저 기쁘지만은 않았다. 너무나도 냉정하게 자신의 힘을 알고 있는 까닭이었다. 이 정도의 능력은 소호산에서 만났던 흑단인형은 물론이고 붉은 옷의 여인이나 아름다운 미카엘과 비교해도 하늘과 땅 차이라는 생각이 들었다. 그런 조바심이 낙빈을 놀랍도록 발전시키고 있었다.

"하아압!"

낙빈이 기운을 더 끌어올리자 푸르른 연기가 셋으로 나뉘었다. 닭의 형상 옆에 거대한 소의 형상이, 그 옆에 말의 형상이 맺혔다. 신장의 얼굴은 동물 형상이지만 사람의 팔다리를 가지고 있었다. 그들은 단단한 갑옷을 입고 기다란 창을 들고 섰다. 말의 신장이 들고 있는 창은 끝이 뾰족했고, 닭의 신장이 들고 있는 창은 안이 뚫린 둥근 모양이었다. 소의 신장은 둘로 갈라진 창을 들고 있었다.

세 신장을 단번에 만들어낸 낙빈의 귀밑으로 땀 한 방울이 흘러내렸다. 기운이 바닥나 힘들었지만 낙빈은 스스로에게 지지 않았다. 힘이 들수록 집중하여 신장들의 모양을 더욱 견고하게 만들었다.

낙빈은 발전해야 했다. 성장해야 했다. 낙빈은 언젠가 흑단인형을 다시 만나리라는 것을 알고 있었다. 그것은 피할 수 없는 운명이었다. 낙빈은 그 운명을 본능적으로 알고 있었다. 낙빈이 무엇이건 간에, 흑단인형이 누구이건 간에 두 사람은 만날 수밖에 없다는 것을 낙빈의 심장이 알아채고 말았다.

소호산에서 개천開天의 순간 흑단인형이 봉선대를 산산이 부수는 광경을 지켜보았던 낙빈은 자신이 새로운 세기의 신인이 아닐 거라고 믿었다. 아니, 그렇게 믿고 싶었다.

하지만 승덕은 달리 말했다. 현욱이 낙빈의 바위에 꽂힌 '천天' 자를 보면서 의미심장한 눈빛을 보냈다는 것이었다. 승덕은 그 눈빛이 흑단인형조차 알지 못하는 사이에 낙빈이 신인이 되었음을 암시하는 것 같다고 말했다. 위대한 예언가 모모 님의 말대로 낙빈의 보이지 않는 미래에 신인으로의 운명이 깃들어 있는 것이라고 승덕도 짐작하고 있었다.

"아흐윽!"

낙빈은 왼쪽 어깨에서 으득 소리가 날 때까지 힘을 빼지 않았다. 몸이 영력을 견디지 못하자 낙빈은 서서히 힘을 줄였다. 신인이라는 그 무시무시한 이름이 자신에게 오든 말든 낙빈은 피할 수 없는 길로 들어섰다는 사실을 깨닫고 있었다.

"이야아압!"

어깨가 빠질 것 같은 순간에도 낙빈은 다시 힘을 끌어올렸다. 이번에는 눈앞에 커다란 귀를 가진 토끼 모습의 신장이 나타났다. 붉은 눈에 하얀 토끼 형상의 묘신장이 나무 크기로 커졌다. 낙빈은 오른손으로 신장의 모습을 붙들고 왼손으로 또 다른 힘을 끌어올렸다.

"하아앗!"

발끝까지 모든 힘을 다해 영력을 끌어올리자 낙빈의 왼손을 따라 거대한 불꽃이 퍼져 나왔다. 이전과는 비교도 되지 않을 만큼 엄청난 불길이었다. 낙빈은 자신의 머리를 어지럽히는 모든 것을 그 불길에 담으려 했다. 그를 괴롭히는 흑단인형에 대한 기억도. 신인에 대한 압박감도. 그리고 말하지 못한 모든 고뇌도. 그러나 가슴속 깊이 자리한 번뇌는 사라지지 않았고, 낙빈의 눈에서는 고독한 눈물 한 줄이 흘러내렸다.

2

"다녀왔습니다아!"

빨간 책가방을 등에 멘 미덕은 산 밑에서부터 쉬지 않고 올라온 모양이었다. 미덕은 얼굴이 토마토처럼 발갛게 물들어 헐레벌떡 암자의 부엌으로 달려 들어왔다.

"미덕이 왔구나. 자, 물 마셔."

학학대며 땀을 흘리던 미덕은 정희가 상냥하게 건네주는 숭늉을 단숨에 들이켰다. 부엌 한편에서 서늘하게 식힌 숭늉은 차지도 뜨겁지도 않은 딱 좋은 온도였다.

"저런, 탈 나겠네. 천천히 마셔야지."

긴 머리를 곱게 땋아 내린 정희는 회색 승복을 한 자락 들어 땀이 송골송골 맺힌 미덕의 이마를 닦아주었다.

"오늘은 애들하고 사이좋게 지냈니? 선생님 말씀도 잘 듣고?"

정희는 마치 엄마처럼 미덕의 학교생활에 대해 꼼꼼히 물었다.

"응, 나 오늘은 아무도 안 때렸어, 언니. 헤헤."

"아유, 그랬어? 기특하구나."

미덕이 산 아랫동네에서 걸어서 30분쯤 떨어진 작은 분교에 다닌 지도 벌써 한 달이 다 되어갔다. 현욱은 미덕을 데려갈 생각이 없는지 아예 근처 학교에 전학 수속까지 밟았다. 그러고는 또다시 어딘가로 사라져버렸다. 사실인지는 모르겠지만 전학 서류에 적힌 미덕의 이전 학교는 영국에 있었다.

외국에서 살다 와서 그런지 미덕은 학교에 잘 적응하지 못했고 아이들과 제대로 어울리지도 못했다. 그래서 처음 일주일 동안은 마치 도살장에 끌려가는 소처럼 억지로 질질 끌려서 학교에 갔다.

게다가 미덕은 등교 첫날부터 제게 말을 걸거나 아는 체하는 아이들을 모두 한 대씩 때리고 말았다. 처음 며칠 동안 천신과 정희는 날마다 학교에 불려가는 것이 일이었다. 학부모 칸이 비어 있는 미덕은 천애 고아였으니까.

"헤헤, 여기는 다 보통 애들이라서 아무도 나한테 못 덤벼!"

미덕의 말로는, 이곳으로 오기 전에 다녔던 영국의 학교는 초능력을 가진 애들이 다니는 특수학교였다고 했다. 그때는 만만치 않은 아이들이 꽤 있어서 미덕이 몇 번은 얻어맞고 울었다고도 했다.

하지만 이곳에선 사정이 달랐다. 미덕은 또래는 물론이고 고학년 아이들까지 괴롭히고 다니는 모양이었다. 그래도 지난주 초에 축구부인 5학년 남자아이를 때려서 코피를 터뜨린 일을 마지막으로 일주일간 잠잠한 것을 보면 미덕도 학교생활에 차차 적응하는 모양이었다.

"언니, 근데 낙빈 오빠 어딨어?"

학교에서 재밌게 놀다 오면 좋을 텐데 미덕은 언제나 수업이 끝나자마자 마치 100미터 달리기라도 하듯 날쌔게 암자로 돌아와 낙빈부터 찾았다. 학교에 있는 어떤 친구보다도 낙빈과 노는 것이 좋은 모양이었다.

"산 위에 있을 거야. 수련한다고 올라갔으니까."

"응, 알겠어, 언니. 그럼 나 낙빈 오빠한테 갈게!"

미덕은 이마에 아직도 땀이 송골송골 맺혀 있었지만 빨간 책가방을 던져놓고 또다시 산 위로 내달렸다.

정희는 미덕의 뒷모습을 보며 미소를 지었다. 미덕이 속을 알길 없는 위험한 남자 현욱이 보낸 아이임을 알았을 때는 마음 한구석이 꺼림칙했던 것이 사실이다. 함부로 정을 주면 안 되겠구나 하는, 조심스러운 마음도 들었다.

하지만 사랑스러운 큰 눈을 반짝이며 속이 다 보일 것처럼 말갛게 구는 작은 아이는 그런 마음의 벽을 모두 허물어버렸다. 누가 데려왔든 미덕은 미덕이었다. 꾸밀 줄도 모르고 거짓말도 못하는, 맑고 투명한 유리 같은 아이였다.

미덕과 하루하루를 지내면서 단단히 걸어 잠그려던 마음이 무장해제되고 말았다. 더욱이 해맑은 미덕은 낙빈이나 정희는 물론이고 암자 식구들 모두에게 천진난만한 동심과 소중한 정을 일깨워주었다.

발발이 강아지처럼 날쌔게 산을 오르던 미덕은 저 앞쪽에서 펄럭거리는 회색 옷자락을 보았다. 정희와 같은 회색 옷은 분명 정현이었다.

파앙, 파앙!

온 숲이 울릴 정도로 쩌렁쩌렁한 발차기 소리도 들려왔다.

"헤헤, 정현 오빠! 낙빈아!"

발차기 소리에 신난 미덕은 더욱 잽싸게 발을 디디며 정현과 낙빈의 수련장으로 올라섰다.

"응, 미덕이 학교 끝났구나."

하지만 수련장에는 웃통을 벗고 땀을 뻘뻘 흘리는 정현뿐이고 낙빈은 보이지 않았다.

"에?"

헐렁헐렁한 도복을 입었을 때는 알아차리기 힘든 엄청난 근육이 정현의 상체에서 빛나고 있었다. 그의 구릿빛 어깨에는 수많은 수련으로 핏줄들이 튀어나와 있었고, 핏줄 아래에는 섬세하고 세밀한 근육이 두루 발달되어 있었다.

산속 옅은 음영 속에서도 그의 팔에 수많은 그림자가 드리워진 것은 모든 근육이 골고루 연마된 덕분이었다. 몸속에서부터 단단하게 발달해온 작은 근육들은 정현에게 민첩한 움직임을 주었다. 특히 그의 배에는 조각조각 갈라진 단단한 복근이 자리 잡고 있었다. 섬세한 근육 하나하나가 고루 단련된 정현의 몸은 그 자체가 강력한 무기였다.

"오빠, 낙빈이는…… 낙빈 오빠 어디 갔어요?"

하지만 미덕이 찾는 것은 그런 멋진 모습의 정현이 아니었다.

"어, 낙빈인 영력 수련한다고 더 위로 올라갔어."

"에, 그럼 또 저 위에 있는 동굴에 갔어요?"

"응, 아마도……."

미덕은 순간 한숨이 새어나왔다. 같이 놀고 싶은 마음에 산 아래에서부터 쉬지 않고 올라왔더니 암자에도 없고……. 기껏 또 달려왔더니 수련장에도 없고……. 정상 부근에 있는 동굴까지 다시 올라갈 생각을 하니 어쩐지 조금 속이 상했다. 낙빈이 암자 뒷마루나 마당에서 심심한 얼굴로 빈둥거리는 날이 점점 줄어드는 것만 같아서였다. 그렇게 멍하니 있어야 같이 놀아주기도 하고 골려주기도 할 텐데.

날이 갈수록 낙빈은 수련장이나 동굴에 틀어박혀 있는 날이 많아졌다. 게다가 동굴은 산등성이 뒤쪽의 가파른 바위 절벽에 있기 때문에 오르기가 여간 힘들지 않았다.

"으이씨. 나쁜 놈!"

특별히 약속한 것도 아니었지만 눈앞에 보이지 않는 낙빈이 미워진 미덕은 투덜거리기 시작했다.

"올라가려고?"

정현은 구겨진 얼굴로 투덜대면서도 산 위로 걸어가는 미덕에게 물었다.

"네!"

"바위 조심, 절벽 조심!"

"알았어요!"

정현에게 힘차게 고개를 끄덕여준 미덕은 이마의 땀방울을 훔치며 다시 산 위로 발걸음을 옮겼다.

파앙! 파앙!

돌아선 미덕의 등 뒤에서 바람을 가르는 날카로운 발차기가 또다시 이어지고 있었다.

3

산 정상의 공기는 중턱보다 청명하고 바람도 훨씬 차가울 것이 분명하지만 절벽을 기어오르는 미덕에게는 조금도 그렇게 느껴지지 않았다.

한낮의 대양으로 바위는 뜨끈하게 데워져 있었고 불어오는 바람도 미지근한 온풍으로만 느껴졌다. 경사가 거의 90도에 가까운 날카로운 절벽이었지만 미덕은 보통의 어린아이에게는 불가능한 기묘한 동작으로 조금씩 조금씩 위쪽을 향해 올라가고 있었다. 그 모습이 마치 바위에 들러붙은 거머리 같았다. 정상에서 늘어뜨린 밧줄 하나를 붙잡아 허리에 묶기는 했지만 어른들도 따라하기 힘든 위험한 모습이었다.

한참을 끙끙거리며 오르다 보니 단단한 바위틈에서 자라난 작은 소나무 한 그루가 보였다. 미덕은 그 소나무를 볼 때마다 참 장하고 멋지면서도 한편으로 안쓰러운 마음이 들었다. 차갑고 거대한 바위의 아주 좁은 틈에서 어린 소나무는 대체 어디서 영양분을 섭취하는지 신기하게도 매일매일 조금씩 조금씩 푸르고 꿋꿋하게 자라나고 있었다.

"헤헤, 다 왔다!"

바위틈에서 자라난 작은 소나무는 미덕이 곧 낙빈을 만나게 된다는 신호이기도 했다. 작은 소나무 옆으로 어긋난 바위 틈새를 조심조심 밟고 옆으로 이동하면 낙빈이 수련하는 동굴이 나타났다.

낙빈이 『치귀도』를 익히는 절벽 동굴은 미덕이나 낙빈이 허리를 펴고 걸을 수 있을 정도로 큰 원통형이었다. 동굴의 깊이는 적어도 5미터가 넘었다.

처음엔 이끼와 소나무에 가려져 동굴인 줄도 몰랐다가 우연히 바위를 타며 균형 잡는 연습을 하던 중에 정현과 낙빈이 함께 발견한 것이었다. 동굴 안쪽은 시원한 바람만 불어올 뿐, 축축하고 진득한 습기도 없는 고요하고 쾌적한 공간이었다. 그래서 낙빈 혼자 틀어박혀 영력을 연마하기에 더할 나위 없이 좋은 장소였다.

"헤헤, 야! 낙빈 오빠야아!"

동굴 바로 앞까지 다가온 미덕이 기쁜 마음에 낙빈을 불렀다. 그런데 바로 그때였다.

"으악! 오지 마!"

당황한 낙빈의 목소리가 들렸고, 미덕은 그 자리에 떡하니 멈춰 섰다.

화르륵!

미덕이 절벽 동굴로 한 발을 들이려는 순간 새빨갛게 달궈진 커다란 불덩이가 거대한 폭풍처럼 일어나더니 동굴 밖으로 거의 3~4미터나 뿜어져 나왔다.

"으⋯⋯ 으아악!"

새빨간 불덩이가 미덕의 눈앞에서 허공을 향해 뻗어나가는 동시에 바위 안쪽에서 세찬 바람이 불어왔다. 그 바람에 미덕이 단단히 붙들고 있던 밧줄이 뒤로 젖혀지고 말았다. 미덕의 발을 고정하고 있던 밧줄의 매듭이 흔들리면서 몸이 뒤집힌 미덕은 물구나무서기 자세가 되었다.

암벽 정상에 단단히 고정해놓은 굵은 밧줄은 어린 미덕이 쉽게 암벽을 오르도록 매듭을 지어 발을 디딜 곳을 만들어놓은 것이었다. 미덕이 낙빈을 보러 가겠다며 악을 쓰고 떼를 쓰는 바람에 정현이 신경 써서 만든 것인데, 하마터면 불길에 사라질 뻔했다.

"꺄악!"

겁먹은 미덕의 비명이 암벽 전체에 울려 퍼졌다.

촤아아…….

이번에는 차가운 물결이 밀려나왔다. 푸르른 물방울이 튀면서 작은 무지개가 만들어졌다. 물줄기는 매우 가늘었다가 커다란 수도 파이프만큼 굵어지기도 했다. 그리고 살아 움직이는 용처럼 이리저리 방향을 바꾸면서 마치 허공에 그림을 그리듯 화려한 물쇼를 보여주었다.

"괜찮아? 불에 덴 건 아니지?"

물 쇼가 끝나자마자 걱정 가득한 낙빈의 얼굴이 보였다. 밧줄에 거꾸로 매달려 데롱거리던 미덕은 거친 숨을 씩씩거리며 손을 내밀었다. 절벽 동굴 안에서 낙빈의 손이 내려오고 곧이어 강력한 힘이 미덕을 끌어올렸다. 미덕을 끄는 것은 낙빈의 두 손뿐이 아니었다. 아래서는 낙빈이 불러낸 우신牛神이 미덕을 절벽 위로 밀어주었다.

"우, 이 나쁜 놈아!"

따악!

절벽 동굴 안으로 뛰어 들어온 미덕은 가장 먼저 손에 잡히는 작은 돌멩이를 낙빈에게 던졌다.

"아! 아야…….''

작은 돌이라지만 이마 한가운데를 정확히 맞은 낙빈은 눈앞에

별이 반짝거렸다.

"야, 이 나쁜 놈아! 막 쏘면 어떡해? 나 떨어져 죽을 뻔했잖아!"

"미, 미안해. 너 오는 줄도 모르고 불기운을 연습하고 있었어. 뜨거울까봐 물의 기운으로 빨리 바꾼 건데…… 미안해."

평소 같으면 얻어맞은 낙빈도 화를 내며 툭탁거렸을 테지만 오늘은 어린 미덕을 많이 놀라게 한 것이 미안한지 완전히 풀이 죽어 있었다.

"치, 그러니까 내가 돌아올 때쯤엔 여기 있지 말고 암자에 있으란 말이야! 에이, 힘들어 죽겠네. 야, 낙빈 오빠야. 세수하게 물 좀 줘!"

누가 시킨 것도 아니고 스스로 올라온 것인데도 낙빈은 나쁜 오빠가 되어버렸다. 조금 억울하지만 한없이 미안한 마음이 드는 것도 사실이었다.

낙빈이 두 손을 모아 주욱 내밀자 옹달샘에서 물이 솟듯 뽀글뽀글 맑은 물이 가득 고였다. 미덕은 암벽을 타느라 잔뜩 땀에 젖은 얼굴에 연신 찬물을 끼얹었다. 미덕이 물을 써버리면 낙빈의 손에는 새로운 물이 뽀글거리며 솟아올랐다. 작은 손바닥 샘이 만들어진 것이었다.

"근데, 낙빈 오빠야, 너 불이 훨씬 세진 거 같다?"

겨우 땀을 식힌 미덕이 두 눈을 동그랗게 뜨고 놀랍다는 눈초리로 낙빈을 바라보았다. 방금 전 동굴 밖까지 밀려나온 불의 기운은 평소보다 훨씬 강했다.

"그렇지? 후후……."

칭찬을 받은 것이 기분 좋은지 낙빈은 웃음을 지었다. 낙빈은 머릿속이 온통 복잡하고 괴롭다가도 미덕만 만나면 어느새 그 또래 꼬마로 돌아가곤 했다. 동생과 함께 장난을 치는 모양새가 영락없는 아이였다. 애늙은이 낙빈이 어려질 수 있는 유일한 시간이 바로 미덕과 함께하는 순간이었다.

얼굴이 흠뻑 젖은 미덕은 조금의 망설임도 없이 낙빈의 한복 앞섶을 끌어다 제 얼굴을 닦았다. 어머니가 한 땀 한 땀 지어준 하얀 한복이 금세 물에 젖어 반쯤 투명해지고 말았다. 평소라면 낙빈은 미덕의 머리라도 밀쳐내고 싫은 내색을 했겠지만 오늘은 미안한 마음에 그냥 내버려두었다.

마지막 남은 한 방울의 물까지 꼼꼼하게 닦던 미덕이 고개를 들어 낙빈의 얼굴을 물끄러미 바라보았다. 낙빈의 눈앞에 너무나도 맑고 까맣고 커다란 눈이 깜빡였다.

"너…… 울었어?"

미덕은 가끔씩 이렇게 아는 소리를 했다. 신기神氣가 있는 것도 아니고 영혼을 보는 것도 아닌데 참 귀신같이 아는 소리를 해대곤 했다.

"아, 아니야. 울긴."

낙빈은 흠칫 놀라며 얼굴을 비볐다. 한 시간도 더 지난 지금 물기가 남아 있을 리는 없었다. 그런데도 미덕은 큰 눈을 부리부리 뜨고는 영 속아 넘어갈 기색이 아니었다.

"왜 울었어? 누가 보고 싶어서 울었어? 너무 힘들어서 울었어?"

"아, 아니라니까."

"치이."

낙빈이 고개를 돌리고 모른 척하자 미덕은 입술을 씰룩거렸다. 낙빈은 흑단인형이 무서워서, 내 비밀이 너무 무거워서 울었다고 말할 수는 없었다. 그래서 미덕이 금세 포기하는 것이 천만다행으로 느껴졌다.

"근데 왜 이렇게 열심히 해? 할아버지도 오빠들도 네가 너무 무리한다고 걱정하던데."

"무리하는 거 아냐."

낙빈은 고개를 저었다. 무리하지 않을 수가 없지 않은가. 낙빈의 의지와는 상관없이 자꾸만 운명이 코앞으로 다가오는데.

"네가 받았다는 대무신제 할아버지 신인가가 괴롭혀? 너보고 연습하라고 못살게 굴어? 그 방울 흔들려면 열심히 하라고 잠도 못 자게 해? 내가 혼내줄까?"

"아유, 무슨 소리야?"

미덕은 이래저래 들은 소리를 모두 끄집어내 낙빈을 위로하려고 했다. 낙빈은 저도 모르게 피식 미소가 번졌다. 무거운 운명의 짐에서 유일하게 해방되는 시간은 역시 어린 미덕과 함께 있을 때뿐이었다.

"대무신제 할아버지는 그런 분이 아냐. 내가 훈련할 때 이것저것 도와주시고 좋은 말씀도 많이 해주셔. 막 억지로 시키고 그러지 않으셔. 니…… 신마 거루가 새겨진 일월신령 볼래?"

낙빈은 어쩐지 미덕이 고마워서 소중한 보물을 꺼내 보여줄 생각을 했다. 낙빈은 미덕의 대답을 기다리지 않고 소중하게 넣고 다니는 일월신령을 꺼냈다. 돌돌 말린, 길고 하얀 천을 풀면 또다시 하얀 천이 나오고 그 안에 까만빛으로 반짝거리는 여덟 개의 방울이 나타났다. 흡사 거미처럼 중심에 둥근 손잡이가 있고 여덟 방향으로 둥근 방울이 달린 팔주령이었다.

"이게 진짜 다 방울이야?"

미덕은 하얀 천에 감싸여 있던 거무튀튀한 방울을 보며 눈을 반짝였다. 일월신령을 감싼 천에만 손을 대도 펄쩍 뛰던 낙빈이 이렇게 팔주령을 꺼내 보여주는 건 처음이었다. 처음 보는 방사형 방울에 미덕의 두 눈이 휘둥그레졌다. 낙빈은 그 모습이 좋아서 히히 웃음이 났다.

"신기하지? 이거 찾으려고 얼마나 고생했는지 몰라."

"우와!"

미덕은 검은빛으로 반짝이는 팔주령에서 눈을 떼지 못했다. 낙빈이 조심스럽게 팔주령을 들어 두 손으로 한 번 흔들었다.

차라랑…….

무언가 둔탁한 듯하면서도 참으로 맑은 소리가 퍼졌다. 금속이 울리는 소리와도, 유리잔이 부딪치는 소리와도 달랐다. 그것은 어딘가 무거운 듯 거칠지만 마음이 깨끗하게 씻겨 내려가는 맑음을 간직한 소리였다.

"우, 우와아!"

미덕의 작은 입이 커졌다. 낙빈은 아무것도 거르지 않고 진실된 그대로 반응해주는 미덕의 모습이 좋았다. 놀라우면 놀라운 대로, 좋으면 좋은 대로 아낌없이 말하고 보여주는 그 천진함이 너무나 좋았다.

"낙빈 오빠야. 나 한 번만 만져봐도 돼?"

두 눈이 휘둥그레진 미덕이 커다란 눈을 껌뻑거리며 낙빈을 올려다보았다. 미덕답지 않게 무척이나 조심스러운 얼굴이었다.

"응, 괜찮아."

낙빈이 흔쾌히 허락하는데도 미덕은 잠시 망설였다. 천천히 손을 가져갔다가는 건드리지도 않고 손을 모았다.

"괜찮아. 만져봐."

낙빈이 환하게 웃으며 하얀 헝겊 속의 팔주령을 밀어주자 미덕은 그제야 천천히 손가락을 가져다댔다.

"우…… 우와, 우와! 우…… 우와아!"

미덕의 감탄사는 무척이나 길었다. 미덕은 팔주령의 이곳저곳을 만지면서 신기한 듯 까맣고 커다란 눈을 깜빡였다. 그러다가 갑자기 깜짝 놀라더니 낙빈 쪽을 바라보았다.

"어라? 너…… 흑단인형 만났어? 이야기도…… 했어?"

순간 낙빈은 주위에 얼음이 어는 듯한 느낌이었다. 온몸이 뻣뻣하게 굳고 온 세상이 차갑게 식어버린 듯한 기분이었다. 아무에게도 말하지 않은 비밀을 미덕이 어찌 아는지 낙빈의 얼굴이 하얗게 질려버렸다.

"핫!"

놀란 건 낙빈만이 아니었다. 미덕 역시 잘못 말했다는 생각이 들었는지 작은 손으로 입을 막고 어쩔 줄 몰라 했다. 낙빈을 바라보는 까만 눈이 심하게 흔들리는 것을 보면 미덕도 당황한 것이 틀림없었다. 둘 다 한껏 당황한 얼굴로 한참이나 서로를 바라보았다.

까만 동굴에서 얼음처럼 굳은 두 아이에게로 저물어가는 해가 비쳤다. 두 아이는 동굴 안에서도 서로의 표정을 분명히 알 수 있었다. 둘 다 너무나 당황한 얼굴로 한참이나 말을 잇지 못했다. 시간이 멈춘 것처럼 온 세상이 차갑게 식어버린 순간이었다. 그 얼음 같은 시간을 먼저 깨뜨린 건 미덕이었다.

"아이, 아저씨가 아무한테도 말하지 말라고 했는데."

미덕이 울상을 지으며 한숨을 푸욱 내쉬었다.

"이런 거 할 줄 아는 거 다른 사람이 알면 내가 죽을 수도 있다고, 아무한테도 말하지 말고 비밀로 하라고 했는데."

미덕은 바닥에 털썩 주저앉으며 제 머리를 꽁꽁 쥐어박았다. 미덕이 머리를 쥐어박을 때마다 곱슬곱슬한 까만 토끼 머리가 앞뒤로 대롱거렸다.

"너, 어떻게 알았어?"

낙빈은 놀란 얼굴 그대로 미덕 앞에 앉았다. 미덕은 낙빈의 얼굴을 슬쩍 보더니 또다시 제 머리를 쥐어박았다.

"내가 저번에 보여줬잖아. 다른 동물들이랑 말하는 거."

"그게…… 흉내 내는 게 아니라 말하는 거였어?"

"당연하지!"

미덕은 자존심이 상한 듯 얼굴이 샐쭉해졌다. 제 능력을 무시당해 짜증난 것이 분명했다.

"그, 그렇구나. 하지만 좀 전엔 동물이 아니라⋯⋯."

낙빈은 일월신령을 쳐다보았다. 그렇다, 미덕은 좀 전에는 살아있는 생물이 아니라 무생물인 일월신령을 건드리면서 말을 했다.

"아이 참, 아저씨가 정말정말 아무한테도 말하지 말라고 했는데!"

미덕은 몇 번 더 한숨을 푹푹 쉬더니 사실대로 실토했다.

"난 동물뿐만 아니라 물건이랑도 대화할 수 있어. 물건들은 자기 기억 속에 남은 또렷한 것들을 내게 이야기해줘. 그래서 무슨 일이 있었는지 알 수 있어. 아무리 오래되었더라도 물건 속에 한 번 박힌 기억은 좀처럼 사라지지 않아. 훼손되기 전에는 거의 그대로 사진처럼 남아 있어. 그래서 난 그런 기억의 이야기를 들을 수가 있어."

"그럼 좀 전에 일월신령과도⋯⋯."

"응, 전부 읽었어. 저 방울은 기억이 엄청나게 많아. 아주아주 옛날 기억부터 요즘 기억까지. 가장 마지막 기억 중 하나가 흑단 인형이었어. 흑단인형이랑 네가 얘기하고 있었어."

"아아."

그제야 낙빈은 고개를 끄덕였다. 좀 전에 미덕이 낙빈의 한복에 얼굴을 닦으면서 낙빈이 울었던 걸 알아챈 것도 모두 특별한 능력 때문이었다.

그런 능력이 있다는 것을 알게 되자 지금껏 이상했던 일들이 이해되었다. 지난번에 미니의 얼굴은 물론이고 미니가 엄마랑 함께 사는 것이며 승덕 형을 좋아하는 것까지 아는 소리를 했던 것도 미니의 편지를 만지면서 알아챈 것이 분명했다.

"근데 왜 흑단인형이랑 만났다는 이야기를 아무한테도 안 했어?"

"그건……."

이번에는 낙빈이 풀이 죽어 고개를 떨궜다. 갑자기 가슴이 답답해지고 막막한 느낌이 들었다. 낙빈은 그동안 아무에게도 말하지 못했던 비밀을 이제야 미덕에게 털어놓기 시작했다.

"말할 수가 없었어. 흑단인형이 내 눈 속에서 어머니의 모습을 찾았다는 걸…… 도저히 말할 수가 없었어."

"왜?"

"그냥 무서워서."

낙빈은 크게 한숨을 쉬었다.

"뭐가 무서운데?"

"모르겠어."

"엄마한테는 물어봤어?"

"아니."

낙빈은 풀이 죽은 얼굴로 미덕을 바라보았다. 이 순간 낙빈은 어린 미덕에게 의지하고 있었다.

"왜 안 물어봤어?"

"모르겠어. 무섭기도 하고, 또…….

낙빈은 고개를 돌려 멀리 동굴 밖을 바라보았다. 자신의 복잡한 마음을 어떻게 말해야 할지 알 수가 없었다.

"어머니가 알리고 싶어 하지 않는 사실을 내가 알아버린 걸까 봐 무서웠어. 어머니가 말하고 싶어 하지 않으실까봐 말할 수가 없었어. 나도 몇 번이나 묻고 싶었는데 입이 떨어지지 않았어."

"흐음."

미덕은 턱을 괴고 낙빈의 이야기를 찬찬히 들어주었다.

"스승님이나 형들이나 누나한테도 마찬가지야. 뭐라고 말해야 할지 모르겠어. 그냥 나도 모르게 겁이 났어. 나는 사실 흑단인형이 어떤 사람인지 몰라. 그냥 네 아저씨한테 들은 게 전부야. 그분이 말한 대로라면 흑단인형은 너무 무서운 사람이야. 세상을 다 멸망시키려는 무시무시한 악인이야. 그런 사람이 우리 어머니를 알아. 그리고 이제는 나를 알게 되었어. 나는 무서워. 우리 어머니는 왜 그런 사람을 아는 걸까? 그 무서운 흑단인형이 왜 우리 어머니를 부드러운 목소리로 부른 걸까? 난 겁이 나서 아무한테도 말하지 못했어. 말할 수가 없었어."

낙빈의 두 눈에 눈물이 차올랐다. 그동안 혼자서 간직했던 비밀이 새어나오면서 둑이 터지듯 눈물이 터져 나왔다. 슬픈 것도, 서러운 것도 아니었다. 그저 지독한 공포가 조금씩 녹으면서 눈물이 터져 나오는 것이었다.

"낙빈아…… 오빠야……."

낙빈이 어깨를 들썩이며 울자 어느새 미덕의 눈에도 눈물이 그렁그렁 맺혔다. 미덕은 낙빈의 두 팔을 붙잡고 그 자리에서 엉엉 울음을 터뜨렸다. 결국 미덕은 낙빈보다 더 크게 더 많이 울고 말았다.

"우, 울지 마."

먼저 눈물짓던 낙빈이 대성통곡하는 미덕을 달랬다. 제 앞에서 코가 빨개질 정도로 울어대는 미덕을 보면서 낙빈은 너무너무 무서워서 얼음처럼 차갑게 식었던 가슴이 따뜻하게 데워지는 느낌이었다. 그저 제 비밀을 털어내는 것만으로도 낙빈은 제대로 숨을 쉴 수 있을 것 같았다.

4

암벽에 걸쳐져 있는 밧줄을 타고 절벽 위로 올라온 미덕과 낙빈은 불어오는 차가운 산바람에 통통 부은 뺨을 식혔다. 두툼한 풀 위에 엉덩이를 깔고 앉자 저 아래 푸른 숲과 하늘이 한눈에 들어왔다.

낙빈은 꼬불거리는 미덕의 까만 머리를 바라보았다. 눈물을 흘렸을 뿐인데 머리가 삐죽삐죽 헝클어져 있었다. 게다가 미덕의 커다란 눈이 반으로 줄어버렸다. 엉엉 울어버린 탓에 눈두덩이가 통통 부은 것이다. 어쩐지 낙빈은 그 모습이 귀여워서 웃음이 나왔다.

"야, 왜 웃어? 너, 나 보고 웃냐?"

"너, 눈이…… <u>흐으흐</u>……."

낙빈은 웃지 않으려고 애를 쓰다가 이상한 웃음소리를 내고 말았다.

"웃지 마."

미덕은 우느라 힘이 빠졌는지 때리는 시늉만 하고 손을 내렸다.

"낙빈 오빠야, 내가 물건들이랑 대화하는 거 비밀이다. 그건 절대 말하지 말라고 아저씨가 당부했어. 너만 아는 거야. 진짜진짜 비밀이다. 알았지?"

"응. 너도 흑단인형이 나한테 말한 거 아무한테도 말하지 마."

"알았어. 도장 찍어."

미덕은 낙빈에게 손가락을 내밀었다. 미덕은 낙빈에게 손가락을 걸고, 도장을 찍고, 복사하는 시늉까지 알려주더니 '하늘땅 별땅 쾅쾅쾅' 하며 둘만의 비밀스러운 약속을 맺었다. 손가락을 걸고 나니 어쩐지 가슴이 후련해지는 기분이었다. 혼자만 들고 있던 단단한 바윗덩이가 둘로 쪼개진 듯했다.

"나중에 네 엄마에 대해 알고 싶으면 네 엄마의 옛날 물건을 가져와. 내가 읽어줄게. 이것저것 만지다 보면 네 엄마랑 흑단인형이 어떻게 알게 됐는지 알 수 있을지도 몰라."

"어머니 물건은 여기 없어. 이 『치귀도』밖에는. 이건 어머니가 수련할 때 쓰시던 거라 그런 기억밖에 없을 거야.”

낙빈은 옆구리에 끼고 있던 두툼한 옛날 책을 가리켰다. 오래된 누런 표지 위에 한자가 적힌 참으로 옛날에 나온 책이 분명했다.

“그래?”

미덕은 슬쩍 두 손으로 『치귀도』를 감쌌다. 무엇이 느껴지는지 잠시 두 눈을 감더니 한참 동안 움직이지 않았다. 미덕은 몇 분이 지난 후에 살며시 눈을 떴다. 미덕은 눈을 뜨고 나서도 한참 동안 먼 곳을 바라보며 움직이지 않았다. 그러다가 다시 고개를 돌려 낙빈을 바라보았다. 그러고는 그의 얼굴을 이리저리 뜯어보았다.

“그러네, 네 엄마는 엄청나게 수련을 하셨더라. 너보다 더 지독 하더라.”

“그렇지?”

낙빈은 미덕에게서 다시 『치귀도』를 받아들고 고개를 끄덕였 다. 어머니를 따라가려면 아직도 멀었다는 것을 다시금 깨달았 다. 이런 쓸데없는 생각을 그만두고 더 열심히 수련해야 한다는 다짐이 가슴속에서 끓어올랐다.

“우리 이거 다 비밀이다. 절대로 절대로 비밀이다. 알았지?”

낙빈은 벌떡 일어서서 미덕을 바라보았다. 아까까지만 해도 캄 캄하게 죽어 있던 얼굴빛이 환해져 있었다. 혼자만 간직했던 너 무나도 무거웠던 비밀을 미덕과 나누며 낙빈의 가슴은 한없이 가 벼워졌다.

“당연하지!”

미덕이 당찬 얼굴로 고개를 끄덕였다.

"가자. 가서 정희 누나를 도와 저녁밥이나 차리자."

낙빈이 미덕을 향해 손을 뻗었다. 하지만 미덕은 고개를 살래 살래 흔들었다.

"너 먼저 가. 난 아직 눈이 따가워서 좀 이따 갈래. 너 땜에 나만 망했어!"

"알았어. 그럼 먼저 가 있을게. 조심해서 내려와."

뾰로통한 미덕을 보며 낙빈은 미소를 지었다. 통통 부은 얼굴을 식구들에게 보여주기 싫은 게 분명했다. 낙빈은 먼저 숲 속 저편으로 달려갔다. 암자로 내려가다가 몇 번 돌아보며 손을 흔들었다.

미덕은 낙빈의 뒷모습이 사라질 때까지 한참이나 바라보았다. 그러다가 작게 한숨을 내쉬었다.

"그 책을 네 엄마한테 준 사람이…… 흑단인형이라고 말하면…… 낙빈 오빠, 네가 더 힘들겠지?"

미덕은 다시 땅이 꺼져라 한숨을 쉬었다.

"이이잉!"

미덕이 작은 두 손으로 머리카락을 헝클어뜨렸다. 정희가 예쁘게 땋아준 토끼 머리가 미덕의 마음처럼 삐죽삐죽 볼품없이 튀어나왔다. 비밀만 하나 더 늘어난 미덕이 원망스러운 듯 먼 하늘을 쏘아보았다.

저 멀리 붉은 태양이 산 너머로 고개를 숙이고 있었다.

제 5 화

헤르메스의 창

1

해가 뜨기는 이른 새벽. 서쪽 하늘에는 아직도 밝은 별이 반짝이고 깊은 잠에 빠진 세계는 고요하기만 했다. 드넓은 저수지와 나지막한 산 사이에 자리한 입장산 성지聖地는 복닥거리는 마을과 멀찍이 떨어진 곳이라 주말 낮의 미사 시간을 제외하고는 언제나 고요했다. 특히나 이른 새벽녘에는 더욱 깊은 정적이 감돌았다.

사람들이 많은 마을에는 크고 작은 성당이 하나둘 세워져 있지만 이렇게 사람이 드문 작은 시골 마을에서는 오래전에 돌아가신 천주교 성인들을 모신 성지가 성당을 대신하는 기도처가 되게 마련이다. 모르는 사람은 그저 잘 가꾸어진 성당 터라고 말할지도 모른다. 하지만 병인년 박해 중에 순교한 신자들의 작은 묘지들이 하나의 순례지가 되기까지 수많은 사람이 이곳에 작은 노력을 쏟아왔다.

새벽을 여는 박정순 아네스도 그런 수많은 사람 중 한 명이었다. 아무도 깨지 않은 이른 새벽, 그녀는 누구보다 먼저 성지에 나와 작은 기도실을 깨끗이 청소하는 것으로 하루를 시작했다. 성지 주변은 누군가가 정성껏 돌봤을 것이 분명한 아름다운 조경수가 푸르른 색으로 가득 덮여 있고 그 푸르른 나무와 나무 사이에는 아름답고 온화한 모습의 거룩한 성모상이 있었다.

아네스는 이 아름다운 성모상을 지나 1층 기도실로 천천히 발걸음을 옮겼다. 박정순 아네스가 기도실의 문을 열자 등 뒤에서 호수 바람이 너른 성지의 잔디를 휘감으며 작은 문 안으로 비집고 들어왔다. 차가운 바람이 세차게 들어오자 이른 새벽의 찬 기운이 더욱더 시리게 느껴졌다. 아네스는 서둘러 기도실 문을 닫았다.

기도실의 정면에는 거대한 원목으로 만든 나무 십자가와 그 위에 못 박혀 돌아가신 예수상이 있었다. 십자가 뒤로는 기도실 벽면의 반 이상을 차지하는 스테인드글라스가 반짝였다. 형형색색의 유리 조각을 이어 붙여 『성경』 속 장면을 재연한 스테인드글라스는 아직 빛이 부족한 새벽에도 기도실 내부를 색색의 빛깔로 비추고 있었다. 박아네스는 그 은은한 빛을 바라보며 차가운 기도실 바닥에 무릎을 꿇었다. 이어 가슴 위로 성호를 그렸다.

기도실은 언제나 어두컴컴했다. 십자가에서 비치는 푸르스름한 등을 제외하면 기도실 내부는 언제나 어둡게 해놓았다. 그것은 낮이나 밤이나 어두운 기도실 안에서 누구든 마음의 옷을 벗고 진심으로 신에게 기도드리라는 의미였다.

기도를 마친 박아네스는 천천히 자리에서 일어섰다. 언제나처럼 깨끗하고 정갈한 수건으로 성물聖物을 닦고 기도실 바닥을 청소할 생각이었다. 비록 몸은 힘들지라도 그렇게 하는 것이 아네스를 행복하게 했다. 아네스는 수건을 준비하기 위해 단상의 오른편에 있는 작은 준비실 쪽으로 몸을 돌렸다.

"으응?"

그런데 몇 걸음 떼지 않은 박아네스는 무언가 이상한 낌새를 느꼈다. 같은 시각, 같은 장소. 언제나와 같은 반복적인 일상인데도 오늘따라 무언가가 걸렸다. 아네스는 걸음을 멈추고 주위를 둘러보았다. 모든 게 그대로인 것 같은데 이상한 느낌이 사라지지 않았다.

푸우…….

신경을 곤두세운 탓일까? 좀 전까지 들리지 않던 작은 소리가 귀에 들어왔다. 어두컴컴한 기도실의 앞부분, 정확히는 성모상 왼쪽에서 나는 소리였다.

푸, 푸우우…….

잘못 들은 것이 아니었다. 마치 압력밥솥에서 김이 새는 소리 같기도 하고, 끓는 주전자에서 수증기가 빠지는 소리 같기도 한 소리가 아주 나지막이 들려오고 있었다.

"누, 누구 있어요?"

아네스는 그 소리를 향해 두 눈을 크게 떠보았다. 아직 너무 어두워서 희끄무레한 성모상의 실루엣 외에는 아무것도 보이지 않았다.

"누구 있어요? 누가 있는 건가요?"

그녀는 손끝에서부터 소름이 느껴지면서 온몸을 부르르 떨었다. 이처럼 이른 새벽이라면 기도실에 자신 외에는 아무도 없을 텐데 대체 이게 무슨 소리란 말인가? 그녀는 용기를 내어 성모상 쪽으로 한 발을 내디뎠다. 그러자 좀 전까지는 보이지 않던 뿌연 연기 같은 것이 눈에 들어왔다.

성모상의 흰 실루엣을 중심으로 옅은 안개가 꾸물거리듯 희뿌연 연기가 조금씩 조금씩 올라오고 있었다.

"누구세요……?"

이제 박아네스의 목소리는 거의 울음에 가까웠다.

그녀는 정체를 알 수 없는 흰 안개로부터 천천히 뒷걸음치며 기도실 내부를 밝혀줄 형광등 스위치를 향해 다가갔다.

달칵.

아네스가 불을 켜자 캄캄하던 기도실 내부가 삽시간에 밝아졌다. 동시에 그녀는 눈앞에 있는 성모상을 똑똑히 볼 수 있었다.

"꺄아아악!"

박아네스는 소리를 지르며 쓰러졌다.

희고 따사롭게만 보였던 성모상 주변으로 무언가가 뭉게뭉게 피어오르고 있었다. 마치 그분이 땀을 흘리는 것처럼 성모상 가득 수증기가 한껏 올라오고 있었다.

새하얀 성모 마리아가 마치 어딘가를 급히 달려 나갔다가 돌아온 것처럼 온몸으로 땀 같은 물을 뚝뚝 흘렸고, 그 물에서 쉴 새 없이 하얀 연기가 모락모락 피어올랐다.

성모 마리아는 서글픈 눈빛으로 두 손을 모은 채 박아네스의 발치를 내려다보았다. 그녀의 두 눈에서는 또 다른 물이 흘러내렸다. 성모의 두 눈에서 흘러내리는 것은 붉은 장미 꽃잎보다도 붉은 두 줄기 눈물이었다. 파란 눈에서 흘러나온 지독히도 붉은 핏물이 그녀의 발끝까지 끝도 없이 쏟아졌다.

새하얀 국화꽃 다발을 둥글게 꽂은 단상 가운데에 남빛 배경의 영정이 있었다. 영정 안에는 올해 99세를 맞은 김 할아버지의 인자한 얼굴이 있었다. 김 할아버지는 별다른 지병 없이 며칠 동안 소화가 안 되어 식사를 물리더니 밤에 잠을 자다가 아무런 고통도 없이 평안한 얼굴로 생을 마감했다.

그야말로 호상好喪 중의 호상이었다. 그래서 상주로서 손님을 맞는 세 아들은 누구 한 명 슬피 울지 않았고, 문상객들도 누구 한 명 눈살을 찌푸리지 않았다. 모두들 좋은 생을 살다 고이 생을 마감한 고인이 이승에서처럼 돌아가신 후에도 좋은 곳에서 좋은 일을 하며 살기만을 바랄 뿐이었다.

영정의 왼편에는 스님과 불자들이 모여 고인이 극락세계에서 편히 쉬기를 바라며 낮게 창혼唱魂을 외우고 있었다.

"관자재보살 행심반야바라밀다시 조견오온개공 도일체고액 사리자 색불이공 공불이색 색즉시공 공즉시색……."

낮은 창혼은 끝도 없이 반복되고 또 반복되며 벌써 몇 시간째 이어지고 있었다. 마치 장례식장의 배경음악처럼 고인을 위한 반야심경은 되풀이되고 또 되풀이되었다.

영정 오른편의 상주들은 검은 양복을 입고 그들을 찾아오는 친지와 지인들에게 인사했다. 문상객들은 돌아가신 분을 위해 커다란 항아리에서 흰 국화를 꺼내 단상에 올려놓았고 분향함에 까만 향도 피웠다.

"무고집멸도 무지 역무득 이무소득고 보리살타 의반야바라밀
다 고심무가애 무가애고 무유공포 원리전도몽상 구경열반……."

똑똑똑…….

갑작스러운 목탁 소리에 창혼이 끊어졌다. 문상객들이 찾아와
절을 하는 내내 창혼은 한시도 끊이지 않고 길게 길게 이어졌다.
그런데 줄기차게 이어지던 반야심경 소리가 잠시 주춤거렸다.

"……?"

반야심경을 외우던 스님도, 스님 뒤에 둘러선 신도들도 조금
은 의아한 얼굴로 서로를 바라보았다. 엉뚱한 순간에 왜 목탁 소
리가 났는지 그들은 서로를 바라보았다. 하지만 그 누구도 목탁
소리를 내지 않았다. 잠시 서로를 확인하던 신도들은 반야심경을
마저 외웠다.

"삼세제불……."

쿵쿵쿵…….

반야심경을 마저 외우는데 목탁 소리가 더 크게 울렸다. 이제
는 창혼을 하던 사람들뿐 아니라 상주들도 똑똑히 그 소리를 들
었다. 그리고 그들 모두 의아한 얼굴로 서로를 쳐다보았다.

그들은 소리가 들린 쪽을 보았다. 그러고는 서로의 얼굴을 바
라보았다. 소리가 난 곳은 영정이 있는 자리였다. 하얀 국화로 아
름답게 수놓은 영정의 아래쪽, 돌아가신 아버지의 시신을 모셔둔
그 자리에서 들리는 소리가 분명했다.

"그, 그럴 리가. 이 아래에서 무슨 공사라도 하는 건가?"

고인의 장남이 일어서서 영정 뒤쪽으로 돌아가보았다. 영정의 뒤쪽에는 아무런 장식도 없는 검은 단상과 검은 관만 어두운 그림자 속에 놓여 있었다. 상주는 차가운 방바닥을 손으로 문질러보았다. 좀 전에 느꼈던 울림이나 소리가 느껴지는가 싶어서였다.

"이상하네?"

그는 아무것도 느껴지지 않는 바닥에서 손을 떼고 천장을 바라보았다. 천장에서도, 바닥에서도 아무런 소리가 나지 않았다.

"어디서 이런 소리가 났지?"

그는 검은 그늘 속에서 천천히 무릎을 짚고 일어섰다. 바로 그때였다.

쿵쿵쿵.

믿을 수 없는 일이 그의 눈앞에서 일어났다.

놀랍게도 장남은 그 울림이 바닥도 천장도 아닌 영정 아래에 놓인 검은 관에서 난다는 것을 알아챘다. 관 뚜껑에 손을 대보지 않아도 흔들흔들 떨리는 작은 국화 잎을 보면 아버지의 시신을 담은 검은 관이 움직인다는 사실을 알 수 있었다.

"아, 아버지!"

아들이 소리쳤다.

잠자듯 숨진 아버지의 시신을 제일 먼저 확인한 것은 그였다. 장남은 아버지가 오늘도 잘 일어나셨는지 확인하기 위해 침구 안으로 손을 집어넣는 순간 느꼈던, 차갑고 딱딱한 시신의 느낌을 지금도 또렷이 기억했다.

　아버지가 돌아가신 것은 너무나도 분명한 사실이었다. 그리고 돌아가신 그분을 관에 넣을 때는 가족 모두가 지켜보았다. 아버지는 분명히. 완전히. 돌아가셨다. 더 이상 살아날 수 없는 시신의 모습으로 그렇게. 그런데…… 아버지의 관이 지금 흔들리고 있었다. 검은 관 안쪽에서 노크 소리가 들려왔다.

　"아, 아버지!"

　장남과 차남, 그리고 삼남까지 영정 뒤쪽으로 몰려들었다. 세 사람은 이해할 수 없는 이 괴상한 소리에 어쩔 줄 몰라 했다. 대체 관 뚜껑 안에서 무슨 일이 벌어지고 있는 것일까? 대체 무엇이 뚜껑을 두드리고 있는 것일까? 그런데 바로 그 순간이었다.

　"꺼내줘. 꺼내다오. 너무나 캄캄하구나."

　관 뚜껑 아래쪽에서 희미하게 들려오는 목소리가 있었다. 세 사람은 서로의 눈을 바라보았다. 서로의 얼굴을 확인한 세 아들은 자신들이 들은 그 소리가 환청이 아니라는 것을 깨달았다.

　"아버지!"

　그들이 들은 목소리는 분명히 아버지의 목소리였다.

　경찰청 사람들은 이 골치 아픈 사건 때문에 정신을 차릴 수가 없었다. 여기저기서 밀려오는 수십 통의 신고 전화와 항의 소동으로 경찰청 전체가 들썩거렸다.

　"아이고, 아이고! 우리 어머니 찾아내요, 우리 어머니 찾아내!

우리 어머니 시신을 찾아내란 말이야!"

"경찰이 대체 무슨 일을 하는 거야! 멀쩡한 남의 무덤을 파헤쳐서 시체를 가져가는 도둑놈이 있는데 대체 당신들은 무슨 일을 하는 거야, 무슨 일을!"

수사과장은 두 손으로 머리를 감싸고는 대체 어디서부터 손을 대야 할지 다시 한 번 고민하기 시작했다.

'남의 시체를 훔쳐가는 미친 도둑놈의 자식!'

아무리 생각해도 욕지거리가 나올 수밖에 없는 사건이었다.

신문에 처음 기사가 나간 것은 겨우 사흘 전. 이해할 수 없는 시체 도난 사건에 대한 특집 보도가 발단이었다. 최근 이어지고 있는 시체 도난 사건에 대해 언론이 알아채고 밀착 취재를 시작한 지 며칠 만에 특종이 나왔다. 취재를 시작하고 불과 3~4일 만에 50여 건이 넘는 시체 도난 사건이 밝혀진 것이다.

시체 도난 사건이 처음 알려진 것은 시내 외곽의 공동묘지에서 부친의 묘지가 파헤쳐진 것을 눈치챈 어느 아들이 신고를 하면서부터였다. 경찰의 수사 결과, 같은 공동묘지 내의 몇몇 무덤과 주변의 개인 묘지에서도 감쪽같이 시신을 도난당했다는 사실이 드러났다.

언론 보도는 이러한 사실에 날개를 달았다. 여기저기서 조금이라도 수상한 점이 발견되면 조상의 묘지를 파헤치고 시신이 사라졌는지 확인했다. 사라진 시신의 숫자는 걷잡을 수 없이 늘어나 확인된 것만 50여 건이었다.

현재 경찰은 무속인이나 사이비 종교 단체를 의심하고 있었다.

'이게 과연 사이비 종교인이나 무속인의 짓일까? 이렇게 많은 시체를 몇몇 사람이 감쪽같이 빼돌렸다고?'

수사과장은 심각하게 고민해보았다.

검찰이나 경찰이 무속인을 의심하는 것은 얼마 전에 일어난 쇠말뚝 사건 때문이었다. 어느 무덤에 박힌 칼과 쇠말뚝이 발견되면서 수사가 시작되었다. 그리고 얼마 뒤 세종대왕과 이순신 장군은 물론이고 특정 가문이나 성씨의 조상들까지, 유명한 무덤이란 무덤에는 모두 쇠말뚝과 식칼이 꽂혀 있는 것으로 드러났다.

수사 결과 한 무속인이 범인으로 밝혀졌다. 그녀는 자신의 몹쓸 무병巫病을 치료하기 위해 무덤을 훼손했다고 자백했다. 상식적으로는 이해하기 힘든 사건이었다.♦

당시 자문했던 무속인들 사이에서는 자신의 무병을 고치기 위해 무덤에 쇠말뚝과 식칼을 꽂는 것은 이해되지 않는 행동이라는 반응이 주류를 이루었다. 자문을 하던 사람들은 죄다 그녀의 행동이 사악하고 지독한 저주술詛呪術임에 틀림없다는 반응이었다. 그것도 혼자가 아닌 거대하고 위험한 배후가 있는 거대한 저주술이라는 견해였다.

어쨌든 이런 사건이 벌어진 직후 또다시 일어난 시체 도난 사건 역시 무속인의 소행으로 보는 견해가 많았다. 이것이 무속인의 짓이든 아니든 간에 수사과장은 분명 이런 사건을 저지른 목적이 상상하기 힘든 지독한 악술惡術에 있을 것이라고 확신했다.

벌써 공동묘지에서 사라진 시신만 30여 구, 근처 개인 묘지에서 사라진 시신이 20여 구. 일일이 땅을 파고 확인한 시신만 50여 구이기 때문에 실제 피해가 어느 정도일지는 상상도 되지 않았다.

"제길, 어떤 미친놈들이 이딴 짓을!"

수사과장은 실마리가 전혀 보이지 않는 시체 도난 사건을 떠올리며 그나마 얼마 남지 않은 머리카락을 사정없이 쥐어뜯었다.

교황청 내의 신앙교리성♦♦ 추기경의 얼굴에는 난감한 빛이 역력했다. 추기경 이하 10여 명의 위원과 사무국장들 역시 추기경 못지않게 괴로운 표정이었다. 어두운 얼굴의 그들은 모두 검은색 신부복을 입고 있었다.

신앙교리성은 신앙의 순수성과 정통성을 유지하고 발전시키기 위해 각국의 주교 회의, 신학 관련 위원들과 긴밀한 관계를 맺은 가톨릭 교리의 최고 기구였다. 이미 창밖에는 깊은 어둠이 내려앉았고 시간은 이미 새벽 1시가 넘었건만 각국에서 모인 위원

♦1999년 4월에 실제로 있었던 사건이다. 충무공 이순신 장군 묘소에서 쇠말뚝과 식칼이 발견되면서 사건이 드러나기 시작했다. 이 사건의 범인으로 체포된 40대의 여자 무속인은 김수로, 태조, 세종, 중종, 효종의 능과 퇴계 이황의 묘소 등도 훼손한 것으로 밝혀졌다. 그녀의 자백에 따르면 범행 동기는 "두통(접신 현상으로 인한 신병)을 치유하기 위해서"라고 한다. 당시 '신병 치유를 위해 벌인 일로는 도저히 이해할 수 없는 사건이다', '배후가 있을 것이다', '저주술을 이용한 것이다'라는 의견 등이 쏟아졌지만 무속적인 것, 오컬트적인 것이 결합된 사건이었기 때문에 결국 범행을 저지른 무속인의 진술이 범행 동기로 받아들여졌다.

♦♦교황청 내의 주요 기구. 신앙교리성의 전신은 이단을 논박하기 위해 1542년 교황 바오로 3세가 창설한 것으로, 1965년 교황 바오로 6세에 의해 '신앙교리성'으로 개칭되기 전까지는 '검사성'으로 불렸다. 신앙교리성은 신앙의 순수성과 정통성을 유지하면서 그것을 발전시킬 것을 사명으로 하고 있다.

과 국장들은 회의실을 뜨지 못했다.

천장이 한없이 높은 커다란 건물 안에 거대한 탁자, 고풍스러운 샹들리에, 거대한 창문을 가린 검은 커튼, 회색 카펫은 가뜩이나 질식할 것만 같은 이 무거운 분위기를 더욱더 무겁게 만들었다.

"추기경님, 방금 산타마리아 마조레 성당과 델레그라치에 성당에서도 연락이 왔습니다. 두 곳 모두 성당 내부에 모셔져 있던 성모상에서 눈물과 향유가 흘러나오고 있답니다."

고동색의 거대한 나무 탁자에 둘러앉아 저마다 깊은 고민에 빠진 위원들의 침묵을 깨뜨린 것은 황급한 비서의 목소리였다.

"추기경님. 루체른의 카펠교와 성당에서도 성모님이 발현♦하셨다고 합니다. 어제 12시경에 시작된 성모님의 발현이 지금까지도 계속되고 있답니다. 성당에 모신 성모상의 두 눈에서는 피가 흐르고 있답니다."

숨 가쁘게 이어지는 비서실장의 빠른 음성은 침묵하고 있는 추기경과 위원들의 얼굴을 더욱 어둡게 했다. 마침내 묵주만 부여쥔 채 미동도 없던 신앙교리성 추기경이 탁자를 잡으며 일어섰다. 늙고 지친 그의 이마에는 오늘따라 선명하게 핏줄이 서 있었다.

"이게 어찌 된 일입니까. 니스, 로마, 밀라노, 예루살렘, 한국, 샌디에이고, 스위스, 캐나다, 필리핀, 가이아나……. 끊임없이 일어나는 성체 발현은 대체 어찌 된 일이란 말입니까."

그는 자리를 박차고 일어나 한동안 눈을 굳게 감고는 미동도 하지 않았다. 그런 추기경의 모습에 다른 위원들도 눈살을 찌푸릴 뿐, 감히 말을 꺼내지 못했다.

이해할 수 없는 일이었다. 하루 이틀 사이에 세계 각국에서 일어난 성체 발현의 의미는 무엇인가? 누군가가 조작을 하는 것인가, 아니면 진실로 말세를 예고하는 성모님의 징표인가. 그 누구도 속단할 수 없는 문제였다.

단 하루 동안 이곳저곳에서 성모상이 피눈물을 흘리거나 머리 끝에서부터 발끝까지 향유를 흘리는가 하면, 십자가 위에 느닷없이 성체聖體♦♦가 나타나거나 온몸에 땀을 뻘뻘 흘리는 고통스러운 성모의 모습이 나타나는 이유가 대체 뭐란 말인가!

"가브리엘 데니스 신부님에게선 아직도 연락이 없습니까?"

"네, 퀘벡에서 일어난 성모님의 발현을 조사하다가 곧바로 캘리포니아로 가셨습니다. 그리고 아직 연락이 없으십니다. 현재까지 전달해오신 바로는 누구의 장난이나 조작이 아닌 자연 발현으로 보인다고 합니다."

지독한 침묵 속에서 다니엘 사무국장이 비서실장에게 물었다.

"로만 프란치스코 신부님과 최알로이시오 신부님은요?"

♦성모 발현(성모상이 나타남)은 오래전부터 수없이 보고되었지만 가톨릭교의 인정을 받은 것은 몇 건밖에 되지 않는다. 우리나라 나주에서도 '눈물 흘리는 성모상'이 나타나면서 몇만 명에 달하는 외국인이 기적의 성모상에 참배하기 위해 다녀간 적이 있다. 가톨릭에서는 성모 발현 현상에 대해 신이 허용한 신비 현상이라고 말한다. 성모 발현 현상이 나타날 경우 가톨릭 교황청이 직접 조사하여 진정성 여부를 결정하게 된다.
♦♦성체는 십자가에서 돌아가신 예수의 피와 살을 의미한다. 가톨릭의 경우 주일미사에서 주임신부가 주님의 살을 의미하는 하얀 밀떡을 성도에게 나누어준다. 여기에는 주님의 살이 성도의 몸에 깃들길 바란다는 의미가 담겨 있다. 성체 발현이란 하얀 밀떡이 실제로 사람의 살과 피로 바뀌는 현상을 의미한다. 살아 움직이는 살과 피로 변한 밀떡은 실제 예수의 살과 피로 여겨진다. 성체 발현 현상은 성모 발현에 비해 훨씬 드물게 목격되고 있다.

"두 분은 각각 가이아나와 한국으로 조사를 나가신 후로 연락이 없습니다."

"제리 오르보스 신부님은요?"

"역시 성체 발현을 조사하기 위해 필리핀으로 가셨습니다. 모두에게서 아직 별다른 연락은 없습니다."

다니엘 사무국장이 말한 '모두'란 각 교구의 발현이나 기적 등을 조사하기 위해 거의 언제나 세계 각지를 돌아다니는 교황청 내의 유명한 주교들과 신부들을 의미했다. 그들이 모두 발현 지역으로 출동한 것이다.

그러나 이들 위대한 신부들에게서는 어찌 된 일인지 연락 하나 없었다. 교황청이 직접 연락해봐도 뾰족한 대답이 나오지 않았다. 다만 이들 추기경과 사무국장, 그리고 위원들은 신부들의 연락이 없는 것을 보면 아마도 개인의 초능력이나 인위적인 조작은 아닐 거라고 짐작할 뿐이었다. 속임수인 경우에는 거의 즉각적으로 보고가 들어왔을 테니까.

그들이 진실로 알아내려는 것은 조작 여부가 아니었다. 그들이 궁금한 것은 갑자기 세계 곳곳에서 이런 일이 생기는 이유였다. 그러나 어찌 된 일인지 전문가인 신부들에게서조차 실마리를 찾았다는 연락이 오지 않고 있었다.

"모든 지역에서 성모님의 발현이 목격되고 그분의 음성을 들었다, 예언을 들었다는 자들은 서로 말세를 예언하고 있으니……."

추기경은 답답한 마음에 눈을 질끈 감았다. 그의 흰머리가 힘없이 구불거렸다. 이 밤이 다 가도록 현장으로 파견된 신부들에게서 연락은 오지 않고 세계 곳곳에서 기적이다, 성체 발현이다 하는 소리만 들려오니 답답하기만 했다.

대체 이 모든 현상이 그들에게 들려주려는 것이 무엇인지 알아내야 했다. 그들의 신이 진실로 인간들에게 말하고자 하는 것이 무엇인지 그들은 똑똑히 알아내야 했다.

그 자리에 모인 신부들 중 가장 젊은 다니엘 신부가 천천히 자리에서 일어섰다. 그는 잠시 이것을 말해도 될지 고민하다가 마침내 말을 시작했다.

"어쩐지 일이 급박해 보이지 않습니까, 추기경님? 무슨 일인지 모르지만 보통 일이 아닌 것만은 분명합니다. 한시라도 빨리 알아보려면 우리 인원만으로는 부족할 겁니다. 그러니 전문 인력을 동원하는 건 어떻겠습니까?"

"전문 인력이오?"

추기경은 사무국장인 다니엘 신부를 바라보았다.

"네, 전문 인력 말입니다. 가브리엘 신부님의 양아들인 미카엘 같은…… 아니면 전前 교황청 기사단이었던 피血의 라자무가 속한 곳의 힘을 빌린다면……."

나머지 위원들도 '미카엘'과 '라자무'란 이름을 듣자 저마다 고개를 끄덕였다.

"……결국 신성한 집행자들에게 맡기자는 말인가요?"

추기경은 손에 쥔 묵주를 말없이 굴렸다. 주름진 그의 손 안에서 둥근 묵주알이 천천히 움직였다. 한동안 침묵하던 추기경이 검은 사제복 차림의 신부들을 둘러보았다. 다들 말은 하지 않았지만 작은 고갯짓으로 그의 결단을 촉구했다.

추기경은 눈을 감았다. 모든 것을 교황청의 힘으로 알아내고, 또 해결하려고 했다. 하지만 세계 곳곳에서 동시다발적으로 일어나는 현상들을 확인하고 해결하기에는 교황청의 힘이 부족하다는 것을 통감할 수밖에 없었다.

다급하게 일어나는 사건들 사이에서 크나큰 위기의식과 위험신호를 읽을 수 있었다. 추기경에게는 빠른 판단과 기민한 해결이 요구되었다. 시간이 넉넉하다면 교황청에서 모든 것을 다룰수 있을 것이다. 하지만 빠르게 대처해야 한다면 이야기가 달랐다. 이런 기이한 영적 현상들을 조사하고 해결하는 자들에게 도움을 청할 수밖에 없었다.

"모두의 생각이 그렇다면…… 제가 교황께 말씀드리겠습니다."

추기경은 자신의 비서에게 조용히 눈짓했다. 비서는 신앙교리성 추기경보다 먼저 방을 빠져나갔다. 교황에게 알현을 청하기 위해서였다.

2

하늘은 맑고 숲은 푸르렀지만 승덕과 낙빈의 표정은 딱딱하게 굳어 있었다. 수상한 남자가 자신들의 뒤를 밟고 있다는 꺼림칙한 기분 때문이었다. 게다가 그 남자가 어린 미덕을 핑계로 당분간 암자에 머물겠다고 선언한 것은 더더욱 기분 나쁜 일이었다.

어떻게 인연이 닿았는지 몰라도 천신 스승은 이미 이 남자와 아는 사이였다. 그는 '이 산도 이 암자도 내 것이 아니다'라는 천신의 마음을 교묘하게 이용하여 자신의 요구 사항을 말하고는 당연한 듯 암자로 밀고 들어왔다.

심지어 그는 당연한 듯 승덕과 낙빈의 방으로 쳐들어왔다. 천신은 그에게 빈방을 쓰라고 했지만 그 작자는 '객식구가 새로 방을 차지하여 암자 식구들을 불편하게 할 수는 없다'면서 굳이 낙빈과 승덕의 방으로 들어왔다.

그는 엄청난 짐을 방 한쪽에 풀었다. 정체불명의 검은 기계들과 각종 전파 장비가 방 한구석에 쌓였다. 방 한쪽에는 승덕의 책들, 맞은편에는 현욱의 장비들이 자리 잡았다. 그렇게 그는 방의 한쪽 구석을 자신의 아지트로 만들어버렸다.

엄청난 양의 복잡한 장비들은 검은 양복을 입은 무리가 한 시간 정도 암자를 휩쓸고 지나가자 완벽하게 작동하기 시작했다. 단 며칠만 묵겠다는 그의 말에 비해 그의 장비는 과하고 지나쳤다. 단 며칠을 보낼 심사는 아닌 모양이었다.

그렇게 암자에서 처음 하루를 지내는데, 그 남자는 잠도 자지 않는 것 같았다. 마치 잠을 잊은 것처럼 전 세계 곳곳에 흩어져 있는 사람들과 끊임없이 연락을 해댔다. 승덕과 낙빈을 배려하는 듯 방 안쪽에 소음을 흡수하는 파티션도 세워놓았지만 밤새 중얼대는 소리에 낙빈과 승덕은 하얗게 밤을 새우고 말았다.

현욱과 함께한 첫날 밤, 한참을 뒤척거리다가 새벽녘에야 간신히 잠든 낙빈의 얼굴에 갑자기 차가운 바람 한 줄기가 지나갔다.

"으음……."

낙빈은 잘 떠지지도 않는 눈꺼풀을 힘겹게 들어올렸다. 가늘게 뜬 눈꺼풀 사이로 사위를 바라보니 아직도 방 안은 캄캄했다. 정현과 함께 수련을 하는 새벽녘도 되지 않은 깊은 밤이 분명했다.

"더 자. 그냥 자."

낙빈은 이부자리 너머에서 들려오는 승덕의 목소리를 들었다. 아예 잠을 자지 않은 듯 또렷한 목소리였다.

"으응, 형. 안 잤어요? 어디 나갔다 왔어요?"

"아니, 내가 아니라 그 사람이 방을 나갔어. 무슨 일이 있나 봐."

"으응, 그래요……?"

낙빈은 잠결에 몇 마디를 하다가 다시 깊은 잠에 빠져들었다. 잠에 빠져들면서도 이런 깊은 밤에 잠도 안 자고 어딜 나간 걸까 하는 의구심이 구불구불 머릿속을 맴돌았다. 결국 밤잠을 설친 낙빈은 정현과의 수련 시간에도 늦어버렸다.

승덕과 낙빈의 하룻밤을 엉망으로 만든 그는 한밤중에 방문을 열고 나가더니 아침 식사 시간까지도 나타나지 않았다. 그렇게 아무 말도 없이 사라졌던 남자는 다시 한낮이 되자 불쑥 암자에 나타났다.

낮 시간 동안 낙빈과 승덕은 공부에 몰두하는 게 일상이었다. 하지만 이 낯선 남자의 등장에 낙빈도 승덕도 글이 눈에 들어오질 않았다. 보지 않으려 했지만 거대한 장비들이 만들어내는 빛과 소음이 그들의 오감을 건드리고 방해했다.

"현욱이다. 새로운 지시가 있기 전까지 모두 KET516을 통해서만 연락한다."

현욱은 최대한 낮은 소리로 말했지만 오히려 낙빈과 승덕에게는 더욱 방해가 되었다. 현욱의 목소리만 소음이 아니었다. 현욱이 한마디 명령을 내리면 세계 곳곳에서 수많은 응답이 돌아왔다. 한참 동안이나 아주 작고 낮게 지지직거리는 그 소리, 들릴 듯말 듯 들리지 않는 그 소리가 엄청나게 신경에 거슬렸다.

"EAK056 지점이다. 다른 명령이 있기 전까지는 이곳을 주거지로 등록한다. 인스펙터 수호그룹도 이동 완료를 확인한다."

현욱은 방에 들어서자마자 서류 가방을 열고 수많은 통신기기에 둘러싸여버렸다. 그의 서류 가방은 겉만 서류 가방이었다. 서류 가방을 펼치고 여기저기를 만지자 멋진 사무용 테이블로 변신했다. 테이블로 변신한 서류 가방의 곳곳을 누르자 아무것도 없이 평평하게만 보이던 가방에서 노트북, 스캐너, 프린터, 화상통신용 카메라, 위성안테나까지 신기한 전자 통신기기들이 튀어나왔다.

현욱은 방구석에 처박혀 이어폰을 끼고 벌써 몇 시간째 어딘가와 연락을 주고받으며 정신없이 바쁜 모습이었다. 그의 말은 알아듣기 힘들었다. 분명 우리나라 말인데도 이해가 되지 않을 정도로 이상한 암호같이 들렸다. 다른 나라 말을 할 때는 더욱 모호해서 대체 그가 무슨 말을 주고받는지 알아내기 힘들었다.

그가 보고 있는 모니터들 위에는 수많은 데이터와 문서가 나타났다. 현욱은 일부 문서를 종이로 인쇄해 꼼꼼히 훑어본 다음 분쇄기로 갈가리 잘라버렸다.

복잡하고 정신없는 현욱의 모습을 넌지시 바라보던 낙빈과 승덕이 오히려 더 어지럽고 머리가 아플 지경이었다. 이런 일들을 마치 매일의 일상처럼 아무렇지 않게 해내는 현욱의 모습은 사실 감탄스러울 정도였다. 비록 맘에 드는 사람은 아니지만 대단하기는 했다. 아마도 그는 수십 명이 해야 할 일, 아니 어쩌면 수백 명이 해야 할 일을 혼자서 해내고 있는 듯했다.

"특급 인스펙터 현욱이다. 정보 확인 완료했다. 투입할 수행자를 결정한다. AT 지점 내 특급 엑시큐터들은 모두 대기한다. 현재 맡고 있는 모든 사건에서 손을 떼고 표준시간 00시 정각 AT로 집합한다. 수행자 수호그룹 역시 전원 AT에 투입한다. 2급 이하 시찰자는 전원 AT로부터 탈출한다. 목숨이 붙어 있길 바란다면 AT로부터 벗어나라."

낙빈도 승덕도 방에 앉아 있는 이상 그의 낮은 음성에 귀를 기울이지 않을 수 없었다. 이상하게도 그의 음성은 아무리 낮고 작아도 귀에 콕콕 파고들었다. 신경을 다른 곳에 쏟으려고 해도 소용이 없었다. 왜인지 다분히 고의적인 느낌이 들 정도로 그의 음성이 두 사람의 귓속을 파고들었다.

현욱이 끊임없이 속삭이고 명령하는 동안 낙빈과 승덕은 몇 가지 사실을 알 수 있었다. 적어도 현욱이라는 사람이 신성한 집행자들 내에서는 대부분의 요원에게 명령을 내리는 매우 높은 위치에 있다는 것이었다. 방 안에서 내내 지켜본 결과 현욱이 명령을 내리는 것은 보았어도 그에게 명령을 내리는 사람은 보지 못했다.

또 한 가지 사실은 현재 아주 급박한 상황이 발생했다는 것이었다. 뭔지 몰라도 이 급박한 사건은 높은 급수를 제외한 나머지 사람들은 살아남을 수 없을 정도로 무시무시한 일인 모양이었다. 게다가 그의 목소리는 평소보다 조금은 격앙되고 미묘하게 날카로운 톤으로 바뀌어 있었다.

"아, 저 인간 때문에 글자가 머리에 안 들어오네!"

마침내 승덕은 오늘 보기로 마음먹었던 10여 편의 논문을 몽땅 덮어버리고 말았다.

"형아……."

낙빈 역시 참고서를 앉은뱅이책상 위에 차곡차곡 쌓아놓고 말았다. 미니가 보내준 참고서를 차례차례 열심히 읽던 낙빈도 이번처럼 글자가 한 자도 머릿속에 들어오지 않은 것은 처음이었다.

"아우, 저 인간, 진짜……."

승덕이 화가 나서 현욱을 흘겨보았지만 현욱은 아는 체도 하지 않았다. 그는 이미 자신의 일에 빠져 낙빈과 승덕은 잊은 지 오래였다.

"으아, 진짜 열 받네! 벌써 점심때가 되었는데 한 장도 못 읽었어……. 야, 낙빈아! 열 받는데 잠깐 나가자!"

"네, 형."

점심시간도 다 되었겠다, 글도 머리에 안 들어오겠다, 승덕은 낙빈을 데리고 바람이나 쐬기로 했다. 그가 문을 열고 밖으로 나가려는데 현욱의 목소리가 들려왔다.

"어디 갑니까? 벌써 할 일을 끝낸 겁니까?"

승덕이 뒤를 돌아보니 정신없이 일하던 현욱이 귀에서 이어폰을 빼내며 낙빈과 승덕을 바라보고 있었다. 그는 자신의 앞에 있던 기기들을 접기 시작했다. 통신기기들은 착착 접히면서 넓적하고 편편하고 작은 교자상 모양으로 바뀌더니 눈 깜짝할 사이에 조그만 서류 가방으로 탈바꿈했다. 낙빈과 승덕은 첨단 기기들이 감쪽같이 사라지는 게 신기해서 잠시 동안 멍하니 바라보았다.

"덕분에 아주 잘 끝내고 나갑니다."

승덕은 본심을 감추지 않고 배배 꼬인 말투로 대답했다. 말투나 표정에 '당신 때문에 하루를 망쳤어'라는 메시지가 가득 담겨있었다. 하지만 현욱은 아는 체도 하지 않았다.

"다행이군요. 혹시 나가다가 미덕일 보면 내가 찾더라고 전해주면 고맙겠습니다."

현욱은 승덕이 기분 나빠 하건 말건 신경 쓰지 않겠다는 표정으로 무심히 말했다. 아무렇지 않은 그 얼굴에 승덕은 속이 부글부글 끓어올랐다. 아무리 보고 또 봐도 저 현욱이란 인간은 사람

속을 뒤집어놓는 끔찍한 재주가 있었다.

승덕은 재빨리 고개를 돌려 방 밖으로 나왔다. 방 안에 더 있다가는 여러모로 정신 건강에 좋지 않을 것만 같았다. 사실 좋지 않은 건 정신 건강만이 아닌 듯했다. 가득한 통신기기들로 인해 답답한 공기가 방 안 가득이었다. 문풍지를 바른 격자문 하나를 열고 마당으로 나오자 맑고 선선한 기운이 충만했다.

"아이고, 이제 살겠네."

어린 낙빈도 한숨을 내쉬었다. 어떻게 하루 종일 저런 검은 기계들에 둘러싸여 있는지 신기했다. 기계음도 도저히 견딜 수가 없었는데 이렇게 산 공기를 마시니 살 것 같았다.

승덕과 낙빈은 천천히 숲길을 따라 나오다가 시냇가에서 철없는 얼굴로 장난 거리를 찾는 미덕을 발견했다.

"미덕아, 너 이리 와."

승덕은 다짜고짜 미덕의 손을 잡고 암자와 멀리 떨어진 편편한 바위 절벽 쪽으로 데려갔다. 그러고는 바위에 미덕을 앉히고 진지하게 물어보기 시작했다.

"너, 현욱 저 사람, 아니 네 아저씨가 뭐하는 사람인지 알아?"

"큰오빠, 당연히 알죠! 우리 아저씬 SAC, 신성한 집행자들의 동방지부장이세요."

승덕은 어린 미덕이 현욱의 정체에 대해서는 아무것도 모를 거라고 생각하고 있었다. 그런데 의외로 미덕은 단체명과 현욱의 지위까지 정확히 알고 있었다.

"동방지부장이라고? 그렇구나. 그럼 넌 신성한 집행자들이 뭔지는 알아?"

"당연하죠! 아저씨도 저도 SAC인데 모를 리가 있겠어요?"

어린 미덕의 입에서 나온 말은 정말 의외였다. 현욱이 신성한 집행자들의 일원인 건 이미 알고 있지만 이 꼬맹이도 그 일원이라니. 이야기를 듣고 있던 낙빈도 눈을 동그랗게 뜨고 승덕과 미덕을 번갈아 바라보았다.

지금까지 만났던 신성한 집행자들은 다들 무시무시한 사람들이었다. 현욱은 물론이고 중국에서 만났던 미카엘, 총잡이 라자무, 용을 타던 남자 모두 무시무시한 사람들이었다. 그런 사람들이 속한 곳에 미덕이 속해 있다니 믿을 수가 없었다.

"야, 미덕아. 신성한 집행자들은 보통 사람들이 들어가지 못하는 곳이잖아?"

"맞아요! SAC는 초능력자나 영능력자들을 훈련시키는 것부터 종교적인 사건, 초과학적인 사건들도 해결해요. 뭐, 그 외에도 여러 가지 일이 있긴 하지만 말이에요. 저는 갓난아기 때부터 능력을 인정받아 줄곧 SAC에서 자랐어요. 아직 등급은 높지 않지만 저도 엑시큐터인 걸요?"

승덕은 미간을 찌푸렸다. 엑시큐터executor라는 말은 수행자라는 의미를 가지고 있었다. 신성한 집행자들에서 수행자라는 자리가 어떤 역할을 하는지 그는 잠시 생각에 빠졌다. 좀 전에 현욱의 입에서 수십 번도 더 나오던 그 단어가 미덕에게도 주어졌다니

놀랍기만 했다.

"엑시큐터가 대체 뭐냐? 그 아저씨가 인스펙터니, 엑시큐터니, 수호그룹이니…… 하고 떠들던데."

"그거요? 별로 안 어려워요."

승덕은 무엇이 화제가 되든 모르는 것이 없을 정도로 똑똑한 사람이었다. 언제나 모르는 것을 알려주고 가르쳐주던 큰오빠가 물어오자 미덕은 아주 신이 났다.

"엑시큐터는 '수행자'예요. 수행자들은 직접 나서서 사건을 해결하는 사람들이에요. 간단히 말하면 음…… 뭐, 해결사쯤 되나? 그런 거예요. 직접 나서서 전투도 하고, 해결도 하는 분들이죠. 제가 바로 그 수행자라고요!"

미덕은 눈을 찡긋하며 손가락으로 브이를 만들었다. 신나서 말하는 미덕과 달리 낙빈과 승덕의 미간에는 주름이 잡혔다. 어린 미덕이 전투에 참여한 모습이 머릿속에 떠오르면서 끔찍한 생각이 들었다.

"그리고 인스펙터는 '시찰자'예요. 수행자들이 투입되기 전에 사건에 대해 정확하게 조사하고 보고하는 사람들이에요. 인스펙터는 보통 전투력보다 예언이나 통찰력 같은 다른 쪽에 능력을 가지고 있어요. 하지만 현욱 아저씨 같은 경우는 안 그래요. 그분은 특급 인스펙터라서 전투력도, 방어력도, 시찰력도 정말 최고예요. 사실 아저씨의 능력이 어느 정도인지는 저도 확실하게 모르지만 진짜 어마어마하대요. 또 프로텍터도 있는데요. 이분들은 어떤 대상을 보호하는 일을 하세요. 수호그룹도 여기 속해요. 그러니까 어떤 사건이 일어나면 위험에 빠진 사람을 보호하는 거예요. 되게 조심스럽고 비밀스러운 사람들이지요. 세계적으로 아주 중요한 사람들에게는 이런 수호자들이 붙어 있어요. 보호받는 사람들이 알아차리지 못할 정도로 비밀스럽게 그들을 보호하고 지키는 거예요."

"그렇구나."

승덕은 미덕의 말을 주의 깊게 들으며 고개를 끄덕였다. 신성한 집행자들이 어떤 방식으로 구성되어 있는지 대충 파악되기 시작했다.

하지만 낙빈의 머리는 더욱 복잡해졌다. 알지도 못하는 외국말이 섞여 있는데다 대체 그 사람들이 무슨 일을 하는지 상상도 되지 않았다. 그저 소호산에서 보았던 굉장한 사람들만 눈앞에서 어른거릴 뿐이었다. 그런 굉장한 사람들 사이에 꼬마 미덕이 섞여 있다는 게 이상하게만 느껴졌다.

"히히, 승덕 오빠는 다 알아들었는데 낙빈 오빠야, 넌 하나도 모르겠지? 낙빈 오빠야는 그 머리로 살기 힘들겠다."

미덕은 입을 벌리고 머리를 갸우뚱거리는 낙빈의 표정을 놓치지 않았다.

"이게……!"

낙빈은 화가 나서 미덕을 한 대 쥐어박고 싶었지만 승덕 앞에서 미덕을 때렸다가는 되로 주고 말로 받을 게 뻔해서 꾹 참기로 했다. 하지만 자기보다 훨씬 쪼끄만 계집애가 어려운 말도 모두 알고 말도 잘하는 것에 낙빈은 자존심이 상했다.

"그런데 신성한 집행자들은 다들 보통 사람이 아니라면서?"

"네, 당연하죠! 초능력자들 중에도 아주 고등 초능력자가 아니면 못 들어와요! 능력에 따라 특급, 1급, 2급, 3급…… 이런 레벨이 있긴 하지만요."

"아, 그래, 그건 알겠어. 근데 미덕이 너도 신성한 집행자들이라며?"

"네!"

승덕은 자랑스럽게 대답하는 미덕의 얼굴을 보며 겸연쩍은 미소를 지어 보였다.

"네가 뭘 할 줄 아는데?"

"저요?"

미덕은 방긋 웃더니 낙빈에게 들려주었던 산새의 울음소리를 내기 시작했다.

"뾰로롱……."

그러자 어디선가 똑같은 소리가 울려 퍼졌다.

뾰로로롱…….

이번에는 미덕이 컹컹 개 소리를 내자 어디선가 개 짖는 소리가 울려왔다. 그리고 미덕은 고양이, 말, 닭, 오리, 염소 등 온갖 동물의 울음소리를 흉내 내는 것이었다.

"야, 잘하는데?"

승덕은 자기도 모르게 크게 박수를 쳤다.

"장기자랑에 나가면 일등 하겠다, 그지?"

"장기자랑이 아니에요!"

미덕은 못마땅한 표정을 지으며 고개를 저었다.

"전 갓난아기 때부터 이런 능력이 있었어요. 잘만 사용하면 아주 중요한 일에 투입될 수 있다고 아저씨가 그랬어요!"

미덕은 입을 뾰로통하게 내밀고 승덕을 노려보았다. 승덕의 표정은 여전히 탐탁지 않았다. 고작 동물 흉내를 내는 것으로 생각하는 게 분명했다.

"아이, 참! 이거 말고 다른 것도 할 줄 알아요!"

아무것도 모르는 승덕에게 미덕은 자신의 능력을 모두 말하고 싶었지만 더 이상 밝힐 수가 없었다. 동물들과 대화를 한다거나, 심지어 물건들에 남아 있는 기억과도 대화할 수 있다는 사실을 말할 수는 없었다. 그나마 낙빈이라도 비밀을 알고 있다는 것이 미덕에게는 위안이 되었다. 낙빈은 안타까운 듯 미덕을 바라보았다.

"아냐, 아냐. 놀리는 게 아니라 정말로 완전히 똑같아. 진짜 동물 소리 그대로야. 대단한데?"

승덕이 치켜세우자 미덕은 갑자기 기분이 좋아졌다.

"아직 한 번도 사건에 투입된 적은 없지만 제 능력은 분명히 아주 중요하게 쓰인다고 했어요! 그러면 저도 곧 인정받는 행동대원이 되는 거라고요!"

승덕의 칭찬에 기분이 좋아졌는지 미덕은 싱글벙글이었다. 승덕은 칭찬 한마디에 얼굴이 바뀌는 미덕이 무척이나 귀여웠다.

"아 참, 그러고 보니 아까 현욱 아저씨가 널 찾더라."

"저를요? 정말요?"

미덕은 언제나 현욱의 말이라면 껌뻑 죽는 시늉을 했다. 산속에 버려두고 기다리라면 기다리고, 오라면 오고, 가라면 가고. 어째서 그 수상한 남자를 그토록 따르는지 이해되지 않을 정도였다. 이번에도 현욱이 찾는다는 소리가 끝나기 무섭게 미덕은 순식간에 암자 쪽으로 사라져버렸다.

바람처럼 사라지는 미덕의 뒷모습을 보며 승덕과 낙빈은 어쩐지 허탈한 기분으로 쓴웃음을 지었다. 왜인지 모르겠지만 이럴 때마다 어린 동생을 그 남자에게 빼앗기는 기분이었다.

승덕과 낙빈도 미덕의 뒤를 따라 쉬엄쉬엄 암자로 내려왔다.

점심시간이 가까워지자 부엌에서 고소한 밥 냄새가 솔솔 풍겨 나왔다. 낙빈은 어느새 시간이 훌쩍 지난 것에 놀랐다. 정희 옆에서 밥하는 걸 도왔어야 했는데 그만 때를 놓쳐버린 것이다. 낙빈은 밥 냄새를 따라 정희가 있는 부엌으로 총총히 내달렸다.

"누나, 제가 할게요!"

그런데 그곳에는 좀 전에 부리나케 암자로 달려 내려왔던 미덕이 아궁이 옆에 걸터앉아 정희와 무슨 이야기를 주고받고 있었다.

"어, 낙빈 오빠야 왔냐? 헤헤, 낙빈 오빠야! 나 무지무지 좋은 일 있다?"

미덕은 그새 무슨 일이 있었는지 표정이 발갛게 상기되어 굉장히 들뜬 모습이었다. '너'라는 말 대신 자연스럽게 '낙빈 오빠'라고 부르는 걸 보면 진짜 기분 좋은 일이 있는 모양이었다.

"대체 무슨 좋은 일인데? 언니한테 말도 안 해주고……."

미덕은 정희에게도 좋은 일이 있다고만 말하고 무슨 일인지는 알려주지 않았다.

"헤헤, 실은 이번에 무지 중요한 일이 있다고 들었어요. 현욱 아저씨가 그 일에 절 투입해주신다고 했어요! 후후…… 저도 이젠 인정받는 행동대원이 되는 거라고요!"

"뭐야, 너를?"

낙빈은 깜짝 놀란 얼굴로 미덕을 쳐다보았다. 신경을 거스르며 시끄럽게 떠들어대던 현욱의 한마디 한마디가 떠올랐기 때문이다. 분명 특급 수행자를 제외하고 나머지는 전원 철수하라던 현욱의 말이 기억났다. 목숨을 부지하고 싶다면 특급을 제외하고 나머지는 모두 철수하라던 그 말이……. 자세히는 모르지만 어쨌거나 무척 위험한 일이 벌어진 게 분명한데, 그런 일에 미덕을 투입한다니 이해되지 않았다.

낙빈은 지금껏 현욱과 마주쳤던 때를 떠올려보았다. 그를 처음으로 만난 건 달의 검을 찾으러 갔던 그때, 시육주법을 쓰는 법철 무리와 싸우던 그때였다. 어두컴컴한 공간에서 죽어서도 움직이는 시육주법의 시체들과 싸우던 그날의 무시무시한 기억이 아직도 생생했다.

두 번째로 그를 만난 건 중국에서였다. 요마의 숲이라 불리는 소호산에서 그를 다시 만났다. 괴이하고 강력한 술수로 봉선대를 파괴하던 흑단인형을 만난 그날 현욱과도 다시 만났다.

두 사건 모두 낙빈이 혼자 감당하기에는 버거운 무시무시한 일이었다. 승덕과 정현, 그리고 정희와 함께하지 않았다면 도저히 감당할 수 없을 만큼 두렵고 공포스러운 순간이었다. 그런데 그런 순간마다 나타난 사람이 바로 현욱이었다.

이제 낙빈에게 현욱은 위험한 사건과 동의어처럼 인식되었다. 그런데 그 남자가 관련된 무시무시한 일에 이제 겨우 아홉 살인 미덕이 투입된다니! 이 어린아이가 그 끔찍한 곳으로 떠나려 한다니 상상할 수도 없었다.

"헤헤, 아저씨가 나밖에 못한다고 했어! 진짜 진짜 특별하고 중요한 일이 생겨서 거기에 날 투입하는 거라고 했어. 끝내주지?"

갑자기 섬뜩한 마음에 가슴이 벌렁거리는 낙빈과 달리 철없는 미덕은 여전히 좋아서 웃기만 했다. 낙빈은 정희를 쳐다보았다. 정희 역시 어두운 표정으로 낙빈을 바라보고 있었다. 불안 가득한 눈빛의 정희도 낙빈과 똑같은 생각을 하는 게 분명했다.

낙빈은 현욱이 무슨 일을 하는지, 그가 얼마나 위험한 사건과 관련되어 있는지를 미덕이 제대로 알고 있는지 의심스러웠다. 해맑은 눈을 보건대, 아이는 눈곱만치도 위험을 느끼지 못하는 게 분명했다.

3

햇살은 따뜻해지다 못해 점점 강렬해졌다. 뜨거운 햇살에 눈살이 찌푸려질 때쯤 미덕은 빨간 가방을 둘러메고 암자를 내려갈 준비를 했다.

"할아버지, 다녀오겠습니다."

"그래, 몸조심하거라."

천신에게 큰절을 한 미덕은 툇마루에서 안마당으로 내려왔다. 마당에서 기다리고 있던 암자 식구들은 죄다 안절부절못하는 얼굴이었다. 아이에게 펼쳐질 위험을 생각하니 모두 걱정하지 않을 수 없었다.

미덕을 위험한 일에 보내지 말아달라고 부탁해도 현욱에게는 씨도 먹히지 않았다. 미덕 역시 아무리 달래고 말려도 모두의 말을 귓등으로도 듣지 않았다. 미덕은 위험한 사건에 투입되는 것은 자랑스러운 일이고 아저씨의 인정을 받는 일이라며 신나할 뿐이었다.

"몸조심해야 한다. 아저씨는 이쪽에서 마무리 지을 일이 있어서 좀 늦게 출발할 거다. 먼저 가서 명령대로 지켜보고 있어라."

"네, 아저씨. 걱정 마세요."

현욱은 다정한 얼굴로 미덕과 짧게 악수했다. 아무것도 모르는 천둥벌거숭이가 연신 빙글빙글 웃으며 현욱을 바라보았다. 그런 어린아이를 끝끝내 멀리 보내버리는 현욱의 뒷모습에 낙빈과 암자 식구들의 성난 눈초리가 박혔다. 미덕을 데려가기 위해 검은 양복 차림의 두 남자가 암자 앞마당에 나타났을 때도 미덕은 여전히 신난 얼굴로 미소를 짓고 있었다.

"이봐요, 위험한 일이라면서 꼭 애를 보내야 됩니까? 저 쪼끄만 게 무슨 힘이 있다고……!"

마침내 화를 참지 못한 승덕이 현욱을 향해 비아냥거렸다. 현욱의 일에는 되도록 상관하지 않으려 했지만 어린 미덕이 걱정되는 것은 어쩔 수가 없었다.

"이 애밖에 할 수 없는 중요한 일이 있어서 이러는 겁니다. 이건 신성한 집행자들의 일입니다. 승덕 씨는 상관하지 마십시오."

현욱의 대답은 여전히 딱딱하고 냉랭했다. 미덕을 보내는 일을 조금도 재고하지 않으니 암자 식구들은 답답할 뿐이었다.

"큰오빠야, 걱정 마요. 나 금방 갔다 올게. 정희 언니야, 나 갔다 오면 선녀 머리 땋아줘야 해, 응? 정현이 오빠는 나 또 목말 태워 줘, 알았죠? 낙빈이 오빠야는 나 없다고 울지 마. 내가 금방 갔다 와서 놀아줄 테니까, 알았지? 히히."

철없는 미덕은 여전히 뭐가 그리 좋은지 싱글벙글이었다. 낙빈은 미덕을 힘껏 째려보았다. 저 황소고집은 현욱의 말만 듣고 다른 사람의 말은 다 무시해대니 속이 상했다. 제 앞에 놓인 위험 따위는 생각지도 못하는 멍청한 미덕의 얼굴이 바보 같아서 맘이 아팠다. 미덕이 웃으면 웃을수록 가슴이 타들어갔다.

"조심해라."

현욱은 마지막으로 미덕에게 당부의 말을 하고 나서 장승같이 서 있는 두 명의 검은 양복에게 눈짓을 보냈다. 그러자 두 사람의 호위를 받으며 미덕은 사라졌다.

"안녕, 큰오빠야! 안녕, 언니야! 안녕, 작은오빠야! 안녀엉, 낙빈아!"

미덕은 끝내 저 멀리에 가서는 낙빈의 이름에 '오빠'를 집어넣지 않았지만 낙빈은 별로 기분 나쁘지 않았다. 위험 속으로 달려가는 미덕이 걱정되어 속만 상할 뿐이었다.

'저 바보 같은 게 위험한 일에 뛰어드는 건 아닌가? 거기 가서 잘할까?'

낙빈은 아직 어린 오빠였지만 철없는 미덕의 뒷모습을 보며 걱정 어린 한숨을 내쉴 수밖에 없었다.

미덕이 떠나고 이틀 뒤 낙빈과 승덕은 매일 쉴 새 없이 윙윙대는 방 안의 소음에 점점 익숙해지고 있었다. 그 소음 속에서 혹시나 미덕의 소식을 들을까 싶어 내내 귀를 기울이다가 그만 소음에 익숙해진 것이다. 새벽이든 저녁이든 상관없이 계속되는 기계음, 끝없이 인쇄되어 나오는 보고서들, 검토를 마친 모든 인쇄물이 분쇄기에 의해 조각조각 잘리는 소리, 그리고 끊임없이 들려오는 대화 소리에 점차 익숙해졌다.

현욱은 모든 소음을 충분히 막을 수 있을 텐데도 그러지 않았다. 마치 승덕과 낙빈에게 모두 들으라는 듯이. 승덕은 그런 현욱의 행동이 다분히 의도적이라고 느끼면서도 그 소음에서 귀를 뗄 수가 없었다. 현욱의 의도보다 어린 미덕에 대한 걱정이 앞선 탓 이었다.

현욱은 때로 온데간데없이 사라졌다가 또다시 귀신같이 나타 나 세계 곳곳의 사람들과 연락을 주고받았다. 그는 언제나 침착 했고 어떤 감정의 동요도 없었다. 무슨 일이든 순식간에 판단했 고 미뤄두는 경우도 없었다. 그의 머릿속에 무엇이 들어 있는지 아무리 복잡한 일이 있어도 즉시 판단했고 즉각적인 명령이 이어 졌다. 그래서 그가 맡은 모든 일이 일사천리로 해결되는 것처럼 보였다.

언제나 담담하고 침착한 그의 표정에 승덕과 낙빈은 안도했다. 그가 저리도 철저히 모든 것을 총괄하는 이상 어린 미덕의 안전 도 보장될 테니까. 낙빈과 승덕의 걱정은 조금씩 잦아들었다. 적 어도 오늘과 같이 그의 동요하는 목소리를 듣기 전까지는.

"특급 요원의 동원이 불가능하다고?"

언제나 침착하고 정확하게, 또 능수능란하게 모든 것을 일사천 리로 해결하고 보고받던 현욱의 목소리가 처음으로 날카롭게 갈 라졌다. 그는 평소보다 한층 목소리를 낮추었지만 오히려 승덕과 낙빈의 귀에는 더욱 잘 들렸다.

"특급 수행자 3인이 AT에 도착도 하기 전에 공격을 받아? …… 수호그룹이 전멸? 가톨릭의 열두 사제와 특급 수행자 두 명이 전 부란 말인가? ……1급, 2급은 필요도 없어. 특급 이하는 없는 거

나 마찬가지다. ……지금 당장 AT로 이동할 수 있는 특급 레벨을
전부 찾도록 해."

낮은 음성으로 웅웅대는 현욱의 목소리에는 분명 황망함이 섞
여 있었다. 그는 최대한 침착하게 말하려 했지만 그의 음성에 담
긴 언짢음은 숨겨지지 않았다. 간간이 이어지는 대화에 귀를 기
울여보니 무언가 상황이 급박해지고 있는 것이 분명했다.

"열두 사제 역시 전투에 특화된 사람들이 아니다. 그들은 수
호자 역할을 해줄 뿐. 특급 수행자들이야 목숨을 부지하겠지만
그곳에 있는 다른 레벨들은 전멸하고 만다. 그렇게 내버려둘 순
없어."

현욱은 이를 앙다물고 더 이상 말을 잇지 않았다. 모든 일을 순
식간에 처리하던 그가 지독히도 괴로운 표정으로 고개를 흔들고
있었다. 낙빈은 곁눈질로 달라진 현욱의 얼굴을 바라보며 그가
얼마나 깊은 고민에 빠져 있는지 느낄 수 있었다.

'전멸이라고? 분명히…… 특급 요원을 제외한 모두가 전멸된
다고 그런 거지? 그렇다면…… 그렇다면…… 미덕이는? 별 능력
도 없는 그 아이는? 그 꼬맹이는 어떻게 되는 거지?'

낙빈은 갑자기 등줄기에서 식은땀이 흐르기 시작했다. 미덕에
대한 걱정으로 가슴은 미친 듯이 두방망이질하기 시작했다. 불안
한 마음에 입안이 바짝바짝 말라왔다. 낙빈은 승덕의 얼굴을 바
라보았다. 승덕도 현욱의 말을 들었는지 얼굴이 굳어 있었다. 고
민에 빠진 두 사람의 눈이 서로 부딪혔다.

"도울 수 있는 자들의 명단을 보내라. ……아니, 부족해. 그 정도로는 감당할 수 없어. 어설픈 실력으로는 방패막이도 되지 못한다. ……중급 능력자는 제외해라. 나와 상급 요원 다섯 명이 여덟 시간 이내에 도착할 경우 예상 결과를 시뮬레이션하고 보고하라."

현욱은 누군가에게 명령을 내린 뒤 잠시 침묵했다. 그의 검은 눈썹이 더욱더 짙게 그늘졌다. 얼마의 시간이 지나지도 않아 그의 기기들이 응답하기 시작했다. 아마도 예상 결과를 시뮬레이션하라는 지시에 대한 답신인 듯했다. 그것들을 읽는 현욱의 표정은 점점 어두워졌다. 그는 다시 어딘가에 있는 수많은 부하들과 연락을 취했다.

"그녀가 AT에 도착하기까지 남은 시간은? ……그렇군."

이어폰 너머에서 들려오는 소리에 현욱은 두 눈을 지그시 감고 뭔가를 열심히 생각하는 모습이었다. 마침내 그의 비장한 목소리가 울려왔다.

"현재 동원 가능한 특급 엑시큐터들을 대기시킨다. 내 스케줄은 전면 조정한다. 내가 직접 지휘하고 직접 AT로 출발하겠다! 도착 시간은 지금으로부터 여덟 시간 후로 통일한다. 희생자는 감수한다. 탈출용 헬리콥터는 우리 측 특급 요원의 수에 맞춘다. 중급 이하의 요원은 포기한다. 교황청에 알려라. 이제 우리가 헤르메스의 창을 수호하겠다."

현욱은 모든 통신을 끝내고 위성안테나를 접었다. 그리고 그의 귀에 꽂혀 있던 이어폰을 빼내며 작은 한숨을 내쉬었다. 그는 검은 기기들을 다시 가방 형태로 척척 접어서는 곧장 자리에서 일어섰다. 어느 때보다도 기민하고 재빠른 움직임이었다.

"아저씨! 현욱 아저씨!"

낙빈은 그가 또다시 눈 깜짝할 사이에 사라져버릴 것을 직감하고는 헐레벌떡 현욱을 불러세웠다.

"미덕이는요? 미덕이는 어떻게 되는 거예요, 네? 엿들어서 죄송하지만 뭔가 위험한 일이 일어나고 있는 것 맞죠? 그리고 미덕이가 거기 간 거 맞죠?"

낙빈은 분연히 일어서는 현욱의 한쪽 소매를 붙잡고 애타게 물어보았다. 벌써 눈이 그렁그렁한 것을 보면 미덕에 대한 걱정이 가득한 게 분명했다. 몇 달 되지 않았지만 암자에서 한 식구처럼 지내는 동안 낙빈은 어느새 미덕이 제 진짜 동생처럼 느껴졌다. 때로는 거추장스럽고 보기 싫다가도 어디 조금이라도 다치고 깨지는 건 못 보는 오빠의 심정이었다.

"아저씨, 미덕이는요!"

현욱은 커다랗고 불안한 눈으로 자신을 바라보는 낙빈의 눈을 한동안 쳐다보더니 마침내 반대편으로 눈을 돌리고 말았다. 그는 아무런 대답도 없이 낙빈을 피해 몇 발 더 걸어가더니 벌컥 방문을 열었다. 침울하게 사라지는 현욱의 뒷모습을 보며 낙빈은 심장이 툭 떨어지는 느낌이었다.

현욱이 아무 말도 하지 않았지만 미덕이 그 위험한 곳에 간 것이 분명했다. 신성한 집행자들의 특급 요원들만 겨우 살아남을 수 있다는 그 무시무시한 곳에 어리고 멍청한 미덕이 있는 게 틀림없었다.

"아저씨, 안 돼요! 미덕이는 어떡해요? 우리 미덕이는……!"

낙빈은 속이 타서 그대로 현욱의 뒷모습만 바라볼 수는 없었다. 물론 남의 이야기를 내내 엿들은 건 미안한 일이지만 '특급 이하 모든 요원은 전멸한다'는 그의 말을 들은 이상 이대로 조용히 물러날 수만은 없었다.

"아저씨!"

낙빈은 마당으로 내려가려는 현욱의 검은 양복을 다시 와락 붙잡았다. 그가 이대로 사라져버릴 것만 같아서 심장이 쪼그라드는 듯했다. 현욱은 목이 쉬어라 부르짖는 낙빈의 목소리에 천천히 고개를 돌렸다.

그곳엔 눈물이 그렁그렁한 낙빈 외에도 팔짱을 끼고 생각에 잠긴 승덕이 서 있었다. 소란스러운 낙빈의 목소리에 정희와 정현까지 옆방 문을 열고 나와 현욱을 바라보고 있었다. 모두의 얼굴에 수심이 그득했다. 모두가 이틀 전에 암자를 떠난 미덕을 걱정하는 것이었다.

"위험한 곳이라면서요? 거기에 미덕일 보낸 거죠? 왜 그 아이를…… 그 아이를 데려오세요. 그 아이를 돌려보내주세요."

낙빈은 울지 않으려 했지만 자꾸만 눈물이 고이는 것을 막을 수가 없었다. 자꾸만 맑은 물이 넘쳐 시야를 가렸다. 낙빈은 현욱의 옷자락을 잡지 않은 한 손으로 얼굴을 쓰윽 닦았다. 하얀 한복으로 맑은 물이 스며들었다.

"미덕이가 비록 어리기는 하지만 신성한 집행자들입니다. 그 아이 역시 우리의 명령에 따라 움직일 겁니다. 개인적인 감정으로 아이를 이동시킬 수는 없습니다. 그럼 나는 이만."

현욱은 낙빈의 얼굴을 보지 않고 담담하게 말했다. 그는 애써 낙빈 등을 외면하며 반대편으로 걸음을 옮겼다. 하지만 낙빈은 그의 양복 자락을 놓지 않았다. 결국 현욱이 마당을 서너 걸음 내려가자 낙빈은 하얀 맨발로 질질 끌려가고 말았다.

"기다려요. 미안하지만 우리도 가야겠습니다."

마침내 승덕이 현욱을 향해 선언하듯 또박또박 말했다.

"당신들 신성한 집행자들의 특급이니 1급이니 하는 초능력자들의 실력이 어느 정도인지는 모르지만 당신이 이렇게 우리 뒤를 졸졸 따라다니는 걸 보면 우리 실력도 뒤떨어지지는 않을 겁니다. 그러니 우리도 가겠습니다. 위험에 빠진 미덕이를 모른 척할 수는 없으니까!"

승덕의 얼굴은 매서웠다. 어떤 설득으로도 협박으로도 바꿀 수 없는 얼굴이었다. 목에 칼이 들어와도 뜻을 굽히지 않겠다는 의지가 온몸에 넘쳐흘렀다. 단단한 고집쟁이의 얼굴이었다.

"이건 신성한 집행자들의 일입니다."

현욱은 어깨를 으쓱거리며 고개를 가로저었다.

"그리고 미덕이의 일이기도 하지요."

승덕은 물러서지 않았다.

"당신들이 상관할 바가 아닙니다."

"암자에 들어온 이상 우리가 상관해야 할 일이 되었습니다."

승덕은 한 발도 물러날 기색이 아니었다.

"지독히 위험한 일입니다. 목숨을 부지할 수 있을지 장담할 수도 없는."

"그런 곳에 우리 암자 식구 하나가 갔고요."

이제 승덕은 신발까지 신고 앞마당으로 내려섰다. 승덕에 이어 정희와 정현까지 뒤를 따랐다. 모두들 조금도 물러설 기색이 아니었다.

"무관한 사람들을 끌어들일 수는 없습니다."

현욱도 버텼다.

"관련이 있으니 간다고 하는 겁니다."

그의 앞에 선 승덕의 얼굴은 더욱 고집스러웠다.

"우리는 일종의 전쟁 상태입니다. 문제를 해결하기 위해 신성한 집행자들의 명령에 따라야 합니다. 그럴 수 없다면……"

"미덕이를 구할 때까지 한시적으로 당신들의 요구를 따르겠습니다. 어떤 일인지 몰라도 우리가 방해되진 않을 겁니다."

낙빈은 한 치의 물러섬도 없이 현욱을 몰아세우는 승덕을 보며 마음속으로 탄성을 질러댔다. 마침내 현욱이 포기한 듯 설설 고개를 저어대자 낙빈은 꼭 쥐고 있던 그의 양복 자락을 놓았다.

"난 당신들의 안위를 책임질 수 없습니다."

"우리 안위는 우리 스스로 지킵니다."

"출발하면 일이 해결될 때까지 돌아올 수 없을 겁니다."

"우리도 미덕이를 찾을 때까지 돌아올 생각이 없습니다."

"위험천만한 곳에 스스로 뛰어들겠단 말이오?"

"그 위험한 곳에 우리 아이가 있으니까요."

승덕은 한마디도 지지 않고 현욱의 말에 척척 대꾸했다. 현욱은 도저히 고집을 꺾을 것 같지 않은 승덕의 얼굴을 쳐다보더니 결국 포기한 듯 이어폰 하나를 귀에 꽂았다. 그러고는 저 멀리 누군가에게 빠르게 명령을 내렸다.

"이동 인원을 변경하겠다. 추가 요원 4인을 등록한다. 나와 함께 AT로 이동하겠다. 준비하도록."

그의 명령에 따라 저 멀리서는 아마도 분주한 움직임이 시작되었을 것이다.

"너희……."

낙빈의 옆에서 천신의 한숨 같은 음성이 들렸다. 갑작스럽게 먼 길을 떠나게 된 일행을 언제부터인지 조용히 내려다보던 천신이 천천히 고개를 흔들었다. 아이들을 붙잡지는 않아도 염려하는 눈빛이 그득했다.

"스승님……."

승덕도 낙빈도 그런 스승의 얼굴을 보니 어쩐지 죄송한 마음이 들었다. 한마디 의논도 없이 덜컥 일을 벌인 것이 너무나 죄스러웠지만 미덕을 생각하면 어쩔 수가 없었다. 천신은 승덕과 낙빈,

정희와 정현의 얼굴을 하나하나 바라보았다. 아무런 말도 없이 천천히 그들을 바라보는 속 깊은 눈에 어떤 생각이 숨어 있는지 감을 잡기 힘들었다.

천신은 모호한 표정으로 현욱을 바라보았다. 현욱 역시 그런 천신의 눈을 쳐다보았다. 두 사람은 단지 바라보는 것만으로도 많은 이야기를 나누는 것만 같았다.

"너희의 생각이 그러하다면…… 다녀오너라. 너희를 막을 수는 없겠구나."

"감사합니다, 스승님."

승덕과 낙빈, 정희와 정현은 마당에 엎드려 천신에게 절을 했다. 그리고 변변한 짐도 하나 챙기지 못한 채 곧장 현욱을 따라나섰다. 그들은 이것저것 따지고 살피는 건 잠시 미뤄두고 어린 미덕만 생각하며 그렇게 낯선 길에 올랐다.

4

일행이 산을 내려오기 무섭게 현욱과 일행을 기다리는 이들이 있었다. 검은 양복을 입은 남자들이 커다란 검은 세단을 산 앞에 대기시켜두었다. 낙빈 일행은 차에 올라탔고, 현욱은 예전에 보았던 앞뒤에 바퀴가 두 개씩 달려 있는 육중한 오토바이에 올라탔다. 검은색 티타늄 머플러가 두껍게 드리워진 은색 프레임의 오토바이는 거대하면서도 늘씬했다.

낙빈 일행이 올라탄 세단과 현욱의 오토바이가 동시에 출발했다. 처음에는 세단이 앞서는 듯했지만 얼마 지나지 않아 거센 엔진 소리를 내며 현욱의 오토바이가 저 멀리로 사라져버렸다.

세단에는 운전석이 있는 앞쪽과 손님들이 타는 뒤쪽을 나누는 검은 유리문이 있었다. 손님들의 대화가 운전석까지 들리지 않도록 비밀 유지를 위해 만들어놓은 장치 같았다. 리무진만큼이나 크고 긴 좌석은 앞뒤로 네 사람이 마주 보기에 충분할 정도로 넓고 쾌적했다.

"우릴 두고 가버린 건 아니겠죠?"

현욱이 사라지자 낙빈은 문득 불안감이 치솟았다.

"아닐 거야. 헛소리를 하는 사람은 아니니까. 아까 분명히 우리 네 명의 이동 준비를 하라고 했잖아."

승덕은 천천히 고개를 흔들었다. 먼저 사라진 현욱이 일행을 두고 움직일 것이라고는 생각되지 않았다. 오히려 이렇게 순순히 일행의 부탁을 들어준 것이 더 이상했다.

"그것보다는…… 우리가 그 사람의 술수에 넘어간 게 아닌지 모르겠다. 이렇게 순순히 우리를 데려가는 것이 어쩐지 꺼림칙하다. 그 사람 말대로 전쟁터와 같은 곳에 우리를 데려가는 것이 이해되지 않아. 아무리 부탁해도 전쟁터에 일반인을 데려가는 게 말이 되냐?"

승덕은 턱을 괴고 생각에 빠졌다. 아무리 생각해도 현욱은 그들이 이렇게 나설 것을 예상한 것으로밖에는 생각되지 않았다. 그는 암자 식구들이 이런 행동을 하도록 의도적으로 미덕을 위험한 곳에 보낸 것일지도 몰랐다. 그러기 위해 아무것도 모르는 미덕과 암자 식구들이 정이 들도록 미리 미덕을 혼자 암자에 떨어뜨려놓은 게 아닌가 하는 의심도 들었다. 현욱은 아무런 의도나 생각이 없는 순수한 미덕을 교묘히 이용하고 있는 듯했다.

낙빈도 언뜻 이해되지 않았다. 아무리 낙빈과 일행이 특별한 능력을 갖고 있다고 해도 신성한 집행자들 중에도 특급 요원들만 가는 곳에 그들을 순순히 데려간다는 것 자체가 조금은 이상했다.

"오빠 말대로 저도 이해되지 않는 구석이 있어요. 하지만 미덕이를 생각하면……."

정희도 승덕의 말에 고개를 끄덕였다.

"하지만 지금은 미덕이만 생각하기로 해요. 그 수밖에 없어요, 오빠."

"그래, 이용당한다고 해도 어쩔 수 없지. 지금은 미덕이만 생각하자. 미덕이만 구하면 그곳을 빠져나오자."

승덕은 정희의 말에 고개를 끄덕였다. 의심스럽다고 해도 어린 미덕을 모른 척할 수는 없었다. 여러 가지 생각이 꼬리에 꼬리를 물었지만 미덕을 생각하면 결론은 하나였다. 특급 요원 외에는 전멸할 수밖에 없는 그곳에 직접 가서 미덕을 보호하고 무사히 암자로 데려와야 한다는 결론.

한참 동안 차를 달려 도착한 곳은 도시 외곽에 있는 공장 건물이었다. 그 거대한 건물은 유독 담장이 높았다. 알고 보니 거대한 사각형으로 이어 붙어 있는 담장 자체가 거대한 건물이었다. 어쩐지 을씨년스러워 보이는 건물에는 흔한 창문 하나 없었다.

단단한 성벽과도 같은 한쪽 면에 거무튀튀한 색상의 거대한 철문이 있었다. 철문은 검은 세단이 다가가자 마치 자동문처럼 위쪽으로 스르르 올라가기 시작했다. 육중한 철문이 소리를 내며 올라가자 세단이 미끄러지듯 그 안으로 들어섰다. 자동차가 들어서자마자 철문은 아래쪽으로 단단히 닫혔다.

답답해 보이던 공장 건물 안쪽으로 들어서자 시원스럽게 뚫린 잔디밭이 나타났다. 잔디밭 사방으로 십자 형태의 도로가 이어졌고 도로의 양옆으로 수많은 문이 있었다. 높다란 벽이 사방으로 막혀 있어서 그 내부는 더욱더 규모가 크게 느껴졌다.

세단이 건물 한쪽에 멈춰 서자 단정한 검은 양복 차림의 남자 둘이 뛰어나왔다. 그들은 자동차의 양쪽 문을 열고 일행이 내리도록 도와주었다. 차에서 내린 일행은 몇 가지 검사를 받고 건물 안으로 들어갔다.

"도착했군요."

일행이 건물 안으로 들어서자 또 다른 검은 양복 차림의 서너 명과 이야기를 나누던 현욱이 다가왔다. 그는 일행보다 훨씬 먼저 도착한 모양이었다. 암자에서도 그랬듯이 그는 자신에게 모여드는 사람들에게 바로 명령을 해댔다. 한시도 쉴 틈 없이 수많은 사람이 현욱을 향해 모여들었다.

모든 일을 마친 현욱은 일행에게 목걸이 같은 것을 내밀었다.

"받으시죠."

투명한 유리문으로 통로 곳곳이 막힌 건물을 통과하려면 개인별로 출입 카드가 필요했다. 그런데 언제 마련했는지 현욱은 낙빈과 승덕, 정희와 정현에게까지 각자의 얼굴이 새겨진 네모난 출입 카드를 건네주었다. 목걸이 형태의 출입 카드를 목에 걸자 그들은 비로소 건물 통로를 지날 수 있었다.

이러한 전자장치를 통해 이 건물에 들어온 누구라도 신분이 확인되고 위치가 파악되는 모양이었다. 허가를 받지 않은 사람은 이 건물 안에서 단 1미터도 움직이는 것이 불가능해 보였다. 건물에 들어선 순간부터 모든 사람은 어디에서 누구를 만나는지 모두 체크되고 제어되는 구조였다.

"먼저 전용 비행기를 타야 합니다. 자세한 이야기는 비행기에서 하도록 하겠습니다."

현욱은 일행을 이끌고 건물 반대편으로 빠져나갔다. 통로를 지나 전면에 투명한 유리벽이 있는 곳에 다다르자 눈앞에 중소형 비행기 석 대가 눈에 들어왔다. 그뿐 아니라 비행기 앞으로 쭉 뻗은 도로까지 갖추어져 있는 모습이 마치 작은 공항 같았다.

"어, 지금 여권이 없는데요?"

중국 여행을 통해 여권 없이는 해외로 나갈 수 없다는 것을 알게 된 낙빈이 불안한 기색으로 일행을 바라보았다. 다른 암자 식구들도 여권을 챙겨오지 않은 것은 마찬가지였다.

"괜찮습니다. 우리가 모두 처리해두었습니다. 지체할 것 없이 비행기를 탑시다. 우리의 목적지는 태평양에 있는 섬입니다. 우선 가까운 대륙까지 전용 비행기를 타고 가서 헬리콥터로 이동하겠습니다."

그는 재빠른 걸음으로 앞서 걸었다. 소형 엘리베이터를 타고 투명한 유리벽 옆으로 내려가자 비행기 착륙장과 이어지는 길이 나타났다.

현욱과 낙빈 일행, 그리고 검은 양복 차림의 몇몇이 함께 중형 비행기에 올라타기 시작했다. 높은 사다리를 올라 비행기 안에 들어서자 일반 비행기와는 급이 다른 광경이 눈앞에 펼쳐졌다.

비행기 안으로 들어서자마자 밝은 베이지색 카펫과 연푸른 펄로 장식된 작은 홀이 나타났다. 홀에는 바닥에 고정된 작고 하얀 테이블과 벽을 빙 둘러싼 베이지색 붙박이 소파가 있었다. 비행기 안이 아니라 고급 호텔의 라운지 같은 분위기였다.

홀 안쪽으로 들어가자 널찍한 개인 좌석이 나타났다. 개인 좌석은 일반 비행기 좌석과 달리 달걀 껍데기 모양의 크고 둥근 공간에 편안하고 폭신해 보이는 하얀 의자가 서로를 방해하지 않도록 멀찍이 떨어져 있었다. 각각의 공간 사이에는 반투명한 유리막이 있고, 유리막 아래로는 커다란 모니터와 개인용 조명, 그리고 작은 테이블이 마련되어 있었다.

"이쪽으로 앉으십시오."

비행기 안에서 기다리고 있던 두 명의 검은 양복이 다가와 일행의 좌석을 알려주었다. 모두들 널찍하게 떨어진 개인 좌석에 등을 기댔다.

승덕은 잠시 이 신기한 전용 비행기에 정신을 빼앗겼다. 그 때문에 승덕은 현욱이 사라진 것을 나중에야 알아차렸다. 아마도 비행기에 들어서는 순간 그는 조종석이 있는 비행기 앞부분으로 이동한 모양이었다.

'동방지부장이라고 했지…….'

승덕은 미덕이 말해준 현욱의 직위를 되뇌어보았다. 그의 위치가 신성한 집행자들 사이에서 어느 정도나 되는지는 알 수 없었다. 하지만 이 거대한 전용기가 그를 위해 즉시 준비되고 모든 사람이 그의 명령에 따라 일사천리로 움직이는 것을 보면 그가 얼마나 높은 권위를 가지고 있는지 짐작할 수 있었다.

"5분 후 출발하겠습니다. 안전벨트 매는 걸 도와드리죠."

두 명의 검은 양복이 어리둥절한 낙빈 일행을 앉히고는 직접 안전벨트까지 매주었다. 낙빈은 하얀 의자에 몸을 기댔다. 그러자 낙빈이 움직이는 대로 좌석의 뒤쪽이 조금씩 움직이고 맞춰지는 것이 느껴졌다. 마치 사람이 가장 편안할 수 있도록 의자가 살아 움직이는 것만 같았다. 신기함과 편안함에 앞으로의 일에 대한 불안감도 잠시 사라졌다.

모든 일은 모두의 생각보다 한 발씩 빨리 진행되었다. 비행기에 올라 이륙 신호를 받고 하늘로 날아오를 때까지 암사 식구들이 의심하거나 후회하거나 뒤돌아볼 시간은 없었다. 모든 일이 일사천리로 진행된 까닭이었다. 마치 모든 것이 준비되어 있었던 것마냥.

"비행기가 안정 기류에 진입했습니다. 회의실로 이동해주시죠."

얼마 후 검은 양복들이 나타나 일행을 비행기의 앞부분으로 이끌었다. 일행은 개인 좌석에서 일어나 좀 전에 지나왔던 호화로운 홀을 지나쳤다. 홀 한쪽에 있는 베이지색 칸막이 문을 열고 들어가자 선수船首 쪽으로 공간 전체가 확 트인 넓은 회의실 같은 곳이 나타났다.

회의실에는 기다란 테이블이 있고 테이블을 중심으로 양편에 다섯 개씩 열 개의 안락의자가 준비되어 있었다. 비행기 특성상 모든 것이 바닥에 단단히 고정된 상태였다. 넓은 회의실의 가장 앞쪽에는 커다란 모니터가 있었다.

"앉으시죠."

검은 양복 차림의 남자 두 명이 빈 좌석으로 일행을 이끌었다. 기다란 테이블을 사이에 두고 한쪽에는 이미 사람들이 앉아 있었다. 머리끝부터 발끝까지 검은색 수트로 온몸을 감싼 남자, 흰 터번을 머리에 두르고 기다란 옷을 걸친 사람, 두꺼운 안경을 쓴 학자 타입의 중년 남자도 보였다. 또 한 남자는 얼굴을 가리는 세모난 삿갓을 쓰고 빛바랜 푸른빛의 헐렁한 도복을 입었으며 기다란 지팡이 같은 것을 두 손에 단단히 붙잡고 있었다.

뒤늦게 들어선 일행은 그들의 맞은편 좌석에 승덕부터 낙빈, 정희, 정현의 순서로 나란히 앉았다. 의자에 다가간 순간부터 낙빈은 가슴이 꽉 막히는 것을 느꼈다. 심지어 영력이 전혀 없는 승덕까지 이상한 느낌에 속이 울렁거렸다.

이미 회의실에 앉아 있던 네 명은 너나없이 매우 강한 기력을 내뿜고 있었다. 그들 앞에 앉아 있는 것만으로도 낙빈은 작게 쪼그라드는 느낌을 받아야 했다.

일행이 앉자마자 선수의 작은 문에서 현욱이 나타났다. 그는 냉정하고 침착해 보이는 얼굴로 좌석에 앉은 사람들을 하나하나 쳐다보았다.

"반갑습니다."

현욱은 거대한 힘이 풍겨 나오는 이들에게 기가 죽기는커녕 아무렇지도 않은 듯 목례를 하고 천천히 모니터 앞으로 걸어갔다.

"이제부터 모든 정보를 공유하겠습니다. 앞에 있는 이어폰을 착용해주십시오."

현욱의 말에 따라 테이블 앞에 모인 사람들은 저마다 좌석의 팔걸이에 걸린 하얀 이어폰을 귀에 꽂았다. 고급스러운 전용기 회의실에서 현욱은 그저 서 있기만 해도 이상할 정도로 돋보였다.

"시간이 촉박하고 사건이 심각해서 서론은 생략하고 본론으로 들어가 발단과 전개 과정을 말씀드리겠습니다."

현욱은 차갑고 공식적인 말투였다. 그는 굳은 얼굴과 날카로운 눈빛으로 사람들을 하나하나 바라보며 말 한마디, 한마디가 귀에 박히도록 또렷하게 이야기했다.

"현재 3인의 특급 수행자들과 특급 수호그룹, 그리고 가톨릭회 조사원을 비롯한 일부 요원들을 현장에 급파한 상태입니다. 여러분은 이제부터 사건에 대한 설명을 들은 뒤 능력별로 나뉘어 임무를 수행하게 될 것입니다. 현재 우리는 타깃이 AT로 들어오는 것을 봉쇄하는 중이지만 모의 시뮬레이션 결과 그들의 침입을 막을 수 있는 시간은 고작 두 시간 40분 내외입니다."

현욱은 사람들을 쭈욱 훑어보다가 마지막으로 낙빈 일행 쪽을 바라보았다. 항상 빙글빙글 묘한 웃음을 지으며 속을 비치지 않던 이 남자의 눈빛이 평소와 달리 어쩐지 차갑고 무섭다는 느낌이 들었다.

갑자기 천장에 달린 작은 할로겐등이 꺼지고 현욱의 뒤에 있는 커다란 모니터만 푸른빛을 뿜었다.

모니터에 나타난 첫 번째 영상은 새하얀 성모상이었다. 섬세하고 고운 선이 돋보이는 아름다운 조각이었다. 그런데 잠시 후 성모상 뒤에서 연기가 모락모락 피어올랐고, 새하얀 조각상의 두 눈에서 진한 피눈물이 흘러내리기 시작했다.

낙빈은 너무나도 아름다웠던 조각상이 순식간에 핏물로 범벅이 되는 것이 무섭고 두려웠다. 실제가 아닌 녹화한 영상인데도 그 안에서 느껴지는 서글픔, 분노, 괴로움, 고통 등 끔찍한 감정들에 몸이 떨렸다. 낙빈은 온몸에 퍼지는 한기를 주체할 수 없어 부르르 어깨를 떨었다.

그때 누군가가 낙빈의 어깨를 꼬옥 쥐어주었다. 떨리는 어깨를 꼬옥 쥐어주는 가냘픈 손은 정희의 것이었다. 정희는 낙빈을 보며 괜찮다는 듯이 고개를 끄덕였다. 작은 고갯짓 하나였지만 낙빈은 마음속 깊이 따뜻한 감정이 피어오르는 것을 느꼈다.

"한국의 충남 입장에서 일어난 성모 발현입니다. 성모상의 온몸에 고온의 수증기가 피어올랐습니다. 성분을 분석한 결과 체액과 땀 성분으로 확인되었습니다. 두 눈에서 흐르는 것은 순수한 인간의 피로 확인되었습니다."

화면이 바뀌고 또 다른 성모상이 나타났다. 좀 전의 성모 마리아상은 곧게 서 있는 입상인 반면 이번 것은 무릎을 꿇고 기도를 드리는 좌상이었다. 이 아름다운 좌상에서도 땀처럼 뻘뻘 물이 흘러내리더니 마침내 두 눈에서 핏물이 줄줄 흘러내렸다.

"콜로라도 덴버에서 목격된 성모 발현입니다. 온몸에 향유가 흘러넘쳤고, 역시 피눈물을 흘렸습니다."

화면은 다시 바뀌어 또 다른 지역의 기이한 성모상들이 연속으로 비쳐졌다.

"캘리포니아 샌디에이고에서 일어난 발현입니다."

모든 것이 너무나 괴상한 모습이었다. 성모상의 발현 외에도 공중을 떠다니는 성체, 땀을 흘리는 십자가, 피눈물을 흘리는 예수상 등 수십 개의 장면이 눈앞에서 흘러갔다.

"모든 사건은 정확히 20일 전부터 시작되어 현재까지 계속되고 있습니다. 성상들은 지금까지 멈추지 않고 피눈물과 향유를 흘리고 있으며, 공중에 떠 있는 성체 역시 허공에 멈춰 내려오지 않고 있습니다. 교황청과 SAC가 요원들을 급파해 조사한 결과 모두 초능력이나 자연현상이 아닌 순수 기적, 순수 초자연현상이라는 결론에 도달했습니다. 보통 이러한 초자연현상이 일어날 때는 예언이나 징표가 뒤따릅니다. 이번 사건도 예외 없이 각 성당마다 성모 발현의 순간 성모의 메시지를 받았다, 혹은 예수의 예언을 받았다는 사람들이 나타났습니다. 이들의 발언에는 대체로 몇 가지 공통점이 있었습니다. 메시지를 받았다는 사람들의 이야기를 들어보겠습니다."

이번에는 스크린에 예언을 받았다는 사람들의 모습이 비쳐졌다. 그들 모두 국적이 달랐지만 이어폰을 낀 일행의 귀에는 그들의 말이 자국어로 번역되어 들렸다. 첫 번째로 나타난 사람은 아주 뚱뚱한 30대 필리핀 여성이었다. 그녀는 피눈물을 흘리는 성모상 아래에서 마치 자신이 성모 마리아인 양 두 손을 모은 채 말했다.

"슬프다, 나의 피와 땀과 눈물을 보아라. 내 아들 예수의 찢어진 심장을 보아라. 인간의 죄악으로 세상이 점점 혼란스러워지니 내 아들의 심장이 계속하여 찢기는구나. 아들의 심장은 죽은 인간들과 살아 있는 인간들을 연결하는 통로이니 그 심장이 찔릴 대로 찔리고 찢어질 대로 찢어져 더 이상 견뎌낼 재간이 없구나! 사악한 뱀이 혀를 날름거리는구나. 머리가 둘 달린 사악한 뱀을 깨우는 자 누구인가? 누군가가 그 뱀을 깨우니 내 아들의 심장이 터질 듯하구나. 시체가 뱀과 그 뒤를 따르는 배고픈 이들의 먹이가 되겠구나. 달빛이 붉게 물드는 그날 끔찍한 일이 벌어지리니……"

화면이 바뀌더니 무척이나 긴 머리의 동양인 여성이 나타났다. 그녀의 등 뒤로 치렁치렁 흘러내린 머리카락처럼 그녀의 눈에서도 쉴 새 없이 눈물이 쏟아져 내렸다. 그녀 역시 마치 자신이 성모 마리아인 양 말하고 있었다.

"너희는 사제들을 위해 끊임없이 기도하라. 사제들은 지금 바람 앞의 등불이구나. 이 세상이 죄악으로 썩어가고 있다. 내 아들과 사제를 위해 기도해다오. 사제들이 계속 유혹을 당하고 있다. 그들을 보호하기 위해서는 영혼이 헐벗은 자, 굶주린 자, 목마른 자를 입혀주고 먹여주며 갈증을 달래줘야 하느니라. 금단의 과일을 훔친 뱀이 선악과를 입에 물고는 한없이 배고픈 자들을 유혹하는구나. 그들이 배고픔에 허덕이고 있으니 그것을 이용해 괴롭히는구나! 나는 무서워 떨고 있다. 나를 위로할 자가 누구냐? 나는 추워서 떠는 것이 아니라 곧 다가올 계시의 날이 두려워서 떠는 것이다. 죽은 자가 일어나 산 자의 자리를 대신하리니, 너희는 부디 기도하라. 기도하고 또 기도하여 너희의 생명과 내 아들의 생명을 구해다오. 다시는 이 지상에 사악한 뱀이 고개를 들지 못하게 해다오."

다시 화면이 바뀌고 이번에는 남자가 나타났다. 그는 온 얼굴에 땀을 뻘뻘 흘리면서 두 눈을 감고 신들린 듯이 이야기를 토해냈다.

"아들아, 사랑하는 아들아! 내 말을 잘 들어라. 나는 세계 각처에서 눈물로 호소해왔다. 그러나 내 아들 예수를 위해, 또 나를 위해 함께 고통에 동참하며 회개에 바쳐질 영혼들을 찾기가 힘이 드는구나. 더 많은 기도와 희생과 보속과 청빈, 그리고 극기로써 고통을 봉헌해라. 너로 인해 이 세상에서 영원히 사라져야 할 빛이 다시 움틀지 모른다. 이 세계의 마지막 순간이 다가오는구나. 마지막의 기운이 느껴지는구나. 봉인이 하나하나 벗겨지면 적그리스도가 눈앞에 나타나리니. 달이 핏빛으로 붉게 물드나니! 사랑하는 아들아, 나는 너를 위해 눈물을 흘린다. 부디 지켜다오. 뱀의 머리를 사악한 것으로 만들지 말고 그것을 선하게 사용해다오. 시체가 일어나 돌아다니게 하지 말고 부디 평안한 잠에 빠지도록 해다오!"

네 번째로 나타난 것은 금발의 여학생이었다. 눈을 흡뜬 짧은 단발머리의 여학생은 예언의 말을 좔좔 내뱉었다. 그녀의 말은 무척이나 숨 가쁘고 안타까운 느낌을 주었다.

"이 세상에 죄악이 너무 많아 성부聖父의 의노義怒가 극도에 치달았다. 딸아, 나는 너와 네 가족에게 내 영을 불어넣고 그 빛이 강물처럼 흘러내려 나를 모르는 이들이 나를 알게 되어 내 말을 믿고 그분의 노여움을 달래주기 바란다. 도와다오. 부디 나를 도와다오. 그분이 만드신 또 다른 존재가 이 세상과 저세상의 경계에 서서 열쇠가 되는 그 뱀의 머리를 가지려 하는구나. 너희는 그것들로부터 열쇠를 지킬 자들을 불러모아라. 그리고 부디 두 세상의 경계를 지켜다오. 그 경계가 무너지는 순간 말세의 봉인이 뜯어질지니, 너와 네 가족이 사는 세계가 멸망할지니, 목숨을 걸고 지켜라. 목숨을 걸고 지켜라! 목숨을 걸고 지켜라! 목숨을 걸고 지켜라!"

'지켜라', '지켜라' 하고 부르짖는 그녀의 목소리는 마치 피맺힌 절규와도 같았다. 그리고 다음 순간 '목숨을 걸고 지켜라'를 반복하는 여학생의 모습이 사라지고 검은 화면만 스크린을 가득 메웠다.

"잘 들으셨습니까?"

현욱은 두 팔로 단상의 모서리를 단단히 잡고 좌중을 노려보았다.

"이것이 바로 성모 발현과 함께 나온 예언의 일부입니다. 예언들을 분석한 결과 몇 가지 공통점을 발견했습니다.

첫째, 화자의 뉘앙스입니다. 보시다시피 하나같이 급박하고 조급하게 서두르는 기색을 보이고 있습니다. 예언의 내용 역시 '서둘러라', '어서 지켜라', '어서 행동하라'는 식으로 어서 무엇인가를 하라는 명령과 부탁이었습니다.

둘째, 그렇다면 무엇을 하란 말인가? 각 예언마다 표현하는 바가 조금씩 다릅니다. 아들인 예수의 심장이 찢기니 이것을 기워달라. 예수와 사제들을 보호해달라. 이를 위해 영혼이 헐벗고 굶주리고 목마른 자를 입혀주고 먹여주며 갈증을 해소시켜주라, 봉인이나 열쇠를 지켜달라, 세상의 경계를 지켜달라는 등의 내용이었습니다.

셋째, 각 예언에 등장하는 공통된 단어들을 열거해보았습니다.

그러자 대부분의 예언에 빠짐없이 나오는 것이 바로 '뱀', '시체', '말세'♦, '죽은 자와 산 자의 경계', '두 가지 세상', '붉은 핏빛의 달' 등이었습니다.

그럼 이 예언들을 통해서 알리고자 하는 바가 무엇인가? 바로 그 문제를 지금부터 풀어보겠습니다."

현욱이 손짓하기 무섭게 이번에는 마구 파헤쳐진 붉은 흙덩이가 스크린에 나타났다.

"한국 지부에서 촬영한 영상입니다. 무덤이 파헤쳐지고 시체가 도난당한 모습입니다. 현재 한국 내에서 밝혀진 것만 70여 건의 시체 도난 사건이 있었습니다."

화면이 바뀌면서 흰 십자가가 박힌 너른 잔디밭이 나타났다.

"영국 요크셔의 공동묘지입니다. 사회적인 파장을 생각해 극비리에 조사한 결과 이 공동묘지에서만 무덤이 파헤쳐지고 시체가 사라진 증거가 30여 건 발견되었습니다."

뉴질랜드와 캘리포니아 등지의 시체 도난 자료들을 좀 더 보여주고 나서 현욱은 굳은 얼굴로 다시 사람들을 둘러보았다.

"사라진 시체와 예언의 말들을 이어보십시오. 죽은 자와 산 자의 경계가 모호해진다. 시체가 벌떡 일어선다는 이야기들을 말입니다. 그 시체와 이 무덤들 사이에 어떤 관계가 있는 것 같지 않습니까? 훼손된 무덤들을 조사한 결과 단순히 삽질로 땅을 판 것이 아니었습니다. 숨기긴 했으나 희미한 주술력이 발견되었습니다. 가톨릭 법왕청과 우리 SAC의 조사 결과 이런 짓을 벌인 놈들이 원하는 바가 바로 '이것'이라는 결론이 나왔습니다."

이제 화면에는 황량한 섬이 나타났다. 비행기에서 찍은 것이라 섬이 어느 정도의 크기인지 짐작하기는 어려웠지만 무척 작을 것이라는 추측이 가능했다. 이유는 이 섬의 절반 정도를 차지하는 거대한 성당 때문이었다. 작은 섬에 있는 유일한 건물인 성당이 도대체 왜 이렇게 크고 웅대하게 지어져야 했는지 이해할 수 없을 정도였다.

"이 섬은 1911년 필리핀을 잿더미로 뒤덮은 피나투보 화산♦♦ 폭발 이후 새로 생긴 섬입니다. 대외적으로 알려지지 않은 섬이기에 현재 어떤 지도에도 나와 있지 않으며, 1911년 이후 가톨릭 교황청에서 비밀리에 점거하고 있습니다. 공식 명칭은 없고 신화의 섬 아틀란티스Atlantis♦♦♦를 따서 'AT'라는 약자로 불리고 있습니다."

이번에는 좀 더 가까이, 좀 더 확대되어 성당 건물이 비쳐졌다.

♦종말과 함께 죽은 자가 다시 살아난다, 죽은 자가 깨어난다는 식의 예언은 전 세계, 여러 종교에서 종종 발견되는 내용이다. 페르시아의 종말 신화 중 지혜의 신 오르마즈드의 예언, 이슬람 경전인 『하디스Hadith』의 예언, 『성경』 「요한계시록」(20장 11~15절)과 「이사야」 (26장 19~20절, 27장 1절)의 예언 등이 대표적이다.
♦♦1911년 필리핀을 잿더미로 뒤덮은 이후 1999년까지 20여 차례의 화산활동이 있었다. 가장 최근에는 화산 폭발과 함께 일식이 일어나 종말의 예언이 아니냐는 이야기가 나오기도 했다.
♦♦♦고대의 거대한 문명 제국이었으나 신의 노여움으로 일순간에 멸망하여 바닷속으로 사라졌다는 전설의 섬. 아틀란티스에 대한 최초의 언급은 플라톤의 「대화편」에서 찾을 수 있다. 아틀란티스가 한낱 상상의 산물임을 암시하는 증거들이 있는데도 그 실존 가능성에 대한 논란이 계속되고 있다. 과거 크레타나 트로이나 미노스의 유적처럼 신화나 전설로만 알려졌던 유적이 발견되면서 아틀란티스에 대한 기대감은 사라지지 않고 있다.

"이 대성당은 1917년에 세워졌습니다. AT섬은 가톨릭에서 관리하는 극비의 섬으로 열두 사제라 불리는 대사제만 머물고 있습니다. 그런 섬에 어울리지도 않는 거대한 성당이 지어진 이유는 무엇인가? 바로 이것 때문입니다."

이번에 화면에 나타난 것은 그림이었다. 그리스 신화나 로마 신화에서 보는 것과 같은 하늘하늘한 흰색 옷을 입고 금빛 술잔을 들고 있거나 두루마리의 글씨를 들여다보고 있는 일곱 명의 신화 속 인물이 그려져 있었다.

다시 화면이 밝아지면서 그 그림 속의 인물들 중 깃털이 달린 모자와 깃털이 달린 신발을 신은 옆모습의 남자에게 초점이 맞춰졌다.

그리고 또다시 화면이 밝아졌을 때는 그 인물이 들고 있던 막대 혹은 지팡이, 혹은 창에 초점이 맞춰져 있었다. 그가 들고 있는 창을 자세히 보니 다름 아닌 뱀이었다. 두 마리의 뱀이 서로 꼬여 있는 형상이었다.

"여러분이 보시는 것은 일명 '헤르메스의 창'이라 불리는 케리케이온◆입니다. 신화 속 인물인 헤르메스가 갖고 다녔다는 물건이지요. 이것이 이 모든 사건의 원인이라고 판단됩니다."

현욱의 목소리는 급격하게 낮은 저음으로 변했고, 그것은 어쩐지 사람들의 마음을 얼어붙게 하는 힘이 있었다. 두 마리의 뱀이 서로 몸을 비비 꼬아 만들어낸 길쭉한 창. 그것이 이 모든 사건의 원흉이라니, 대체 그림 속의 그것이 무엇이기에 온 지구가 들썩

거리는지에 모두의 관심이 집중되었다.

"신화에 나오는 헤르메스의 창이 발견된 것은 마욘 화산이 폭발한 이후였습니다. 화산 폭발과 함께 지각이 붕괴되면서 기적적으로 발견된 헤르메스의 창은 가톨릭 교황청으로 옮겨졌습니다.

신화 속 인물인 헤르메스가 사용한 물건인지는 모르지만 두 마리의 뱀이 엉켜 있는 형상의 창은 믿을 수 없을 정도로 강력한 영력을 가진 물건이었습니다. 당시 교황청 내부의 내로라하는 법왕청 주교들이 이 창을 지켰는데, 그들 모두 심각한 조현병♦♦ 증세를 보였다고 합니다. 마치 강력한 저주를 받은 것처럼 말입니다.

당시 그들을 지켜본 어느 주교는 '그들의 영혼은 마치 다른 세계로 끌려가버린 듯하다. 게다가 그들의 육체를 지배하는 것은 우리와는 전혀 알지 못하는 생소한 자의 영혼이 틀림없다'라고 쓰기도 했습니다.

이 사건을 계기로 당시 최고의 영능력자였던 세계 각국 5인의 원로가 자신의 생명력과 영력을 희생하며 이 창의 뱀들을 떼어놓았습니다. 그들의 말에 따르면 두 마리의 뱀이 서로 뒤엉켜 있는 것은 영계와 육계肉界가 엉켜 있음을 의미하는 것으로, 인간의 영계와 육계를 혼란스럽게 하는 치명적인 약점이 된다는 것이었습

♦그리스의 신인 헤르메스가 가지고 다녔다는 지팡이로, 두 마리의 뱀이 꼬여 있는 형태다. 중세에 뱀은 이브를 꼬드긴 사탄의 자식으로 여겨졌다. 때문에 뱀에 대한 반감이 매우 컸으며, 특히 머리가 둘인 뱀(한 몸에 머리가 두 개인 것은 과학적으로 단순한 기형에 불과하다)에게는 공포와 저주의 의미가 있다고 보았다.
♦♦사고장애나 인격분열 증상을 보이며 망상, 환청 등을 동반하는 정신장애 정신분열증을 지칭한다.

니다. 더욱이 당시 특급 예언자들은 뱀의 형상인 이 창이 종말의 서두를 알릴 중대한 열쇠라는 예지를 보였습니다.

결국 가톨릭 측은 이 위험한 영물을 당시 발견된 신생 섬인 AT에 가두고 결계를 쳐서 보호하기로 했습니다. AT는 섬 전체가 결계로 이루어진 그야말로 '결계의 섬'입니다. 그러나 아무리 강력한 결계가 있더라도 두 마리의 뱀이 함께 있는 것은 영계와 육계의 구분을 약하게 하므로 세계 최고의 영능력자인 다섯 명에게 한 마리의 뱀을 지키게 하고, 나머지 뱀은 AT섬에 가두어 가톨릭에서 지키기로 했습니다.

가톨릭 측은 비밀을 지키기 위해 다른 뱀의 행방은 위대한 5인의 영능력자에게 위임했습니다. 그리고 누구도 그들의 위치나 그 뱀의 행방에 관심을 갖지 말라고 당부했습니다. 그렇게 AT섬에는 이 창의 반쪽이, 그리고 어디인지 모를 곳에 창의 나머지 반쪽이 보관되었습니다.

헤르메스의 창이 이번 사건들과 연관되는 이유는 몇 가지가 있습니다. 첫째, 모든 예언이 유일하게 가톨릭과 관련된 곳에서만 나타났다는 점입니다. 역대로 중대한 사건에 대한 예언은 종교와 교파를 막론하고 나타났습니다. 그런데 유독 이 사건만은 세계 각국의 가톨릭계에서만 예언이 있었고 나머지 종교에서는 유사한 기적 현상이 일어나지 않았습니다. 그렇다면 일련의 사건들이 특별히 가톨릭계와 관련된 일일 것이라는 추측이 가능합니다.

둘째, 예언 중 '죽은 자가 일어선다', '산 자의 영혼이 혼돈된다'

는 부분은 바로 헤르메스의 창 본연의 능력과 연관된다는 점입니다. 예언에 나왔던 '죽은 자와 산 자', '영계와 육계', '두 가지 세계' 등의 말이 영계와 육계의 혼돈을 초래하는 이 창의 역할을 의미합니다.

셋째, 예언들이 '뱀'을 직접적으로 언급한다는 점입니다. 수십 개의 예언에 반복적으로 등장하는 뱀. 특히 어떤 예언에서는 거의 완벽하게 등장했던 '머리가 둘 달린 뱀'이 바로 헤르메스의 창을 의미한다는 것을 부정할 수가 없습니다.

넷째, 성모상의 발현과 예언을 통해 시간이 촉박하다는 사실이 드러났다는 점입니다. 이와 관련해 가장 의심스러운 것은 바로 열 시간 후에 있을 월식입니다. 달이 붉은색으로 물든다는 예언의 내용을 기억하십니까? 붉은 달이란 월식 중에 지구의 대기권이 달 주변의 빛을 굴절시키면서 나타나는 적월赤月 현상을 가리킵니다. 또한 앞으로 약 열 시간 후에 벌어질 월식이 관찰되는 유일한 지점이 바로 AT섬이라는 사실이 마지막 이유입니다.

이런 이유로 우리는 약 열 시간 후에 AT섬에서 월식이 시작되는 순간 헤르메스의 창을 노리는 자들이 나타날 것으로 확신하고 있습니다. 또한 이 전투는 우리 SAC와 지구의 운명에 매우 중대한 갈림길이 되리라고 확신하고 있습니다.

세계 각국에서 동시다발적으로 일어나는 수백 건의 시체 도난 사건으로 미루어보건대, 매우 유감스럽게도 우리는 다섯 명의 영능력자에게 맡겨졌던 헤르메스 창의 반쪽이 적의 손에 들어갔다고 판단하고 있습니다. 때문에 이승과 저승, 두 세계의 구분이 급격하게 흔들리고 있다는 분석입니다.

이제 우리는 대단히 위험한 전투를 치르게 될 것입니다. 위대한 5인의 영능력자가 감추어둔 반쪽의 창을 손에 넣은 자들을 상대로 우리는 전투를 치를 것입니다. 그들의 능력은 우리의 상상을 불허할 정도로 강합니다.

그러나 나는 특급 요원 여러분의 능력을 믿습니다. 여러분의 정신력과 능력을 통해 헤르메스의 창을 성공적으로 수호할 수 있을 것입니다. 이제 시간이 얼마 남지 않았습니다. 각자 지시에 따라 자신의 역할을 충실히 이행해주기 바랍니다.”

현욱은 한마디 한마디에 힘을 주며 테이블을 둘러싼 사람들의 얼굴을 하나하나 들여다보았다. 현욱의 설명을 들은 네 명의 특급 요원에게는 각각 누런 봉투가 건네어졌다. 임무를 부여받은 모두의 얼굴이 딱딱하게 굳어버렸다.

물어보고 싶은 것은 끝도 없이 많았지만 시간은 급박하게 흘러가고 있었다. 현욱 이하 모든 사람이 신속하게 다음 단계의 행동을 시작했다. 현욱은 설명을 마치자마자 또다시 여러 요원들 사이에 파묻히고 말았다. 그는 정신없이 바빠 보였다. 모든 것이 그의 판단과 명령에 달려 있는 것 같았다. 그런 분위기에서 누구도 섣불리 말을 꺼내지 못했다. 그것은 낙빈 일행도 마찬가지였다.

낙빈 일행은 현욱과 이야기를 나누고 싶었지만 그를 찾는 사람들이 줄을 서 있었다. 그는 검은 양복들 사이를 오가며 끊임없이 이것저것을 확인하고 명령했으며, 결국 낙빈 일행은 회의실을 빠져나와 홀 너머의 개인 좌석으로 이동할 수밖에 없었다.

좀 전까지만 해도 푹신한 의자에 앉으면 잠이 술술 올 것만 같았는데 피눈물을 흘리는 성모상을 본 이후로 낙빈은 아무래도 마음이 편하지 않았다. 초점이 맞지도 않는 눈으로 무언가에 홀린 듯 뱀과 종말에 대해 얘기하는 사람들의 모습도 눈앞에서 오락가락하고, 시체가 사라졌다는 빈 무덤들의 사진도 머릿속에서 떠나지 않았다.

결국 낙빈은 크게 한숨을 쉬고 난 뒤 길고 푹신한 개인 좌석에서 일어섰다. 그러고는 반투명한 칸막이 너머 승덕에게 다가갔다. 승덕은 잠이 든 건지, 생각에 잠긴 건지 좌석을 침대처럼 평평하게 눕히고는 눈을 감고 있었다. 낙빈은 승덕의 발치에 다가가 푹신한 베이지색 카펫 위에 철퍼덕 엉덩이를 붙였다.

"왜?"

승덕은 눈만 감고 있었는지 금세 눈을 뜨고 낙빈 쪽을 바라보았다. 승덕이 허리를 세우자 길게 뻗어 있던 침대가 앞으로 꺾이면서 의자 형태로 돌아왔다.

"모르는 게 너무 많아서요."

낙빈은 바닥에 앉은 채로 승덕의 얼굴을 올려다보았다. 두 사람이 모이자 기다렸다는 듯 정희와 정현도 승덕의 좌석으로 몰려왔다. 모두들 이런저런 생각으로 쉴 수가 없는 게 분명했다. 정희도 정현도 승덕의 좌석 아래에 엉덩이를 깔고 앉았다.

"근데 형, 헤르메스가 누구예요? 창을 갖고 다녔다니…… 서양의 장군인가요?"

낙빈은 '헤르메스가 대체 누구기에 이 난리인가 궁금했던 것이다.

"헤르메스는 그리스 신화에 나오는 신이야. 올림푸스 열두 신중 하나이고 신들의 아버지라 불리는 제우스의 아들이지. 신화에 따르면 헤르메스가 항상 가지고 다니는 것이 세 가지가 있었대. 하나는 날개가 달린 모자이고, 또 하나는 날개가 달린 신발, 그리고 마지막이 바로 케리케이온이라는 지팡이야.

보통 책에서는 날개 달린 모자와 신발만 헤르메스의 특징으로 묘사되곤 하지. 이 모자와 신발은 생각하는 속도보다 빠르게 헤르메스를 그가 가고 싶어 하는 곳으로 데려다주었다고 해.

헤르메스는 발이 빠를 뿐만 아니라 머리도 좋고 구변도 좋아서 신들 중에 가장 재주꾼으로 통했어. 게다가 종종 분쟁을 중재하기도 하는 등 워낙 수완이 좋고 머리가 영특해서 제우스의 전령傳令으로 일했어. 그래서 헤르메스를 여행자의 수호신, 전령의 신, 상업의 신, 사업가의 신 등으로 부르지.

뿐만 아니라 헤르메스는 태어나자마자 아폴론의 소를 훔칠 정도로 도둑질도 잘해서 도둑의 신도 겸하고 있지. 이 신에겐 어떤 경계선도 존재하지 않았어. 그래서 나라와 나라, 아군과 적군, 합법과 불법 사이를 자유롭게 왕래하면서 설득과 거래를 통해 돈을 벌고, 협상을 통해 조약을 체결하는 데 천재적인 솜씨를 발휘했대. 그는 협상에 유리한 위치를 잡기 위해서는 어떤 간교한 책략도 마다하지 않았지. 그는 천상의 신이면서도 죽은 사람들이 사는 명부冥府를 거리낌 없이 오갈 정도로 양면성이 다분했어."

"와, 복잡해요. 하는 일이 너무 많아서 상상하기가 힘든 신이네요."

낙빈은 재주꾼이지만 간교하고 교활한 신, 또 이승과 저승을 오가는 신을 상상하다가 머리가 아픈지 한숨을 내쉬었다.

"오빠, 혹시 헤르메스와 관련된 신화 속의 이야기는 없나요?"

"어, 물론 있지. 그럼 먼저 헤르메스가 태어났을 때의 얘기부터 해줄게. 헤르메스는 태어나자마자 너무나 조숙했어. 그래서 어머니가 강보에 싸놓고 잠시 자리를 비운 사이 장난꾸러기 소년처럼 벌떡 일어나서 들판을 돌아다녔대. 그러다가 통통한 소 떼를 발견하고는 소들을 데리고 도망쳤대."

"갓난아기가요?"

낙빈은 점점 머리가 아파왔다. 승덕은 낙빈의 머리카락을 헝클어뜨리며 싱긋 웃었다.

"신화잖아. 그러려니 해. 그런데 공교롭게도 소들의 주인은 태양의 신 아폴론이었던 거야. 노발대발한 아폴론이 요정들을 풀어 소를 찾게 했지. 그런데 어느 동굴 앞에 소가죽이 널려 있고 동굴 안에선 지극히 고귀하고 아름다운 리라 소리가 들리더래. 아폴론이 동굴 속으로 뛰어 들어가자 헤르메스는 연주하던 리라를 버리고 강보에 누워서 자는 척을 해버린 거야.

마침 헤르메스의 어머니도 동굴로 돌아왔어. 헤르메스의 어머니는 방금 태어난 애가 어떻게 소를 훔치겠냐고 설명했지만 아폴론은 갓난아기인 헤르메스가 모든 일을 저질렀다는 것을 알아차렸지. 그리스 신화에 나오는 신들은 참 단순하고 심하게 기분파여서 쉽게 노하고 또 쉽게 사랑에 빠지기도 해. 아폴론 역시 이때는 신생아를 죽이고 싶어 할 정도로 미워하는 모습으로 묘사되지.

그는 어린 헤르메스를 죽이려고 신들의 재판까지 열었어. 이때 또 헤르메스의 책략가 기질이 발동되는 거야. 그는 신에게 제사를 지내기 위해 소를 썼다고 거짓말을 하지. 그리고 소의 창자로는 아폴론에게 바칠 일곱 현의 리라를 만들었다고 그럴싸하게 말해버린 거야. 마침 아폴론은 엄청 아름다운 소리를 내는 리라가 굉장히 탐나던 참이었으니까. 이렇게 해서 죽도록 헤르메스를 미워하던 아폴론이 순식간에 헤르메스와 화해하고 그를 받아들였다고 해."

"뭐야. 싸움도 쉽고 화해도 쉽네요."

낙빈은 자신이 알고 있는 신들과는 조금 다른 신들의 모습이 참 재미있고 신기했다.

"그렇지? 또 유명한 일화 중 하나가 아르고스의 살해 사건이야. 제우스가 아름다운 요정 이오에게 흑심을 품고 바람을 피우려고 하자 제우스의 부인인 헤라가 이오를 암소로 만들어버리고 100개의 눈을 가진 거인 아르고스에게 감시하게 했어. 아르고스는 눈이 100개나 있어서 잠을 잘 때도 한꺼번에 눈을 다 감는 법이 없었기 때문에 제우스는 도저히 이오에게 다가갈 수가 없었어. 그래서 참다못한 제우스가 헤르메스와 의논했지. 헤르메스는 신비한 피리를 불어서 아르고스의 눈을 모두 잠재운 다음 단칼에 목을 베어버렸지. 그 뒤로 헤르메스는 '아르고스의 살해자'란 별명을 얻었어."

"아, 그 이야기는 동화책에서 읽은 적이 있어요! 그 눈을 공작새 깃털에 붙여서 공작새 꼬리 끝이 둥근 눈처럼 생겼다는 이야기 아닌가요?"

낙빈은 언젠가 보았던 책 내용을 기억해냈다. 괴물의 눈을 붙이고 아름다워진 공작새의 이야기를 다룬 동화책이었다. 동화의 마지막에는 색색의 깃털 위에 작은 반짝이까지 뿌려져 실제 공작보다 아름다운 공작이 나왔다. 무섭던 눈알이 공작 깃털에 붙은 것이 잔인하기도 하고 무섭기도 했지만 그림이 참 예뻐서 오랫동안 기억에 남았다.

"그래, 맞아. 바로 그게 헤르메스와 아르고스의 이야기지. 어쨌거나 헤르메스는 도둑질을 하다가 들키면 약삭빠르게 모면하는 법도 알고, 또 제우스가 바람을 피우도록 도와주기까지 했어. 그렇다고 나쁜 일만 한 건 아냐. 착한 일도 했지. 아주 악독한 계모 밑에서 학대받던 남매를 구한 거야. 계모가 너무나도 악독하게 남매를 괴롭혔대. 아이들이 할 수 없는 일도 마구 시키고 먹을 것은 주지 않아서 일을 하다 죽거나 굶어 죽을 판이었지. 하지만 헤르메스는 아이들을 보고 모른 척하지 않았어. 뭐, 아이들을 직접 구한 건 아니야. 황금 숫양을 보내 남매를 등에 태우고 흑해까지 날아가게 했지. 하지만 그 황금 양이 워낙 빨리 날아서 여자아이는 도중에 바다에 빠져 죽고 남자아이만 무사히 살아남았지."

"그렇구나. 이야기를 들을수록 성격이 참 이상한 신 같네요."

"뭔가 선악의 구분이 모호해 보여요. 듣다 보니 착한 건지 나쁜 건지 모르겠어요."

낙빈이 고개를 흔들자 정희도 맞장구를 쳤다. 비상한 머리로 위기를 모면하고 얄팍한 속임수로 신들 사이를 오가는가 하면, 무시무시한 괴물을 처치하는 지략과 힘도 갖고 있었다. 교묘하게 수를 쓰는 신인가 했더니, 가엾은 인생에 대한 동정심도 갖고 있었다. 그 동정심이 완벽하지는 않지만……. 무언가 하나로 규정할 수 없는 복잡한 성향을 가진 사람을 바라보는 것만 같았다.

"아까 뱀의 형상을 한 헤르메스의 창에 대해 이야기했잖아요. 그 창과 관련된 이야기는 없어요?"

유심히 이야기를 듣던 정현은 현욱이 언급했던 헤르메스의 창에 대해 물었다.

"음, 그리스 신화를 보면 헤르메스가 가지고 다녔던 세 가지 도구가 나와. 하나는 날개가 달린 신발이고, 또 하나는 날개가 달린 페타소스라는 모자, 그리고 마지막으로 케리케이온이라는 지팡이야. 세 가지 모두 전령으로서의 헤르메스를 상징하는 도구로 사용되고 있어.

헤르메스가 어른이 되고 나서 신의 세계인 올림푸스에서 한 일은 바로 신들의 말과 글을 전달하는 전령의 역할이었어. 헤르메스의 신발은 생각보다도 빠르게 헤르메스가 가고자 하는 곳으로 그를 데려다주었고 다른 도구들도 이와 비슷한 용도였을 거야.

그런데 헤르메스의 지팡이에는 한 가지 추가적인 기능이 있어. 바로 명부를 통과하는 능력이었어. 생각만으로도 움직이는 날개 신발은 인간 세상이나 천상으로 얼마든지 데려다주었지만 명부의 신 하데스가 다스리는 곳만은 데려다주지 못했던 모양이야.

대신 명부에 들어가기 위해서는 헤르메스가 가지고 있던 지팡이가 필요했어. 때문에 지하 세계의 신 하데스를 제외하고는 헤르메스만이 명부를 마음껏 돌아다닐 수 있는 유일한 신이었어. 천상의 가장 위대한 신 제우스도 명부를 돌아다닐 수 없었지. 그래서 헤르메스에게는 영혼의 인도자라는 뜻의 사이코포모스라는 이름이 있어."

"명부까지 자유자재로 다니기 위한 지팡이라고요?"

낙빈은 머리 가득 상상력이 부풀어 올랐다.

본래 영계와 육계 사이에는 결계가 있어서 서로 오갈 수 없다. 하지만 낙빈과 같은 무당의 경우는 영계, 즉 죽음의 세계인 명부를 꿈이나 신을 통해 간접적으로 경험할 수 있었다. 또한 죽은 사람의 경우 사념이 가득한 경우만 이승에 남아 있고 대부분은 영계로 가게 마련이다. 때문에 영계에서 편안히 잘 살고 있는 분을 모셔온다는 것은 여간 힘든 일이 아니었다. 그런데 정말로 이런 창이 있다면 저승사자마냥 영계와 육계를 사람이 마음대로 오가고 영계에 있는 영혼도 마음대로 이승으로 돌아올 수 있을 것이다.

'그렇다면…… 만약 그런 창이 있다면 돌아가신 아버지도 만날 수 있다는 거잖아?'

순간 낙빈은 얼굴도 모르는 아버지를 떠올렸다. 이승엔 작은 기운으로만 남은…… 그런 분도 영계에 영혼이 남아 있다면 혹시나 만나뵐 수 있지 않을까 하는 생각이 불현듯 들었다.

"하지만 이건 신화 속 이야기니까 그대로 믿어서는 안 돼. 실제로 날개 달린 모자나 신발이 있을 거라는 생각은 들지 않아. 역사적인 증거가 전혀 없으니까. 하지만 헤르메스의 지팡이는 조금 달라. 그것이 만약 진짜 창이라면 오랫동안 보존되고 유지될 가능성도 있고 역사적인 유물들과 관련시킬 수도 있어. 하지만 그것 그대로 헤르메스 신이 사용했던 지팡이로 보기는 힘들어. 그런 신화를 빌려 누군가가 만든 물건이겠지."

승덕은 자신의 말을 한마디도 놓치지 않으려고 눈을 반짝이는 세 사람을 내려다보았다. 승덕의 좌석 옆에 철퍼덕 주저앉아 위를 올려다보는 낙빈, 정희, 정현 모두 한없이 진지하고 신중한 눈빛이었다.

"더 이야기해줄까?"

승덕의 물음에 세 사람이 동시에 고개를 끄덕였다. 신비한 신화 속 이야기에 모두의 눈이 흥미로 가득했다.

"헤르메스는 도둑의 아버지라고도 하고, 전령의 아버지라고도

해. 그것 말고 또 하나의 별명이 있는데, 그건 바로 연금술◆의 아버지야. 그래서 나는 그 창이 바로 연금술의 결과물은 아닐까 생각해봤어."

"연금술이오? 연금술이 뭔데요?"

낙빈은 낯선 단어에 눈을 동그랗게 떴다.

"연금술은 금을 만드는 기술을 통틀어 지칭하는 말이야. 중세의 연금술은 흙과 공기, 물과 불 같은 원소를 이용해 당시 가장 귀하게 여겨지던 금을 만들어낼 수 있다고 믿으면서 퍼지기 시작했어. 나중에는 흔해빠진 네 가지 원소를 조합해 금뿐 아니라 생명의 약이나 마법의 약도 만들 수 있다고 생각되었지.

가끔 동화책이나 영화를 보면 망토를 입고 이상한 주문을 외우는 마법사들이 나오잖아. 그것이 바로 당시 사람들이 연금술사들을 바라보는 시선이었어. 하지만 그건 중세 사람들의 오해에서 비롯된 모습이고…… 연금술은 다양한 화학 실험의 모태라고 보면 돼. 연금술은 마녀사냥과 결부되어 터부시되기 전까지는 세계에서 가장 탁월한 지성인들도 한 번쯤 발을 들여놓았던 분야야. 결코 무시할 수 없는 위대한 연구 분야지.

어쨌든 연금술사들은 돌로 금을 만드는 방법부터 시작해서 각

◆넓은 의미로 중세의 화학이라 할 수 있다. 본래 생명이 없는 물질의 형성이나 생명의 신비를 꿰뚫는 철학 체계를 연금술이라고 통칭한다. 사실 연금술은 화학의 모태로, 돌이나 흔한 금속을 금으로 바꾸기 위해 시작된 것이었다. 당시의 연금술은 현대 화학처럼 순수한 과학이 아니라 마술과 종교가 결합된 신비한 지식이었다. 연금술에 관한 헤르메스의 교훈이 담겼다는 '에메랄드 명판The Emerald Tablet of Hermes'이 있는데, 기본적인 연금술 교리를 밝혀놓은 가장 오래된 명판이다.

종 염료와 독극물, 그리고 혼합물에 대해 연구했어. 그뿐 아니라 사람을 살리는 방법과 영혼을 끄집어내는 방법까지 생각해낼 수 있는 모든 것을 주제로 삼는 학문이었어. 과학적인 분야도 있긴 했지만 주술이나 마법 쪽으로 발전한 것도 사실이야.

그런 연금술사들이 영계와 육계를 가르는 혹은 영계와 육계를 왕래하게 해주는 도구를 만들고, 거기에다 신화에 나오는 '헤르메스'의 이름을 붙인 게 아닐까 상상해봤어."

승덕은 어깨를 으쓱하며 자신의 생각을 들려주었다. 그런 상상을 통해서라도 헤르메스의 창에 대해 좀 더 사실적인 감각을 갖게 하려는 의도였다.

"어쨌거나 이 창은 확실히 위험해 보여. 생각해봐. 이런 창이 있다면 영계와 육계를 갈라놓는 것이 불가능해져. 마음만 먹는다면 죽은 사람을 끌어올 수도 있고, 산 사람을 죽음의 세계로 내몰 수도 있잖아.

예를 들어 불교에서 말하는 염화지옥이 있다고 치자. 그곳에서 고통받는 사람들이 헤르메스의 창에 대해 들었다면 과연 어떤 일이 벌어질까? 이승으로 오기 위해 발버둥을 치겠지? 지옥에서 벗어나기 위해서라면 어떤 짓이라도 할 거야.

헤르메스의 창을 통해 너도나도 이승으로 빠져나온다면…… 특히 사악한 영혼들이 제어할 수도 없을 만큼 이승으로 빠져나온다면…… 마침내 영계와 육계의 결계가 흔들리고 부서진다면…… 그건 바로 이승 자체가 지옥이 되는 것 아니겠어?"

"흐응, 그렇겠군요."

낙빈은 고개를 끄덕였다. 만일 그런 창이 아주 악독한 사람에게 넘어간다면…… 물론 영물靈物을 다스릴 수 있는 고등 영능력자여야 되겠지만, 여하튼 그런 사람의 손에 들어간다면 아주 끔찍한 일이 벌어질 수도 있다는 생각이 들었다.

산 자와 죽은 자를 나누는 육계와 영계가 허물어지면서 이 세계가 엉망으로 이지러지는 상상을 하니 끔찍했다. 시체가 떠다니고 죽은 자가 돌아다니는 이승이라니. 육체를 잃어버린 영혼과 산 사람이 하나의 육체를 강탈하기 위해 다투게 된다면, 그것 또한 얼마나 끔찍한 일일까 싶었다. 그런 힘을 가진 물건을 함부로 사용한다면 한두 사람의 고통과 괴로움으로 끝나는 것이 아니라 인간 전체, 인류 전체에 재앙이 닥쳐올 것이 분명했다.

"도대체 누가 그런 끔찍한 도구를 가지려고 하는 걸까요?"

정희는 불안한 얼굴로 어깨를 움츠렸다.

모두들 마찬가지였다. 인류가 감당하기에는 너무나 버거운 능력을 가진 도구라서 일부러 반으로 쪼개 고이고이 비밀스럽게 지켜온 창을 도대체 누가 가지려고 하는 것일까? 그리고 그는 대체 그 창으로 무엇을 하려는 것일까? 생각이 꼬리에 꼬리를 물었다. 그리고 그런 생각 저편에서 점점 더 또렷해지는 이름 하나가 있었다.

아무도 말하지 않았지만 자꾸만 반복되는 이름 하나. 자꾸만 떠오르는 그 이름이 이번에도 손톱 밑의 가시처럼 쿡쿡 머릿속을 쑤셔왔다.

흑. 단. 인. 형.

인류의 종말을 결론지었다던 그 이름이 일행의 머릿속에서 서서히 떠오르고 있었다.

5

필리핀 루손섬 남부의 활화산 근처 호수에서 물고기가 떼죽음을 당했다는 소식이 어부들에 의해 방송사로 전해졌다. 언제나 늑장 대응으로 유명하던 정부가 웬일인지 이 소식에는 빛보다 빠르게 반응했다. 도저히 필리핀 정부 혼자서 나섰다고는 믿어지지 않을 정도로 재빠른 대처였다.

정부는 루손섬 남부에 위치한 모든 사람을 북부 지방으로 순식간에 피난시켰다. 피난민들에 대한 구호와 도움의 손길도 그 어느 때보다 신속했다. 임시 주거지와 교육 시설을 확보하는 것은 물론이고 경제적인 도움과 국세 면제 등 실질적인 도움이 순식간에 이루어지자 루손섬의 피난민들에게서는 어떤 불만도 터져 나오지 않았다. 덩달아 떼죽음을 당한 물고기와 괴상한 지진파에 대한 보도는 기사의 끄트머리만 장식하다가 삽시간에 잊히고 말았다.

"에이미, 도대체 이렇게 잘하고 있는데 뭘 파헤친다는 거예요?"

"바로 그게 이상하다고, 이 바보야!"

건장한 20대 청년 레이몬은 무거운 카메라를 끙끙거리며 트렁크에 실었다. 회사에서 짝을 지어준 선배 기자 에이미가 레이몬의 어깨를 거칠게 때렸다. 그녀가 루손섬 피난민들을 취재하겠다고 할 때부터 낌새가 이상하더니, 결국에는 직접 활화산 근처까지 가겠다고 나섰다.

1911년과 1965년에 이어 2011년과 올해까지 루손섬의 활화산 폭발은 필리핀 사람들에게 가끔 일어나는 행사쯤으로 여겨졌다. 그런데도 에이미가 굳이 나서서 루손섬의 활화산을 취재하겠다는 이유가 뭔지 레이몬은 도대체 알 수 없었다.

하지만 취재용 물품을 트렁크에 싣고 운전석에 올라탄 에이미의 고집은 도저히 꺾을 수가 없었다. 그녀는 활화산이라도 오를 작정인지 아예 등산복까지 차려입고 있었다.

"이상하지 않아? 우리 정부가 언제부터 이렇게 착착 준비를 잘하고 피난민들을 챙겼지? 아까 임시 주거지 봤지? 그 사람들은 자기가 원래 살던 집보다 훨씬 좋은 곳에 살고 있다고. 게다가 모든 비용은 국가가 대주고 임시 생활비까지 주고 있다니까. 이런 걸 보면 뭔가 촉이 안 와?"

부패한 정부를 너무 오랫동안 취재해서일까, 까칠하기로 유명한 에이미는 별것을 가지고 다 트집이었다.

"네, 촉이 와요, 와. 우리도 이제 좀 잘살게 되었구나. 우리나라도 이제 좀 선진국 흉내도 내고, 사람들도 도와주고 그러는구나. 우리가 내는 세금이 이제야 제대로 쓰이는구나. 그런 훈훈한 마음 말이에요."

레이몬은 툴툴댔다. 이런 것은 칭찬할 일이지 않은가. 왜 이렇게 잘하는지 파고들 일이 아니라! 항상 복지와는 거리가 멀었던 정부가 변하고 있다는데 칭찬 말고 뭐가 더 필요하단 말인가.

"이 바보! 의심을 하라고, 의심을! 이건 뭔가 켕기는 거야. 그쪽에서 뭔가가 일어나고 있다고. 모르겠어?"

에이미는 유독 까무잡잡한 레이몬의 얼굴을 슬쩍 흘겼다. 에이미는 사진기자로 자신의 뒤를 졸졸 따라다닌 지 2년이 지났지만 여전히 촉이라곤 전혀 없는 레이몬이 한심하게만 여겨졌다.

에이미는 이 일에서 자꾸 이상한 냄새가 났다. 루손섬 남부의 모든 주민을 일시에 이동시키고 그곳을 텅 비워놓은 것이 이상했다. 피난민들 중 누구도 다시 집에 돌아갈 생각이 안 생기도록 철저하게 배려하는 것도 이상했다. 기자로서의 촉이 앵앵 울려대고 있었다.

'뭔가 있어. 그곳에 정부가 감추려는 무언가가 있다고!'

에이미는 커다란 지프의 가속페달을 힘껏 밟았다. 비포장도로 가득 흙먼지가 휘날렸다.

출발은 순조로웠다. 남부 섬사람들을 모두 임시 주거지로 옮긴 덕에 이동하는 차량과 자전거가 하나도 없어 화산 근처까지 사람한 명 없는 길을 마음껏 내달렸다. 하지만 화산이 가까워지자 마음처럼 일이 진행되지 않았다.

좁은 황토빛 도로를 내달리던 그들의 앞을 가로막는 사람들이 눈에 들어왔다. 누런 바람을 내뿜으며 달리는데 길 한가운데에 높다란 가드펜스가 세워져 있었다. 그리고 한 무리의 청년들이 그들 차를 막아섰다. 청년들은 필리핀 사람이 아닌 듯 계절에 맞지 않는 검은 양복을 입고 있었다. 그뿐이 아니었다. 가드펜스 뒤쪽으로 10여 미터 후방에는 시야를 차단하는 높다란 철조망까지 쳐져 있었다.

"실례합니다. 저는 이런 사람입니다만."

에이미는 기자증을 꺼내 검은 양복 차림의 건장한 청년에게 내밀었다. 그는 에이미의 기자증을 스윽 쳐다보더니 곧장 고개를 저었다.

"죄송합니다. 화산활동으로 이 지역은 완전 봉쇄되었습니다. 들어가실 수 없습니다."

"아니, 그냥 요 앞에서 화산 상황을 사진으로만 찍을게요……."

에이미는 건장한 남자들 사이를 비집고 들어가 철망 저편을 힐끗 바라보았다. 화산활동의 낌새는 느껴지지 않았다. 에이미가 코를 킁킁거렸지만 화산 주변에서 나는 특유의 냄새도 없었다.

"죄송합니다. 돌아가시죠."

건장한 남자들은 즉시 에이미의 시야를 차단했다. 그들은 거의 강제로 그녀를 차 안에 앉혔다. 그러고는 곧장 오던 길로 돌아가라고 종용했다. 에이미는 별수 없이 운전석에 앉으며 레이몬을 향해 중얼거렸다.

"봤지? 이상하지 않아?"

"그, 그러네요."

그제야 레이몬은 에이미의 말에 동의했다. 그는 마른침을 꿀꺽 삼켰다. 정말 이상했다. 화산으로 접근하는 것을 막고 있는 남자들이 검은 양복을 입은 것이 이상했고, 지나치게 탄탄한 가드펜스도 수상쩍었다. 저 멀리 수증기가 전혀 보이지 않는 점이 이상했고, 화산활동 지역에 나타나는 지층의 떨림이나 자욱한 구름이 없다는 것도 이상했다. 하늘은 평온하고 구름도 없었다.

에이미는 몇 번 승강이를 하더니 순순히 핸들을 돌렸다. 그녀는 달려왔던 길을 되짚으며 섬의 북쪽으로 달려갔다. 그러나 구부러진 커브길을 돌아 남자들의 시야에서 벗어나자마자 그녀는 힘껏 핸들을 꺾었다. 그녀는 길도 아닌 거친 돌밭을 향해 내달리기 시작했다.

여기저기 가난한 어촌의 판잣집들이 눈에 들어왔다. 차 한 대가 제대로 지나기도 힘든 길을 누비고, 길도 아닌 돌밭과 나무 사이를 누비면서도 에이미는 신이 난 듯 눈을 반짝였다.

"가보자. 이대로 돌아가면 기자가 아니지! 무슨 짓을 꾸미는지 내가 다 밝혀내고 말겠어!"

레이몬은 에이미를 바라보았다. 그녀의 옆얼굴에서 진짜 기자의 의기가 보였다. 순간 레이몬은 베테랑 기자란 이런 거구나 하는 생각에 가슴 깊은 곳에서 존경심이 꿈틀꿈틀 올라왔다.

"젠장, 존경심은 개뿔!"

레이몬의 존경심은 금세 바닥을 보였다.

마침내 지프를 버리고 걷기 시작하면서 묵직한 짐 보따리와 카메라까지 어깨에 짊어진 그는 원망이 커졌다. 결국 험한 산 중턱을 하나 넘고 나자 에이미에 대한 존경심 따위는 깨끗이 사라지고 말았다. 레이몬은 죽을 정도로 힘들고 괴로워지자 괜히 따라왔다는 후회만 가득했다.

거친 돌과 자욱한 습기만 가득한 숲을 통과하면서 레이몬은 취재하다가 죽을 수도 있겠다는 생각이 들었다. 그는 사진기자였다. 무거운 카메라를 지고 걷는 것은 취재기자처럼 수첩 하나, 펜하나만 들고 돌아다니는 것과 달랐다. 그는 열 발쯤 앞서 걸으면서 연신 핀잔을 주는 에이미를 눈이 찢어져라 째려보았다. 혼자가라는 말이 목구멍까지 올라왔다.

"꾸물대지 말고 빨리 와. 저 언덕에만 올라가면 보일 거야."

결국 엄청난 인내에 대한 보답으로 두 사람은 원하던 시야를 확보할 수 있었다. 조금만 더 나아가면 그들은 죽음의 활화산이 보이는 곳에 다다를 것이었다.

"다 왔어!"

에이미는 서둘러 숲 언저리로 내달렸다. 그녀는 조금도 지체할 수 없었다. 대체 무슨 일이 일어나고 있는지 눈에 담아야 속이 시원할 것 같았다. 언덕배기에 다다르자 그녀는 시야를 가린 기다란 풀들을 헤치며 눈앞의 풍경을 바라보았다. 마침내 저 멀리 살아 있는 화산이 눈에 들어오기 시작했다. 저 멀리 높다란 화산을 바라보며 그녀는 크게 한숨을 내쉬었다.

"그래, 이럴 줄 알았어."

땀에 흠뻑 젖은 레이몬도 에이미의 뒤를 따라 숲 언저리로 다가왔다. 그들이 오른 가파른 언덕 너머로 높다란 화산이 눈에 들어왔다. 하지만 그것은 화산 같지 않았다. 그곳에는 지나치게 고요하고 지나치게 편안해 보이는 산이 있었다. 지난 100년간의 대지진과 화산활동이 무색할 만큼 고요해 보이는 산이 그곳에 있었다.

"이거 봐. 정부에서 화산활동이라고 말한 건 새빨간 거짓말이었어."

"정말이네요? 그럼 화산활동도 없는데 근처 호수에서 물고기가 떼죽음을 당한 이유는 뭘까요? 이 근처에는 독극물을 내보낼 만한 공장도 없잖아요?"

레이몬은 멍한 얼굴로 너무나 고요한 화산을 바라보았다.

"이제부터 알아봐야지."

에이미가 미소를 지었다. 그녀의 호기심이 활활 불붙기 시작했다. 그때였다.

"쉿, 숨어!"

에이미는 레이몬의 머리를 누르며 잔뜩 고개를 숙였다. 땅바닥에 납작 엎드리자 배 부위에서 움찔움찔 진득한 습기가 올라왔다.

"왜…… 아."

뭔가 물으려던 레이몬의 눈에도 어떤 움직임이 들어왔다.

저 멀리에 누군가가 있었다. 화산 아래쪽 저 멀리에서 바람처럼 빠른 움직임이 눈에 들어왔다. 크기로 보나 형태로 보나 분명 사람이지만 사람의 움직임이라기엔 너무 빨랐다.

베테랑 기자 에이미는 눈을 가늘게 뜨고 움직이는 사람들을 뚫어져라 바라보았다. 너무 멀어 간신히 윤곽만 보였지만 초점을 놓지 않고 열심히 쳐다보니, 조금씩 그 움직임이 파악되기 시작했다.

저 멀리 너무나도 고요한 화산 아래쪽에 사람들이 있었다. 먼저 눈에 들어온 건 다섯 명이었다. 그중 넷은 검은 양복 같은 것을 입고 있었다. 키나 체구로 봐서는 건장한 네 명의 남자 같았다. 아무래도 좀 전에 에이미의 차를 막았던 그 남자들과 거의 비슷한 차림새였다.

네 명의 남자 뒤에는 피부가 좀 더 까무잡잡한 깡마른 남자가 있었다. 그는 멀리서도 눈에 확 들어오는 진한 주홍색의 순례자 옷을 걸치고 있었다. 한쪽 어깨를 휘감아 내려오는 헐렁한 튜닉이 이불처럼 몸을 감싸고 있었다.

주홍색 튜닉을 걸친 순례자는 검은 양복을 입은 네 명의 남자 뒤쪽에서 붙박이처럼 움직이지 않았다. 반대로 검은 양복 차림의 네 남자는 엄청난 속도로 전후좌우로 움직이고 있었다. 너무 멀어서 잘 보이지는 않았지만 다섯 사람은 한곳을 보고 있었다. 그들의 움직임이나 시선을 보면 그들의 앞쪽, 고요한 화산 근처에 무언가가 있는 모양이었다.

"에이미, 이걸 써요."

두 눈을 찡그린 채 화산 쪽을 주시하던 에이미는 레이몬에게서 작고 까만 렌즈 하나를 받아들었다. 엄지와 검지를 둥글게 말면 쏙 들어갈 정도로 작은 망원렌즈였다. 레이몬은 카메라 가방에서 똑같은 크기의 망원렌즈를 하나 더 꺼내면서 에이미에게 싱긋 미소를 날렸다.

"고마워."

그녀는 나지막이 속삭이며 화산 쪽으로 망원렌즈의 초점을 맞췄다. 렌즈 저편에서 드디어 사람들의 모습이 또렷하게 보였다. 역시나 네 명의 남자는 좀 전에 보았던 남자들처럼 검은 양복을 입고 있었다. 그들의 손에는 막대 같은 것이 쥐여져 있었다. 그 막대는 건장한 남자의 키를 훌쩍 넘을 정도로 길고 단단해 보였다.

그들은 산속 어딘가를 바라보며 기다란 막대를 휘둘렀다. 너무나 먼 거리인데도 그들의 표정에서 무척이나 심각하고 무시무시한 느낌을 받았다.

"세상에, 저 사람 좀 봐!"

섬뜩해 보이는 네 사람보다 더욱 놀라운 것은 그들 뒤에 있는 주홍색 남자였다. 온몸이 캄캄할 정도로 까무잡잡한 그 남자는

274

책상다리를 하고 앉아 있었다. 그런데 믿을 수 없게도 그는 땅에서 1미터쯤 떠서 허공에 앉아 있었다. 에이미는 자신이 잘못 보았나 싶어서 두 눈을 비비고 다시 쳐다보았지만 그 남자의 아래쪽에는 빈 공간만 있을 뿐이었다.

"헉!"

에이미가 그 주홍색 남자를 바라보는 사이 그녀의 옆쪽에서 거친 신음 소리가 들려왔다. 레이몬은 에이미와 반대쪽에 초점을 맞추고 있었다.

"왜?"

그녀는 급히 망원렌즈를 움직였다. 주홍색 남자 앞에 있던 남자들이 적을 공격하고 있었다. 그들은 하나, 둘, 셋, 그리고…….

"오, 이런!"

에이미는 레이몬이 거친 숨을 몰아쉰 이유를 금세 알아챘다. 아까 에이미가 바라보았던 네 명의 남자 중 한 명이 미친 듯이 발버둥치며 허공에 떠오르는 것이 눈에 들어왔던 것이다. 망원렌즈 저편에서 그 남자는 두 눈을 홉뜬 채 고통에 물들어 있었다. 그는 입을 크게 벌린 채 버둥거렸다. 검은 양복 속의 팔다리가 퍼덕거리며 마구 흔들렸다. 그 흔들리는 몸뚱이가 마치 거대하고 투명한 거인의 손에 붙잡힌 생쥐처럼 보였다.

마침내 허공으로 떠오른 그의 몸에서 힘이 빠지고 축 처지는 순간 그 건장한 몸이 사방으로 뒤틀리면서 비틀린 인형의 팔다리처럼 괴상한 모양을 만들었다. 너무나 멀어서 소리가 들리지 않는데도 와드득 하고 온몸의 뼈가 부서지는 소리를 들은 것만 같았다.

"으아아……."

레이몬은 그 끔찍한 모습에 그만 고개를 돌리고 말았다. 못 볼 것을 보고 말았다. 너무나 고통스러운 죽음의 장면을 목격해버린 것이다. 에이미도 차마 그 모습을 지켜볼 수 없어 망원렌즈를 치웠다. 맨눈으로 보면 고통스러워하는 표정은 보이지 않을 테니까.

에이미는 저 멀리서 일어나는 일들을 놓치지 않고 두 눈에 담아내려 했다. 끔찍한 고통에 물들었던 남자가 힘없이 바닥으로 떨어져 내렸다. 다른 세 명의 남자가 이 끔찍한 공격을 감행한 자를 향해 미친 듯이 공격했지만 역부족인 듯했다.

얼마 지나지 않아 검은 양복을 입은 세 남자가 한꺼번에 움직임을 멈췄다. 아주 먼 거리였지만 에이미는 그들이 스스로 움직임을 멈춘 것이 아니라는 사실을 알았다. 그 어떤 힘에 의해 멈춰버린 그들은 첫 번째 남자와 똑같은 모습으로 허공에 둥실 떠올랐다. 그들의 팔과 다리는 괴상망측하게 꺾이고 부러졌다. 마침내 생명을 잃어버린 그들의 시체가 구겨진 쓰레기마냥 바닥에 내팽개쳐졌다.

"설마……."

그 순간 에이미는 새로운 사실을 또 하나 알아버렸다. 그들이 내팽개쳐진 바닥이 흙색이 아니라는 것이었다. 그녀는 망원렌즈를 통해 남자들의 시체가 내팽개쳐진 땅바닥을 찬찬히 바라보았다.

"말도 안 돼!"

끔찍한 광경이었다. 좀 전에 쓰러진 네 명의 시체 아래로 더 많은 시체가 있었다. 그중 몇몇은 좀 전의 남자들처럼 검은 양복을 입고 있었다. 그 사이사이에는 회색과 검은색 사제복을 입은 시체들이 끼어 있었다. 그들의 목에 있는 로만칼라◆를 보는 순간 에이미는 쓰러져 있는 사람들 중 상당수가 수단을 입은 가톨릭 신부임을 알았다.

"시체가…… 시체가……."

레이몬이 에이미의 옆에서 중얼거렸다. 레이몬도 시체가 잔뜩 쌓인 것을 알아챈 모양이었다. 수많은 시체 사이로 이제 남은 이는 주황색 튜닉을 걸친 순례자뿐이었다. 그는 여전히 공중에 둥실 뜬 채로 두 손을 모으고 있었다. 눈을 질끈 감고 두 손을 모은 채로 어떤 강력한 바람을 담아 기도하는 것이 분명했다. 그때였다.

"에이미, 저기……."

레이몬과 에이미의 눈에 드디어 이 모든 시체를 만든 장본인이 보였다. 쓰러진 네 명의 남자가 바라보던 깊은 정글의 안쪽에서 드디어 움직임이 일었다. 레이몬도 에이미도 숨죽여 바라보았다.

◆긴 치마 형태인 수단과 목 위로 올라오는 네모난 흰색의 로만칼라가 가톨릭 사제복의 전형이다. 수단의 검은색은 세속의 생과 작별을 고한다는 의미를 가지고 있으며, 로만칼라의 흰색은 순결과 정결을 의미한다. 이 순결은 신과의 영원한 결합을 의미하며, 가톨릭 교의에 순종한다는 의미도 담겨 있다.

너무 긴장되어 침조차 삼킬 수 없었다.

깊고 깊은 정글의 안쪽에서 나타난 것은 이 무덥고 어두운 정글과 전혀 어울리지 않는 붉은 여인이었다. 아무리 멀리 떨어져 있어도 쳐다보지 않을 수 없는 엄청난 빨간색을 품은 여인이었다. 여인은 머리끝부터 발끝까지 붉은 빛깔로 휘감고 있었다.

그 붉은 여인이 바람에 흔들리듯 가벼운 걸음으로 깊은 정글에서 나와 한 걸음, 한 걸음 앞으로 나아갔다. 그녀의 하얀 피부를 뒤덮은 붉은 드레스와 붉은 구두 아래로 시체들이 질근질근 밟혀나갔다. 시체들 사이를 걸으면서도 여인은 조금도 동요하지 않았다.

에이미는 겁이 나서 여인의 얼굴을 망원렌즈로 바라볼 엄두가 나지 않았다. 저 멀리 여인은 작은 개미처럼 보이는데도 에이미의 심장이 펄떡거리며 터질 것만 같았다. 여인은 주홍색 튜닉을 입은 순례자에게 다가갔다. 순례자는 여인 쪽을 바라보지도 않고 그대로 기도만 드렸다. 그는 마치 죽음을 기다리는 사람마냥 도망치지도 않았다.

붉은 여인은 순례자와의 거리가 10미터쯤으로 좁혀지자 새하얀 팔을 서서히 들어올렸다. 소매가 없는 붉은 드레스 사이로 새하얀 피부가 보였다. 그녀는 들어올린 팔을 순례자 쪽으로 뻗었다. 그 순간 에이미는 그것이 죽음의 신호임을 알아챘다. 그리고 섬의 남쪽을 모두 막으면서 정부가 지키려 했던 비밀이 무엇인지 알아버렸다.

"카, 카…… 카메라! 얼른!"

에이미는 공포로 입을 벌린 레이몬에게서 무거운 카메라를 빼앗아 들었다. 이 끔찍한 광경을 찍지 못한다면 갖은 고생을 하며 이곳에 들어온 의미가 없었다. 그녀는 남은 용기를 모두 쥐어짜내 그 붉은 여인과 주홍색 튜닉을 걸친 순례자에게 카메라의 초점을 맞췄다.

렌즈 저편에서 붉은 여인이 길고 얇은 팔을 들어 검은 피부의 순례자를 향해 손가락을 펴는 것이 보였다. 자세히 보니 그녀의 하얀 팔에는 가느다란 초록빛 밧줄 같은 것이 빙글빙글 감겨 있었다. 처음에는 두꺼운 팔찌인 줄 알았지만 자세히 보니 그것은 움직이고 있었다.

'뱀! 뱀이야, 저건……!'

그것은 날카로운 이빨을 드러낸 노란 눈의 뱀이었다. 그 초록빛 뱀이 여인의 길고 하얀 팔을 타고 꿈틀거리더니, 앗 하는 순간 그녀의 팔에서 훌쩍 허공으로 뛰어올라 기도하는 순례자를 향해 날아갔다.

커다란 뱀은 순례자의 코앞에서 멈췄다. 그러고는 마치 순례자의 주위에 투명한 방어막이 있는 듯 주위를 돌며 온몸을 꿈틀거렸다. 뱀은 답답한지 입을 벌리고 기다란 혀를 날름거렸다.

바로 그때 붉은 여인이 다른 팔을 들어올렸다. 그녀의 손가락 다섯 개가 벌어지더니 무언가를 쥐고 잡아뜯는 시늉을 했다. 그 순간 초록 뱀이 작은 틈을 발견했는지 투명한 방어막을 비집고 들어가기 시작했다. 순례자의 얼굴이 일그러지고 고통으로 몰드는 그 순간!

"카아악!"

에이미는 이 멀리까지 잔인한 뱀의 울음소리가 들리는 것 같았다.

초록 뱀은 순례자의 검은 피부를 뚫고 반질거리는 목을 단번에 물어버렸다. 순례자의 목이 반대쪽으로 꺾이면서 허공에 둥실 떠 있던 그의 몸이 바닥으로 푹 내려앉았다. 순례자의 목에서 붉은 피가 터져 나왔다.

'꺄아악!'

그 끔찍한 장면에 에이미는 비명을 지르고 싶었지만 다행히 입 밖으로 소리가 나오지는 않았다. 그녀는 마음속으로 미친 듯이 비명을 지르고 또 질렀다. 너무 무섭고 두려워서 제정신이 아니었다. 그런데 바로 그 순간이었다.

"헉!"

까마득히 머나먼 렌즈 저편에서 그 붉은 여인이 에이미 쪽으로 고개를 돌렸다. 이어 에이미와 정확히 눈을 맞췄다. 에이미가 숨도 쉬지 못하고 얼어버린 그 순간, 붉은 여인의 한 팔이 에이미를 향해 무언가를 날렸다.

"꺄아악!"

에이미는 더 이상 비명을 참을 수가 없었다. 그녀가 들여다보던 렌즈가 챙 소리를 내며 깨지는가 싶더니 커다란 카메라가 반으로 쪼개졌다. 레이몬도 에이미도 마치 전기톱으로 깨끗이 잘린 것처럼 쪼개진 카메라를 바라보며 망연자실했다.

"레이몬, 달려! 달려!"

그 순간 에이미는 쪼개진 카메라를 내팽개치고 미친 듯이 반대편 숲을 향해 달렸다.

이곳에 남아 있다가는 목숨을 부지할 수 없다는 것을 그들은 본능적으로 알았다. 지금 당장 미친 듯이 달아나는 것만이 죽지 않을 유일한 방법임을 그들은 누가 알려주지 않아도 온몸으로 느꼈다.

'달려! 달려! 뒤도 돌아보지 말고 달려!'

에이미는 미친 듯이 스스로를 향해 소리쳤다. 그녀의 옆에서 아무 말 없이 달리는 레이몬도 알고 있는 것이 틀림없었다. 그들이 지금 얼마나 큰 위험에 처해 있는지를. 그들은 죽음이 바로 코앞까지 다가온 것을 온몸으로 알고 있었다.

살고 싶었다. 진실과 의혹을 밝혀내려는 기자 정신도 생명이 붙어 있는 후의 일이었다.

'살아야 한다. 살아야 한다……!'

거친 숨 사이로 미칠 듯한 삶의 욕구만 솟아올랐다.

에이미도 레이몬도 결코 뒤를 돌아보지 않았다. 이 우거진 정글을 빠져나갈 때까지, 안전한 곳이 나올 때까지 그들은 단 한 번도 뒤를 돌아보지 않고 달리고 또 달렸다.

6

투타타타…….

헬리콥터의 프로펠러 소리가 한시도 그치지 않았다. 대체 육지에서 얼마나 멀어졌는지 감이 잡히지 않을 정도로 몇 시간째 계속 비행했지만 보이는 것이라곤 끝없이 펼쳐진 진한 푸른빛의 물결뿐, 어느 곳에서도 흙 냄새가 맡아지지 않았다.

"후우……."

낙빈은 크게 한숨을 쉬었다.

비행기를 타고 두 시간 반가량 날아 작은 공항에 도착하자마자 또다시 헬리콥터를 타고 이동해야 했다. 난생처음 타보는 헬리콥터는 낙빈에게 결코 편하지 않았다. 비행기가 이륙하고 착륙할 때마다 가슴이 철렁거리고 배도 울렁거렸는데, 헬리콥터는 이륙과 착륙뿐 아니라 타는 내내 심장을 계속 벌렁거리게 했다.

이륙 중에는 정말 심장이 입으로 튀어나올 것처럼 괴로웠다. 두 귀에 헤드폰을 꼈는데도 프로펠러 소리가 무척이나 커서 귀가 멍멍하고 창밖으로 곧장 보이는 낭떠러지 같은 풍경에 머리가 지끈거렸다.

푸른 바다 위를 비행하는 것은 낙빈의 신령들에게도 기분 좋은 일이 아니었다. 위험천만한 기계나 만들어서 함부로 산과 바다 위를 날아다닌다느니, 좋지 않은 냄새가 나는 곳으로 자꾸만 쫓아간다느니 하면서 불편함을 감추지 않는 신들의 모습도 낙빈의 머리를 어지럽게 했다.

승덕은 걱정스러운 표정으로 낙빈을 바라보았다. 비행기에서 내린 뒤 은빛 헬리콥터를 보았을 때만 해도 승덕은 약간 흥분한 것이 사실이었다. 아무리 나이가 들었다고 해도, 이런저런 일을 겪었다고 해도 소년 감성은 쉽게 사라지지 않는 모양이었다.

물욕 따위 버린 지 오래라고 생각했지만 소년 시절에 좋아했던 자동차나 헬기에 대한 관심이 여전히 한구석에 남아 있었던 모양이다. 회의실이 갖춰진 비행기를 보면서도 가슴이 떨렸지만 독일의 유명한 자동차 회사가 디자인한 것으로 알려진 아름다운 은빛 헬리콥터를 보는 순간 호기심과 신기함에 심장이 벌렁거리고 말았다.

비행기에서 내리자마자 낙빈 일행은 기다리고 있던 두 대의 헬리콥터 중 하나에 몸을 실었다. 다른 헬기에는 신성한 집행자들이 탔고 현욱은 낙빈 일행의 헬기에 몸을 실었다. 모두 여덟 명이 탈 수 있는 헬리콥터는 조종석과 게스트석이 분리되어 있었고, 게스트석은 네 명이 서로 마주 보도록 설계되어 있었다.

일반 헬기와 달리 좌석의 간격이 넓어서 무척이나 안락하게 디자인된 헬기였다. 헬기 내부는 마치 근사한 리무진에 올라탄 것처럼 고급스럽고 편안했다. 더구나 좌석 사이에 개인용 통신기기까지 구비되어 있어서 승덕이 알고 있던 전투용 헬기나 관광용 헬기와 비교조차 되지 않았다.

승덕이 헬기의 모습에 푹 빠져 있는 사이 헬기는 끝도 없이 푸르른 망망대해를 날아가기 시작했다. 헬기가 이륙한 후에야 승덕은 창밖으로 이어진 바다와 어지러운 듯 얼굴을 찌푸리는 낙빈을 보면서 자꾸만 후회가 밀려왔다. 승덕은 자신의 멍청함에 치를 떨었다.

무엇 하나 분명하지 않은 상황에서 승덕은 현욱으로부터 여러 가지 사실을 확인했어야 했다. 지금 그들이 착륙한 곳이 어딘지, 그리고 다시 그들이 향하는 곳이 어딘지. 가장 중요하게는 그곳 어디에 미덕이 있는지, 미덕의 상태는 어떠한지, 미덕과 언제 만날 수 있는지 확인했어야 했다. 이 헬기에 오르기 전에 말이다.

하지만 승덕은 그 순간을 깜빡 놓치고 말았다. 승덕은 소년 감성에 빠져 헬기를 구경하느라 그토록 중요한 사실들을 확인하지도 않고 덥석 헬기에 올라탄 것을 후회하고 있었다.

조종석 옆에 앉은 현욱은 출발 이후 내내 뒤쪽은 돌아보지도 않았다. 사실 그는 비행기가 이륙한 순간부터 낙빈 일행을 돌아볼 여유가 없었다. 누군가가 끊임없이 그를 찾으며 보고를 하고 허락을 구하고 확인을 받는 일이 반복되었다. 승덕은 미덕이 어디에 있는지, 지금 상황이 어떠한지, 얼마나 위험한 곳에 있는지 묻고 싶었지만 물어볼 기회가 전혀 없었다. 유일하게 비행기에서 헬기로 이동하던 그 순간에 확인해야 했는데, 그마저 놓쳐버린 것이다.

정확한 정보도 없이 미지의 섬으로 향하는 일은 참을 수 없는 두려움을 불러일으켰다. 무엇보다 이 낯선 헬리콥터에 의지해 이

동한다는 게 낙빈을 비롯한 일행 모두에게 여간 고역이 아니었다. 다들 참고는 있지만 낙빈처럼 불안하고 무서운 것이 사실이었다. 무언가 미심쩍고 의심스러우며 이상한 감정들이 자꾸만 엄습해왔다.

끝없이 펼쳐지는 푸른빛이 지겨울 정도가 되었을 때였다. 지치고 피곤해 생각마저 몽롱해지려는데 드디어 일행의 헤드폰 너머로 조종사의 목소리가 들려왔다.

"곧 도착합니다."

승덕은 자신과 낙빈의 좌석 사이에 설치된 네모난 데스크 박스를 눌렀다. 그러자 아래에 있던 정사각형의 모니터가 스르르 올라왔다. 모니터 안에는 조종사가 보낸 화면이 있었다. 화면에는 푸르른 바다 위에 둥실 뜬 섬 하나가 보였다.

"형, 저긴가 봐요."

낙빈이 손가락으로 창밖을 가리켰다. 승덕은 낙빈이 가리키는 곳으로 고개를 돌렸다.

"아아, 여기구나!"

화면 속 광경보다 직접 눈으로 보는 모습이 더없이 놀라웠다. 아무것도 없는 망망대해에 둥실 떠 있는 섬은 외로워 보였다. 섬은 신기하게도 거대한 십자가 형태였다.

"어머나, 참 신기한 모양이네요."

창밖을 바라보던 정희도 감탄사를 내뱉었다. 황량하고 막막한 바다 한가운데에 우뚝 솟은 섬은 자연적으로 만들어졌다고 믿기

어려울 만큼 인위적인 모양이었다. 섬은 급격한 낭떠러지로 에워싸여 있어서 바다 한가운데에 우뚝 솟은 십자 기둥 같았다.

이 진기한 광경에 넋을 잃은 그들의 귀에 현욱의 목소리가 들려왔다.

"이 섬은 거대한 십자가의 결계로 되어 있습니다. 1911년 필리핀 군도의 대폭발 이후 융기된 이 섬은 전체가 거대한 영계와 육계의 문입니다. 지구에는 영계와 육계의 구분이 뚜렷하지 않고 분명한 경계가 없는 지역이 몇 군데 있습니다. 이러한 지역들은 각 종교의 수뇌부가 각각 나눠서 지키고 있습니다. 이곳을 지켜냄으로써 인간세계에 균열이나 혼란이 오지 않게 하는 것입니다. 바로 전까지만 해도 이 섬은 가톨릭계에서 방어하고 있었습니다. 곧 도착하면 이 섬에는 균열과 혼란을 막기 위한 방어와 결계가 가득하다는 것을 확인하게 될 겁니다."

낙빈은 고개를 끄덕였다. 섬에서는 강력한 결계의 기운이 느껴지는 동시에 언제 튀어나올지 모르는 거대한 기운이 꿈틀대는 것도 느껴졌다. 그 위태롭고 위험한 기운이 영육의 균열과 혼란을 야기하는 힘이라니 무시무시했다.

섬으로 다가가자 십자 모양의 저편에 헬기가 착륙할 수 있는 지점이 보였다. 푸르른 들판 사이에 자리 잡은 높다란 성당 앞쪽에 평지가 있었다. 은빛 헬기가 그 평지 위로 내려앉을수록 성당은 높아졌다. 헬기에서 내린 사람들의 머리 위로 우뚝 솟은 성당의 십자가가 생각보다도 훨씬 높았다. 성당은 작은 섬에 비해 지나치게 컸다.

현욱은 헬기에서 내리자마자 거대한 성당을 향해 나아갔다. 현욱의 뒤로 낙빈 일행과 검은 양복의 남자들이 따랐다.

성당의 거대한 정문으로 들어서자 그곳을 지키고 있던 두 명의 문지기가 문을 열었다. 그들은 머리끝부터 발끝까지 짙은 회색 사제복을 입고 있었는데, 머리카락도 눈동자도 보이지 않을 정도로 커다란 후드가 그들의 얼굴을 푹 감싸고 있었다.

두 사제가 열어준 육중한 청동문은 수 미터나 될 정도로 높고 거대했다. 청동문의 중앙에는 순결한 은으로 모자이크한 십자가가 부조되어 있었다. 이 거대한 십자가의 가로에는 글자가 빼곡히 새겨져 있고, 세로에는 열두 사도의 모습이 그려져 있었다. 드디어 문이 열리면서 성당 내부가 서서히 드러났다.

섬에 있는 성당이라고는 믿기지 않을 정도로 거대한 성당에서 제일 먼저 눈에 들어온 것은 창문에 새겨진 십자가였다. 중앙에 있는 제단 뒤로 높다랗게 자리한 창문에는 여러 가지 빛무리가 십자가 모양으로 일렁거렸다. 창문에 새겨진 거대한 십자가는 수십, 수백 가지의 색깔로 모자이크된 스테인드글라스였다. 넓은 홀의 바닥에는 붉은 카펫이 깔려 있고, 카펫 중앙에도 순결한 흰빛으로 거대한 십자가가 수놓여 있었다. 그뿐이 아니었다. 거대한 홀에는 창문과 천장, 그리고 바닥 곳곳에 크고 작은 십자가가 놓여 있었다.

낙빈은 현욱의 뒤를 따라 성당 안으로 들어서면서 두 팔을 감싸 안았다. 갑작스러운 한기가 온몸으로 퍼진 탓이었다. 낙빈이 모시는 신들의 기운과 아주 다른 기운이 홀 안에 가득했다. 그 강한 기운들은 모두 십자가 모양의 그림과 조각에서 흘러나오고 있었다. 그 수많은 십자 모양은 서로서로 기를 발산하며 결계처럼 이어져 있었다. 수많은 십자가가 만들어낸 결계는 성당의 아래로부터 불쑥불쑥 튀어 오르려는 강한 기운들을 짓누르고 있었다.

십자가의 기운이 짓누르는 것은 땅 아래 기운뿐이 아니었다. 수많은 십자가가 이 성당에 발을 디딘 낙빈의 기운도 짓누르는 것만 같았다. 낙빈은 자신이 모신 신들의 기운이 갑자기 저 먼 지하세계로 꾹꾹 눌리는 듯한 기분이 들었다. 신들의 아우성조차 작은 속삭임으로 들릴 만큼 기운이 빠지고 쪼그라드는 느낌이었다.

낙빈은 다시 어깨를 떨었다. 십자가로부터 느껴지는 모든 기운이 참으로 강하고 안정적이었지만 동시에 너무나 차갑고 냉정했다. 낙빈은 그 모든 기운이 낙빈과 낙빈의 신들에 대해 배타적으로 눈을 치켜뜨는 것만 같아 무서웠다. 십자가를 제외한 어떤 영적 기운도 받아들이지 않겠다는 고집스러운 아집이 낙빈을 겁먹게 했다.

"오셨군요. 기다리고 있었습니다."

홀의 정면에 있는 거대한 스테인드글라스 십자가 아래에 세 명의 수사修士가 서 있었다. 그들은 높다란 제단 위에서 현욱 일행을 굽어보다가 천천히 내려왔다. 수사들은 좀 전에 문 앞에서 만났던 사제들과 마찬가지로 짙은 회색 사제복을 얼굴까지 뒤집어쓰고 있었다. 가운데 수사를 제외한 두 수사의 입에는 검은 마스크까지 씌워져 있었다. 이 마스크는 침묵을 상징하는지 두 사람은 단 한마디도 하지 않았고 가운데 수사만 이야기를 했다.

그러나 말을 하는 수사도 눈은 보여주지 않았다. 턱 아래까지 깊이 눌러쓴 회색 후드로 인해 얼굴은커녕 눈도 마주칠 수 없었다. 수사들도 일행의 발만 보일 것 같았다.

"교황청의 지시대로 저희를 믿고 따라주십시오."

현욱은 수사들을 향해 공손하게 고개를 숙였다. 현욱은 그들이 친절하게 대해주고 성당 출입을 허락한 것은 교황청의 지시 때문임을 알고 있었다. 급박한 상황에서 내려진 교황청의 지시가 없었다면 이들은 누구도 이 성당에 들이지 않았을 것이다.

"먼저 헤르메스의 창을 확인하겠습니다."

현욱은 담담하게 창을 확인하겠다고 말했다.

"따라오십시오."

수사들은 기다란 복도를 지나 좁고 아득한 지하로 그들을 인도했다. 그들은 일정하게 떨어져서 매우 천천히 정확한 속도와 일정한 보폭으로 일행을 안내했다. 수사들을 따라 지하로 들어간 것은 현욱과 낙빈 일행, 그리고 두 명의 신성한 집행자들이었다. 비행기 안 회의실에서 만났던 네 명의 능력자는 다른 임무가 있는지 헬기에 나눠 탄 후로는 보이지 않았다.

지하로 향하는 토굴은 커다란 벽돌로 만든 계단이 끝도 없이 이어져 있었다. 지하 깊은 곳으로 향할수록 빛이 점점 희미해지더니 마침내 자신의 발이 보이지 않을 정도로 캄캄해졌다. 깊고 깊은 토굴 속에서 한 치 앞도 보이지 않게 되자 앞서가던 수사가 동굴에 걸린 작은 횃불을 밝혔다. 그렇게 아래로, 아래로만 향하던 계단이 끝나고 마침내 좁고 평평한 길이 드러났다. 낮고 좁은 통로가 시작되자 그 끝에서 매우 음산하고 축축한 기운이 풍겨 나왔다.

마침내 나타난 좁은 복도는 천장이 너무 낮아서 모두들 고개를 숙이고 몸을 숙여야 했다. 어깨가 뻐근할 정도로 몸을 움츠리고 나아가다 보니 비좁은 복도가 끝나고 지하의 마지막 부분에 아주 넓고 둥그런 돔 형태의 방이 나왔다. 칠흑 같은 복도와 달리 둥근 방 안에는 은은한 빛이 비치고 있었다. 그 빛은 바로 그들의 머리 꼭대기에서부터 내려오고 있었다.

"으, 으아앗!"

이 방에 한 발을 내딛자마자 낙빈은 그 자리에서 비명을 지르며 털썩 주저앉고 말았다.

"아아, 낙빈아. 내게도 느껴지는구나!"

낙빈을 뒤따라오던 정희도 주저앉은 낙빈의 어깨를 꼬옥 안으며 불안한 표정으로 방을 두리번거렸다. 낙빈의 어깨를 감싼 정희의 손에서 미세한 떨림이 느껴졌다. 정희에게도 이 방 안의 중심에서 쏟아져 나오는 강하고 불안한 기운이 생생하게 느껴지는데 신력을 가진 낙빈에게는 얼마나 생생하게 느껴질지 짐작도 하기 힘들었다. 정희가 난생처음 느껴보는 너무나도 강력하고 무섭고, 또 끔찍한 기운이었다. 대체 무엇이 있기에 방의 중심에서 이토록 무시무시한 느낌이 밀려오는 것일까.

낙빈은 이 지하 방에 들어오자마자 느껴지는 강한 욕망의 외침에 두 귀가 멀어버릴 것만 같았다. 미칠 것처럼 아우성치는 소리에 그만 정신이 빠져 이 방에 있는 또 다른 존재도 알아채지 못했다.

털썩 주저앉은 낙빈의 주위에는 거인처럼 키가 큰 열두 명의 사제가 서 있었다. 그들은 엄청난 아우성이 들려오는 그 방의 한가운데를 중심으로 사방에 원을 그린 채 조각상처럼 서 있었다.

그들은 모든 빛을 빨아들인 것처럼 진한 감은빛 사제복을 입고 있었다. 그들은 턱 아래까지 사제복 후드를 눌러쓰고 두 손은 가슴 앞에 모은 채 미동도 없었다. 하도 움직임이 없어서 마네킹처럼 보일 정도였다.

열두 사제의 검은 옷에는 가슴부터 발끝까지 크고 하얀 십자가가 그려져 있었다. 그 십자가에서 엄청나게 강하고 고귀한 기운이 뻗어 나왔다. 마치 조각상처럼 미동도 하지 않는 그들은 한 명 한 명이 그대로 거대한 십자가였다. 범접할 수 없는 결계력을 가진 열두 십자가!

승덕은 지하에 들어올수록 가슴이 짓눌린 듯 답답해지는 것을 느꼈다. 과학적으로 분석하면 공기가 부족해서일지 몰라도 그 답답함의 원인이 단순한 산소 부족은 아닌 것 같았다. 바닥에 쓰러지는 낙빈과 미간을 찌푸리는 정희를 보면 보이지 않는 영적 기운이 답답함의 원인임을 짐작할 수 있었다.

돔에 들어서자마자 승덕의 눈길을 빼앗은 것은 뭐니 뭐니 해도 검은 사제복을 입은 열두 명의 남자였다. 그들은 모두 키가 2미터가량 되는 어마어마한 거구였다. 그들은 마치 아무것도 느끼지 못하는 것처럼 사람들이 나타났는데도 미동조차 하지 않았다. 그들의 기운이 하도 무시무시해서 누구도 입을 열 수가 없었다.

현욱은 열두 사제의 모습과 돔형의 방 안 곳곳, 그리고 텅 비어 있는 방의 중심을 예리한 눈빛으로 꼼꼼히 확인했다. 그는 열두 사제가 향한 방의 한가운데에서 한쪽 무릎을 꿇고는 바닥 곳곳에 손바닥을 대보기 시작했다. 분명히 단단한 회색 시멘트 바닥이지만 현욱이 손을 대자 그 아래에서 무언가가 불쑥불쑥 움직였다. 그것은 두터운 막에 갇혀 꿈틀대는 뱀 같았다.

낙빈은 현욱을 보며 몸을 부르르 떨었다. 낙빈이 상상할 수도 없는 일을 그 사람이 하고 있었다. 그는 단순히 뱀의 형상을 향해 손을 내미는 것이 아니었다. 그것은 천 길 낭떠러지 위에 드리워진 얇고 가는 실오라기에 매달리는 것처럼 위태하고, 얇은 비닐옷을 걸치고 끔찍한 독극물에 뛰어드는 것처럼 무모했다. 낙빈은 그 시멘트 바닥 아래로 보이는 너무나도 끔찍한 영상 때문에 그 자리에 얼어붙어 옴짝달싹하지 못했다.

낙빈에게는 두꺼운 시멘트벽이 얇고 위험한 반투명 막으로 보였다. 그 반투명 막은 어린 병아리가 깨고 나오는 달걀 껍데기의 얇은 막 같기도 하고 작은 올챙이가 뚫고 나오는 얇은 젤리처럼 보이기도 했다. 반투명 막 아래에서 초록 뱀이 몸을 비틀며 이리 저리 움직이고 있었다. 그 뱀은 그곳에서 당장이라도 벗어날 것처럼 온몸을 비틀고 꼬면서 현욱을 노려보았다.

반투명 막 저편, 초록 뱀 아래에는 수십, 수백, 아니 수천의 사람들이 있었다. 그들은 너나없이 얼굴을 들이밀고 손발을 들어올리며 막을 통과하려고 아우성치고 있었다. 얇은 막은 사람들이 손을 들어올릴 때마다 금방이라도 찢어질 것처럼 불쑥불쑥 솟아올랐다가 다시 내려가고, 또 솟아올랐다가 다시 내려가기를 반복했다.

'엄청난 원혼들이다. 저것들이 다 이승으로 오려고 발버둥치는구나. 저것들이 죄다 이승으로 쏟아져 나오면 이곳은 걷잡을 수 없는 혼란에 빠지겠구나. 끔찍하다, 끔찍해!'

심지어 낙빈의 신들까지도 엄청난 혼령들의 아우성에 혀를 끌끌 차며 고개를 내저었다.

낙빈은 누가 말하지 않더라도 반투명 막의 반대편이 어디인지 분명히 알 수 있었다. 그곳은 죽음의 세계와 통해 있었다. 죽음의 세계에 있는 영혼들은 무슨 이유인지 모두 불행해 보였다. 그들은 얇은 막을 사이에 두고 죽을힘을 다해 서로를 짓밟으며 이승으로 먼저 나오려고 아귀다툼을 하고 있었다.

그런데 이런 끔찍한 장소에 현욱이 무릎을 꿇은 것이다. 그는 아귀다툼을 하는 영혼들을 향해 손을 뻗어 금방이라도 튀어 오를 것 같은 초록 뱀을 만지작거렸다. 그 모습을 보며 낙빈은 저도 모르게 고개를 저었다.

"아아, 위험해요. 그러지 마세요."

낙빈이 간신히 용기를 짜내어 말했다. 현욱이 낙빈을 바라보았다. 차분하면서도 날카로운 눈빛이었다. 그동안에도 현욱의 발아래로 수많은 영혼이 튀어나올 것처럼 아우성치고 있었다. 그러나 현욱은 그곳에서 나오지 않았다. 그는 오히려 그 위험천만한 막의 중심에 단단히 두 다리를 세우고 일어섰다.

그 모습을 보면서 낙빈은 현욱에게도 이 모든 모습이 보인다는 사실을 깨달았다. 그가 발을 딛고 있는 지점은 너무나도 위험한 그곳에서 그나마 가장 안전한 위치였다. 그는 뻔히 아비규환의 장면을 보면서도 그 한가운데에 설 수 있는 남자였다. 그 정도로 그는 용기가 있거나, 혹은 그 정도로 끔찍한 일을 많이 겪었을 것이다.

"낙빈 군, 이것이 바로 이 거대한 성당이 AT섬에 지어진 이유입니다."

한없이 차갑게 가라앉은 목소리였다. 그는 주저앉은 낙빈에게 현실을 똑똑히 바라보라는 듯 냉정한 목소리로 말하고 있었다. 그는 낙빈에게 더 많은 것을 말하고 싶은 듯했다. 더 이상 말하지 않았지만 그의 눈동자는 낙빈이 무언가를 알아야 한다고 말하고 있었다.

"그리고 이것이 바로 헤르메스의 창이 가진 힘입니다."

이제야 낙빈은 신성한 집행자들과 현욱이 급하게 움직인 이유를 알 것 같았다. 영계와 육계를 혼돈에 빠뜨린다는 신화 속의 창! 낙빈은 영계와 육계를 왕래하는 헤르메스 신의 이름을 빌린 그것이 얼마나 위험한 물건인지 절실히 느꼈다.

"지하 3,000미터 지점에 헤르메스의 창을 묻고 성수를 받은 자갈과 모래를 덮었는데도 이 정도입니다. 두 마리의 뱀을 반으로 나눈 것으로도 모자라 위대한 가톨릭 성인들이 모여 지하 3,000미터 지점에 뱀 한 마리가 남은 그 창을 묻고 강력한 성령의 힘으로 단단히 막았는데도 헤르메스의 창은 금방이라도 저세상의 것들을 이 세상으로 내보낼 것처럼 아우성치고 있습니다. 이 위험한 도구를 막기 위해 교황청에서는 거대한 성당과 함께 구석구석에 끊임없이 보이는 십자가의 결계, 그리고 열두 사제의 결계를 만든 겁니다. 열두 사제는 헤르메스의 창을 막기 위한 가장 견고한 결계입니다. 이 성당이 모두 무너진다 해도 열두 사제만 버텨준다면 헤르메스의 창은 지하 밑바닥에서 조금도 꿈틀거리지 못할 겁니다. 그러나 이들 열두 사제가 버텨주지 못한다면 헤르메스의 창은 지하 밑바닥에서 솟아오를 겁니다. 단단히 막힌 영계의 틀을 부수고 말입니다."

그제야 일행은 모든 것이 이해되었다. 이 무시무시한 뱀 한 마리를 막기 위해 이토록 깊은 지하에 열두 사제가 붙박이처럼 서 있는 것이었다. 그들은 이 임무를 이을 다음 세대의 사제들이 나올 때까지 모든 생애와 영력을 이곳에서 소진하게 되어 있었다.

어마어마한 희생으로 단단한 결계를 만들고 있음에도 낙빈은 불안한 마음이 줄어들지 않았다. 반투명 막 저편에서 새빨갛게 두 눈을 빛내고 날카로운 꼬리를 자랑하며 똬리를 틀고 있는 진한 초록색의 뱀. 그리고 세상 저편에서 인간 세상을 넘보며 미친 듯이 발광하는 영혼의 얼굴들.

그런 모습을 보는 낙빈은 무섭고 불안했다. 아무리 견고한 결계를 몇 겹으로 쳤다 하더라도 낙빈의 공포심은 줄어들지 않았다. 반투명 막 너머에서 원혼들의 손가락이 금방이라도 낙빈의 옷을 움켜쥐고 발목을 붙잡을 것 같은 불길한 느낌이 들었다.

파사사사…….

낙빈은 자신도 모르게 금강청운계의 기운을 끌어올렸다. 그것은 이 무시무시한 헤르메스의 창에 대해 견고한 결계를 하나 더 드리우고자 하는 본능적인 반응이었다.

파사사사…….

푸르른 금강청운계의 빛이 방 안을 감싸는 순간.

채앵!

딱딱하게 굳어진 열두 사제의 근육이 움직이면서 무겁고 육중한 은빛 검이 일시에 낙빈을 향해 움직였다. 얼음처럼 굳어 있던 열두 사제가 새까만 사제복 안쪽에서 그들의 가슴까지 오는 거대한 은빛 검을 동시에 들어올린 것이다. 은빛 검이 낙빈을 향해 뻗어 나오는 순간 현욱이 바람보다 빠르게 낙빈의 앞을 가로막았다. 그리고 간발의 차로 현욱보다 늦은 정현이 다시 낙빈의 앞을 막아섰다.

채챙!

정현의 등 뒤에 잠들어 있던 해의 검과 달의 검이 흐릿한 불빛 사이로 반짝였다. 가늘고 늘씬한 두 검신이 차가운 은빛을 뿜어 내며 열두 사제가 뻗은 열두 자루의 육중한 검을 고스란히 받아 냈다. 열두 사제의 검은 낙빈의 키보다 훨씬 컸고, 그 거대한 검신에는 아름다운 십자가와 대천사들이 새겨져 있었다. 그것은 굉장히 묵직한 날을 가진 검이라 실제로 무언가를 베기보다 의식에 쓰이는 검으로 보였다.

정현의 검과 부딪힌 열두 검은 다시 열두 사제의 검은 사제복 안으로 숨어들었다. 열두 검은 그 짧은 사이에 낙빈으로부터 뻗어 나오는 푸른 금강청운계의 기운을 완전히 사그라뜨렸다. 강력한 결계의 힘을 담았던 낙빈의 금강청운계가 열두 검의 검기로 인해 산산이 기운을 잃어버린 것이다.

"이교도의 자식! 이 안에서는 이교도의 어떤 힘도 사용할 수 없다! 이 검들은 한 자루, 한 자루에 교황님의 성수가 뿌려졌다! 세례받은 신의 검이 이교도의 힘을 용납하지 않을 것이다!"

현욱을 안내하던 회색 옷의 수사가 부리나케 낙빈의 옆으로 달려왔다. 그는 후드로 가려진 검은 그림자 속에서 낙빈을 향해 미친 듯이 화를 내기 시작했다. 검은 옷을 입은 열두 사제와 회색 옷을 입은 수사들을 통틀어 그만이 유일하게 말을 할 수 있는 모양이었다. 회색 옷의 수사 외에 열두 사제 역시 낙빈에 대한 불쾌감을 감추지 않았다. 그들의 뒤로 이글이글 떠오르는 악의를 낙빈은 똑똑히 느낄 수 있었다.

"저, 저는 다만 결계를 더 단단히 하려고…… 도우려고 그런 건데……."

"이런 더러운 이교도의 자식! 이 사탄아, 마귀야! 당장 이 성지를 떠나거라! 이 사탄의 자식아! 더러운 이교도의 힘을 감히 여기서 사용하다니! 이 고귀한 성지에서, 고귀한 신의 역사하심 위에서 사용하다니, 네가 감히!"

회색 옷을 입은 수사의 성난 목소리는 끝날 줄 몰랐고 낙빈의 어깨는 자꾸만 쪼그라들었다. 어지러운 외국 말이었지만 고스란히 자신을 비난하고 있다는 것은 삼척동자도 알 수 있었다.

"그만두세요!"

현욱이 사제 앞을 막아서고 나서야 그는 간신히 비난을 멈추었다. 말은 멈췄지만 회색 망토 너머로 움찔거리는 어깨를 보면 아직도 분이 풀리지 않은 것이 분명했다.

"이 소년은 단지 결계의 힘을 굳건히 하려 했을 뿐이오. 당신들이라면 그 의도를 모르지 않을 텐데 어떻게 이런 식으로 몰아세운단 말입니까! 교황청에서 우리에게 이곳을 함께 방어하자고 하신 순간부터 우리는 종교를 초월한 동지입니다. 잊지 마십시오!"

현욱은 수사를 향해 불쾌한 감정을 감추지 않았다. 그의 목소리는 얼음처럼 차가웠다.

"낙빈 군도 크게 잘못했습니다. 낙빈 군은 미리 결계의 힘을 써도 되는지 물어봤어야 했습니다. 이분들은 유일신을 모시고 있기에 타 종교에 배타적일 수밖에 없습니다. 저들에겐 자신이 모시는 신만이 유일하기 때문에 다른 근원에서 나오는 힘을 용납할 수 없는 건 당연합니다."

현욱은 낙빈에게도 따끔한 충고를 잊지 않았다.

"그만둡시다. 시간이 너무 많이 지났습니다."

현욱이 한숨을 쉬었다. 그의 말대로 문득 방 안이 어두워지는 느낌이 들었다. 정현은 쌍둥이 검을 등 뒤로 꽂으며 둥근 방의 천장을 올려다보았다. 지하 수십 미터는 되는 이 방에서 바깥의 하늘을 관찰할 수 있도록 수 미터 높이의 천장에 둥근 창이 나 있었다. 그곳으로부터 약하고 희미한 빛이 이 깊은 지하까지 전해지고 있었는데, 그 빛이 점점 사그라지는 중이었다.

"벌써 날이 지는군요. 예언이 가리킨 붉은 달의 시간이 얼마 남지 않았습니다. 이곳은 열두 사제께 맡기겠습니다. 우리는 기꺼이 당신들의 방패막이 되겠습니다. 부디 오늘 밤이 지날 때까지 헤르메스의 창에 아무 일도 없길 바랄 뿐입니다. 그럼."

낙빈은 천장을 바라보았다. 곧 밤이 올 것이고 월식도 시작될 것이다. 예언에서 말했던 붉은 달의 시간이 다가올 것이다. 현욱은 열두 사제만 남겨두고 어두운 복도를 따라 다시 지상으로 올라갔다.

끝없이 이어지는 돌계단을 오르면서도 낙빈은 자꾸만 한기에 부르르 몸을 떨어야 했다. 헤르메스의 창에서 느껴지는 한기. 그리고 큰일이 일어날 것 같다는 불길한 예감이 일으키는 한기. 그 한기에 낙빈은 온몸을 떨었다.

7

낙빈 일행은 현욱을 따라 거대한 성당의 지하 통로를 지나 지
상으로 이어진 넓은 홀로 나왔다. 다시 두 명의 사제가 지키는 거
대한 청동문을 빠져나오니 낯익은 두 남자가 서 있었다. 한 명은
금발을 팔랑이는 아름다운 미청년이었다. 그는 한 번 보면 절대
잊을 수 없을 정도로 사랑스럽고 아름다운 청년 미카엘이었다.
다른 한 명은 검은 눈동자를 빛내는 남자였다. 목부터 발끝까지
몸에 맞는 검은 수트를 입고 무릎까지 내려오는 두꺼운 조끼를
걸친 그는 온몸 가득 수많은 총알을 두른 귀신같은 총수銃手 라자
무였다.

"지부장님."

"미카엘, 라자무. 왔군요."

현욱이 나타나자마자 미카엘은 새하얀 블라우스를 펄럭이며
그의 품에 뛰어들었다. 짧은 곱슬머리가 바람에 휘날리자 아름다
운 금빛 물결이 춤을 췄다. 어쩐지 보는 사람의 얼굴이 붉어질 정
도로 그는 크게 반색하며 현욱을 끌어안았다. 마치 어린 미덕이
현욱을 보며 반가워하고 기뻐하는 것처럼 미카엘이란 남자의 표
정도 그랬다. 미카엘은 현욱을 다시 만난 것이 마치 꿈만 같다는

듯 하얀 얼굴 가득 발그레한 홍조까지 띠었다.

반면 검은 수트의 라자무는 무뚝뚝한 표정을 전혀 바꾸지 않고 현욱을 바라보았다. 현욱과 짧은 눈맞춤으로 그는 모든 인사와 못다 한 말을 나누는 것처럼 보였다.

두 사람은 중국 소호산에서 낙빈 일행과도 만난 적이 있었다. 낙빈은 얼굴만 아는 이들에게 어떻게 인사해야 할지 몰라 쭈뼛쭈뼛 눈치만 보았다.

"반가워요."

눈치만 보고 있는 그들에게 먼저 다가온 것은 미카엘이었다. 그는 사랑스러운 금발을 찰랑이며 낙빈 일행에게 다가왔다. 새하얀 손을 들어 인사하는 아름다운 미카엘에게 승덕과 낙빈, 정희와 정현까지 심장이 벌렁거렸다. 일행은 어설프게 목례를 하며 이 아름다운 청년에게 아는 체했다.

현욱은 일행과 좀 떨어진 곳에서 미카엘과 라자무에게 몇 가지 이야기를 했다. 이미 이동 중에 충분히 전달받았는지 그들의 대화는 길지 않았다. 현욱과 짧은 대화를 마친 두 사람은 곧장 각자의 위치로 사라졌다. 그러고 나서도 현욱은 몹시 바빴다. 원격 통신을 통해 수많은 보고가 들어오고 수많은 명령이 내려졌다. 무언가 상황이 점점 더 급박해지고 있었다.

낙빈은 하늘을 바라보았다. 멀리까지 이어진 바닷가 풍경 위로 붉은 노을이 지고 있었다. 이제 저 붉은 노을이 사라지면 사방은 검게 변하고 새하얀 달이 떠오를 것이다. 그리고 예언이 지목

한 붉은 달의 시간, 즉 개기월식이 시작될 것이다. 낙빈은 두 손으로 두 팔을 감싸 안았다. 아직은 등 뒤에서 느껴지는 헤르메스의 창의 기운밖에 없지만 곧 이곳이 전쟁터가 될지 모른다는 생각에 두려움이 엄습했다.

일행은 점점 더 정신없이 바빠지는 현욱을 보며 아무 말도 할 수 없었다. 평소에는 할 말 다 하는 승덕마저도 그런 현욱에게 다가갈 수가 없었다. 마침내 현욱이 오른쪽 귀에 꽂은 이어폰을 살짝 빼며 일행 쪽으로 다가왔다.

"이제 시간이 되었습니다. 여러분은 오늘 신성한 집행자들의 여러 모습을 보게 될 겁니다. 오늘 우리 요원들은 지난번 중국에서처럼 방어 위주로 싸우진 않을 겁니다. 지난번에는 신성한 봉선 의식을 지키기 위해 모두들 참았습니다만, 오늘은 그날과 상황이 전혀 다릅니다. 두 눈을 크게 뜨고 지켜보십시오. 오늘의 경험은 낙빈 군을 비롯한 여러분 모두에게 큰 자극이 될 겁니다."

그는 무서운 속도로 말하면서도 발음 하나 꼬이지 않았다.

"제1선은 본섬의 외곽에서 능력을 발휘할 겁니다. 제2선은 섬의 도처에 만들어놓은 공격 지점에서 대기합니다. 마지막 제3선이 바로 이 성당입니다. 성당은 가톨릭 사제들과 미카엘 군이 맡을 겁니다. 여러분은 제3선의 후방부에 대기하게 됩니다. 저는 오늘 여러분에게 이 전투에 참여하라고 강요하지 않겠습니다. 그저 여러분은 보고 듣고 느끼면 됩니다."

현욱은 진지한 얼굴로 낙빈과 일행의 눈을 바라보았다. 그는 단순히 느끼기만 하라고 말했지만 그 눈빛은 무언가 더 많은 것을 이야기하는 듯했다. 그가 말하지 않는 것이 무엇인지는 모르지만 일행에게 무언가를 보여주려는 게 분명했다. 그는 생각에 잠긴 듯 잠시 눈을 감았다. 그런 모습에 누구도 말을 건넬 수가 없었다. 마침내 그가 눈을 떴을 때는 눈빛 속에 알 수 없는 반짝임이 있었다.

"이제 정말 시간이 없군요. 각자 위치로 가야겠습니다. 요원들이 여러분이 있을 곳으로 안내할 겁니다."

그는 다시 오른쪽 귀에 이어폰을 꽂았다. 그가 뒤로 돌아서는 동시에 검은 양복을 입은 요원이 나타나 일행을 이끌었다. 현욱이 그들로부터 멀어지려는 순간 낙빈이 그의 소매를 붙잡았다. 현욱은 조금 놀란 얼굴로 수많은 소리가 웅웅거리는 이어폰을 다시 빼냈다.

"저, 저기요. 그런데 대체 누가 이곳에 오는 건가요? 누구기에 저런 위험한 창을 손에 넣으려는 건가요?"

낙빈은 그동안 너무나도 궁금해하던 것을 물어보았다. 대체 누구기에, 어떤 집단이기에 저토록 위험한 것을 탐낸단 말인가! 낙빈은 그 해답을 현욱의 입으로 똑똑히 듣고 싶었다.

"내가…… 말하지 않았던가요?"

현욱은 조금 쓸쓸한 표정으로 낙빈을 바라보았다. 그의 표정이 스산했다.

"누군데요? 그게 누굽니까?"

성급하게 대답을 종용한 것은 승덕이었다. 그 역시 누가 이런 위험한 창을 갖기 위해 소동을 벌이는지 똑똑히 듣고 싶었다.

"흑단인형이라고……. 인류의 멸망을 위해 그녀가 레드블러드와 함께 또다시 한 걸음을 내딛는 거라고…… 내가 말하지 않았던가요?"

현욱과의 대화는 그것으로 끝이었다. 현욱은 다시 등을 돌렸고, 낙빈과 일행은 그저 멍하니 꿀 먹은 벙어리가 되어버렸다.

흑단인형!

소호산 요마의 숲에서 만났던 흰 가면의 소녀. 붉은 기모노를 입은, 까만 머리에 체구가 작은 여자아이의 이름이 나왔다. 낙빈은 형용할 수 없는 한기에 몸을 오그렸다. 낙빈이 그 이름을 알기 전부터 그 이름이 그를 따라다니고 있었다. 언제부턴가 끈적끈적하게 붙어 떨어지지 않는 진득한 거미줄처럼 그 이름이 낙빈의 뒤에 붙어 떨어질 줄을 몰랐다.

낙빈은 손발이 벌벌 떨리고 다리가 굳어 움직여지지 않았다. 흑단인형이 작은 손을 뻗어 낙빈의 얼굴을 만졌다. 그녀의 손이 낙빈의 턱을 감싸 쥐더니 이리저리 돌려보기 시작했다. 가면 사이로 까만 눈동자가 데굴거렸다. 흰자위가 거의 없이 새까맣게만 보이는 그 눈동자 앞에서 낙빈의 사지는 완전히 얼어버렸다.

'내가 아는 눈이로구나.'

낙빈의 귓가에 흑단인형의 목소리가 울려 퍼졌다. 누구에게도 말하지 못했던 그 이야기. 흑단인형이 낙빈에게만 속삭였던 그 말이 너무나도 생생하게 낙빈의 머릿속을 파고들었다.

'네 어머니는 이제 사람이 되어 살고 있더냐?'

새하얀 가면 속에서 예리하게 빛나던 그 눈빛이 말하고 있었다. 예기치 못한 순간, 예기치 못한 곳에서 튀어나온 어머니라는 말. 누구에게도 말하지 못했던 비밀. 흑단인형이 낙빈의 어머니를 알고 있다는 사실을 깨달은 그 순간부터 낙빈은 자신과 흑단인형의 인연이 그저 단순히 스치고 지나가는 것이 아님을 직감했다. 어쩐지 무서워서 어머니를 뵈었을 때도 차마 입에 올리지 못했던 그 말들이 낙빈의 빈 가슴속에서 혼자 메아리쳤다.

'어머니, 어머니는 흑단인형을 아시나요? 흑단인형은 저의 눈에서 어머니의 모습을 읽었어요. 그리고 제게 어머니에 대해 물었어요. 어머니, 흑단인형은 누구인가요? 그 무시무시한 사람이 인간 세상을 멸하기 위해 애를 쓰고 있어요. 어머니, 저는 그 사람이 무서워요. 그런데 그 사람은 제게 어머니에 대해 물었어요. 어머니, 어머니는 그 사람을 아시나요? 어머니, 어머니는 대체 어떤 분인가요? 어떻게 흑단인형이 어머니를 알고 있나요?'

낙빈의 뇌리에는 붉은 기모노 차림의 아이와 하얀 한복을 입은 어머니가 서 있었다. 낙빈은 두 사람에게 같은 말을 하고 또 했다. 하지만 그 누구도 대답해주지 않았다. 심지어 낙빈의 신들조차 모른 척 입을 다물었다. 말 못할 비밀을 간직한 낙빈은 마음이 무겁고 두려웠다. 그것이 흑단인형에 대한 두려움 때문인지, 아니면 자신이 지닌 비밀의 무게 때문인지 분간할 수가 없었다.

8

십자가 모양의 AT섬은 사방이 깎아낸 듯 반듯하게 잘린 수십 미터 높이의 절벽이었다. 다만 십자가의 길쭉한 하나의 날ㄲ만 비교적 완만한 경사면이었다. 이곳에 섬을 드나들 수 있는 유일한 선착장이 있었다. 사람들은 이곳을 '섬의 정문'이라 불렀다.

섬의 정문은 배 등의 통로가 되는 것은 물론이고 수상 헬기나 수상 비행기 등 모든 항공기도 이곳을 지나쳐야 섬으로 올라설 수 있었다. 섬의 정문을 제외한 다른 곳에는 마치 철벽 같은 성벽을 두른 것처럼 무시무시한 해류와 거친 바람이 일어 섬으로의 접근을 철저히 막았다.

쏴아.

낙빈은 뒤를 돌아보았다. 뒤집힌 폭포수처럼 세차게 바위를 차오르는 거친 파도를 보자 입이 바짝 말랐다. 무시무시하게 이어지는 높다란 절벽 아래서 금방이라도 모든 것을 삼킬 듯 거친 파도가 넘실거렸다. 낙빈과 승덕 등은 비쩍 말라 키만 커다란 요원의 안내를 받아 섬의 정문과 가장 먼 반대쪽에 자리를 잡았다. 그곳에서는 섬의 중앙에 위치한 성당의 뒤편이 보였고, 양쪽으로 뻗은 십자가의 양쪽 날개와 경사진 작은 선착장도 살짝 눈에 들어왔다.

"평소에도 이곳에는 이렇게 파도가 칩니다. 때문에 선착장 이외의 곳으로는 섬에 접근할 수가 없답니다."

낙빈 일행은 요원의 설명을 들으면서 현욱이 자신들을 배치한 이 자리가 적이 등장할 만한 지점과 가장 거리가 멀다는 것을 깨달았다. 현욱은 가장 한산하고 안전한 곳에 일행을 배치한 것이 틀림없었다. 더불어 그곳은 섬에서 가장 높은 지대라 어떤 곳이라도 한눈에 들어왔다.

화산 폭발로 생긴 AT섬은 화산암으로 뒤덮여 모든 땅이 검은 빛이었다. 그 검은 땅을 파헤쳐 참호를 만들었고, 그중 하나에 낙빈과 일행이 몸을 숨겼다. 참호는 꽤 깊어서 낙빈이 발을 세워야 간신히 바깥 상황이 눈에 들어왔다. 참호의 몇 미터 뒤에 있는 낭떠러지로는 새하얀 파도가 끝없이 부딪히고 또 부딪히기를 반복했다. 요원은 낙빈 일행에게 귀에 꽂는 무선 이어폰과 멀리까지 볼 수 있는 작은 망원경을 나눠주었다.

"섬의 정문에는 제1선의 요원들이 배치되어 있습니다. 그리고 제1선의 요원들 뒤로 제2선의 요원들이 정문에서부터 성당에 이르는 공간을 지키고 있습니다. 마지막 제3선이 바로 성당입니다."

요원은 현재의 배치에 대해 간단히 설명해주었다. 낙빈 일행은 망원경을 들여다보았다. 과연 낙빈 일행만 섬의 뒤편에 동떨어져 배치되었을 뿐, 많은 인원이 섬의 곳곳에 포진한 것이 눈에 들어왔다. 그들은 굳이 몸을 숨길 곳도, 숨을 이유도 없는지 모두 자신의 위치에 서서 끝없이 펼쳐진 광활한 바다 저편을 바라보고 있었다. 섬의 곳곳에는 나무가 무리를 지은 작은 수풀이 있었고, 그런 곳만 제외하면 모든 광경이 한눈에 들어왔다.

"저는 여러분에게 오늘 진행되고 있는 모든 일을 알려주라는 명령을 받았습니다. 제가 확인되는 모든 것을 여러분에게 알려드리겠습니다."

그는 간략하게 자신의 임무에 대해 말한 뒤 입을 다물었다. 섬에서 더 이상 알려야 할 움직임이나 변화가 없는 까닭이었다.

"우리는 여기서 지켜보라…… 그런 뜻인가?"

승덕이 낮게 중얼거렸다.

"지켜보면서 뭔가를 느끼라는 말인가? 현욱 저 사람은…… 도대체 뭘 말하려는 것일까?"

승덕은 누군가에게 말하는 것이 아니라 스스로에게 말하는 듯 혼자 중얼거렸다. 그는 현욱이 말하지 않은 여러 가지 메시지를 읽느라 머리가 복잡했다.

"저, 그런데 미덕이는요? 미덕이는 어디에 있어요?"

가만히 이야기를 듣던 정희가 다급히 미덕에 대해 물었다.

"아차! 미덕이…… 미덕이를 잊고 있었네!"

승덕도 낙빈도 어쩌면 이렇듯 까맣게 미덕을 잊고 있었는지 깜짝 놀랐다. 당황스럽게도 미덕이 때문에 이 섬까지 따라온 두 사람이 다른 생각으로 머릿속을 채워버렸던 것이다. 승덕은 현욱의 말 이면에 숨겨진 메시지를 읽느라 정신이 없었고, 낙빈은 흑단 인형과의 인연을 생각하느라 정신이 없었다.

"아저씨, 미덕이는 어디 있죠? 미덕이도 저 앞에 있는 건가요?"

그제야 낙빈은 어린 미덕을 떠올리며 울상을 지었다. 무시무시한 적이 오는데 아무 힘도 없는 바보 같은 미덕이 전투 일선에 서 있는 건 아닌가 걱정이 밀려왔다.

"죄송합니다. 저는 요원들의 이름을 모두 알지는 못합니다."

검은 양복 차림의 요원이 고개를 좌우로 흔들었다.

"미덕이는 여자아이예요. 저보다도 어린 여자아이라고요. 그 애는 고작 새소리나 흉내 낼 줄 아는데, 그 아이가 여기 와 있어요. 모르세요?"

낙빈은 미덕을 생각하자 눈이 그렁그렁해졌다. 그 어린아이가 이 무시무시한 섬에 끌려와 있다니 상상만 해도 끔찍했다. 힘도 없는 그 아이가 어디서 혼자 벌벌 떨고 있을까봐 안타까운 마음이 울컥거렸다.

"죄송합니다. 저는 알지 못합니다. 또한 저는 동방지부장님이 명령한 요원들에 대해서만 여러분에게 설명해드릴 수 있습니다."

그는 깍듯이 고개를 숙이더니 다시 섬의 선착장 너머로 고개를 돌렸다. 그 남자에게서 나올 정보는 없어 보였다.

"아저씨, 그게 아니고요. 잘 생각해보세요. 어린 꼬마라서 금방 눈에 띄었을 거예요. 미덕이라고…… 한국 아이고요, 저보다도 작고……."

미련을 버리지 못하고 애타게 매달리는 낙빈만 안타까울 뿐이었다. 승덕은 낙빈의 어깨에 손을 올리고 천천히 고개를 흔들었다. 더 이상 이야기해봐야 소용없다는 뜻이었다.

"관둬. 아무래도 우리가 직접 찾아보는 수밖에 없겠어. 어쨌든

망원경으로 미덕이가 있나 찾아보자. 미덕이가 성당 근처의 3선
에는 있을 리가 없으니까 선착장과 성당 사이에 있는 사람들을
확인해볼 수밖에 없겠어. 누구라도 미덕이와 비슷한 그림자라도
보면 서로 말해주기로 하자.”

승덕은 낙빈과 정희, 그리고 정현을 한쪽에 모아놓고 나지막이
속삭였다.

“어쨌든 우리는 이 싸움에 끼어들려고 온 것이 아니야. 무슨 일
이 있더라도 그저 보기만 하자. 명심해. 흑단인형과 신성한 집행
자들, 그리고 가톨릭교의 다툼일 뿐이야. 우리가 상관할 일이 아
니야.”

승덕은 낙빈과 정희, 그리고 정현의 눈동자를 차례로 바라보았
다. 자꾸만 깜빡 잊게 되는 그들의 목표는 오직 하나, 바로 미덕을
구하는 것임을 분명히 하기 위해서였다.

“잊지 마. 정보는 평형을 이뤄야 해. 우린 현욱이라는 사람에게
서만 모든 이야기를 들었다는 사실을 잊지 마. 우리가 생각하고
느끼는 것이 한쪽으로 치우칠 수도 있다는 얘기야. 그러니까 절
대로 끼어들지 마. 우린 흑단인형의 편도, 신성한 집행자들의 편
도 아니야. 알겠니? 무슨 일이 있어도 간섭하지 말자. 기억해. 우
린 미덕이만 찾는 거야. 미덕이를 구해서 모두 무사히 암자로 돌
아가는 것만 생각하자.”

승덕은 동생들의 눈을 바라보며 다짐시키듯 말했다. 그들은 자
신들이 고래 싸움에 휩쓸린 새우라는 사실을 깨닫고 있었다. 모

르고 지나쳤다면 좋았겠지만 그놈의 정 때문에 미덕을 구하기 위해 멀고 위험한 이곳 이국땅까지 오고 말았다. 어쩌면 오지 말았어야 했을지도 모른다. 하지만 그들은 이미 이곳에 와버렸다. 승덕은 밀려오는 후회를 접으며 한 가지만 목표로 세웠다. 미덕과 동생들을 모두 안전하게 데리고 가는 것. 그것이 승덕에게는 지상 최대의 목표였다.

"달이 뜨고 있습니다."

그들이 나지막이 이야기를 나누는 동안 검은 양복 차림의 요원이 낮은 목소리로 말했다. 서로의 눈을 바라보던 일행도 요원을 따라 하늘을 바라보았다. 어느새 광활한 대해를 물들이던 붉은 노을이 사라지고 검푸른 하늘 위로 새하얀 달덩이가 두둥실 고개를 내밀고 있었다.

암자에서 보던 달과 달리 출렁거리는 바다를 밝히며 떠오르는 달덩이는 몹시도 거대해 보였다. 둥그런 달덩이는 너무나 하얬다. 하얀 밀가루를 뒤집어쓴 것처럼 오늘따라 한 점 티도 없이 하얗게만 보였다. 검은 하늘에 푸른 구름을 등에 지고 나타난 새하얀 보름달이 몽환적이어서 현실같이 느껴지지 않았다. 마치 동화 속에 들어온 것처럼 비현실적이었다. 그렇게 멍하니 달을 바라보던 일행의 귓속으로 짧은 음성이 들렸다.

"사나 리시."

현욱의 목소리 같았다. 하지만 그들에게 들린 말은 그게 전부였다. 낙빈 일행은 서로의 얼굴을 바라보았다. 모두 같은 음성을 들었는지 어리둥절한 얼굴이었다.

"사나 리시가 가진 심안心眼의 힘입니다."

어리둥절한 일행의 옆에서 요원의 짧은 설명이 이어졌다. 승덕은 요원의 시선이 향하는 곳을 바라보았다. 하지만 이미 사위가 컴컴해져서 뭐가 뭔지 분간되지 않았다. 이번에는 작은 망원경을 눈에 댔다. 사방이 어두워서 망원경을 대봤자 뭐가 잘 보일까 싶었는데 요원이 나눠준 망원경은 일반적인 확대 기능만 있는 것이 아닌 모양이었다. 저 멀리에 있는 것들이 모두 보이는 것은 물론이고 어두컴컴한 곳까지 훤히 눈에 들어왔다.

"아, 저게 심안……!"

그제야 승덕은 심안이 무엇인지 깨달았다. 선착장의 맨 끝에 하얀 터번을 머리에 두른 남자가 보였다. 그의 이름이 '사나 리시'인 모양이었다. 그는 낙빈 일행과 비행기를 함께 타고 온 남자였다. 사나 리시는 선착장 앞에 서서 둥글게 말린 터번을 천천히 풀었다. 그리고 두 손을 모아 힘을 끌어올렸다. 승덕 쪽에서는 기껏해야 그의 뒷모습만 보이지만 그 순간 그들은 어떤 변화가 일어나는 것을 알아차렸다. 누군가가 불을 켠 것처럼 흰 터번의 남자에게서 한 줄기 빛이 뻗어 나와 무시무시하게 출렁거리는 검은 바다를 밝혔던 것이다.

"저분의 이마에는 시바의 눈동자가 있습니다. 심안을 통해 수천 킬로미터 너머를 바라볼 수 있으며, 반경 내에 어떠한 장애물이 있더라도 원하는 대상을 확인하는 힘을 가졌습니다."

요원은 간단명료하게 말했다. 그의 설명을 듣는 낙빈 일행은 그 신비한 힘에 매료되었다. 세상에는 상상한 것보다도 신비한 능력을 가진 이가 많다는 것을 새삼 깨달았다.

"형, 그런데 시바의 눈동자가 뭐예요?"

낙빈은 자신과 다른 영능력자들에 대해 호기심이 가득했다. 저 멀리 보이는 영능력자의 등 뒤로 이글거리며 떠오르는 힘을 바라보며 그 근원이 너무나 궁금했다.

"시바 신은 힌두교의 3대 신이야. 파괴와 멸망을 담당하는 신이지. 그 신은 이마 한가운데에 세 번째 눈동자가 있다고 해. 평소에는 감겨 있다가 파괴와 심판의 시간이 되면 그 세 번째 눈동자가 벌어진다고 하지."

"아아, 그렇구나. 그럼 저분은 시바 신을 모시는 분이군요. 하지만 하필이면 왜 파괴의 신을 모시는 걸까요?"

"힌두의 위대한 세 신 중에는 창조의 신인 브라흐마도 있고 창조한 세계를 유지하는 비슈누도 있어. 하지만 가장 위대하고 두려운 신은 바로 시바야. 그래서 시바 신을 숭배하는 사람이 특히 많아. 사실 세 신은 세계를 유지하는 데 반드시 필요해. 인도인들은 태곳적부터 우리의 세상이 창조되고 유지되었다가 다시 사라지는 것을 알고 있었어. 모든 생명은 태어나서 성장하다가 다시 흙으로 돌아가 분해되지. 지구상에 있는 모든 것이 그렇게 생성과 유지, 그리고 파멸을 겪어. 그중 하나만 없어도 세계는 존재할 수 없어. 썩고 분해되어 사라지는 것도 얼마나 중요한 일인지 몰

라. 멸망하고 사라지는 것, 즉 부패하고 분해되는 과정이 없다면 이 지구는 온갖 쓰레기로 가득해지겠지. 그걸 담당하는 시바 신이 위대한 것도 그 때문이고."

"그렇구나."

낙빈은 승덕의 설명을 들으며 천천히 고개를 끄덕였다. 탄생하고 창조하는 것만이 중요하고 가치 있다고 생각했는데 사라지고 없어지는 것도 얼마나 중요한 일인지 처음으로 깨달았다.

"사나 리시가 말합니다. 다가오고 있습니다. 100해리……90해리…… 70, 60, 50……."

승덕은 검은 양복 차림의 요원이 점점 작은 숫자를 말하자 머리털이 곤두섰다. 그는 심안을 가진 남자에게서 눈도 떼지 않으며 말하고 있었다. 엄청난 거리에서 장애물도 피하는 심안 정도는 아니어도 이 남자 역시 원거리를 투시하는 능력이 있는 모양이었다. 혹은 엄청난 청각으로 파도 사이에 작게 울리는 사나 리시의 음성이 들리는지도 몰랐다. 어쨌거나 그는 망원경도 없이 저 멀리 흰 터번의 남자가 말하는 것을 그대로 생중계하고 있었다.

"말도…… 안 돼!"

그의 말을 들은 승덕은 얼굴이 하얗게 질렸다. 100해리라면 거의 200킬로미터다. 동물들 중에 매가 기껏 10킬로미터 정도를 본다는데, 그 스무 배에 달하는 거리를 보는 사람이 있다는 건 정말 믿기 힘들었다. 더구나 그 엄청난 거리가 점점 더 빠른 속도로 줄어들고 있다는 것은 더더욱 믿을 수가 없었다. 바다 저 멀리로부터 무언가가 엄청난 속도로 다가오고 있었다.

마침내 요원의 얼굴에 팽팽한 긴장감이 번졌다. 아니, 요원만이 아니었다. 이 섬의 모든 생명체에 엄청나고 무시무시한 기운이 팽팽하게 번졌다. 그들은 저편에 이미 적이 나타났음을 알고 있는 듯했다.

"3, 2, 1해리…… 멈췄다."

검은 양복 차림의 요원이 낮게 중얼거렸다. 그는 여전히 흰 터번의 남자에게서 눈을 떼지 않았다. 망원경 너머 심안의 남자가 중얼거릴 때마다 요원 역시 말을 이어갔다.

피슈우웃.

그때였다. 이 섬의 바람 소리와는 다른 바람 소리가 섬을 가로질렀다. 엄청난 파도와 바닷바람 속에서도 왜인지 그 소리 하나가 모두의 귀를 갈라놓았다.

퍼펑!

그 바람의 끝에서 무언가 부서지고 갈라지는 소리가 이어졌다.

"라자무의 공격이 시작되었습니다."

긴장한 요원의 입에서 눈앞에서 벌어진 장면에 대한 설명이 이어졌다. 낙빈은 긴장한 얼굴로 저 멀리 바닷가를 바라보았다. 라자무라면 검은 수트를 입고 기다란 장총을 메고 있던 그 남자가 틀림없었다. 소호산에서 보았던 신성한 집행자들의 저격수. 깊은 숲 속에 가득한 나무들을 피해 돌고 휘어지며 표적을 맞히던 그 마술 같은 공격이 생생하게 기억났다. 멀리 떨어진 곳까지도 정확히 파고들었던 신비한 총알을 낙빈은 잊을 수가 없었다.

"아무것도 보이지 않는데……."

승덕은 신음을 하며 두 눈이 빠져라 저 멀리를 바라보았다. 망원경으로 보아도 흰 터번을 쓴 남자 뒤로 캄캄한 바닷가만 펼쳐져 있을 뿐, 아무것도 보이지 않았다. 검은 물만 섬을 삼킬 듯 넘실거렸다. 그때였다.

"배…… 검은 배가……!"

정현이 낮게 웅얼거렸다. 온 섬을 집어삼킬 듯 거세게 넘실대는 검은 파도 사이로 검은 실루엣을 보았다. 정현은 라자무가 쏜 단 한 발의 총알이 번쩍이며 꿰뚫은 그 자리에 망원경을 고정하고 내내 쳐다보았다. 그러자 그저 검기만 했던 그 부분이 주변과 중심으로 나뉘면서 그 검은 중심에 또 다른 검은 대상이 있다는 것을 알아챌 수 있었다. 집중을 통해 근경近景으로 튀어나온 그 물체는 검은 배 한 척이었다.

"배라고?"

승덕은 정현의 말을 듣고 이리저리 망원경을 조절해보았지만 아무것도 보이지 않았다. 낙빈과 정희 역시 배는 보이지 않았다. 주의 깊게 라자무의 공격을 바라본 정현의 눈에만 그 검은 배가 보였다.

검은 파도처럼 검은 배였다. 검은 파도를 타고 이 섬을 향해 달려온 그것은 새까만 돛을 단 범선이었다. 범선은 검은 물과 구분되지 않을 정도로 선체는 물론 돛까지 검은빛을 띠고 있었다.

슈우우웃.

파팡!

또다시 귓가를 가르는 차가운 바람 소리와 함께 바다 저편에서 불꽃이 터졌다. 그것이 신호였다.

투투투투…….

퍼펑!

벼락이 떨어지고 천둥이 치는 것처럼 무시무시한 소리가 뒤를 이었다. 장마철 우박처럼, 떨어지는 빗소리처럼 엄청난 소리가 귓가에 퍼졌다. 그것은 섬의 곳곳에서 쏘아대는 총성이었다. 텅 빈 공간으로 회색 연기와 불꽃이 퍼져나갔다. 그리고 연기와 불꽃 사이로 낙빈과 승덕, 그리고 정희 역시 저 멀리 두둥실 떠 있는 배 한 척을 알아보았다.

"거, 검은 배가…….."

쏟아지는 공격 속에서도 무심한 듯 파도 위에 둥실 떠 있는 검은 배는 만곡이 깊고 앞뒤가 무척이나 뾰족해서 마치 날카로운 페르시아의 검과 같은 모양이었다. 특이한 것은 다른 배와 달리 검은 돛이 날카로운 범선의 몸체 위에서 펄럭이고 있다는 점이었다.

그 배를 발견한 순간 낙빈은 팔뚝 가득 소름이 돋았다. 두려움에 온몸이 꽁꽁 얼어붙는 것만 같았다. 낙빈이 느낀 것은 참을 수 없는 살기였다.

스르룽…….

그런 살기를 느낀 탓인지 정현은 등 뒤에 잠자고 있던 해의 검을 꺼냈다. 해의 검이 검집을 훑고 지나며 낮은 금속성의 울음소리를 냈다.

"정현아!"

놀란 승덕이 정현을 돌아보았다.

"알아요, 형. 방어만 할 거예요."

정현은 이 싸움에 휘말릴 생각이 추호도 없었지만 혹시나 모를 공격에 대비하기 위해 해의 검을 빼들었다. 엄청난 살기를 느낀 해의 검이 그의 손안에서 파르르 몸을 떨었다.

빗줄기처럼 쏟아지는 공격은 검은 배까지 닿지 않았다. 배는 사정거리를 정확히 파악한 듯 그 밖에 있었다. 배에 닿아 불꽃을 터뜨리는 건 라자무의 총알이 유일했다.

낙빈은 검은 배의 위치를 파악하자 눈에서 망원경을 치웠다. 그보다는 맨눈으로 바다 저 멀리에 검게 떠 있는 배의 모양을 파악하려 했다. 그리고 그곳에서 물씬 풍겨나는 끔찍한 분노의 근원을 찾기 위해 온 신경을 집중했다. 마침내 잔혹한 살기의 근원이 드러났다. 무심한 검은 배 안에서 유독 점 하나가 일렁거렸다. 모든 살기는 그 점에서 쏟아져 나오고 있었다. 낙빈은 그 붉은 점을 보는 순간 그것이 누구인지를 알아챘다.

"레드블러드가 나타났습니다."

그 순간 요원의 낮은 음성이 들려왔다. 흔들리는 붉은 점은 머리끝까지 붉게 물들어 있던 그 여자가 틀림없었다. 몹시도 마르고 키가 컸던 여자. 한 번 보면 잊을 수 없을 정도로 강렬한 붉은

빛으로 온몸을 휘감은 그 여자가 틀림없었다.

낙빈은 저 멀리 검은 세계 속에 홀로 선 붉은 점에 초점을 맞췄다. 그러자 불타오르는 불꽃처럼 바람에 휘날리며 펄럭거리는 그녀의 옷자락이 보이는 듯했다. 기나긴 머리카락을 날리며 검은 배의 뾰족한 선수에 꼿꼿이 서 있는 그녀의 모습이 마치 눈에 들어올 것처럼 또렷해졌다. 두 눈으로는 보이지 않았지만 가슴으로는 그녀의 모습이 생생하게 보였다.

그녀의 차갑고 무서운 붉은 눈은 이 섬을 바라보고 있을 것이다. 그녀의 차가운 안광에는 인간에 대한 분노와 혐오가 차올라 있을 것이다. 낙빈은 그녀의 살의가 온몸의 세포를 자극하며 몸 구석구석까지 퍼지는 것을 느꼈다. 작은 몸 곳곳에 소름이 퍼져 나갔다. 낙빈은 너무나 무서운데도 그녀에게서 눈을 뗄 수가 없었다. 심지어 눈꺼풀조차 깜빡일 수 없었다.

그 붉은 여인은 쏟아지는 공격 속에서도 배 위에 단단히 서서 미동도 하지 않았다.

슈우욱.

째지는 바람 소리가 또다시 울려 퍼졌다. 그 모든 광경 중에 작은 움직임 하나가 낙빈의 눈에 들어왔다. 온통 검은빛이라 분간할 수 없는 그 순간에 웬일인지 낙빈의 눈에 그 작은 움직임이 포착되었다. 그것은 선착장 근처의 바위에 기댄 한 남자의 움찔거리는 어깨였다. 낙빈은 그가 한쪽 어깨에 기다란 장총을 메고 있는 라자무일 거라고 짐작했다.

바람처럼 날쌘 총알이 검은 총신에서 뿜어져 나왔다. 너무나도 짧은 순간이었지만 낙빈은 라자무가 바라보던 그곳을 보았다. 그가 겨누고 있는 곳은 붉은 점, 바로 레드블러드의 심장이었다. 라자무의 총알은 붉은 여인을 향해 정확히 파고들었다. 아니, 파고들어야 했다.

그러나 라자무의 총알이 어떤 방해도 받지 않고 붉은 여인의 심장을 파고들려는 순간 낙빈은 그 붉은 점이 바람을 타고 꺾이는 것을 보았다. 그녀는 마치 기울어진 오뚝이처럼 그 자리에서 반으로 꺾였고, 라자무의 총알은 텅 빈 공기를 가르며 어둠 속으로 사라졌다. 그것은 너무나도 짧은 찰나의 순간이었다.

"달이…… 달이…… 붉어졌어요."

정희의 목소리는 마치 울음을 터뜨릴 것처럼 떨렸다. 목소리마저 팽팽한 긴장감에 짓눌린 것 같았다.

새하얀 달의 끝부분이 붉은빛으로 변해 있었다. 믿기지 않을 정도로 하얗게 보이던 둥근 달의 일부가 지구의 그림자 속에 숨어들었다. 그림자는 희미한 붉은빛을 발하며 새하얀 달덩이를 순식간에 붉게 물들이기 시작했다. 물감이 번져나가는 것처럼 붉은빛이 서서히 달을 집어삼키고 있었다. 달은 그 어둠을 피해 하늘로 날아오르고 있었지만 붉은 그림자가 하얀 달을 삼킬 듯 그 뒤를 쫓았다.

월식, 드디어 월식이 시작된 것이다. 그리고 바로 그 순간! 달의 끝부분이 붉은 그림자 속으로 들어가기 시작한 그 순간. 미동도 않고 서 있던 붉은 여인이 움직이기 시작했다. 그녀는 두 손을 하늘로 천천히 추켜올렸다. 휘몰아치는 거센 파도 앞에서 그 여인은 온몸으로 바람을 맞으며 기운을 끌어올리기 시작했다. 그 순간 끝을 알 수 없는 강력한 영적 기운이 그녀로부터 뿜어져 나오기 시작했다.

파앗.

낙빈은 자신의 눈을 의심하지 않을 수 없었다. 분명 눈도 깜박이지 않고 그 모습을 바라보고 있었는데, 그 붉은 점의 뒤쪽에서 또 다른 작은 점 하나가 불쑥 나타났다. 낙빈은 온몸이 돌덩이처럼 굳었다.

붉은 여인의 뒤에서 나타난 작은 점은 흑단인형이 틀림없었다. 어디서 어떻게 나타났는지 알 수 없었다. 분명 검은 범선 위에는 레드블러드 외에는 누구도 없었다. 그런데 한순간에 그녀가 어디선가 나타났다. 그녀는 바닷바람을 한껏 맞으며 검은 돛대 위에 앉아 있었다. 언제나처럼 새하얀 가면을 쓰고 붉은 기모노를 입은 채 검은 생머리를 길게 드리우고는 그네에 앉은 것처럼 출렁거리는 돛대 위에 앉아 있었다.

"흑단인형이…… 나타났습니다."

요원의 음성과 함께 AT섬을 지키는 영능력자들로부터 엄청난 기운이 끓어오르기 시작했다. 그 모든 기운은 눈앞에 있는 검은 배와 레드블러드, 그리고 흑단인형까지 한꺼번에 집어삼킬 것처럼 이글거렸다. 그 엄청난 기운에 온몸의 솜털 하나하나까지 쭈

뻣쭈뻣 일어서는 기분이었다.

한동안 꼼짝도 하지 않던 배가 눈으로 분간하기 힘들 정도로 미세하게 조금씩 조금씩 거리를 좁혀오고 있었다.

"조금, 조금만 더……."

일행과 함께 선 신성한 집행자들의 요원이 중얼거렸다. 그는 눈앞의 광경에 완전히 몰두한 듯했다.

"라자무의 탄환을 빠져나갈 수 있는 사람은 없습니다. 그의 탄환은 성 마르코 대성당의 은십자가를 녹여 만든 12.7밀리 탄환입니다. 그만이 가질 수 있는 성스러운 저격탄입니다. 사거리 3,000야드까지 탄환의 파워와 탄자의 회전력이 조금도 감소하지 않습니다. 아무도 그 탄환을 피할 수는 없습니다."

요원은 거의 혼잣말처럼 중얼거렸다. 그는 자신이 내뱉는 모든 설명이 진실이기만을 굳건히 바란다는 듯 두 손을 꽉 쥐었다. 온 섬에 그렇게 긴장감이 팽팽했다.

타아앙!

쐐애애액!

총포를 떠난 은빛 탄환은 거센 바람을 가르고 빛을 가르며 정확히 흑단인형의 미간을 향해 파고들었다. 그 흰 가면에 탄환이 박히려는 찰나의 순간! 붉은 기모노를 입은 흑단인형이 믿을 수 없을 만큼 빠른 동작으로 돛대의 뒤쪽으로 벌렁 넘어졌다. 그러고는 뱅그르르 돌아 좀 전의 모습 그대로 사뿐히 돛대에 앉았다.

라자무의 공격은 너무나도 정확하고, 또한 피할 수 없을 정도로 빨랐다. 하지만 그녀는 마치 라자무를 놀리듯 아주 간단하게 공격을 피해버렸다.

낙빈 일행의 옆에 있던 요원은 더 이상 아무 말도 하지 않았다. 세상에 그 누가 라자무의 탄환을 그처럼 쉽게 피할 수 있단 말인가! 불가능한 일이 눈앞에서 펼쳐지고 있었다.

타앙! 타앙! 탕!

이번에는 여러 발의 공격이 검은 배를 향해 날아갔다. 잠시 후 검은 돛을 지탱하고 있는 적갈색의 길고 거대한 나무 기둥에서 불꽃이 튀었다. 라자무의 탄환은 마침내 흑단인형이 앉아 있던 거대한 나무 기둥의 중간을 파고들었다. 검은 돛대가 꺾이면서 흑단인형의 작은 몸이 배 바닥을 향해 사정없이 떨어졌다.

터어엉!

거대한 돛이 떨어져 내리면서 배 바닥을 심하게 강타하는 소리가 들려왔다. 검은 돛이 흑단인형의 위를 완전히 덮어버렸다. 아무런 움직임이 없었다. 이제 배에는 뱃머리에 선 붉은 레드블러드만 남아 있었다. 레드블러드는 붉은 눈동자로 AT섬을 뚫어져라 노려보고 있었다.

타아앙!

또다시 라자무의 총에 불꽃이 튀었다. 이번에 그가 겨냥한 것은 레드블러드의 심장이었다. 반짝이는 총탄이 레드블러드의 심장을 관통하는 순간! 그녀는 미끄러지듯 바닷속으로 빠졌다. 너무나 순식간에 벌어진 일이라 모두들 어리둥절한 눈으로 서로를 바라보았다. 낙빈 일행도 요원과 서로를 바라보았다. 레드블러드가…… 라자무의 총알을 맞고 바다에 빠진 것이다!

9

새하얀 성당의 회랑을 거치고, 끝없는 돌계단을 지나고, 길고 좁은 복도를 나아가야만 이를 수 있는 지하 깊은 방에서는 여전히 수많은 원혼이 아우성치며 이승으로 나오려고 발버둥쳤다.

거인 같은 열두 사제는 열두 방위에 서서 끝없는 기도에 몰두하고 있었다. 헤르메스의 창을 지키기 위해 이 어두운 지하에서 끝없이 기도하고 끝없이 자신을 채찍질해야 하는 숙명을 가진 이들 열두 사제는 평소보다 더욱 절실한 마음으로 기도에 몰두했다. 특히 오늘 이 월식의 날, 그들은 마음 깊은 곳에서 자꾸만 스멀스멀 올라오는 불안과 공포, 그리고 어두운 예시豫示와 싸우기 위해 더욱더 스스로를 다잡았다.

구그응…….

그들이 밟고 있는 검고 단단한 바닥 아래에서 미세한 떨림이 느껴졌다. 미친 듯이 몸을 비트는 초록 뱀과 영혼들의 강력한 기운이 물리적인 힘이 되어 미세한 떨림을 만들어내고 있었다. 그러나 열두 사제 중 그 누구도 눈을 뜨거나 말을 하지 않았다. 그들은 더욱더 간절한 기도력으로 이 모든 진동을 잠재우려 했다.

우웅…….

열두 사제의 강력한 기도력이 지하 저 밑까지 스며들자 지축을 울리던 미세한 떨림이 잦아들었다. 몸을 비틀며 발악하던 초록 뱀도 강력한 압력에 짓눌린 듯 움직이지 않았다. 사위가 잠잠해진 그 순간 다급한 발소리가 복도 저편에서 들려왔다. 종종걸음을 치며 방 안으로 들어온 사람은 회색 후드를 뒤집어쓴 수사였다.

"전투가 시작되었습니다. 그들이 다가오고 있습니다."

회색 후드의 수사는 걱정 가득한 얼굴이었다. 그는 거대한 조각상처럼 미동도 없는 열두 사제를 바라보았다. 열두 사제는 고요히 눈을 감은 채 기도에 집중하고 있었다. 그중 한 명이 천천히 눈을 떴다. 지독한 어둠 속에 완전히 익숙해져버린 그의 눈은 일반 사람과 달리 검은 눈동자가 과도하게 확장되어 있었다. 눈알 가득 검은 동자가 가득 차서 흰자위가 거의 보이지 않을 정도였다.

쾅광!

저 멀리서 무언가 폭발하는 소리가 들렸다.

"그들이…… 섬 안에 발을 디뎠습니다."

회색 후드의 수사가 불안한 듯 떨리는 목소리로 말을 이었다. 그러자 또 다른 두 명의 사제가 천천히 눈을 떴다. 그들의 눈동자 역시 너무나 검고 커서 흰자위가 거의 보이지 않을 정도였다.

쿠구궁!

또다시 느껴지는 폭발음에 다른 사제들도 천천히 눈을 떴다. 그들은 대체 무슨 생각을 하는지 조금의 표정 변화도 없었다.

"다가오고 있군요."

그중 한 명의 입에서 너무나도 낮은 저음이 흘러나왔다. 깊고 깊은 울림을 가진 목소리였다.

"다가오고 있습니다."

또 다른 사제가 천천히 동의했다.

"지상은 곧 전멸할 겁니다."

또 한 명의 사제가 말했다. 그의 음성 역시 지하실에서 울리는 듯한 깊은 저음이었다.

"곧 전멸할 겁니다."

이 불안한 예언에 대해 또 다른 사제가 동의했다. 열두 명의 사제는 모든 것을 알고 있다는 듯 고개를 끄덕이고 있었다.

"몇 겹으로 둘러싼 SAC 요원들이 전멸한다고요?"

회색 옷의 수사가 아연실색한 얼굴로 열두 사제를 바라보았다. 세계의 모든 종교를 통합하여 모든 초특급 초능력자를 모으고 훈련시킨다던 SAC가 순식간에 전멸해버릴 정도라니. 그는 두려움에 온몸이 식어버렸다.

"헤르메스의 창은 우리가 지킵니다."

"우리가 지킵니다."

"우리가 지킵니다."

열두 사제의 낮은 음성이 방 안을 가득 채웠다. 그것은 마치 끝없이 들려오는 메아리처럼 반복되고 또 반복되었다.

"오오, 아멘!"

회색 옷의 수사가 성호를 그으며 바닥에 엎드렸다. 헤르메스의 창을 지키는 모든 임무는 원래 이들 열두 사제에게 있었다. 신성한 집행자들 따위는 믿을 것도 없었다. 오늘 헤르메스 창의 운명은 열두 사제에게 달려 있었다. 열두 사제는 짧은 대화를 마치고 또다시 깊고 깊은 침묵 속으로 빠져들었다. 그 깊은 침묵 속에서 그들의 간절한 기도가 느껴졌다.

회색 후드를 입은 수사가 천천히 고개를 들어 천장에 있는 작은 유리벽을 바라보았다. 그것은 까마득한 지상과 연결되어 있었다. 그의 머리 위에 보이는 둥근 창문은 이 깊은 지하로부터 바깥세계를 볼 수 있는 유일한 방법이었다. 멀리 천장 끄트머리에 보이는 것은 하늘과 별과 구름이 전부였지만 그마저도 없다면 이곳은 지상이 아닌 지옥의 암흑 속 같았을 것이다.

우연인지 운명인지 그 둥근 창문 너머로 외로이 떠 있는 달이 보였다. 지구의 그림자에 일부가 가려진 붉은 달이 둥그런 창을 통해 깊고 깊은 지하 세계를 굽어보고 있었다.

"붉은 달이……."

둥근 달의 한쪽으로 붉은 안개가 드리워져 있는 것이 똑똑히 보였다. 그 붉은 안개는 점점 달의 전신으로 파고들어 모든 것을 삼킬 듯 이글거렸다.

불길한 월식.

불길한 달.

불길한 밤이었다.

10

시간이 멈춘 것 같았다. 모두의 눈이 출렁이는 검은 파도에 머물렀다.

라자무의 탄환이 붉은 레드블러드의 심장을 향해 날아가고, 뒤이어 그녀가 검은 바다로 빠져버린 그 순간부터 섬을 둘러싼 모든 것이 죽은 듯 고요해졌다. 검은 돛에 휩싸여 배 바닥으로 떨어진 흑단인형 역시 미동도 없이 고요하기만 했다. 고요함을 깨부수는 것은 검은 파도가 유일했다. 파도만 쉼 없이 AT섬 곳곳을 때리며 아프도록 시린 침묵을 깨고 있었다.

'설마……'

낙빈은 저 무시무시한 여인이 영력을 담은 총알 한 방에 사라졌다는 것이 도저히 믿기지 않았다. 아무리 영력을 극대화한 물건이라 하더라도 저토록 엄청난 영력을 가진 사람이 물리력에 굴복하고 사라졌다는 것이 믿기지 않았다. 아무도 말하지 않았지만 다들 그런 생각을 하고 있을 것이다. 하지만 한참의 시간이 흐른 뒤에도 배는 움직이지 않았다. 죽은 듯 그대로 바다 위에 둥실 떠 있었다. 귀가 멍멍할 정도의 포탄 소리가 한 차례 터지고 몇 발의 조명탄이 검은 하늘을 밝혔지만 검은 배는 그저 고요하기만 했다.

잠시 후 AT섬의 선착장 쪽으로 보트 세 척이 나타났다. 보트에는 신성한 집행자들로 보이는 몇몇 사람이 타고 있었다. 스쿠버

복장의 그들은 검은 파도를 향해 나아가기 시작했다. 그들의 이마 위에는 검은 파도를 비추는 액등額燈이 붙어 있었다. 그 빛이 점차 파도를 거슬러 검은 배를 향해 조금씩 조금씩 다가갔다. 보트 한 척이 가장 앞서 검은 배에 접근해갔다. 바로 그때였다. 앞서던 보트가 거친 파도를 만난 듯 흔들거렸다.

타앙!

그 순간 검은 파도를 향해 또 한 발의 총성이 울려 퍼졌다. 그 총성을 시작으로 단말마의 비명이 들려왔다.

"으악!"

"으아아악!"

비명을 지르며 비틀거리는 것은 해수복을 입은 요원들이었다. 그들을 향해 발사되는 총알을 처음에는 모두 어리둥절한 눈으로 바라보았다. 검은 파도, 검은 해수복, 검은 배 사이에서 이들을 구분하는 유일한 사람은 라자무뿐인 것 같았다. 그만이 그 검은 그림자 속에서 적의 모습을 구분하고 거센 공격을 펼치고 있었다.

지독한 어둠 속에서 흔들리는 요원들의 액등은 혼란을 부채질했다. 마침내 그 아수라장을 향해 흰 터번의 남자, 사나 리시가 심안을 홉떴다. 그의 심안이 검푸른 바다를 비추자 섬을 지키던 모든 이가 신음을 토해냈다.

그들의 눈앞에는 검은 파도가 있었다. 그러나 검은 파도만이 아니었다. AT섬과 흑단인형의 배 사이에 또 다른 검은 물건이 있었다. 요원들의 액등으로도, 하늘로 날아오른 조명탄으로도 보이지 않았던 검은 물체가 하나, 아니 수없이 많았다. 사나 리시의 심안을 통해 드러난 그것들은 길고 검은 상자였다.

몇 개의 상자에서는 믿을 수 없게도 무언가가 꿈틀대고 있었다. 무언가 손처럼 생긴 것이 상자의 틈으로 나와 빈 허공을 휘저었다. 또 어떤 상자에서는 사람의 형상으로 보이는 검은 물체가 반쯤 일어나 앉아 있기도 했다. 그중 몇몇은 검은 고무보트에 올라 요원들을 향해 손을 내뻗었다. 또 몇몇은 검은 파도에 빠져 텅 빈 하늘을 향해 허우적거렸다.

탕! 탕! 타앙!

드르르륵!

이 모습이 확인되는 순간 검은 파도 위로 쉴 새 없이 총성이 이어졌다. 그들은 요원들을 붙잡으려 손을 내뻗는 형체들을 향해 조금의 동정도 없이 공격을 시작했다.

곳곳에서 번쩍거리는 불꽃을 보니 라자무를 비롯한 수많은 요원이 공격에 참여하고 있는 게 분명했다.

"저, 저기…… 붉은……."

그 끔찍한 불꽃들 사이 검은 파도 위로 솟아오르는 붉은 점이 있었다. 검은 하늘, 검은 세계에서도 적월의 빛을 받으며 붉게 반짝이는 점. 그 붉은 꽃잎이 검은 바다 위로 두둥실 떠올랐다. 그리고 탄환의 빛보다도 빠르게 섬을 향해 다가오기 시작했다. 새빨갛게 물든 붉은 양귀비 한 송이가 검은 바다 위로 흩날렸다.

그것은 믿을 수 없는 광경, 믿을 수 없는 모습이었다. 섬과 검은 배 사이의 거리는 꽤나 멀었다. 그런데 뱃머리에서 라자무의 탄환에 맞아 바다로 빠졌던 붉은 여인, 레드블러드가 출렁거리는 파도 위로 두둥실 떠올라 마치 단단한 돌길을 달리듯 바다 위를 맹렬히 달리기 시작했다.

두두두두!

타앙, 타앙!

수많은 총성이 터지고 수많은 연기가 치솟았지만 그녀를 잡을 수가 없었다. 놀랍게도 그녀는 아무것도 없는 물 위를 걷고 있었다. 거친 검은 바다 위를 말 그대로 '달리고' 있었다!

"마, 말도…… 안 돼!"

낙빈, 승덕, 정희, 정현의 입에서 동시에 이 말이 튀어나왔다. 눈으로 보고 있었지만 믿을 수가 없었다. 바다를 밟고 달려오는 사람이라니! 도저히 믿을 수가 없었다.

물 위를 달리는 레드블러드의 모습은 검은 돌을 박차고 달리는 붉은 치타와도 같았다. 빗발치는 총탄 속에서 유유히 바다 위를 건너오는 그 모습에 선착장을 지키던 제1선이 휘청거렸다.

"틀렸어!"

정현은 이를 악물며 중얼거렸다. 동시에 휘청거리는 일단의 대열을 보면서 정현은 이미 첫 번째 방어선이 무너진 것이나 다름없음을 알아차렸다.

눈 깜짝할 사이에 레드블러드는 출렁거리는 검은 바다를 건너 마침내 섬 위에 두 다리를 딛고 섰다. 속이 훤히 비치는, 붉은 드레스를 입은 요염한 여인은 아름다운 몸을 휘감고 있는 붉은 드레스를 바닷바람에 나부끼며, 희고 가느다란 두 팔을 들어올렸다. 그녀의 모습은 마치 그림 속에서 튀어나온 미의 여신처럼 아름다웠다.

태양의 붉은빛처럼 새빨갛게 불타오르는 긴 머리, 그보다 더 붉은 입술, 이와 대비되는 백합보다 희고 가녀린 살결까지. 아주 잠시 동안 모든 사람은 온몸이 마비된 듯 섣불리 움직이지 못하고 그저 멍하니 여인을 바라보고만 있었다.

"공격!"

다급한 신음 소리가 요원들의 귀를 후벼 팠다. 그리고 그 다급한 목소리가 낙빈 일행의 옆에 있던 요원의 통신기를 통해 들려왔다. 몹시 화난 듯한 그 음성은 현욱의 것이 틀림없었다.

잠시 동안 정신을 잃었던 요원들은 붉은 여인을 향해 미친 듯이 공격을 시작했다. 제1선에 섰던 모든 총구가 그녀를 향했고 공격을 담당한 영능력자들의 힘도 가세했다.

하지만 그들이 멈추었던 그 잠시 동안 AT섬에 상륙한 것은 레드블러드만이 아니었다. 그녀의 뒤로 거세게 밀려드는 파도 사이로 검고 기다란 상자들 역시 속속 도착했다. 한 사람이 누우면 딱 맞을 듯한 상자들이 엄청난 속도로 뭍에 올라섰다. 사람의 형상이 툭툭 빠져나오는 그 상자들은 검은 관이었다. 레드블러드가 육지를 밟듯 거친 파도 위를 달려올 수 있었던 것은 바로 그 검은 관들 덕분이었다. 그녀의 하얀 발아래 검은 관들이 든든한 디딤

돌이 되었던 것이다.

두두두두두!

섬 이곳저곳에서 연속적으로 발사하는 자동소총 소리가 귀를 울렸다. 그 수많은 총성이 붉은 여인을 향해 내리꽂혔다. 그러나 그 모든 공격이 레드블러드의 옷깃을 스치기도 전에 검은 관들이 순식간에 일어서더니 겹겹의 장막처럼 그녀를 에워쌌다. 검은 관으로 만들어진 거대한 장막이 요원들의 눈으로부터 붉은 여인을 완전히 가려버렸다.

파도가 한 번 칠 때마다 더 많은 관이 그녀를 감쌌고, 그 관 안에 있던 인간의 실루엣들이 느릿느릿 움직이기 시작했다. 사람이라기엔 조금 이상한 검은 인간들은 멀리서도 생기가 없어 보였다. 누가 보더라도 그들은 생명을 다한 시체의 모습이었다.

드드드드!

자동소총이 레드블러드의 정면을 막아선 검은 관을 사정없이 갈겨대자 기다란 관들이 산산이 부서졌다. 그 안에 있던 오래된 시체 역시 수많은 총알에 관통당하며 볼품없이 바닥으로 떨어져 내렸다. 그러나 부서지는 관 뒤로 또다시 검은 관이 끝없이 막아섰다. 겹겹의 관들 틈으로 날카로운 여인의 음성이 터져 나왔다.

"죽음에서 돌아온 자들이여! 모두에게 지옥을 선사하라!"

그 말이 끝나는 순간 수많은 관이 맹렬한 기세로 솟구치더니 레드블러드의 주위를 거대한 회오리처럼 빙빙 돌기 시작했다.

"가라!"

회오리의 중심에서 그녀의 새하얀 팔이 뻗어 오르는 순간 검은 관들이 섬의 사방으로 솟구쳤다가 날카로운 창처럼 바닥에 내리꽂혔다.

퍼벅! 퍼버벅!

검은 관들은 레드블러드에게 총구를 겨누고 있던 요원들을 향해 엄청난 속도로 쏟아져 내렸다.

"끄아악!"

관들이 요원들의 머리와 맞닿는 순간 여러 곳에서 단말마의 비명 소리가 휘몰아쳤다. 또 다른 곳에서는 관에 남아 있던 뼛조각과 문드러진 살조각들이 떨어져 내렸다. 죽음에서 다시 돌아온 이들은 삐걱거리는 몸을 움직이기 시작했다. 하늘에서 내리는 시체의 비는 온갖 전쟁에서 산전수전을 겪은 요원들마저 진저리치게 했다.

낙빈 일행은 멀리서 이 모습을 보는데도 손발이 다 얼어버릴 것만 같았다. 정현의 말대로 흑단인형과 레드블러드의 착륙을 막던 제1선은 완전히 붕괴되어버렸다.

아수라장의 소용돌이 속에서 레드블러드는 두 손을 하늘로 펼쳤다. 그녀의 새하얀 손 위에 적월이 반짝였다. 그러자 검은 관의 소용돌이 안쪽에서 날카로운 고음의 여자 목소리가 흘러나왔다.

"땅은 혼돈하고, 어둠은 깊음 위에 있으며, 영은 물 위에서 움직이나니, 뭍이 드러나리라! 모든 생명의 근원은 흙이고 마지막에 돌아갈 곳도 흙이니, 물에 떠 있는 너희는 모두 흙으로 돌아갈지

라. 뼈는 몸을 지탱하고 물은 혈관이 되리니, 너희는 살이 되는 흙

으로 다가가라! 에메트_{emeth}♦의 다섯 철자가 너희에게 생명을 불

어넣으리라. 거룩한 책_{Epharim Kithbe Haqqodes}♦♦이 말하노니, 별과

뼈와 물과 흙으로 인해 숨을 쉬고 너희가 움직이리라!"

여자의 외침은 온 섬을 쩌렁쩌렁 울릴 정도로 강력했다. 그녀

의 강한 영파_{靈波}를 담은 음성은 그녀의 온몸을 타고 섬의 곳곳으

로 퍼져나갔다.

그녀가 두 손을 뻗어 하늘을 가리키자 뒤집힌 별 모양의 테두

리가 마치 형광물질처럼 사방을 향해 빛나기 시작했다. 반짝이는

형광물질은 검은 하늘에 거대한 별, 그러나 온전한 모양이 아닌

거꾸로 뒤집힌 역성상_{逆星狀}♦♦♦을 그려냈다.

"성상의 빛을 받는 곳이여, 성상이 가리키는 곳이여, 나의 말을

들어라! 너희가 진정 새 생명을 얻으려 한다면 흙으로 가라! 그리

♦ 히브리어로 '진리'를 뜻한다. 히브리어 '진리'는 시육주법의 주문으로 사용된다. 이 비술
은 생명이 없는 것에 생명을 불어넣어 인형처럼 주인의 명령대로 움직이게 한다. 진리의 비
술에 걸린 시체들은 아무리 다치더라도 절대로 죽지 않는다. 에메트를 시육주법의 주문으
로 사용하는 것은 그 단어가 죽음을 의미하는 '메트meth'와 밀접하게 관련되어 있기 때문이
다. 주인의 명령대로 움직이는 시체를 다시 죽음의 세계로 돌려보낼 방법은 에메트를 메트
로 바꾸는 것뿐으로 알려져 있다.
♦♦ 『성경』의 여러 가지 명칭 중 하나. 특히 여기서는 구약성경의 「창세기」를 지칭한다. 「창
세기」에 나오는 인간의 탄생 장면과 골렘의 비술에서 이야기하는 반인간의 탄생술을 결합
하여 사용했다.
♦♦♦ 서양 마법의 상징 중에 가장 중요하게 여겨지는 것이 마법의 원이다. 마법의 원은 마법
사가 불러내는 사악한 힘으로부터 마법사를 보호하고 마법사의 신통력을 집중시키기 위해
꼭 필요한 것으로 여겨졌다. 학자 겸 마법사였던 아그리파는 악령의 해코지를 막기 위해 솔
로몬 문장을 이용한 마법의 원을 고안했다. 마법의 원 중심에는 보통 성상, 즉 별 모양이 그
려지는데, 거꾸로 된 역성을 그려 넣을 경우 사악한 힘을 빌려 쓴다는 의미가 있다.

고 영혼의 부름이 있는 곳을 향해 멈추지 말고 나아가라! 영혼과 육체를 관할하는 헤르메스의 창 앞으로 멈추지 말고 나아가라!"

그녀의 마지막 말이 떨어지기가 무섭게 놀라운 일이 벌어졌다. 갑작스럽게 섬의 곳곳에서 차가운 영기가 물씬 풍겨오기 시작했다. 그것은 섬의 출입문 역할을 하는 선착장만이 아니라 십자가 모양의 AT섬 전체에서 풍기는 기운이었다. 심지어 선착장의 정반대쪽에서 이 모습을 관망하고 있던 낙빈 일행의 등 뒤에서까지 차가운 기운이 물씬 풍겼다.

"으악! 저것 좀 봐요!"

검은 파도 아래에서 차가운 영적 기운을 느낀 낙빈이 소리쳤다. 낙빈을 따라 승덕과 정희, 그리고 정현도 등 뒤에서 몰아치는 파도를 바라보았다. 놀랍게도 절벽 밑에는 수많은 검은 관이 넘실대고 있었다. 언제 이곳까지 흘러왔는지도 모를 새까만 관이 섬 곳곳에 수백 개가 널려 있었다. 그 관들이 벌컥벌컥 열리더니 잠들어 있던 시체들이 꿈틀대며 일어났다. 붉은 옷의 여인이 주문을 외우며 역성상을 그려낸 순간 온 섬을 감싸고 있던 무수한 관들이 움직이기 시작한 것이다.

뼈만 남아 있는 자들, 한쪽 얼굴이 뭉그러진 자들. 수십 미터 전방까지 썩은 내를 풍기는 시체들이 저마다 관에서 벌떡벌떡 일어나 사방에서 AT섬을 향해 손을 뻗었다. 그들은 매서운 파도 속에서도 섬을 기어오르기 시작했다.

"시체들이 일어나고 있어요!"

"말세의 징조가……."

낙빈이 소리치자 승덕은 신음했다. 그는 모모 님으로부터 들었던 말세의 징조를 되새겼다. 죽은 자가 일어서는 순간 말세가 시작된다고 예언한 것은 모모 님뿐만이 아니었다. 정희와 정현의 아버지 스님이 말했던 예언의 그날에도 시체가 일어나는 날에 대한 언급이 있었다. 모두들 차갑게 돋아나는 소름에 두 팔을 감쌌다.

"제가 여러분을 지키겠습니다. 걱정하지 마십시오."

낙빈 일행의 옆에 있던 검은 양복 차림의 남자가 깎아지른 절벽을 오르기 위해 저 아래 파도 위에서 꿈틀거리는 시체들을 보며 짧게 말했다. 그는 날카로운 얼굴로 절벽 아래의 시체들을 바라보는 동시에 선착장 저편에 선 레드블러드를 살폈다. 레드블러드의 머리 위 검은 구름에는 여전히 별 하나가 선명하게 새겨져 있었다.

"저게 뭐죠? 뭔지 모르겠지만 아주 강한 영력이 느껴져요. 정말…… 무서운 힘이에요."

낙빈은 뒤집힌 별에서 사방으로 뻗어 나오는 강한 영적 기운을 느꼈다. 그러나 그것은 밝고 환한 힘이라기보다 어둡고 탁한 기운이었다.

"역성상의 힘입니다."

요원은 짤막하게 대답했다. 낙빈 일행은 그의 얼굴을 뚫어져라 쳐다보았다. 그 힘에 대해 더 많은 설명이 필요하다는 뜻이었다. 그는 사방을 감시하면서도 또박또박한 말투로 짧게 설명하기 시작했다.

"역성상이란 뒤집힌 별을 의미합니다. 위가 아래, 아래가 위로 뒤집힌 별은 꼭짓점이 다섯 개인 마법 원의 별 모양을 뒤집어놓은 것입니다. 온전한 별이 악령들의 해코지를 막기 위한 것이라면 역성상은 악령과 영을 불러들이기 위한 마술을 의미합니다. 일종의 흑마법黑魔法에 해당합니다."

"흑마법……."

낙빈 일행은 모두 인상을 찡그렸다. 시체를 움직이는 힘의 근원이 끔찍하고 두렵게 느껴졌다.

"시체들이 올라오고 있습니다. 미간을 정확히 공격해야 합니다."

요원은 절벽 아래에서 꿈틀거리는 시체들을 바라보았다. 아직 낙빈 일행이 있는 섬의 뒤편에는 시체들이 올라오지 않았지만 다른 방향에서는 바위를 기어오르는 괴물 같은 시체들이 속속 등장했다.

요원들은 그 징그러운 얼굴들을 향해 공격을 가했지만 시체들은 결코 죽지 않았다. 시체들은 심장을 맞고 머리를 맞아도 또다시 일어나 끈질기게 경사면을 기어올랐다. 시체들은 정확히 미간의 중심을 맞지 않으면 주술에 걸린 움직임을 멈출 수가 없는 모양이었다.

그들은 미간을 제외한 어느 곳에 공격을 받아도 부서진 몸뚱이와 뼛조각들을 모으며 끊임없이 절벽을 기어올랐다. 어두운 밤, 경사면을 기어오르는 수많은 시체의 미간을 정확히 조준해 쏜다는 것은 말처럼 쉬운 일이 아니었다.

"끄아악!"

사방에서 비명 소리가 터져 나왔다. 끝없이 밀려오는 시체들의 산에 발목을 잡히고 팔을 붙잡힌 요원들이 질러대는 비명 소리였다. 고통스러운 비명과 아우성 속에서 아무런 감정도 동정도 없는 검은 시체들은 산 사람의 몸을 갈가리 찢어발기고 뜯어냈다.

그러자 제2선에서 진을 치고 있던 요원들이 움직였다. 제2선의 요원들은 성당을 향해 다가오는 시체를 공격하는 동시에 역성상을 만들어낸 레드블러드를 향해 거친 공격을 퍼부었다.

파바바박!

그러나 어떤 공격도 레드블러드 주위를 맹렬히 돌고 있는 검은 관의 회오리를 뚫을 수가 없었다. 마침내 섬 전체가 이 끔찍한 아수라장에서 정신을 차릴 길이 없었다. 바로 그 순간, 그 짧은 순간 검은 하늘에 반짝이던 역성상의 중심에서 무언가 반짝하고 빛이 났다. 그것은 참으로 검고 참으로 붉은 하나의 점이었다. 참 작고 또렷한 점 하나가 모두의 눈을 피해 반짝 비치더니 다시 순식간에 모습을 감추었다.

"나에게 덤벼라!"

그 작은 점이 사라진 순간 레드블러드를 휘돌던 검은 관들의 무리가 섬 곳곳으로 떨어져나갔다. 역성상에 모든 힘을 쏟아부었던 레드블러드가 사방을 바라보며 눈동자를 굴리는 순간 그녀의 붉은 안광에서 냉기가 퍼져나왔다. 너무나도 차갑고 너무나도 무시무시한 안광이 번쩍이고, 그녀의 새하얀 팔이 무언가를 움켜쥐듯 허공으로 떠올랐다.

"크아악!"

"으아악!"

제2선을 막고 있던 강력한 영능력자들이 두둥실 떠오르기 시작했다. 마치 긴 낚싯줄에 줄줄이 매달린 생선처럼 한 명씩 허공 위로 올라왔다. 그들은 마치 목이 졸린 사람들처럼 목을 쥐어뜯으며 두 발을 버둥거렸다.

"하아앗!"

"끄아아악!"

"끄악!"

레드블러드가 손가락을 움켜쥔 순간 다섯 명의 영능력자에게서 끔찍한 비명 소리가 터져 나왔다. 그들은 마치 짓눌린 풍선처럼 온몸이 터지면서 붉은 피를 산산이 흩뿌리고 사라졌다. 감히 눈을 뜨고 쳐다볼 수 없을 정도로 끔찍한 장면이었다.

"아악!"

낙빈도 정희도 비명을 질러댔다. 그 끔찍한 모습에 가슴이 터져버리는 것만 같았다.

"위험신호가 발동됐습니다. 결계를 치겠습니다."

낙빈 일행의 곁을 지키고 있던 요원이 차가운 목소리로 중얼거렸다.

"진정지주眞正蜘蛛 결계."

끔찍한 아비규환 속에서 갑자기 거미줄처럼 가늘고 세밀한 선이 수없이 뻗어 나오더니 일행의 주변을 에워쌌다. 검은 양복 차림의 요원으로부터 나온 수많은 선은 마치 새하얀 고치처럼 낙빈과 일행을 단단하고 강하게 감싸 안았다.

11

쥐 죽은 듯 고요하기만 하던 작은 섬이 요동쳤다. 폭발음이 여기저기서 터져 나오면서 고통과 괴로움의 기운들이 깊은 지하 세계에까지 느껴졌다. 단단히 막고 또 막은 결계들이 무너지면서 괴상망측한 죽음의 기운들이 섬 이곳저곳으로 퍼지는 것을 열두 사제는 고스란히 느낄 수 있었다. 언제나 평온하고 고요하기만 했던 그들의 가슴속에 끝없는 불안과 위험신호가 울려댔다.

회색 옷의 수사가 돔형 방의 입구와 열두 사제 사이를 오가며 안절부절못했다.

"사제님, 헤르메스의 창이…… 헤르메스의 창이 꿈틀대고 있습니다. 그 사악한 뱀이 움직이려고, 저 깊은 지하로부터 빠져나오려고 몸부림치고 있습니다."

회색 옷의 수사는 어쩔 줄 몰라 했다. 엄청난 폭발음과 함께 파동이 느껴질 때마다 깊디깊은 시멘트 바닥 저 아래에 묻힌 초록 뱀이 꿈틀거렸다. 그는 이제껏 한 번도 보지 못한 강렬한 뱀의 요동을 보고 있었다. 초록 뱀은 세모난 머리를 바짝 들어올리며 호시탐탐 땅 위로 나올 기회를 찾고 있었다. 놈이 대가리를 들어올릴 때마다 단단한 시멘트 바닥이 고무처럼 늘어나며 뱀의 형상 그대로 솟아올랐다.

회색 옷의 수사는 미처 보지 못했지만 열두 사제에게는 그 이상이 보였다. 뱀이 요동치고 발광할 때마다 금방이라도 반투명 막을 꿰뚫고 영혼들이 튀어나올 것만 같았다. 그 영혼들은 이승을 향해 두 팔을 벌리고 아우성치고 있었다.

"헤르메스의 창이 감응感應하고 있습니다."

낮은 목소리가 들려왔다. 검은 사제복으로 발끝까지 뒤덮은 열두 사제 중 한 명의 목소리였다.

"가, 감응이라니요?"

회색 옷의 수사는 열두 명의 얼굴을 올려다보며 멍한 눈으로 물었다. 머리와 얼굴까지 모두 감싼 검은 사제복 아래 깊이 드리워진 그림자 탓에 누구의 말인지 분간되지 않았다.

"두 뱀의 공명共鳴입니다. 헤어진 반쪽의 뱀이 이곳으로 오고 있습니다."

"마, 말도 안 됩니다!"

회색 옷의 수사는 새파래진 얼굴로 울부짖었다. 최고의 영능력자들이 가져간 반쪽의 창이 흑단인형에게 넘어갔다는 것은 믿을 수 없는 일이었다. 한 마리의 뱀도 이토록 감당하기 힘든데, 두 마리의 뱀이 하나로 합쳐지려 한다니 상상하고 싶지도 않았다.

"우리가 할 일은 하나입니다. 우리는 사명을 다해야 합니다. 이곳에 오던 그 순간부터 우리는 창을 지키는 데 일생을 바치기로 맹세하였습니다. 그 어떤 일이 일어나더라도 이 맹세는 변함이 없습니다."

열두 사제 중 한 명의 입에서 너무나도 분명한 의지를 담은 음성이 흘러나왔다. 그렇다. 이 섬에 온 순간부터 그들은 이미 온 생명을 다해 헤르메스의 창을 지키기로 맹세했다. 그 어떤 위험이 닥치더라도 그것은 변함없는 진실이었다.

"형제들이여, 주님께 의지합시다. 기도합시다."

열두 사제 중 한 명이 길고 검은 사제복에서 거대한 십자가 형태의 은빛 검을 꺼냈다. 나머지 열한 명의 사제도 그를 따라 사제복 안에 잠들어 있던 거대한 은빛 검을 들어올렸다. 그리고 그들의 발 앞에 단단히 세우고 검의 손잡이가 각자의 심장 앞에 오게 했다. 모두의 입에서 낮고 거룩한 기도문이 흘러나오기 시작했다.

"천상군대의 영광스러운 지휘자이신 성 미카엘 대천사여, 권세와 폭력과의 싸움에서 우리를 보호하시며 이 암흑세계의 지배자들과 하늘 아래 있는 악신들과의 싸움에서 우리를 보호하소서. 천주, 당신의 모상대로 창조하시고 사탄의 압제에서 비싼 값을 치르고 빼내신 인간을 도우러 오소서. 성 미카엘 대천사여, 평화의 천주께서 사탄의 세력을 우리 발아래 섬멸하사 사탄이 더는 인간을 지배하지 못하고 또 교회를 해치지 못하도록 간구하여주옵소서! 주님의 자비가 빨리 우리 위에 내리도록 우리의 기도를 지존하신 분의 대전에 전달하여주옵소서! 마귀와 사탄에 불과한 용과 늙은 뱀을 붙들어 쇠사슬에 묶어 심연 속에 빠뜨리사 백성을 더 이상 유혹하지 못하게 하소서!"

그들은 구마경을 외웠다. 구마경은 사탄과 귀신으로부터 벗어나고 그들과 대적하기 위해 천사들의 우두머리이며 천상군대를 이끄는 대천사장 미카엘에게 간구하는 기도문이었다. 그들은 사탄과의 최후 결투에서 영광스러운 승리를 거두신 그분께 간절히 도움을 청하는 기도문을 하염없이 되뇌었다.

그들이 온 마음으로 영력을 끌어올리며 구마경을 외우자 주위에 푸르른 기운이 넘실대기 시작했다. 그리고 마침내 그 푸른 기운은 아우성치는 영혼들과 꿈틀대는 초록 뱀에게로 흘러가 강렬한 힘으로 그것들을 내리눌렀다. 그 푸른 기운은 죽음의 세계에 속한 것들을 심연의 지하 깊숙한 곳으로 굳게 누르며 발악하는 초록 뱀을 옴짝달싹도 못하게 붙들었다.

"성 미카엘 대천사여, 싸움 중에 우리를 보호하사 우리로 하여금 무서운 재판에서 멸망하지 않게 하소서. 성 미카엘 대천사여, 당신은 교회의 수호자이시나이다. 사탄과 그의 도당과의 싸움 중에 우리를 보호하소서. 천주의 일을 위해 칼을 뽑고 당신의 방패로 우리를 보호하소서."

고요한 기도문 앞에 회색 옷의 수사도 무릎을 꿇었다. 불안과 두려움을 구원할 유일한 존재를 향해 미친 듯이 도움을 갈구했다.

콰과과광!

열두 사제의 기도 소리가 방 안을 가득 메우자 미친 듯이 솟아오르던 뱀의 움직임은 잠잠해졌다. 그러나 지하 세계의 초록 뱀과 달리 저 멀리 위에서 들려오는 소리는 너무 무섭고 두려운 것이었다. 수많은 폭발음과 떨림 속에서 위험은 자꾸만 가까워져만 갔다.

"천상군대의 영도자이시며 흉악한 용의 정복자이신 성 미카엘 대천사여! 당신은 겸손으로 암흑의 권세의 불손을 멸하기 위하여 천주께 힘과 능력을 받으셨나이다. 이제 우리 당신께 간구하오니, 마음의 참된 겸손을 얻고 성교회에 대한 확고한 신의를 가지며 슬픔과 재난 중에 강건할 수 있도록 도와주소서. 그리고 우리가 천주님의 법정에서 무사하도록 도와주소서."

채애앵!

그 순간이었다. 굳세고 강직하며 굳건한 열두 사제의 기도를 단박에 잘라내는 소리가 그들의 머리 위에서 들렸다.

깊고 깊은 어둠을 밝히는 유일한 유리창이 깨지는 소리와 함께 산산이 부서진 유리 조각이 떨어져 내려왔다.

와르르르…….

그리고 유리 조각만큼이나 가볍고 날랜 몸으로 내려앉은 한 사람의 실루엣이 흔들거렸다. 붉은빛과 검은빛이 섞여 흔들거리던 빛이 멈추는 순간 방 안에 있던 열두 사제와 회색 옷의 수사는 작은 여자아이의 모습을 확인할 수 있었다. 어두컴컴한 방 안으로 순식간에 뛰어 들어온 여자아이는 열두 사제를 둘러보았다.

"찾았다! 여기에 숨어 있었구나!"

높고 가는 여자아이의 목소리가 검은 방 안에 울려 퍼졌다. 여자아이는 벚꽃이 활짝 핀 붉은 기모노 차림에 길고 검은 생머리를 허리 아래까지 늘어뜨리고 있었다. 아이는 동그랗게 뚫린 까만 눈동자 아래로 작은 입술이 비스듬히 미소 짓고 있는 하얀 가면을 뒤집어쓰고 있었다. 아이는 숨바꼭질하듯 고개를 돌리며 사방을 바라보았다.

"너는…… 누구냐?"

회색 옷의 수사가 떨리는 목소리로 물었다. 그는 눈앞에 있는 작은 여자아이가 모두가 말하던 그 무시무시한 존재일 거라곤 어림도 못했다. 그러나 그 작은 몸에서 뿜어져 나오는 엄청난 영력을 고스란히 파악한 열두 사제는 이미 그 아이가 누구인지 짐작하고 있었다. 그녀의 목소리, 그녀의 말투, 그녀에게서 느껴지는 강력한 기운은 그녀가 단순히 작고 어린 여자아이가 아니라는 것을 알려주었다.

"맡겨둔 물건을 찾으러 왔다."

당차게 내뱉는 그녀의 말은 회색 사제복을 입은 수사의 얼굴을 순식간에 잿빛으로 바꿔놓았다. 그는 그녀가 말하는 물건이 무엇인지 알 것 같았다. 그녀는 열두 사제를 바라보며 천천히 왼팔을 들어올렸다. 그녀의 왼팔에서 초록빛의 무언가가 번쩍거렸다.

"으, 으아아악!"

회색 옷의 수사는 그 자리에서 뒷걸음치며 달아났다. 그녀의 팔에 감긴 그것의 모습을 보는 순간 그는 엄청난 공포에 사로잡혔다. 이곳은 그가 있을 곳이 아니었다. 그가 살아남을 수 있는 곳이 아니었다. 이 AT섬에서 가장 안전할 것만 같았던 그곳이 여자아이의 등장으로 가장 위험한 곳이 되어버렸다.

"사, 살려줘! 도, 도와줘! 도와줘!"

그는 미칠 것 같은 공포에 휩싸여 계속 웅얼거렸다. 그는 굳어버린 두 다리를 움직여 좁디좁은 지하 통로를 지나 위로 위로 올라갔다. 그는 저 깊은 지하 방으로부터 멀어지기 위해 미친 듯이 내달렸다. 그 방 안에서 초록 뱀을 본 순간 그는 극심한 공포에 휩싸여 공황 상태가 되고 말았다.

"사, 살려…… 도, 도와……."

수사는 입도 잘 떨어지지 않았다. 손도 발도 제멋대로 굳어 움직이지 않았다. 그는 모든 힘을 짜내어 지하 공간에서 벗어났다. 마침내 어둡고 좁은 통로를 빠져나와 간신히 성당 회랑에 도착했다. 거대한 십자가 스테인드글라스 사이로 낮과는 다른 어두운 빛의 무리가 일렁이고 있었다. 오늘따라 그 모든 빛이 더욱 붉게 보이는 것은 하늘에 뜬 커다란 달이 붉은빛을 띠는 적월인 탓이리라.

"도, 도와…… 도, 도와……."

그는 회랑의 끝까지 다가갔다. 성당 입구 쪽에서 두 사람이 그를 물끄러미 바라보고 있었다. 이곳에 있는 모든 신성한 집행자들을 지휘한다는 검은 양복 차림의 남자와 하느님의 축복을 받았다는 금발의 아름다운 청년 미카엘이었다. 그들은 회색 옷의 수사가 잘 걷지 못하는 것을 뻔히 보면서도 그를 도와주지 않았다. 수사의 타버릴 듯한 가슴과 달리 그들은 여유로운 눈빛으로 수사를 바라보고 있었다.

"도, 도와…… 도, 도와…… 흑단…… 큰일……."

수사는 모든 힘을 짜내어 공포로 굳어진 혀를 움직였다. 그것만으로도 두 사람은 알아차리리라. 열두 사제 앞에 흑단인형이 나타났다는 것을. 지하의 깊은 그곳에 큰일이 나고 말았다는 사실을.

수사는 검은 양복 차림의 남자에게 다가가 굳어가는 두 손으로 남자의 옷을 붙들었다. 주름 하나 없이 가지런한 양복 사이로 그 남자가 여유로운 미소를 지었다.

수사는 이해할 수 없었다. 이 남자가 이 급박한 순간에 이런 미소를 짓는 이유를. 수사는 어리둥절한 얼굴로 그 남자의 얼굴을 살폈다. 너무나도 평온하게 깜빡이는 그의 눈을 보면서 수사는 더욱더 공황 상태에 빠져버렸다.

그가 이번에는 금발의 청년을 붙들었다. 그의 하얀 블라우스를 붙잡고 힘껏 흔들었다. 미카엘 대천사의 힘을 받았다는 청년이었다. 미카엘 대천사의 은총을 입어 위대한 능력을 발휘한다던 그 청년이었다. 수사는 미카엘의 옷을 비틀었다. 이제 완전히 굳어버린 수사의 혀는 움직일 생각도 하지 않았다.

"어…… 어으…… 어……."

미친 듯 도움을 갈구하는 그에게 금발의 청년은 미안한 듯 어색한 표정을 지었다. 아름다운 금발의 미카엘은 현욱 쪽을 바라보더니 다시 수사에게 시선을 돌렸다.

"수사님, 용서하세요. 지금 우리는 그곳에 갈 수 없습니다. 도와드릴 수 없음을 용서하세요. 헤르메스의 창은 곧 세상 밖으로 나올 거예요. 이렇게 애쓰실 필요 없어요."

"어, 어으…… 어어!"

수사는 벌어진 입을 다물 수가 없었다. 입은 그대로 굳어버리고 말았다. 그는 뭐가 어찌 된 것인지 하나도 알아들을 수가 없었다. 헤르메스의 창이 세상 밖으로 나온다니……. 그것을 막으려고 이 섬에 들어온 신성한 집행자들이 이런 말을 하다니 믿을 수가 없었다. 무엇이 어찌 된 것인지 머릿속이 엉망이 되었다. 교황청과 이 섬의 모든 사람이 간교한 계략에 넘어갔단 말인가!

"꺼, 꺼으으으……!"

수사는 한마디도 못하고 그 자리에 쓰러졌다. 두려움과 공포는 정신을 잃는 마지막 순간까지도 그의 영혼을 휘덮었다. 놀란 눈만 껌뻑거리며 쓰러진 수사를 보면서도 검은 양복 차림의 남자나 금발의 미카엘은 움직이지 않았다. 그들은 쓰러진 수사를 도울 생각도, 저 아래에서 끔찍한 전쟁을 시작할 열두 사제를 도울 생각도 하지 않았다.

12

열두 사제의 머리 위에 있던 유리창이 산산이 부서져 내리면서 그곳을 통해 차가운 바다 공기가 스멀스멀 내려왔다. 깨진 창으로 이제는 그림자에 반쯤 가려진 붉은 달이 비치고 있었다.

한없이 차가운 기운을 내뿜는 붉은 달 아래 달빛보다 차가운 아이가 서 있었다. 거구의 열두 사제에 비해 신생아로 보일 만큼 작디작은 아이는 겉모습과 달리 엄청난 기운을 내뿜고 있었다. 깊디깊은 지옥 굴의 맨 밑바닥보다도 차가운 지독한 냉기가 그녀의 온몸, 특히 왼팔에서 강하게 뿜어져 나오고 있었다. 빨간 기모노 아래로 작고 가는 팔을 둘둘 감고 있는 것은 분명 초록 뱀이었다.

쐐애액!

그 초록 뱀의 형상이 나타나는 순간 거대한 은빛 검들이 허공을 갈랐다. 거대한 십자가와 위대한 대천사상이 새겨진 열두 자루의 검이 여자아이를 중심으로 열두 방향에서 나타났다. 사제들의 은빛 검은 여자아이의 여리고 하얀 목 아래를 둥글게 에워쌌다. 열두 검에 둘러싸인 붉은 기모노 차림의 여자아이는 꼼짝도 할 수 없었다.

"암흑의 지배자들과 하늘 아래 있는 이교도의 신으로부터 당신의 수호자와 당신에게 영혼을 봉납한 우리를 마귀와 사탄의 유혹에서 구하소서! 성 미카엘 대천사여, 평화의 천주께서 사탄의 세력을 우리 발아래 섬멸하사 사탄이 더는 인간을 지배하지 못하고 또 교회를 해치지 못하도록 간구하여주옵소서! 주님의 자비가 빨리 우리 위에 내리도록 우리의 기도를 지존하신 분의 대전에 전달하여주옵소서!"

열두 사제가 한목소리로 구마경을 외우자 열두 개의 거대한 검으로부터 푸르른 빛이 일렁거렸다. 검 끝에 모인 푸른 기운은 칼날처럼 예리하고 얼음처럼 차가웠다. 무시무시한 신의 권능과 처단의 힘이 흑단인형의 목 아래서 움직였다. 조금이라도 움직였다간 그 가는 목이 단번에 잘릴 것처럼 매서운 기운이 서렸다.

열두 사제는 눈앞의 흑단인형을 바라보았다. 그녀의 얼굴을 가린 하얀 가면은 여전히 작고 붉은 입술로 비웃는 듯 묘한 웃음을 짓고 있었다. 열두 사제는 그 가면 너머에 감춰져 있을 무시무시한 공포의 표정을 보지 못하는 것이 아쉬울 따름이었다.

"주의 권능을 받으라!"

그들이 내뻗은 열두 자루의 검에서 차갑게 일렁이던 파란 칼날 같은 기운이 흑단인형의 목을 향해 날아갔다. 열두 방향에서 직선으로 내뻗어진 그 파란 기운들 사이에서 그녀가 도망칠 곳은 없었다.

카가가각!

거친 마찰음과 함께 사방으로 무언가가 튀어 날아갔다. 열두 사제는 여자아이의 피와 살점일 것이라고 생각했다. 그러나 그것은 사람의 붉은 피가 아니었다. 그것은 괴상망측한 초록의 핏덩이, 초록의 살점이었다.

흑단인형의 얇고 가는 목을 초록 뱀이 돌돌 말고 있었다. 헤르메스의 창의 나머지 반쪽에 해당하는 그 무시무시한 영물이었다. 그것은 마치 살아 있는 뱀처럼 꿈틀거리며 흑단인형의 목에 똬리를 틀었다. 검에 살점이 뜯기고 상처가 난 것은 바로 뱀의 초록 피부였다. 열두 사제는 흑단인형의 목덜미가 멀쩡한 것을 보고 인상을 찌푸렸다.

"너희는 참으로 가엾은 자들이구나. 이런 지하 굴에 갇혀서 가엾은 뱀이나 지키는 것을 신의 사명이라 여기며 생을 낭비하다니 가엾도다."

아이는 열두 사제를 바라보며 조용히 뇌까렸다. 마치 아무것도 모르는 어린아이를 동정 어린 시선으로 바라보는 어른 같았다.

"우리는 자진하여 이곳을 지키고 있다. 우리의 성스러운 임무를 가엾다 칭하다니 무례하구나!"

열두 사제는 흑단인형에게 크게 화를 냈다. 살아생전 다시는 태양빛을 못 본다 하여도 이 일을 생의 유일한 구원으로 알고 이곳을 지켜온 사제들이었다. 이들 열두 사제의 고귀한 희생을 가엾다 칭하는 것은 그들을 향한 지독한 모독이었다.

"무지한 자들아, 너희는 너희가 자진하여 이곳에 왔다고 생각하느냐. 가엾은 것들아. 너희의 손발을 묶어 조종하고 있는 투명한 끈을 너희는 진정 보지 못하느냐. 이곳은 감옥이다. 이 감옥에 들어온 것은 너희의 의지가 아니다. 그 의지를 조종한 이들에 의

한 것임을 어찌 모르느냐!"

열두 사제는 몹시 당황했다. 여자아이의 입에서 나오는 한마디 한마디가 그들의 가슴속을 파고들었다. 높고 가느다란 여자아이의 목소리가 어쩌면 그리도 깊은 울림을 가지고 있는지 놀라울 정도였다.

"그 입 닥쳐라! 주의 권능이 너의 간악한 입을 용서치 않으리라!"

흔들리는 가슴속의 메아리를 감추기 위해 그들은 더욱 매서운 말을 내뱉었다. 잠시 열두 사제를 바라보던 꼬마 아이가 조용히 고개를 숙이며 뇌까렸다.

"……너희에게 마지막 기회를 주겠다. 무지한 자들아, 너희의 신이 말하는 정의 뒤에 숨겨진 진실을 똑똑히 알아라. 너희는 너희가 부여받은 임무가 성스럽다고 착각하고 있다. 그러나 너희가 알고 있던 모든 진실은 비뚤어져 있으니 그 진실을 똑똑히 바라보아라. 그러고도 생각이 바뀌지 않는다면 나를 처단하라. 그러나 지금은 때가 아니다. 너희는 진실을 알지 못하니 이 자리에서 물러나라, 가엾은 자들아."

그녀는 이 지하에서 고스란히 세월을 보내온 사제들을 가엾게 여기는 게 분명했다. 한 치의 망설임도 없이 장애물을 처단하던 흑단인형의 태도라고는 믿어지지 않는 기다림의 시간이 흐르고 있었다.

"우리의 성스러운 임무를 욕되게 하지 말지어다! 성 미카엘 대천사여, 평화의 천주께서 사탄의 세력을 우리 발아래 섬멸하사 사탄이 더는 인간을 지배하지 못하고, 또 교회를 해치지 못하도록 간구하여주옵소서! 마귀와 사탄에 불과한 용과 늙은 뱀을 붙들어 쇠사슬에 묶어 심연 속에 빠뜨리사 백성을 더 이상 유혹하지 못하게 하소서!"

열두 사제의 검이 원을 그리며 공중을 맴돌았다. 그 거대한 검이 날아오르는 소리는 마치 하늘과 바람을 가르는 거대한 회오리 같았다. 그들이 만들어내는 열두 개의 원으로부터 또다시 푸르고 신비로운 빛덩이가 일렁이기 시작했다.

"됐다. 너희에게 주어진 기회는 여기까지였다."

열두 개의 일렁이는 푸른빛에 휩싸인 흑단인형이 조용히 뇌까렸다.

"우리의 십자 검은 한 자루, 한 자루에 교황의 성수가 뿌려졌다. 이것들은 세례를 받은 신의 검, 단 한 명의 이교도도 살려두지 않는다!"

열두 검이 허공으로 날아오르는 그 순간 지하 동굴 가득 푸른 광채가 번쩍였다. 열두 사제의 손에 들린 열두 십자가가 흑단인형을 매섭게 노려보았다. 열두 사제의 열두 검이 높이 뻗어 올라 지붕을 만드는 순간 그들의 검은 사제복에 새겨져 있던 거대한 십자가가 일제히 푸르른 광채를 뿜어냈다.

열두 검과 열두 십자가가 만들어낸 스물네 개의 푸른빛이 모여들어 방 전체에 그랜드 크로스Grand Cross를 그렸다. 그 중심에 솟아오른 어마어마한 푸른 기운이 금방이라도 흑단인형에게 쏟아질 듯 일렁거렸다.

"암흑의 지배자들과 하늘 아래 있는 이교도의 신으로부터 당신의 수호자와 당신에게 영혼을 봉납한 우리를 마귀와 사탄의 유혹에서 구하소서!"

열두 사제의 음성이 굴 안을 쩌렁쩌렁 울려대는 그 순간 열두 검과 열두 십자가에 맺힌 모든 기운이 그랜드 크로스로 쏟아졌다.

"주의 권능을 받으라!"

그랜드 크로스가 천장으로부터 매서운 속도로 휘돌았다. 빙글빙글 돌아가는 그 매서운 기운은 그곳에 닿는 모든 것을 잘라내는 거대한 절단기처럼 위험천만한 모습으로 흑단인형을 향해 날아갔다.

카가가각!

무언가 갈리는 소리가 굴 안을 쩌렁쩌렁하게 울렸다. 모든 영적 기운과 모든 물리적 대상을 파괴하는 열두 사제의 그랜드 크로스! 그 중심에서 뻗어 나오는 거대한 기운은 그들이 적대시하는 모든 것을 빨아들이는 블랙홀과도 같았다.

가각. 가각. 가가각.

마침내 동굴을 울리는 끔찍한 소음이 서서히 잦아들 무렵 열두 사제는 한 번도 느껴보지 못한 두려움에 온몸을 떨어야 했다.

붉은 기모노 차림의 아이는 초록 뱀의 형상을 꺼내들어 그들이 내쏜 푸른 기운을 막고 있었다. 그녀의 손에는 열두 사제가 내쏜 푸른 기운만큼이나 빠르고 날쌔게 돌아가는 반쪽짜리 헤르메스의 창이 있었다. 생과 사를 주관하고 이승과 저승을 연결하는 신비의 창 반쪽이 빙글빙글 돌아가며 그들이 쏘아낸 모든 기에 맞서고 있었다.

"본래 한 몸이었던 헤르메스의 창이 발휘하는 공명은 둘을 아무리 멀리 갈라놓는다 해도 막을 수 없는 법이다. 너희가 아무리 성수를 뿌리고 결계를 쳐놓고 지하 수천 미터에 파묻어둔다고 해도 푸른 뱀들이 서로를 갈구하는 것을 막을 수는 없다는 말이다! 이 창을 지키느라 세상 구경도 못 한 너희 열두 사제에게 그 대가로 이 창의 진가를 보여주마!"

흑단인형의 손에서 헤르메스의 창이 높이 치솟은 순간 열두 사제가 만들어낸 푸른 기운이 그녀를 통과해 저 깊은 바닥으로 내리꽂혔다.

가가가각!

매섭게 소용돌이치는 푸른 기운이 그들의 발아래 묻어놓은 헤르메스의 창을 향해 파고들었다.

"안 돼애!"

열두 사제는 절규했다. 그러나 그들이 만들어낸 거룩한 신의 권능이 그들이 가둬둔 초록 뱀을 향해 나아가는 것을 막을 수는 없었다. 3,000미터 지하에 숨겨놓았던 뱀이 온몸을 뒤틀며 요동치는 것이 느껴졌다. 열두 사제는 또다시 온 힘을 다해 지하에 파묻힌 뱀을 내리눌렀다. 그들은 자신들이 불러낼 수 있는 신성한 이들의 이름을 되뇌었다.

"하느님, 저의 하느님, 당신을 애틋이 찾나이다! 제 영혼이 당신을 목말라하나이다! 천주의 성모님, 지극히 거룩하신 동정녀. 성 미카엘. 성 가브리엘. 성 라파엘. 모든 천사와 대천사여! 세례자 성 요한. 성 요셉. 모든 성조와 예언자여!"

그러나 열두 사제의 다급한 기도에도 불구하고 대지를 내리누르는 그들의 힘보다 지하 깊숙이 묻어놓았던 반쪽의 창이 세상을 향해 튀어나오려는 힘이 더 컸다.

성수에 적신 자갈과 모래를 섞어 수천 미터 지하에 파묻었던 뱀이 발악하는 것이 느껴졌다. 엄청난 두께의 시멘트를 들썩들썩 흔들어대면서 무언가가 솟아오르는 것이 느껴졌다.

"안 돼!"

이 무시무시한 뱀을 막기 위해 지하 깊은 곳에 자신의 생명을 묻기로 한 열두 거인의 비명이 메아리쳤다. 오로지 이 창 하나를 지키기 위해 생을 걸었던 그들이 허물어지는 결계처럼 부서져 내렸다. 굳은 조각처럼 서 있던 그들이 무릎을 꿇고 절규했다.

콰과광!

요란한 소리와 함께 단단하게만 보였던 검은 바닥이 유리처럼 산산이 깨졌다. 깨진 조각들의 가장 중심되는 부분이 바닥 깊은 곳으로 빨려 들어가면서 손바닥만 한 동그란 구멍이 생겼다. 그것은 끝도 없이 깊고 깊은 저 아래 세상과 연결된 듯 캄캄했다.

"쉐엑, 쉑쉑!"

그 깊은 어둠 속에서 차가운 기운이 솟구쳤다. 두꺼운 대지를 뚫고 인공으로 묻어둔 성스러운 자갈과 모래와 시멘트를 뚫으며 힘차게 솟구쳐 오르는 것은 초록 뱀이었다. 뱀은 뻥 뚫린 구멍을 통해 힘차게 솟구쳐 올랐다. 그 초록의 몸에는 희뿌연 막이 감싸여 있었다. 반투명한 파라핀 같은 얇은 막이 깊고 깊은 땅속에서도 내내 초록 뱀을 보호한 모양이었다.

쩌억. 쩍.

텅 빈 공간 위로 솟아오른 뱀의 이마로부터 반투명한 막이 반으로 쪼개지기 시작했다.

"쉐에엑!"

그리고 허물을 벗는 것처럼 쪼개진 얇은 막에서 초록 뱀이 튀어나왔다. 미끈하고 부드럽고 기다란 몸이었지만 노랗게 이글거리는 눈동자만은 부드럽지도 매끈하지도 않았다. 그것은 분명 겨자처럼 노란색의 눈동자였지만 활활 타오르는 불꽃처럼 느껴졌다. 그 노란 불꽃 속에 상상할 수도 없는 분노와 원망이 뒤섞여 있었다.

"카아아악!"

놈은 날카로운 앞턱에 난 두 개의 독니를 드러내며 격노와 울분에 찬 고함을 질러댔다.

그 순간 흑단인형은 사뿐히 한 발을 뒤로 내딛었다. 미친 듯이 흥분한 헤르메스의 다른 반쪽으로부터 지하 방의 입구 쪽으로 살짝 물러난 것이다. 그녀의 왼팔에 똬리를 튼 초록 뱀은 자신과 똑같은 눈을 가진 또 다른 초록 뱀을 숨죽이고 바라보았다.

"카아아악!"

분노로 뒤덮인 뱀의 울음이 귓속을 찢을 듯 울려 퍼졌다. 놈은 지하 세계로부터 나오자마자 지하 깊은 곳에 자신을 생매장하고 지금껏 억압해온 열두 사제를 노려보았다. 샛노란 눈이 찢어질 듯 노려보는 그 순간 놈을 갱살坑殺한 인간들은 심장이 얼어붙는 듯한 공포를 맛보았다.

놈의 눈빛이 검은 사제복에 닿는 순간 차갑고 서늘한 죽음의 감각이 열두 사제의 온몸에 스며들었다. 공포로 잠식당할 것 같은 그 순간 열두 사제는 누가 먼저랄 것도 없이 있는 힘을 다해 구마경을 읊조렸다.

"아아…… 십자성호와 그리스도교 신앙의 모든 신비가 너에게 명하노라! 거룩한 천주의 자비하심으로 저를 믿는 모든 이가 영원한 생명을 얻도록 천주의 이름으로 명하노라!"

열두 사제는 미친 듯이 오른손으로 성호를 그었다. 성호를 그은 손으로 거대하고 육중한 은빛 검을 들고 세계 열두 방향에 내리는 천주의 역사하심을 불어넣었다.

"교회를 해치고 그 자유를 묶으려 꾀하는 자여! 천주의 이름으로 저주받을지어다!"

공포와 두려움이 뒤섞인 푸른빛이 그들의 거대한 열두 검에 맺혔다. 커다란 열두 날이 검의 손잡이만큼도 되지 않는 가늘고 얇은 뱀을 향해 움직였다.

"카아악!"

그러나 열두 검은 무겁고 육중했다. 그 거대한 몸은 너무도 더디게 움직인 반면 분노에 찬 초록 뱀의 움직임은 비교도 되지 않을 정도로 빨랐다. 열두 검의 푸른빛이 채 차오르기도 전에 초록 뱀은 지금껏 자신을 억누른 원수들을 향해 돌진했다.

"카아악!"

깊고 깊은 지하 세계에서 100년이 넘는 기나긴 세월 동안 생매장 당했던 뱀은 지독한 외로움과 고독만큼이나 강렬한 복수심에 불타올랐다. 놈이 가는 몸을 비틀며 바람처럼 빠르게 검은 사제복 속으로 파고들었다.

"끄아아악!"

초록 뱀이 사제복 속으로 파고들자 첫 번째 사제가 그 자리에서 고통의 비명을 질러댔다. 그는 엄청난 고통과 함께 알 수 없는 증오와 공포가 온몸을 휘감는 것을 느꼈다. 그것은 자신의 감정이 아니라 다른 누군가의 감정이었다. 그 끔찍한 감정이 그의 목구멍까지 차오르는 순간!

"푸아악!"

사제는 자신의 입에서 튀어나오는 녹푸른 뱀을 목격했다. 미끈한 뱀이 언제 그의 심장을 파고들었는지, 언제 그의 몸속으로 들어갔는지 인식하지도 못한 찰나의 순간 놈은 그의 몸을 통과하고 그의 입으로 튀어나온 것이었다.

"커헉!"

거구의 몸뚱이가 희미한 신음을 마지막으로 육중한 은빛 검 위로 쓰러졌다. 검에 맺혀 있던 푸르른 기운이 주인을 잃고 방황하듯 출렁였다.

"카악!"

술렁거리는 사이 다음 사제를 향해 놈의 몸뚱이가 달렸다. 놀라 벌어진 입 속으로 얼음보다 차가운 초록 뱀이 파고들었다.

"꾸웨엑!"

목구멍 가득 뱀이 차오른 사제는 비명을 지를 수도 없었다. 그는 두 손으로 자신의 목을 붙잡은 채 버둥거렸다.

"어, 어흐헉! 성 미카엘. 성 가브리엘. 성 라파엘. 모든 천사와 대천사여!"

버둥거리는 사제의 바로 옆에 있던 두 명의 사제가 뱀을 향해 은빛 검을 내리쳤다.

서걱.

육중하고 무거운 날은 무디고 둔탁한데도 그 안에 맺힌 푸른 기운 덕분에 날카롭고 예리한 공격이 이루어졌다. 머리카락도 서게 할 만큼 잔인한 소리와 함께 검은 사제의 몸이 또다시 검은 바닥으로 고꾸라졌다. 두 사제의 공격은 뱀이 아닌 동료 사제를 절명絶命시켰다. 두 사제는 자신들이 토막 내버린 사제의 검은 옷에서 녹푸른 뱀이 솟구치는 순간 그 자리에 엎어졌다. 그들은 생사고락을 같이한 사제를 자신의 손으로 처단했다는 사실에 절망했다.

"으…… 으헉! 천주여, 저의 죄를 용서하소서!"

"으아악! 내 죄의 삯은 사망이라!"

그들은 속죄와 구원을 외치며 은빛 검으로 자신의 심장을 찔렀다. 검디검은 사제복 위로 붉디붉은 핏줄기가 흘러넘쳤다.

"아아, 형제들이여! 세례자 성 요한. 성 요셉. 모든 성조와 예언자여, 저희를 도우소서!"

남은 사제들은 쓰러진 형제들의 모습을 보며 간절한 기도를 드렸다. 그들은 모든 힘을 짜내어 무시무시한 뱀과 사투를 벌였다. 그러나 거구의 사제들이 모두 쓰러지는 데는 오랜 시간이 걸리지 않았다.

가늘고 기다란 초록 뱀이 분노에 찬 노란 눈을 빛낼 때마다 그들은 고통 어린 비명을 질렀다. 놈은 자신을 가둔 인간들을 향해 오랜 시간 축적한 모든 분노를 풀어냈다.

"으아아악! 주여, 정녕 우리를 버리시나이까!"

마지막 사도의 처절한 비명 후에도 뱀은 분이 풀리지 않는 듯 온몸을 뒤틀었다. 마치 날개가 있는 듯 허공으로 몸을 꼬고 비틀며 꿈틀거리는 초록 뱀을 흑단인형은 고요히 바라보았다. 그리고 그녀의 왼팔을 휘감고 있는 반쪽의 뱀도 쌍둥이 뱀의 모습을 유심히 쳐다보았다.

그들은 마치 영계와 육계의 경계선 저편에 너무나 오랫동안 갇혀 있었던 탓에 분노를 주체하지 못하는 뱀의 원망과 저주가 잦아들기를 바라는 것처럼 아무런 미동도 없이 고요히 바라보고만 있었다.

"쉐엑! 쉐엑! 쉐에에엑!"

검은 사제복으로 뒤덮인 텅 빈 공간을 한참 동안 휘돌던 초록 뱀이 마침내 흑단인형을 바라보았다. 정확하게는 흑단인형의 왼 팔에 감긴 자신의 반쪽을 바라보았다. 초록 뱀의 노란 눈동자가 순간 금빛으로 반짝였다.

"카아아악!"

그 초록 뱀이 새하얀 이빨을 가득 드러내며 흑단인형을 향해 날아오르는 순간 흑단인형은 자신의 왼팔을 앞으로 쭉 뻗었다. 동시에 그녀의 왼팔에 친친 감겨 있던 또 다른 초록 뱀이 달려오 는 쌍둥이 뱀을 향해 날아올랐다.

"카아악!"

"캬아아악!"

두 마리의 뱀이 미친 듯이 울면서 서로 몸을 부딪치며 허공으 로 솟구쳤다.

"카아악!"

여전히 분노를 다 표출하지 못한 뱀이 흑단인형에게 매달려 있 던 초록 뱀의 매끈하고 유려한 비늘을 깨물었다. 놈의 길고 새하 얀 이빨이 자신과 똑같이 생긴 쌍둥이 뱀의 몸속을 파고들었다.

"캬악!"

반쪽의 뱀은 극심한 통증을 느끼는 듯 기다란 몸을 마구 비틀고 흔들어댔다. 그러고는 놈 역시 새하얀 이빨을 드러내며 어둠 속에서 방금 빠져나온 자신의 자매를 향해 날카로운 이빨을 꽂았다.

"카악!"

두 마리의 뱀은 서로의 몸뚱이를 물고 늘어지며 비틀고 헤집기 시작했다. 뱀들은 고통과 괴로움에 물들면서도 그 날카로운 이빨을 빼지 않았다. 처절한 분노와 울분이 뱀들 주위에 가득했다.

흑단인형은 고요한 눈으로 뱀들을 바라보았다. 그녀는 뱀들이 서로를 물어뜯으며 원망을 풀어내기를 기다렸다. 서로를 물어뜯으며 그동안의 괴로움을 나누고 풀어내는 뱀들의 몸짓은 그들만의 넋풀이였다. 너무나 오랫동안 헤어져 있던 두 마리의 뱀에게는 그런 시간이 필요했다.

"캬악!"

"캬아악!"

뱀들이 서로를 물어뜯던 새하얀 이빨을 뽑으며 방 위로 솟구쳐 올랐다. 뱀들은 머리를 뱅글뱅글 돌리며 서로 몸을 꼬았다. 그리고 점점 위로, 위로 솟아올랐다. 그것들이 흑단인형이 뚫어놓은 창으로 솟아오르는 그 순간이었다.

"돌아왓!"

비명처럼 날카로운 흑단인형의 외침이 들렸다.

"카앗!"

한 마리의 초록 뱀은 낙하하듯 아래쪽으로 뚝 떨어져 내렸다. 놈은 순식간에 바람처럼 날아와 흑단인형의 왼팔을 감았다.

"캬아앗!"

그러나 아직 흑단인형의 것이 되지 못한 초록 뱀은 뱅글거리다 허공에 멈춰 섰다. 매끄러운 몸을 비비며 함께 솟아오르던 쌍둥이 반쪽이 사라진 것에 당황한 듯 차갑게 굳은 놈의 몸 위로 투명하고 맑은 빛이 내려왔다. 그 맑은 빛은 멈춰 선 뱀의 몸뚱이를 둥글게 말았다. 그리고 순식간에 냉랭하게 얼어붙으면서 한없이 맑고 투명한 수정 구슬이 되었다.

초록 뱀은 또다시 자신의 몸을 옥죄는 수정의 힘 안에서 미친 듯이 발악했다. 놈이 길고 가는 몸을 미친 듯이 흔들 때마다 수정 구슬은 더욱더 단단히 놈을 옥죄었다. 마침내 초록 뱀이 꼼짝할 수 없도록 수정 구슬은 단단히 굳어버렸다. 다만 원망에 찬 놈의 노란 눈만 분노로 타오를 뿐이었다.

"헤르메스의 창은 드릴 수가 없겠군요."

깨진 창을 통해 검은 하늘 저편에서 나타난 것은 검은 양복을 입은 현욱이었다. 새하얀 블라우스를 입은 미카엘과 삿갓으로 얼굴을 가린 남자가 그의 뒤를 따랐다. 그들의 머리 위쪽에서 엄청난 능력의 결계사結界師가 녹푸른 뱀을 단단한 수정에 가두고 캄캄한 밤하늘 저 멀리로 사라졌다.

13

역성상이 검은 하늘을 뒤덮었다. 검은 관의 회오리 속에서 레드블러드는 두 손을 번쩍 들어올렸다. 그녀의 희고 가는 두 팔에 있는 뒤집힌 별 모양이 붉은 달빛 위에도 맺혔다. 뭉글거리는 검은 구름 사이에서 별이 희끗희끗하게 빛났다. 역성상이 AT섬을 가득 비추는 순간 섬 전체를 가득 메운 관에서 시체들이 걸어 나왔다.

레드블러드를 향해 총구를 겨누고 있던 요원들은 부서진 관에서 튀어나오는 검은 시체들에게 마구 총을 쏘아댔지만 이미 죽은 시체를 다시 죽이는 방법은 총알이 아니었다. 걸어 다니는 시체들은 공격이 강하면 강할수록 더욱더 화를 내며 살아 있는 사람들을 공격했다.

관에서 튀어나온 시체들 중에는 볼품없이 썩어 문드러진 것도 있었지만 산 사람과 구분되지 않을 정도로 사지가 멀쩡한 시체도 있었다. 죽은 지 얼마 되지 않은 시체들이었다. 시체들은 생명을 가진 인간들에게로 몰려들어 사지를 물어뜯었다. 살점을 먹는 것도, 피를 마시는 것도 아니었다. 그들은 그저 살아 있는 생명을 물어뜯으며 그 생명력을 제 것으로 만들려는 듯 악을 써댔다.

"끄아아악!"

여기저기서 끔찍한 비명이 들려왔다. 문드러진 살이 드문드문 남아 있는 시체들은 물리적인 공격에는 꿈쩍도 하지 않았다. 영능력자들의 공격에 한두 번 나가떨어지기는 했지만 다시 일어나고, 또다시 일어나기를 반복했다. 유일하게 그들을 죽이는 방법은 양기를 담은 영력으로 시체의 미간을 정확히 공격하는 것이었다. 하지만 벌떼처럼 밀려오는 끔찍한 행렬 속에서 시체의 미간을 맞히는 것은 말처럼 쉬운 일이 아니었다.

시체 하나를 없애도 그 뒤로 까마득한 그림자처럼 검은 시체가 이어지고 또 이어졌다. 없애고 또 없애도 다시 그 자리에 또 다른 시체가 나타났다. 영능력자들이 힘을 다 소진할 때까지 시체들은 멈추지 않았다.

결국 섬의 착륙을 막던 제1선은 거의 완전히 붕괴되고 말았다. 제1선에 있던 요원들의 능력이 대개 물리력과 관련되어 있기 때문에 더욱 그랬다. 그들은 파도를 타고 밀려오는 검은 관들을 제어할 수 없었다.

그런데 제1선이 이처럼 속수무책으로 허물어지는데도 왜인지 추가적인 명령이 떨어지지 않았다. 파도처럼 밀려오는 끔찍한 시체들 속에서 도움을 간절히 기다리던 요원들은 꺼지는 촛불처럼 하나하나 사라지고 말았다. 처절하고 지독한 패배가 눈앞에 있었지만 왜인지 명령을 내리는 사람은 잠잠하기만 했다.

"성상의 빛을 받는 곳이여! 영혼의 부름이 있는 곳을 향해 멈추지 말고 나아가라! 영혼과 육체를 관할하는 헤르메스의 창 앞으로 멈추지 말고 나아가라!"

레드블러드의 차가운 음성과 함께 사방에서 터지는 비명 소리가 더욱 거세졌다. 고통의 아우성 속에서 신성한 집행자들은 사라지기 시작했다. 끔찍한 아우성 속에서 아주 짧은 찰나의 순간 검은 하늘에 반짝이던 역성상의 중심에서 무언가 붉은빛이 반짝하고 빛났다. 하지만 눈 깜짝하는 순간 그것은 아우성의 소용돌이 속으로 사라지고 말았다. 흑단인형은 그렇게 누구의 눈에도 띄지 않고 열두 사제가 숨어 있는 지하 깊은 곳으로 사라져버렸다.

흑단인형이 사라진 그 순간 레드블러드는 더욱 거세게 요원들을 압박했다. 그녀의 다섯 손가락은 거리와 상관없이 멀리 또는 가까이 배치된 다섯 명의 요원을 허공으로 끌어올렸다.

그리고 그녀의 손가락이 있는 힘을 다해 꽈악 주먹을 쥐는 순간 다섯 요원으로부터 끔찍한 비명과 함께 엄청난 양의 피가 터져 나왔다.

"끄아아악!"

그러나 고통스러운 비명 소리가 산산이 터지는 그 순간까지 그 어떤 명령도 내려지지 않았다. 볼품없이 당하고만 있을 신성한 집행자들이 아니었다. 아무리 강한 상대라도 절대적인 조직력으로 상대하지 못할 그들이 아니었다. 비록 이 섬에 있는 특급 요원들의 수가 적다고 해도 이렇게 한심하게 당할 신성한 집행자들은 아니었다. 그런데도 명령은 내려지지 않았다.

죽어가는 동료들을 바라보면서 신성한 집행자들은 기다렸다. 어서 다음 명령이 내리기만을.

삐잇!

그리고 바로 그 순간 그들의 통신기로 기다리고 기다리던 명령이 내려졌다. 그들을 움직이는 동방지부장으로부터 비밀스러운 명령이 떨어진 것이다.

"진정지주 결계."

낙빈의 곁에 서 있던 검은 양복 차림의 요원이 조용히 중얼거렸다. 그 순간 AT섬 전체를 휘덮는 강력한 힘이 투명한 막처럼 솟아올랐다.

콰아아아…….

파도 소리라고 하기에는 너무나도 지속적인 물소리가 들리던 그때였다. AT섬에 남아 있던 사람들은 자신들의 머리 위를 휘덮은 반투명한 막을 바라보았다. 그것은 마치 쏟아지는 폭포수처럼 맑고 아름다운 기운이었다. 다만 그 기운은 폭포와 달리 위에서 아래로가 아니라 섬의 절벽 아래에서 위로 거슬러 올라왔다.

반투명한 막이 삽시간에 온 섬에 둘러쳐졌다. 다만 그 막에서 제외된 자리가 하나 있었다. 바로 제1선이 전멸한 섬의 정문 쪽이었다. 검은 돛의 배가 떠 있고 레드블러드가 검은 관들과 함께 버티고 있는 선착장 쪽을 제외하고 나머지 부분은 완전히 반투명한 막에 휩싸였다.

반투명한 막은 붉은 달빛을 받아 반짝거렸다. 멀리서는 단순히 유리막처럼 보이던 그것이 달빛 속에서 찰랑거리는 것을 보면 끈끈한 거미줄처럼 길고 가늘고 하얀 선이 촘촘히 짜인 강력한 막이라는 것을 알 수 있었다. 이 강력한 결계는 레드블러드의 코앞에서 그녀를 제외한 모든 것을 단단히 감싸 안았다.

"세상에, 이런…… 이런 말도 안 되는 결계라니!"

낙빈은 깜짝 놀랐다. 눈에 보이는 모든 것을 믿을 수가 없었다.

소리도 없고, 냄새도 없고, 아무런 낌새도 없었는데 어떻게 이런 엄청난 결계가 삽시간에 사방을 감싸 안은 것인지 믿을 수가 없었다. 속수무책으로 당하고 있는 듯했던 신성한 집행자들에게는 복안이 있었던 것이다.

영능력을 가진 낙빈뿐 아니라 승덕과 정희, 그리고 정현도 그들을 감싸 안은 반투명한 막을 볼 수 있었다. 낙빈처럼 또렷하게 씨실과 날실까지 헤아릴 수는 없어도 달빛에 언뜻언뜻 비치는 은빛의 반짝임을 통해 그들이 무언가로 단단히 감싸인 것을 알 수 있었다.

낙빈은 온 섬을 단단히 감싼 결계가 대체 누구의 힘에서 나왔는지 주위를 둘러보았다. 그들의 바로 옆에서 조용히 이야기를 해주던 요원에게서도 강한 결계력이 솟아나고 있었다. 하지만 그 혼자가 아니었다. 낙빈은 작은 망원경을 꺼내 섬 곳곳을 살펴보았다. 저 멀리 하얀 터번을 두른 남자가 좌선을 하고 힘을 끌어올리는 것이 보였다. 더 멀리에는 어깨에 붉은 천을 두른 승려의 모습도 보였다. 카펫 같은 두꺼운 천 조각을 겹겹이 걸친 할머니도 보였고, 검은 양복을 입은 요원도 보였다. 아마도 낙빈의 눈에 띄지 않는 사람들이 이 섬 곳곳에 흩어져 있을 것이다. 그들은 고요히 기다리다가 명령이 내려진 그 순간 한데 힘을 합쳐 이 단단한 결계를 순식간에 만들어냈을 것이다.

낙빈은 믿을 수가 없었다. 서로 신념이 다르고 종교가 다른 이들이 하나의 결계를 만들다니! 게다가 영능력의 근원이 서로 다른 이들이 서로 씨실과 날실이 되어 이토록 촘촘한 결계를, 이토록 짧은 시간에 만들어 섬을 휘덮어버리다니!

이런 결계는 단번에 만들어낼 수 있는 것이 아니었다. 오랜 시간 엄청난 노력과 준비가 필요했을 것이다. 제1선이 전멸할 때까지 고요히 기다리다가 결정적인 순간 절대적인 명령에 따라 일시에 만들어낸 기적 같은 결계는 아주 비밀스럽게, 매우 오래전부터 준비되어왔을 것이다.

이 위대한 결계는 레드블러드의 코앞에서 섬과 레드블러드를 완전히 분리해놓았다. 둥그런 지붕처럼 완전한 결계로 뒤덮인 섬은 레드블러드의 힘으로부터 완전히 차단되었다. 결계의 안쪽으로 역성의 힘이 사라지자 미친 듯이 움직이던 시체 무리도 힘을 잃고 쓰러졌다. 살아 움직이는 시체들은 진정지주 결계의 밖에서만 존재했다.

"열어라! 열어! 열어라!"

갑작스러운 결계 앞에서 붉은 여인의 분노는 극에 달했다.

레드블러드는 거대한 역성을 향해 뿜어내던 힘을 멈추고 단단한 결계를 날카로운 손톱으로 쥐어뜯었다.

"열어라, 열어!"

그녀의 붉은 손톱이 움직일 때마다 새하얀 결계가 반짝거렸다. 하지만 가느다란 줄은 쉽사리 틈을 내주지 않았다. 그것은 어떤 섬유보다도, 어떤 고무보다도 강력한 거미줄 같았다. 여러 겹으로 촘촘히 짜인 결계는 레드블러드의 힘을 받으며 탄력 있게 출렁거렸지만 결코 찢어지지는 않았다.

분노한 레드블러드가 하늘 높이 날아올랐다. 그러나 그녀는 하늘 위에 둥실 떠 있을 뿐, AT섬으로 들어올 수는 없었다. 여인은 미친 듯이 결계를 파고들었지만 결계는 조금 손상되더라도 순식간에 깨끗하고 매끈하게 재생되었다. 섬 곳곳에 배치된 많은 결계사가 순식간에 결계의 빈틈을 메우기 때문이었다.

"아아악!"

레드블러드는 분노로 울부짖었다. 더 이상 다가갈 수 없는 저편 어딘가에 홀로 떨어져버린 그녀의 반쪽 때문이었다. 반으로 나뉜 초록 뱀처럼. 그녀가 목숨을 다해 지키는 그녀의 소중한 흑단인형이 저 결계 안에 갇혀 있는 까닭이었다.

14

흑단인형은 지하 방에 나타난 자들을 날카로운 눈으로 노려보았다. 흑단인형은 헤르메스의 창에 집중하는 동안 섬의 분위기가 달라진 것을 알아차리지 못했다. 찡그린 그녀의 얼굴에 뒤늦은 깨달음이 번져갔다.

흑단인형은 아수라장이 되어가던 AT섬이 어느 순간 잠잠해진 것을 알았다. 우왕좌왕 헤매던 수많은 인간의 목소리가 달라져 있었다. 돛대 위에 앉아 있던 흑단인형이 존재를 숨기고 이곳에 숨어들었다는 사실을 신성한 집행자들은 알고 있었던 것이 분명했다. 그들은 흑단인형이 사라지는 그 순간까지 허우적대는 모습을 보여주다가 그녀가 헤르메스의 창에 집중한 순간 완전한 결계를 쳤던 것이다. 치밀한 계산과 냉혹한 작전의 결과였다.

흑단인형은 눈앞에 나타난 세 사람을 바라보았다. 지하에 묻혀 있던 초록 뱀을 단단한 수정 구슬에 가두고 이제는 흑단인형을 잡으려는 세 사람 중에 이 치밀한 작전의 주인공이 있다는 것을 그녀는 알았다. 새하얀 블라우스에 금발을 휘날리는 파란 눈동자의 천사는 아니었다. 푸른 도복을 입고 얼굴 가득 삿갓을 눌러쓴 무술인도 아니었다. 초록 뱀과 흑단인형 모두를 잡기 위해 아군의 희생을 감수한 잔인한 사령관은 검은 양복 차림의 남자가 틀림없었다. 현욱이 모두의 뒤에서 냉혹한 검은 눈동자를 반짝이며 흑단인형을 바라보고 있었다.

"우선 감사드려야겠군요. 교황청 단독으로 헤르메스의 창을 지키는 건 너무나 위험한 일이었습니다. 하지만 아무리 반대한들 그들의 대단한 고집을 바꿀 수는 없었지요. 그렇다고 우리가 교황청을 적으로 돌리면서까지 헤르메스의 창을 훔쳐올 수도 없는 일이지 않겠습니까? 당신 덕분에 우리는 헤르메스의 창 반쪽을 손에 넣었군요. 고맙습니다."

검은 양복 차림의 남자는 차가운 눈빛을 반짝거리며 속내를 드러냈다. 헤르메스의 창을 자신의 휘하에 두기 위해 그는 흑단인형의 공격을 기다리고 있었던 것이다. 입꼬리를 올리며 미소를 지었지만 그는 바늘 하나 뚫을 곳이 없는 몹시도 차디찬 남자였다.

"더불어 그대까지 우리의 포로가 되어준다면 그보다 값진 일은 없을 겁니다."

"네놈……."

흑단인형은 하얀 가면 저편에서 새까만 눈을 부릅떴다. 아무리 분노해도 그녀의 얼굴을 가린 새하얀 가면은 미소인 듯 아닌 듯 묘한 표정의 붉은 입술만 보였다.

가면 저편에서 그녀는 AT섬에서 일어난 모든 일을 읽었다. 아무도 모를 찰나의 순간 이 지하로 들어섰다고 생각한 것은 대단한 착각이었다. 아우성치는 요원들과 학살의 아비규환 속에서도 귀신같이 모든 것을 꿰뚫는 눈이 있었던 것이다. 그리고 그는 귀신같은 솜씨로 레드블러드와 흑단인형을 완벽하게 갈라놓았다. 흑단인형은 너무나도 철저하게 두 사람을 가로막은 강력한 결계의 기운을 알아챘다.

"훌륭한 솜씨로구나."

이를 가는 소리가 하얀 가면 저편에서 흘러나왔다.

"칭찬 감사합니다, 그럼."

현욱은 짧은 목례를 하고 그 자리에서 사라졌다. 또다시 순간이동을 하려는 것이 분명했다.

"네놈, 헤르메스의 창을 숨기려는 거로구나!"

동시에 흑단인형의 붉은 치마가 펄럭였다. 그녀는 순식간에 공간을 거슬러 이동하려는 검은 양복 자락을 향해 손을 뻗었다. 그 움직임은 솜털보다 가벼웠고 바람보다 빨랐다. 획 하고 사라지려던 검은 양복이 흑단인형의 손아귀에 잡힐 듯 위태로웠다.

"당신의 상대는 우립니다!"

붉은 기모노의 앞을 재빨리 막아선 것은 금발의 청년이었다. 그는 곱슬곱슬한 아름다운 머리카락을 휘날리며 현욱과 흑단인형 사이를 막아섰다. 청년의 뒤쪽에서 현욱의 모습은 순식간에 사라지고 말았다.

휘날리던 흑단인형의 검은 머리카락이 차갑게 내려앉았다. 허리 아래까지 길게 늘어진 까만 머리카락은 한 올 구부러진 곳도 없이 신기할 정도로 쭉 뻗어 있었다. 반짝거리는 검은 머리 사이로 흑단인형의 분노가 서서히 끓어올랐다.

"너희가 아무리 감추어도 헤르메스의 창을 쪼개어둘 수 없을 것이다. 두 뱀은 동기감응同氣感應◆한다! 절대로 갈라놓을 수 없을 것이다!"

흑단인형의 왼팔에서 초록 뱀이 입을 가득 벌리고 미카엘을 노려보았다. 놈의 가늘고 새하얀 두 개의 이빨이 강력한 분노로 번쩍였다.

◆실제 본질과 그것으로부터 파생된 것 간에는 서로 보이지 않는 연결이 있다고 믿어진다. 본질에 미치는 영향이 파생물에, 또는 파생물에 미치는 영향이 본질에까지 미친다는 것이다. 예를 들어 조상을 본질로 둔다면 그로부터 파생된 자손들은 조상과 관련된 무덤이 훼손될 경우 영향을 받는다는 것이다. 예로부터 조상의 묏자리에 대해 고심했던 까닭은 동기감응을 믿었기 때문이다. 즉 조상의 묏자리가 어디냐에 따라 자손이 영향을 받는다고 믿었던 것이다. 여기서는 하나의 창에 함께 있던 두 마리의 뱀이 서로 감응하고 공조한다는 의미로 동기감응을 언급했다.

"카아악!"

초록 뱀은 목구멍을 다 찢을 정도로 처절하게 울어댔다. 놈의 울음과 함께 지하 동굴을 가득 메울 정도로 무시무시한 죽음의 기운이 저 아래 깊은 곳으로부터 올라오기 시작했다.

끔찍한 죽음의 기운 속에서도 미카엘은 보일 듯 말 듯 미소를 지으며 두 손을 가슴에 모았다. 그리고 그의 이름과 같은 천상군대의 최고 우두머리이자 모든 사탄과 귀신이 두려워 마지않는 대천사장 미카엘을 불렀다. 그를 향한 기도문을 외우자 미카엘의 가슴속으로부터 뜨거운 기운이 뻗어 나오기 시작했다.

"천상군대의 무적의 영도자여, 악신들의 습격이 있을 때 하느님의 백성을 도우시고 승리를 얻게 하시되, 성부의 권능과 성자의 권력과 성신의 힘으로 하소서! 성 미카엘 대천사여, 당신의 빛으로 우리를 비추소서! 성 미카엘 대천사여, 당신의 날개로 우리를 보호하소서! 성 미카엘 대천사여, 당신의 칼로 우리를 방어하소서!"

어둠 속에 우뚝 선 미카엘의 양 손바닥에 서서히 밝은 빛덩이가 맺히기 시작했다. 반짝이는 금발을 나부끼는 미카엘의 두 눈에 푸르른 서광이 번뜩였다.

"카아아악!"

미카엘로부터 뻗어 나오는 기운을 확인한 순간 초록 뱀은 미친 듯이 괴성을 질러댔다. 미카엘이 끌어내는 기운은 초록 뱀의 깊고 깊은 과거의 상처를 건드리는 것이었다. 용서할 수 없는 깊고 깊은 과거의 어느 날 라미아라는 이름을 받았던 반쪽의 창은 원한의 근원을 찾았다.

"창의 분노를 막을 수는 없을 것이다. 가랏!"

흑단인형의 왼팔을 친친 감고 있던 초록 뱀은 번개처럼 날쌔게 튀어 올랐다. 놈의 노란 눈동자가 미카엘을 향해 내리꽂혔다. 놈의 새하얗고 날카로운 이빨이 미카엘의 어깻죽지를 물려는 순간 그의 새하얀 블라우스가 펄럭였다.

"불결한 신이여, 네가 누구였던 우리는 너와 마귀의 모든 세력과 지옥의 원수들의 모든 공격과 마귀의 모든 군단과 동맹과 씨족을 추방하노라!"

미카엘의 두 팔이 크게 성호를 그리는 순간 그의 손바닥에 맺혔던 환한 불덩이가 초록 뱀을 향해 날아갔다.

파팡!

짧은 폭발음과 함께 하얀 연기가 피어올랐다. 뿌연 연기가 사라진 후 초록 뱀은 흑단인형의 팔에 감겨 있고 미카엘은 기도하듯 두 손을 모으고 있었다. 마치 둘 사이에 아무 일도 없었던 것처럼.

미동도 없던 미카엘이 기도하던 두 팔을 양쪽으로 펼쳤다.

"인간들을 속여 저들을 영원한 지옥에 떨어지게 하지 말지어다!"

그의 두 팔에 거대하고 붉은 빛덩이가 맺히더니 초록 뱀을 감은 흑단인형을 향해 쏜살같이 날아갔다.

쿠와아앙!

미카엘이 던진 불덩이는 또다시 흑단인형의 눈앞으로 다가가 요란한 굉음을 내며 터졌다. 불덩이가 폭파하며 흑단인형이 서 있던 자리에서 하얀 연기가 솟아올랐다. 희뿌연 연기가 사라지기 도 전에 그 안에서 초록 뱀이 쏜살같이 튀어나왔다. 기다란 꼬리 를 빠르게 흔들며 날카롭고 하얀 이빨로 미카엘을 향해 매섭게 달려들었다.

"쉭쉭쉭!"

초록 뱀은 한 치의 어긋남도 없이 미카엘의 정수리를 향해 정 확히 날아왔다. 빛을 쏘느라 두 팔을 벌리고 있던 미카엘이 막을 수 있는 속도가 아니었다. 놈의 새하얀 이빨이 미카엘의 보드랍 고 하얀 도자기 같은 이마로 파고들려는 순간 강력한 힘이 미카 엘의 등 뒤에서 뻗어 나오더니 초록 뱀의 공격을 그대로 막아버 렸다. 강력한 헤르메스의 창을 막은 것은 미카엘의 등 뒤에서 펼 쳐져 나온 거대한 날개였다. 맑고 하얀 빛의 날개가 그의 등줄기 에서 나타나더니 미카엘의 정면을 완벽하게 막아버렸다. 초록 뱀 은 날카로운 이빨 두 개를 새하얀 날개에 박은 채 버둥거렸다.

"교회를 해치고 그 자유를 묶으려 하지 말지어다!"

콰과과앙!

거대한 날개의 안쪽에서 미카엘의 두 눈이 번쩍 빛났다. 그 순 간 그는 그저 미소만 어울리는 아름다운 미청년이 아니었다. 그 의 금발은 이글이글 타오르는 붉은 태양처럼 허공을 밝혔고, 두 눈은 날카로운 안광을 발하고 있었다. 그의 등 뒤에는 사람의 키보다 훨씬 커다란 날개를 펄럭이며 영광과 경건을 상징하는 아름다운 흰 가운을 걸친 누군가가 있었다.

아름다운 미카엘의 등 뒤에 나타난 그는 광명정대光明正大하나 불꽃처럼 사납고 그지없이 정의로우나 죽음보다 두려운 존재. 그의 도움을 받는 쪽에서는 천군만마도 보잘것없는 위대한 존재이나 그를 적으로 돌린 자들에게는 잔인하리만치 피를 불러내는 존재. 천상 최대의 군대를 통솔하는 총사령관으로 천상천하의 모든 것이 그 앞에 무릎을 꿇고 엎드리고야 마는 가장 두렵고도 가장 신성한 존재! 그는 천상군대의 최고 지휘관인 성 미카엘 대천사였다.

콰아악!

미카엘의 등 뒤에 거인처럼 우뚝 선 대천사 미카엘이 거대한 손을 뻗었다. 그러고는 하얀 날개에 매달려 옴짝달싹도 못하는 초록 뱀을 붙잡았다.

"카악!"

미카엘이 푸르른 삼각 대가리 바로 아래를 거머쥐자 뱀은 고통스러운 비명을 지르며 괴로워했다. 미카엘은 퍼렇게 독이 오른 뱀의 대가리를 단단히 쥐고 움직이지 않았다. 헤르메스의 반쪽 창은 괴로움에 온몸을 떨었지만 바위보다 단단한 그 손에서 빠져나오지 못했다. 헤르메스의 창을 한 손으로 붙잡은 미카엘의 힘은 인간의 힘이 아니었다. 그것은 미카엘의 주인이자 하늘나라의 영도자인 대천사장 미카엘의 숙엄한 힘이었다.

그렇게 무시무시한 대천사장의 모습을 코앞에서 바라보면서
도 흑단인형은 전혀 위축되지 않았다. 그녀는 미카엘의 손에 들
어간 헤르메스의 창 반쪽을 바라보며 이를 악물었다.

"처참한 죽음을 원하지 않는다면 당장 헤르메스의 창을 내려놓
아라!"

흑단인형의 일갈에 미카엘이 다시 기도를 시작했다. 그의 존엄
한 주인도 미카엘의 등 뒤에서 움직이지 않았다.

"인간들을 속여 저들을 영원한 지옥에 떨어지게 하지 말지어
다! 교회를 해치고 그 자유를 묶으려 하지 말지어다!"

흑단인형은 눈을 가늘게 뜨고 미카엘을 쳐다보더니 한숨처럼
내뱉었다.

"강한 힘의 신을 끌어낼수록 네가 버틸 수 있는 시간도 줄어든
다. 너의 주인이 아무리 강한 힘을 가졌다 해도 네가 그를 붙들
어둘 수 있는 시간은 고작 몇 분이라는 것을 내가 모를 줄 알았
느냐?"

기도문을 외우던 미카엘의 미간이 흔들렸다. 흑단인형이 간파
했다는 사실에 그가 흔들리기 시작했다. 그녀의 말대로 미카엘이
대천사장의 높은 기운을 불러낼 수 있는 시간은 길지 않았다. 기
도문을 외우던 미카엘의 눈썹이 파르르 떨렸다.

"하앗!"

흑단인형의 두 팔에서 붉은 기모노 자락이 펄럭였다.

"명부의 신 하데스와 천상의 신 제우스로부터 모든 권한을 위

임받은 헤르메스여! 천상과 명부를 오가며 모든 것을 제어하는 그대의 힘을 보여다오!"

그녀가 두 팔을 가슴으로 모으며 기운을 불어넣었다. 그러자 미카엘의 손아귀에 붙잡힌 뱀으로부터 초록빛 불꽃이 이글거렸다.

쿠아아!

"으아악!"

순식간의 일이었다. 미카엘의 오른손에 들린 헤르메스의 창이 활활 타오르며 엄청난 염화지옥의 불꽃을 퍼부었다. 지진처럼 땅이 흔들린다고 생각하는 순간 미카엘의 몸은 엄청난 힘에 뒤로 떠밀렸다. 미카엘의 등이 단단한 벽에 부딪힌 순간 그의 뒤를 단단히 지키고 있던 미카엘 대천사의 모습도 사라졌다. 동시에 그가 쥐고 있던 초록 뱀은 맹렬한 속도로 다시 흑단인형의 왼팔로 파고들었다.

왼팔에 친친 감긴 초록 뱀을 보며 흑단인형은 쓸쓸히 고개를 흔들었다.

"미안하지만, 미카엘. 그대는 헤르메스의 창을 다룰 수 있는 자가 못 돼. 이 창은 신도, 인간도, 천상도, 지옥도, 그 어느 것에도 속하지 않는 자유로운 자만이 부릴 수 있어. 너와 같은 신의 노예에게는 불가능한 일이지."

흑단인형은 왼손에서 꿈틀대는 초록 뱀을 쓰다듬었다. 그녀의 손가락이 스치는 매끈하고 서늘한 뱀의 비늘이 번쩍였다.

"우욱!"

적어도 5미터 이상 날아가 단단한 석벽에 힘껏 부딪힌 미카엘은 두 어깨뼈 모두가 금이 간 듯 시큰한 통증을 느꼈다. 그것은 단순히 벽에 부딪힌 탓이 아니었다. 그가 느낀 압력과 고통은 헤르메스의 창이 불러일으킨 어마어마한 압제와 강박, 그리고 분노에 의한 것이었다. 고작 반쪽의 창인데도 온몸이 휘청거릴 정도로 가공할 위력이었다.

석벽을 짚고 일어선 미카엘은 또다시 두 손을 모았다. 미카엘은 자신의 힘이 급격히 소진되고 있음을 느꼈다. 평소보다 빠른 속도로 힘이 소진되는 것은 위대한 대천사장과 헤르메스의 창이 부딪치며 만들어낸 내상 때문이었다.

그렇다고 이대로 흑단인형을 놓쳐서는 안 될 일이었다. 그는 흑단인형을 좀 더 붙들고 있어야 했다. 본래의 계획대로. 그녀가 나머지 반쪽 창을 찾아가도록 내버려둘 수는 없었다. 안전해지기 위해서는 시간이 더 필요했다.

"사탄아, 거룩하고 경외할 예수의 이름 앞에서 떨며 도망칠지어다! 지옥도 저 앞에서는 떨고 하늘의 힘과 권능과 주권도, 모든 명부의 권능도 그에게 속하리라!"

"헤르메스의 힘이여, 거대한 명부의 불지옥을 맛보여주어라!"

흑단인형 역시 미카엘을 향해 주문을 외웠다. 그녀의 팔을 따라 붉은 기모노 자락이 다시 한 번 펄럭인 순간 바람처럼 움직이던 뱀이 순식간에 미카엘에게 달려들었다.

파앗.

초록 뱀이 미카엘을 향해 덤비려는 찰나 그의 거대한 날개가 미카엘의 온몸을 감싸 안았다. 그는 마치 고치 속에 갇힌 작은 애벌레처럼 완전히 모습을 감추었다. 날개 속으로 숨어든 미카엘의 주변을 휘휘 돌던 초록 뱀은 커다란 구렁이가 똬리를 틀듯 미카엘의 몸통을 휘감았다. 하얀 날개를 빙글빙글 감으며 휘돌았지만 미카엘은 꿈쩍도 하지 않았다.

"하, 지옥을 맛보여주마!"

흑단인형은 가슴에 손을 모으더니, 두 손에 강력한 힘을 모았다. 그러고는 그 힘을 초록 뱀을 향해 내뻗었다. 그러자 미카엘의 몸통을 휘감은 뱀이 그의 뼈를 모조리 부술 듯 점점 더 조여왔다.

"끄⋯⋯ 끄으으⋯⋯."

참을 수 없는 고통의 비명이 목구멍을 타고 터져 나왔다. 미카엘의 몸통 곳곳에서 혈관이 터지면서 새빨간 핏줄기가 툭툭 솟아나왔다. 동시에 그의 온몸을 감싼 하얀 날개의 깃털이 뚝뚝 아래로 떨어졌다.

"헤르메스의 창이여!"

흑단인형은 두 팔을 뻗어 미카엘의 온몸을 감고 있는 초록 뱀을 향해 기운을 내쏘았다. 그러자 초록 뱀이 꿈틀거리더니 엄청난 힘으로 미카엘의 온몸을 들어올렸다. 허공에 둥둥 떠오른 미카엘은 머리가 아래쪽이 되도록 빙그르르 돌아가고 말았다.

"하얏!"

흑단인형이 외치는 순간 미카엘의 몸뚱이가 높은 천장으로 솟구쳤다가 바닥으로 내리꽂혔다. 그는 헤르메스의 창 반쪽을 가두어두었던 단단한 바닥에 머리부터 떨어지고 말았다.

콰아악!

"으아악!"

마치 강력한 압착 프레스에 온몸이 찍히는 것처럼 엄청난 압력이 미카엘의 온몸 구석구석까지 전해졌다. 참을 수 없는 고통의 비명이 사방에 퍼졌다.

"미카엘, 이제 여기까지야."

흑단인형의 스산한 한마디가 캄캄한 동굴 안에 울려 퍼졌다. 그녀가 힘껏 기운을 끌어냈다. 붉은 기모노의 양 끝에 새빨갛게 이글거리는 불덩이가 맺혔다. 주변에 닿는 모든 것을 녹일 것만 같은 그 불꽃을 흑단인형은 날개 속에 단단히 숨어버린 미카엘을 향해 조준했다. 그리고 그 날개 속에 갇힌 가녀린 생명을 완전히 끝장낼 생각으로 두 손을 뻗으려는 순간! 그녀의 새까만 머리카락이 갑자기 쭈뼛하고 곤두섰다.

그녀는 초록 뱀에게 둘둘 말린 채 흰 날개 속에 숨은 미카엘을 힐끗 바라보더니 왜인지 천장을 향해 이글거리는 불덩이를 쏘아 올렸다.

콰아아앙!

엄청난 불덩이에 맞은 지하실은 완전히 무너져야 했다. 엄청난 공격에 온 사방이 무너져 내려야 했다. 하지만 어찌 된 일인지 그녀의 머리 위로 아주 작은 돌가루만 떨어져 내릴 뿐이었다.

"헤르메스의 창이여!"

흑단인형은 날카로운 목소리로 외쳤다.

그녀의 목소리에서 범상치 않은 사실을 알아버린 초록 뱀은 단단히 죄고 있던 미카엘을 놓고 흑단인형이 바라보는 천장의 중심을 향해 솟아올랐다. 그 순간.

콰아악!

뱀은 자신의 몸을 옥죄는 힘에 샛노란 눈동자를 희번덕거렸다.

"캬앗!"

초록 뱀은 허공 속의 무언가에 단단히 붙잡힌 것처럼 공중에 멈춰버렸다. 대가리의 앞부분은 뻥 뚫린 천장 저편에 있었지만 그 아래쪽은 무언가 보이지 않는 투명 막의 안쪽에 있었다.

흑단인형의 새하얀 가면이 좌우를 살폈다.

"미카엘…… 네가 미끼였구나!"

흑단인형이 낮은 신음을 내뱉었다.

미카엘을 상대하는 동안 쥐도 새도 모르게 동굴 방 전체가 강력한 결계로 뒤덮였다. 이 엄청난 결계를 만든 것은 현욱과 미카엘의 등 뒤에서 있는 듯 없는 듯 존재감도 드러내지 않은 푸른 도복의 사내였다. 그는 자신의 얼굴을 보이지 않으려는 듯 삿갓을 깊이 눌러쓴 그대로 자신을 감추고 자신의 능력을 감추었다. 누구의 눈에도 띄지 않게 비밀스럽게 결계를 펼치는 것이 바로 그의 능력이었던 것이다.

그는 현욱이 자리를 떠난 직후부터 미카엘이 흑단인형의 주의를 끄는 동안 강력한 결계를 만들었다. 결계가 완성되려는 마지막 순간에야 흑단인형은 결계의 존재를 알아챘다. 천장의 맨 윗부분, 결계의 작은 구멍이 닫히려는 순간 흑단인형은 그 작은 틈으로 초록 뱀을 보낸 것이다. 그리고 초록 뱀은 닫히려는 결계의 틈에 끼어 옴짝달싹도 할 수 없게 되었다.

흑단인형은 결계 저편에 쥐 죽은 듯 서 있는 푸른 도복의 사내를 바라보았다. 그는 동굴 방의 끝부분에서 벽과 한 몸이 된 듯 고요히 서서 자신의 모든 인기척을 지우고 있었다.

흑단인형은 웅크린 미카엘을 바라보았다. 하얀 날개가 스르르 열리며 아름다운 푸른 눈이 나타났다.

"당신을 이 자리에 붙잡아두는 것이 오늘 나의 임무입니다."

그의 하얀 블라우스 곳곳이 분홍빛으로 물들어 있었지만 미카엘의 하얀 얼굴은 너무나도 환한 웃음을 짓고 있었다. 위험천만한 흑단인형과 함께 목숨을 걸고 결계에 갇히는 것이 바로 그의 임무였다니! 참으로 값비싼 미끼가 분명했다. 이 값비싼 미끼 덕분에 흑단인형은 그들 주위에 결계가 만들어지는 것을 더더욱 모를 뻔했다.

하얀 가면 저편에서 분노에 찬 흑단인형의 떨림이 느껴졌다. 그녀의 검은 눈동자가 금방이라도 미카엘을 죽일 듯 이글거렸다.

"그리고 나는 성공했군요. 나와 함께 당신을 단단히 가두었으니까. 아하하."

미카엘은 한없이 맑은 목소리로 웃어댔다. 웃음소리가 동굴 안에 퍼졌다.

미카엘은 흑단인형을 도발하고 있었다. 그들이 있는 결계 안쪽에서는 힘을 사용하면 할수록 그 두세 배에 달하는 힘을 빼앗기게 된다. 흑단인형이 힘을 내어 공격할수록 그녀의 힘은 급속도로 소진될 것이다. 물론 그 공격을 받는 미카엘 역시 엄청난 타격이 있을 테지만 이미 계획된 일, 각오가 되어 있었다.

"네놈들이……."

분노로 이글거리는 흑단인형의 양손에 피보다도 붉은 불꽃이 맺혔다. 그녀의 강한 분노가 손끝으로 모아졌다. 미카엘은 거대한 날개로 자신의 앞을 막으며 그녀가 공격하는 순간을 기다렸다.

"하아앗!"

거대한 붉은 기운이 미카엘을 향해 날아오는 순간 그는 새하얀 날개로 자신의 앞을 단단히 덮었다.

퍼퍼펑!

요란한 폭발음과 함께 자욱한 연기가 사방을 가득 메웠다. 그러나 연기는 미카엘과 흑단인형이 있는 결계 안쪽에만 가득할 뿐, 결계 바깥쪽에는 어떤 영향도 미치지 못했다. 자욱한 안개로 결계 안쪽을 한 치도 확인할 수 없는 그때였다.

"크흑!"

깊숙이 눌러쓴 결계사의 삿갓이 흔들렸다.

"큭!"

그가 푸른 도복의 왼쪽 가슴을 붙잡으며 무릎을 꿇었다.

투둑.

그의 삿갓 안쪽에서 피 한 방울이 떨어졌다.

쩌저저적!

푸른 도복의 결계사는 비스듬히 눌러쓴 삿갓 너머로 자신이 만들어낸 완벽한 결계를 바라보았다. 빈틈없이 완성된 온전하고 완벽한 그의 결계 맨 위쪽에서 무언가 갈라지는 소리가 들려왔다. 새하얀 연기로 보이지 않는 결계 안쪽에서 무슨 일이 일어나고 있었다. 그의 결계에 남아 있는 마지막 구멍에 머리를 들이민 초록 뱀이 마치 입을 대가리 뒤까지 홀랑 뒤집을 것처럼 커다랗게 벌리며 미친 듯이 비명을 질러댔다.

"캬아아아악!"

고통스러운 비명과 동시에 놈의 거대한 몸뚱이 속에서 새빨간 기운이 솟아올랐다.

퍼어엉!

그 붉은 불덩이가 초록 뱀의 목구멍을 비집고 나와 폭발하는 순간 투명한 결계가 와그작 소리를 내며 깨지기 시작했다.

콰앙!

퍼어어엉!

엄청난 폭발음과 함께 막대한 영력이 사방으로 폭발했다. 그리고 자욱한 연기 사이로 새빨간 기모노를 입은 새까만 머리의 여자아이가 저 높은 천장을 향해 솟아올랐다. 미친 듯이 괴성을 지르던 초록 뱀도 그 아이의 손아귀에 단단히 붙잡혀 있었다.

미카엘의 푸른 눈동자가 반짝였다. 그를 향해 쏘아질 줄 알았던 흑단인형의 분노가 결계의 틈새에 박혀 있던 반쪽 헤르메스의 창을 향해 내쏘아진 걸 알았다. 하얀 날개 안쪽에서 미카엘은 너무나도 말짱했다. 대신 푸른 도복의 결계사가 자신의 심장을 부여잡으며 앞으로 고꾸라졌다. 자신과 연결되어 있던 완벽한 결계가 산산이 깨어지면서 그는 정신을 잃고 말았다. 비스듬히 눌러쓴 삿갓 아래 힘없이 벌린 그의 입에서 시뻘건 핏덩이가 울컥울컥 쏟아졌다.

15

모든 계획은 너무나 치밀하고 철저했다. 신성한 집행자들은 아군의 희생을 감내하며 결국 원하는 것을 얻었다. 흑단인형의 힘으로 지하 3,000미터 깊이에서 빠져나온 헤르메스의 뱀은 신성한 집행자들의 수중에 들어왔다. 가톨릭교의 눈을 피해 모든 죄는 흑단인형이 뒤집어썼다.

게다가 창을 훔치기 위해 섬에 들어온 흑단인형과 레드블러드는 단단한 결계로 인해 완전히 분리되었다. 결정적 순간을 기다려온 철저한 전략과 인내의 승리였다.

아름다운 반투명 막이 AT섬을 감싼 순간 레드블러드가 만들어낸 역성상의 힘은 결계의 안쪽에서만큼은 완전히 힘을 잃었다. 살아 움직이던 시체들도 바람 빠진 풍선처럼 픽픽 쓰러졌다. 미칠 듯이 비명을 지르며 결계를 찢어발기는 레드블러드 주변에는 엄청난 암흑의 기운이 차올랐지만 진정지주의 결계 안쪽만은 그 모든 암흑의 힘으로부터 완전히 차단되어 있었다.

"세상에, 이렇게 강하다니!"

낙빈은 입이 벌어졌다.

"당장 열어라! 열어!"

레드블러드도, 신성한 집행자들의 결계도 모두가 놀랍도록 강력하고 무시무시했다.

레드블러드는 결계를 타고 올라 미친 듯이 공격을 해댔다. 그녀의 새하얀 두 팔이 연신 결계를 쥐어뜯었다. 그녀가 분노할수록 강한 상념의 기운이 역성상의 기운을 배가시켰다. 역성상의 기운을 받은 시체들도 속속 일어나 결계 주변으로 몰려들었지만 이 모든 것이 결계 밖에서만 이루어지는 일이었다.

시커먼 시체들의 그림자가 반투명한 결계를 타고 오르며 곳곳을 물어뜯었다. 그러나 최고의 결계사들이 겹겹으로 만들어낸 결계는 거미줄처럼 늘어나고 또 출렁거리기는 해도 다시 본래 모습으로 되돌아올 뿐, 조금의 틈도 용납하지 않았다.

"지금이야! 미덕이를 찾아야겠다."

붉은 달빛 아래 출렁거리는 반투명 막을 바라보며 승덕이 낮은 목소리로 정현에게 속삭였다. 두 사람은 눈빛을 교환하며 고개를 끄덕였다. 정희에게도 슬쩍 손짓을 했다. 결계력에 완전히 매료된 낙빈이 눈치채기 전에 승덕과 정현만 참호에서 빠져나가 미덕을 찾아볼 생각이었다.

"그럼."

승덕과 정현은 낙빈이 결계에 정신을 빼앗긴 사이 훌쩍 참호 위로 올라섰다. 그러고는 뒤도 돌아보지 않고 섬의 중앙에 위치한 성당을 지나 요원들이 분포해 있는 제2방어선을 향해 내달렸다.

"어? 어어, 형!"

갑작스러운 움직임에 낙빈도 몸을 일으키는데 정희가 낙빈의 팔짱을 끼고 절레절레 고개를 흔들었다. 승덕과 정현의 움직임에 당황한 것은 낙빈뿐이 아니었다. 진정지주의 결계를 뿜어내느라 정신력을 집중한 검은 양복 차림의 요원 역시 당황한 빛이 역력했다.

"위험합니다. 함부로 움직이시면 안 됩니다!"

요원은 낙빈과 정희의 앞으로 손을 뻗으면서도 결계의 힘을 늦추지 않았다. 강력한 결계였지만 레드블러드의 엄청난 저항 앞에서 더욱 집중해야 하는 순간이었다.

"승덕 오빠랑 정현이가 분명히 데려올 거야. 믿고 기다리자. 너까지 갔다가 모두 뿔뿔이 헤어지면 큰일이잖니."

"여러분을 안전하게 보호하는 것이 저에게 주어진 가장 중요한 임무입니다. 움직이지 마십시오."

요원은 낙빈과 정희의 앞을 단단히 막아서며 그들의 움직임을 봉쇄했다. 요원과 정희에게 붙잡힌 낙빈은 안타까움에 발만 동동 굴렀다.

"아아, 형들, 제발 무사히 미덕이를 데려와요!"

낙빈은 그저 울상이 되어 사라지는 형들의 등만 바라볼 수밖에 없었다.

저 멀리 성당을 지나 선착장 방향으로 내려가는 승덕과 정현이 보였다. 성당 주변엔 사람이 거의 없는 모양이었고 아마도 선착장 근처 방어막의 제2선과 제1선 어딘가에 있을 미덕을 찾아 내려가는 것 같았다. 울룩불룩한 바위와 나무들이 금세 둘의 모습을 삼켜버렸다.

"아아……."

두 사람의 뒷모습이 사라지는 것을 보면서 낙빈은 아쉬움의 한숨을 내쉬었다. 바로 그때였다.

퍼퍼퍼펑!

엄청난 폭발음과 함께 성당 뒤쪽 마당에서 깨진 돌덩이가 사방으로 튀어 올랐다. 산산이 부서지며 날아오르는 흙덩이와 돌덩이들 속에 눈이 부실 정도로 붉디붉은 옷자락이 있었다. 어두운 달빛에도 반짝이는 붉은 옷……. 바로 흑단인형의 기모노 자락이었다.

그 붉은 자락은 마치 날개처럼 검은 하늘 위로 훨훨 떠올랐다. 그녀의 뒤로 이제 붉은 그늘에서 벗어나고 있는 둥근 달이 보였다. 지구의 그림자 속에서 완전히 붉은빛을 비추던 적월은 이제 길고 길었던 월식의 끝을 알리고 있었다. 월식이 끝나갈수록 달은 다시 흰빛으로 바뀌고 있었다.

낙빈은 눈앞에 나타난 붉은 비단옷에 넋을 잃었다. 어떤 빛도 통할 것 같지 않은 암흑같이 검디검은 머릿결이 붉은 비단옷 위에서 찰랑거렸다. 곧게 뻗은 머리카락은 주변의 모든 빛을 집어삼킬 것처럼 검었다. 반대로 검디검은 하늘 아래 반짝이는 동그란 가면은 눈이 부실 정도로 하얬다.

낙빈은 갑작스럽게 나타난 흑단인형의 모습에서 눈을 뗄 수가 없었다. 가슴이 심하게 떨렸다. 그것은 반가움인지 두려움인지 모를 이상야릇한 감정이었다.

"오오, 나의 주인이여!"

그 붉은 비단옷을 보는 순간 반투명한 막의 저편에서 환희에 찬 레드블러드의 탄성이 터져 나왔다. 그녀는 흑단인형을 확인하는 순간 더욱더 거대한 힘을 끌어올렸다. 레드블러드의 온몸으로 새빨갛게 붉은빛이 이글거렸다. 그녀의 온몸을 태울 것처럼 붉디붉은 빛이었다.

"기다렷!"

그러나 흑단인형은 혼자가 아니었다. 그녀의 뒤로 아름다운 금발의 청년이 따라붙었다. 하얀 블라우스를 펄럭이며 흑단인형을 향해 기다란 팔을 뻗는 것은 아름다운 청년 미카엘이 틀림없었다.

미카엘의 등에는 그의 몸을 전부 감싸고도 남을 정도로 커다랗고 새하얀 은빛 날개가 달려 있었다. 미카엘의 거대한 날개가 아름답고 우아하게 펄럭이며 흑단인형의 옷자락을 붙잡으려 했다.

"흥, 대단한 결계로구나."

흑단인형은 섬 주변을 둘러싼 결계를 바라보며 눈썹을 찡그렸다. 이 섬에 공격력을 담당하는 요원들 대신 전 세계의 내로라하는 엄청난 결계사들을 불러들인 것이 틀림없었다. 흑단인형은 자신을 향해 날아오는 미카엘을 피해 둥근 결계의 바로 아래까지 다가갔다. 그녀의 작은 손가락이 결계를 팽팽하게 끌어당겨보았지만 반투명한 결계는 늘어나긴 해도 결코 찢어지진 않았다.

그녀는 거미줄처럼 늘어난 결계를 흔들더니 방향을 바꿔 땅에 내려섰다. 팽팽한 줄은 훌쩍 늘어나더니 흑단인형의 손아귀를 빠져나가는 순간 다시 본래의 자리로 출렁거리며 돌아갔다. 흑단인형은 폭발이 있던 지점 바로 옆에 착지했다. 깃털처럼 살포시 두 발을 내딛는 바람에 발소리도 들리지 않았다.

흑단인형은 공중에서 자신을 응시하는 미카엘을 바라보았다. 미카엘은 하얀 날개를 퍼덕거리며 공중에 멈춰서 흑단인형을 바라보았다.

"미카엘, 저 결계는 외부에서 들어오는 힘도 차단하지만 내부에서 나가는 힘도 차단하지. 그 말은 결국 결계 안에 있는 어떤 힘도 바깥으로 내보낼 수 없었다는 거야. 심지어 너희가 가져가버린 헤르메스의 반쪽 창도 말이지!"

그녀는 왼팔을 번쩍 들어올렸다. 날씬하고 기다란 초록 뱀이 그녀의 팔을 빙글빙글 돌며 입을 벌려댔다. 그녀는 결계로 꽁꽁 둘러싸인 이곳에서 투명한 수정 구슬에 갇혀 또다시 사라져버린 헤르메스의 반쪽 창 역시 이 결계 안에 있다는 것을 단숨에 간파했다.

결계에 틈이 있었다면 레드블러드가 먼저 공격했을 것이다. 아무리 현욱이 순간이동을 한다고 해도 아무런 틈도 없이 모든 영력을 차단하는 결계를 빠져나가는 것은 불가능하다. 그러니 수정 구슬에 갇힌 헤르메스의 뱀은 아직 이곳을 빠져나가지 못했다는 뜻이었다.

"헤르메스의 창이여!"

그녀가 왼팔을 하늘 높이 치켜드는 순간 초록 뱀이 튀어 오르듯 허공으로 솟았다.

"성부와 성자와 성신의 이름으로 이교도인을 처단하나니, 처벌을 받으라!"

그리고 동시에 공중에 멈춰 있던, 새하얀 날개로 온몸을 감싼 미카엘이 거대한 포탄처럼 흑단인형을 향해 돌진했다.

"하앗!"

흑단인형은 날아오는 미카엘을 피하며 초록 뱀을 따라 날아올랐다. 초록 뱀은 새하얀 이빨을 드러내며 어딘가에 숨어 있는 쌍둥이를 찾아 노란 눈을 굴렸다. 노란 눈이 금빛으로 번쩍였다. 초록 뱀은 허공을 한 바퀴 돌더니 곧장 이 섬에서 가장 높은 곳이자 이 섬의 모든 것이 내려다보이는 곳, 바로 성당의 첨탑 십자가를 향해 날아갔다.

첨탑 십자가의 검은 그림자 안쪽에 몸을 숨긴 검은 양복 차림의 남자가 보였다. 캄캄한 동굴의 안쪽에서 눈 깜짝할 사이에 사라져버린 현욱이었다. 그는 마치 순간이동을 통해 헤르메스의 창을 가지고 섬을 빠져나간 것처럼 꾸몄지만, 마지막 순간 그의 트릭은 흑단인형에게 간파당하고 말았다.

삐익.

그 순간 모든 요원들의 귀를 찢는 마지막 명령이 내려졌다. 낙빈과 정희를 붙잡고 있던 요원 역시 바짝 긴장한 얼굴로 몸을 움직였다.

"결계를 풀겠습니다. 제 옆으로 오십시오. 제 곁에서 떨어져서는 안 됩니다."

낙빈은 요원의 비장한 음성을 들었다. 진정지주의 결계를 만들고 있던 요원은 갑자기 결계를 만들어내던 힘을 거두었다. 그와 동시에 섬 곳곳에서 안간힘을 쓰고 있던 다른 모든 요원도 결계의 힘을 거둬들였다.

"열어라!"

그러자 거센 고함을 외쳐대던 레드블러드를 중심으로 진정지주의 결계가 끊어지기 시작했다. 씨실과 날실로 교묘하고 꼼꼼하게 짜여진 결계가 그녀의 손톱 아래서 툭툭 갈라졌다.

"아아……."

낙빈은 온몸으로 파고드는 무시무시한 기운에 두 팔을 감쌌다. 결계로 인해 완전히 막혀 있던 공간이 벌어지면서 레드블러드가 만들어놓은 엄청난 암흑의 기운이 삽시간에 사방을 에워쌌다.

"안 돼!"

역성상의 기운이 섬으로 밀려오자 결계 안에 쓰러져 있던 시체들이 다시 일어서기 시작했다.

"탈출 명령입니다. 남은 시간은 5분. 최대한 빠르게, 그리고 안전하게. 여러분을 탈출시키겠습니다."

삐걱대며 움직이는 시커먼 시체들 사이로 요원의 낮은 음성이 번져갔다.

16

AT섬의 곳곳에서 다시 절망과 고통의 비명이 메아리치기 시작했다. 섬 여기저기에 배치된 수많은 요원이 외마디 비명을 지르며 뒤로 넘어졌다. 레드블러드가 만들어낸 강력한 역성상의 기운이 퍼져 들어오면서 결계 안쪽에서 꼼짝도 하지 않고 넘어져 있던 시체들이 다시 일어섰고 결계 밖에서 기회만 노리던 시체들은 살아 있는 사람의 냄새를 맡고 미친 듯이 달려들었다.

역성상의 기운이 미치는 이상 아무리 총을 갈겨도, 아무리 영력을 가해도 시체들은 죽지 않았다. 시체들은 끊임없이 공격하고 또 공격하며 요원들을 향해 다가왔고, 마침내 기운이 떨어진 요원들은 비명을 지르며 쓰러졌다.

"죽은 사람들의 영혼이 산 사람 안으로 비집고 들어가고 있습니다. 이곳은 위험해요. 당장 대피하겠습니다."

검은 양복 차림의 요원이 낙빈과 정희를 향해 심각한 얼굴로 이야기했다. 레드블러드가 가져온 검은 관 속의 시체들이 다가 아니었다. 대지가 울리며 헤르메스의 창이 깨어난 그 순간부터 깊고 깊은 지옥에서 빠져나오길 기다렸던 수많은 영혼이 공중으로 떠올라 시체건 인간이건 움직이는 모든 것을 향해 거침없이 비집고 들어가 그들의 뇌를 장악하기 시작했다. 이 섬은 그야말로 무간지옥이었다.

한편 낙빈은 눈앞에서 벌어지는 광경에 완전히 빠져 주위에서 일어나는 일들을 제대로 인식하지 못했다. 낙빈의 눈앞에 붉은 기모노가 나타난 그 순간부터 낙빈은 현실 세계에서 붕 떠버린 느낌이었다. 긴장감이 가득한 모든 세계에서 혼자만 뚝 떨어져나와 저 멀리에 있는 작은 여자아이의 모습만 보이는 듯했다.

폭발음과 함께 허공으로 떠오른 여자아이는 검은 하늘 위로 올라섰다. 그녀의 뒤로 금발의 청년이 따라 오르는 것도 보였다. 붉은 비단이 하늘 위의 보이지 않는 커튼을 잡은 듯 출렁거리더니 한없이 가볍고 폭신하게 땅으로 내려앉았다. 금발의 청년은 반대로 하늘에 둥실 떠서 커다란 하얀 날개를 퍼덕였다.

전혀 현실감이 없을 정도로 우아하고 아름다운 움직임이 눈앞에서 펼쳐졌다. 두 사람의 움직임은 너무나 황홀한 춤사위처럼 느껴질 정도로 아름다웠다.

하얀 날개의 청년이 몸을 날개로 감싸고 날카로운 창처럼 붉은 비단을 향해 날아오는 순간 흑단인형은 다시 허공을 가르며 날아올랐다. 그녀는 미카엘을 살짝 피하며 높다란 성당 십자가를 향해 날았다. 그 아름답고 황홀한 붉은 비단옷이 갑자기 좌우로 출렁인 순간 낙빈은 정신이 들었다.

쫘악!

흑단인형의 작은 발목을 단단히 붙든 것은 금발의 청년 미카엘이었다. 화살처럼 내려오던 청년은 하늘로 날아오르는 흑단인형의 발목을 낚아챘다.

"카아악!"

새하얀 이빨을 드러내며 첨탑을 향해 날아오르던 초록 뱀이 날카롭게 울어댔다. 미카엘에게 발목을 붙잡힌 흑단인형은 잠시 주춤했지만 멈추지 않았다. 그녀는 있는 힘을 다해 첨탑 쪽으로 날아올랐고 금발의 청년은 있는 힘을 다해 그녀를 끌어내렸다. 흑단인형의 시선 끝에는 검은 양복을 입은 신성한 집행자들의 동방지부장 현욱이 있었다. 그는 매서운 눈동자로 흑단인형을 바라보았다.

쩌저저적!

이 세 사람의 머리 위에서 진정지주의 결계가 부서지기 시작했다. 부서지는 결계의 중심에 붉은 달이 둥실 떠올라 있었다. 그리고 그 붉은 달의 중심에 새빨간 분노로 뒤범벅된 붉은 여인 레드 블러드가 버티고 있었다. 붉은 달은 기나긴 월식의 시간을 지나

지구의 그림자로부터 벗어나려 했다.

"지부장님, 어서!"

흑단인형의 발목을 단단히 붙잡고 있던 미카엘이 애절한 목소리로 현욱을 불렀다. 날카로운 눈을 번뜩이던 남자는 자신을 향해 날아오는 초록 뱀과 흑단인형을 바라보았다. 동시에 그의 머리 위로 쩍쩍 갈라지는 진정지주의 결계와 그 결계 뒤에서 활활 타오르는 레드블러드의 눈동자를 바라보았다. 그는 섣불리 움직이지 않고 순간을 기다렸다. 초록 뱀을 단단히 가둬둔 투명한 수정 구슬을 든 채로 그는 찰나의 틈을 기다리고 있었다.

"헤르메스의 창을 내놓아라!"

작은 발목에 미카엘을 매단 흑단인형이 높은 첨탑 위로 올라오는 그 순간이었다. 십자가 그늘에 서 있던 현욱을 향해 그녀가 작은 손을 뻗는 바로 그 순간! 레드블러드가 갈라진 결계의 틈을 비집고 AT섬으로 들어오는 그 순간. 바로 그 찰나의 순간이었다.

파앗!

흑단인형이 휘두른 왼팔이 텅 빈 허공을 휘감았다.

"카아앗!"

현욱의 목덜미를 향해 날카로운 이빨을 드러낸 초록 뱀도 허공을 물었다.

사라졌다.

그 짧은 순간 현욱은 갈라진 결계의 틈을 빠져나갔다. 그 누구도 알 수 없고, 그 누구도 찾을 수 없는 비밀스러운 곳으로. 그가 준비해둔 그 어딘가를 향해 완전히 모습을 감춰버린 것이다.

정말로 극적인 장면이었다. 흑단인형의 코앞에서 레드블러드가 비집고 들어오는 작은 결계의 틈으로 현욱은 사라졌다. 작은 방심을 이용해 찰나의 판단으로 그는 이 AT섬에서 완전히 사라져버린 것이었다. 헤르메스의 창 반쪽과 함께!

"말도 안…… 돼……."

모든 것을 멍하니 바라보던 낙빈은 꿈을 꾸는 것만 같았다. 눈 깜짝할 사이에 사라져버리는 사람, 엄청난 힘으로 결계를 치는 사람, 그 결계를 깨뜨리는 사람…… 모두 현실감이 없었다. 저 엄청난 사람들을 상대로 기묘한 방법으로 창을 빼내어 숨긴 현욱이란 남자가 그중에서도 가장 현실감이 떨어졌다.

"정신 차려요! 헤르메스의 창이 이 섬을 빠져나갔습니다. 이제 우리도 모두 탈출해야 합니다!"

요원은 정신을 차리지 못하고 멍하니 굳어버린 낙빈을 아예 둘러업었다. 그는 그대로 낙빈과 정희를 데리고 선착장 쪽으로 걸음을 옮겼다. 유감스럽게도 섬의 가장 뒷부분, 가장 안전한 십자가의 뒤쪽에 서 있던 이들은 무시무시한 성당의 중심을 건너야 선착장에 도달할 수 있었다.

"저만 따라오세요. 우리의 인기척을 극도로 없애는 결계를 사용하겠습니다. 우리가 옆으로 스쳐갈지라도 이런 자욱한 암흑 속에서는 누구도 우리를 인식하지 못할 겁니다."

남자는 낙빈을 둘러업은 채로 성큼성큼 걸음을 옮겼다. 그의 말대로 그들의 인기척은 극한까지 사라졌다. 삐걱삐걱 살아 움직이는 검은 시체들마저 바로 옆에서 스쳐가는 이들의 존재를 알아채지 못했다. 곳곳에 숨어 있는 요원들을 찾아내어 공격하면서도 이들 일행만은 아예 본척만척이었다.

남자는 기회를 노렸다. 레드블러드가 뿜어낸 엄청난 역성상의 기운으로 움직이는 시체들이 성당 주변에 가득한 그때를 노렸다. 그는 흑단인형과 가장 멀리 떨어진 자리로 조심스럽게 발을 놀렸다. 아우성치는 시체들의 목소리와 여전히 발목을 잡고 있는 금발의 청년 사이에서 흑단인형의 주의가 완전히 팔린 그때를 노려서 그들의 곁을 스쳐갔다.

사박사박.

그들의 발소리마저 시체들의 아우성에 묻혀버렸다. 곳곳에서 들려오는 시체들과 요원들의 전투 소리에 그들의 기척은 완전히 잠들어버렸다. 수많은 요원이 시체들과의 전투에 몰입한 사이 낙빈 일행을 맡은 요원은 자신에게 주어진 최대의 임무, 바로 낙빈 일행을 안전하게 대피시키는 그 임무를 수행하고 있었다.

낙빈은 요원의 어깨에 매달린 동안에도 이 모든 것이 현실처럼 와 닿지 않았다. 낙빈의 눈에 들어오는 흑단인형의 모습도 비현실적이었다. 현욱이 사라진 빈자리에서 흑단인형은 사라진 그의 모습을 손으로 움켜쥐었다. 한 손으로는 성당에 가장 높이 매달린 커다랗고 새하얀 십자가를 붙들고, 다른 한 손으로는 아무것도 없는 허공을 붙잡는 그녀의 모습은 자욱한 안개 속에 나타나는 꿈결 속 그림 같았다.

빈 공간을 멍하니 바라보던 흑단인형은 자신의 작고 가는 발목을 움켜쥔 미카엘을 쳐다보았다. 현욱이 무사히 사라진 것을 확인한 미카엘은 안간힘을 쓰며 매달려 있던 흑단인형의 발목을 놓았다. 그 순간 미카엘을 단단히 보호하고 있던 하얀 날개가 사라지면서 그는 힘없이 추락하고 말았다. 메마른 흙 위로 볼품없이 쓰러진 금발의 청년은 모든 힘을 소진한 듯 지친 모습이었다.

흑단인형은 그녀의 발목을 부여잡던 청년이 사라지건 말건 거대한 십자가를 붙잡은 채 저 먼 곳을 바라보고 있었다. 마치 멀리 사라져버린 현욱의 그림자를 쫓는 것처럼 그녀는 태양 저편을 바라보고 있었다. 흑단인형의 좁은 어깨에 매달린 초록 뱀은 간신히 만났다가 다시 헤어진 자신의 반쪽을 향해 찢어지는 비명을 질러댔다.

낙빈에게는 모든 것이 꿈결 같았다. 검은 하늘을 향해 비명을 지르는 초록 뱀도 웬일인지 너무나 멀고 아스라이 느껴졌다. 쓰러진 미카엘 앞으로 붉은 머리카락을 늘어뜨린 레드블러드가 나타났을 때도 그랬다. 단단한 결계의 막을 부수며 AT섬으로 들어온 그녀는 검은 하늘을 고요히 바라보는 흑단인형을 보다가 다시 자신의 발밑에서 거친 숨을 내쉬는 미카엘을 쳐다보았다.

그녀의 붉은 눈동자가 예리하게 빛났다. 그 붉은 여인이 하늘을 향해 큰 소리로 외치자 흑단인형의 작은 어깨에 있던 초록 뱀이 순식간에 레드블러드의 품으로 달려왔다. 레드블러드의 새하

얀 손아귀 속으로 미끄러지듯 들어온 뱀은 마치 날카로운 창처럼
꼬리를 꼿꼿이 세웠다.

그녀가 두 손을 모아 뱀의 몸뚱이를 단단히 잡으며 그것을 하
늘 높이 추켜올렸다. 그리고 미카엘의 심장을 향해 그 길쭉하고
뾰족한 송곳을 내리꽂았다. 초록 뱀의 새하얀 이빨이 미카엘의
심장을 관통하려는 순간이었다. 갑자기 사방에서 검은 그림자가
움직이더니 미카엘의 앞으로 뛰어들었다. 그들은 미카엘을 단단
히 막아섰다. 목숨을 바쳐서라도 미카엘을 보호하려는 그들의 움
직임은 마치 미카엘의 수호신 같았다.

그러나 그들보다도 한 발 빠르게 반응한 소리가 있었다.

찰랑…….

이 아비지옥 속에 한없이 맑고 영롱한 방울 소리가 울려 퍼졌
다. 그것은 아름다운 여덟 개의 방울 소리, 바로 낙빈의 품에서 잠
자고 있던 일월신령의 소리였다.

"이런!"

낙빈을 둘러업고 달리던 요원은 이를 악물었다. 방울 소리와
함께 요원이 만들어낸 결계가 모두 무너졌다. 모든 세계 속에서
요원과 낙빈, 정희의 인기척을 하얗게 지워버렸던 조심스러운 결
계의 기운이 무용지물이 되고 말았다. 그 순간 그들은 흑단인형
과 레드블러드, 그리고 수많은 검은 시체와 영혼에게 온전히 노
출되고 말았다. 아무것도 모른 채 지나치던 검은 시체들이 낙빈
과 정희, 그리고 요원을 향해 돌아섰다. 그들의 초점 없는 눈이 살

404

아 있는 인간들의 몸을 게걸스럽게 바라보았다.

요원은 낙빈을 그 자리에 내려놓았다. 등에서 내려온 낙빈의 오른손에는 여덟 개의 가지로 갈라진 둥근 방울이 들려 있었다. 언제 꺼냈는지 몰라도 낙빈은 일월신령을 꺼내 흔들고 있었다.

"흥."

미카엘을 공격하려던 레드블러드가 고개를 돌렸다. 미카엘을 막아선 수호자들 따위는 흥미 없다는 듯 낙빈 쪽을 정면으로 바라보았다. 한없이 맑은 소리를 낸 것이 하얀 한복을 입은 어린 소년임을 확인한 그녀는 흥미진진한 표정으로 낙빈을 향해 천천히 걸어왔다.

레드블러드가 다가오자 낙빈 일행의 곁으로 다가오려던 시체들은 두려운 듯 고개를 돌리며 멀어졌다. 그러나 붉은 여인이 다가오는 것을 바라보는 낙빈의 눈은 초점이 살짝 풀려 멍했다. 낙빈은 아직도 현실감을 상실해버린 듯 꿈꾸는 사람의 얼굴이었다. 정희는 그런 낙빈의 허리를 단단히 붙들었다. 불안한 마음이 가슴을 다 태울 지경이었다.

"카아악!"

레드블러드의 품에서 초록 뱀이 날카롭게 울어댔다. 낙빈은 다가오는 레드블러드를 멍하니 바라보았다. 낙빈은 그저 하얀 천사의 날개를 가진 아름다운 미카엘이 죽는 것을 보고 싶지 않았다. 단순한 그 생각이 자신을 위험에 노출시켰다는 것도 깨닫지 못했다. 눈앞에서 일어나는 모든 것이 여전히 꿈같기만 해서 자신이 무슨 짓을 했는지, 어떤 위험이 다가오는지도 제대로 판단하지 못했다.

"카아악!"

날카롭게 울어대는 초록 뱀이 낙빈을 향해 하얀 이빨을 드러냈다. 레드블러드의 붉은 눈동자가 자신을 노려보고 있다는 것도, 초록 뱀이 금방이라도 공격할 듯 날카롭게 울어대는 것도 낙빈은 알고 있었지만 전혀 실감이 나지 않았다. 낙빈은 자신이 무슨 일을 하는지도 알지 못한 채 천천히 일월신령을 흔들었다.

찰랑 찰랑 차라랑…….

아름다운 방울 소리와 함께 낙빈의 등 뒤로 거뭇거뭇한 그림자들이 피어올랐다. 뿌연 연기 같은 검은 기운들이 낙빈을 보호하듯 일어났다.

"대무신제 무휼과 신마 거루 님의 영혼, 그리고 수백 고구려 용사님의 영혼이 나와 함께하시나니……."

낙빈은 자신이 무슨 말을 하는지도 모른 채 중얼거렸다. 그러자 검은 방울 주위에서 깊고 깊은 흑빛이 사방으로 퍼져나갔다.

깊은 흑색이 낙빈 주위로 번져가자 레드블러드는 크게 화를 냈다. 그녀의 얼굴이 일그러지며 초록 뱀도 더욱더 미친 듯이 소리를 질러댔다. 그녀는 매서운 속도로 낙빈을 향해 돌진했다. 그런데도 낙빈은 여전히 멍한 얼굴로 피할 생각도 못했다.

"멈춰!"

레드블러드의 공격이 낙빈을 향하려는 순간 그녀를 막아서는

이가 있었다. 성당 십자가 위에서 먼 하늘만 바라보던 흑단인형
이 바람처럼 빠르게 레드블러드와 낙빈 사이를 막아섰다.

흑단인형은 하얀 가면 저편에서 낙빈을 바라보았다. 낙빈보다
도 반 뼘가량 작고 마른 체구의 아이였다.

"이것이 너의 힘이냐? 그 힘 속에 강력한 양과 음이 모두 있구나."

낙빈의 눈앞에서 새하얀 가면이 자신을 바라보고 있었다. 그녀
의 까맣고 고운 머리카락과 붉은 기모노를 보는 순간 낙빈은 깜
짝 놀라 몸을 부르르 떨었다. 그리고 꿈에서 깨어난 듯 사방을 바
라보았다.

분명히 두 눈을 뜨고 다 보고 있었는데도 그제야 모든 것이 현
실로 느껴졌다. 자신을 바라보는 흑단인형과 그 뒤의 레드블러
드, 저 뒤에 엎어져 있는 미카엘과 자신의 등 뒤에 있는 검은 양복
차림의 요원과 정희 누나까지…….

"아, 아아…….'

낙빈은 몹시도 당황하며 사방을 이리저리 바라보았다. 다시
움직이기 시작한 시체들과 여기저기 울려 퍼지는 비명 소리까
지……. 사방은 완전히 아수라장이었다. 더욱이 흑단인형과 맞닥
뜨린 낙빈의 심장은 더더욱 그랬다. 이상한 박자로 두근대는 심
장이나 정신없이 들끓는 머릿속까지. 자신보다도 작은 흑단인형
앞에서 낙빈은 어쩔 줄 모르고 당황했다.

흑단인형은 하얀 가면 저편에서 낙빈을 관찰하듯 유심히 바라
보았다. 무언가 말을 할 듯싶기도 했고 아무 말 없이 낙빈의 목을

조를 것 같기도 했다. 마치 시간이 멈춘 듯 사방이 고요했다. 이 자리에 낙빈과 흑단인형 외에는 아무것도 없는 것처럼.

"가자."

다음 순간 흑단인형은 돌아보지도 않고 레드블러드를 향해 말했다. 하얀 가면 속의 까만 두 눈은 여전히 낙빈에게 꽂혀 있었다. 그녀는 바닥을 구르더니 작은 두 발로 낙빈의 어깨에 올라섰다. 아주 작은 두 발이 딱딱한 나막신 안에 갇혀 있었다. 그 단단한 나막신이 낙빈의 왼쪽 어깨를 질끈 눌렀다.

"아흑!"

낙빈은 그 무게를 이기지 못하고 휘청거렸다. 낙빈의 몸이 뒤로 휘익 꺾이는 순간 귓속으로 낮고 작은 음성이 흘러 들어왔다.

낙빈의 어깨를 질끈 밟은 흑단인형의 모습이 순식간에 검은 하늘을 향해 날아갔다. 그녀는 뒤도 돌아보지 않고 그렇게 허공을 날더니 AT섬의 커다란 나무와 돌담을 차례로 밟으며 순식간에 바다 저편 검은 돛단배에까지 도달했다. 그녀는 검은 바다 위에 나타나던 그때와 똑같은 모습으로 뱃전에 앉아 달랑달랑 몸을 흔들었다. 이제 이 섬에는 관심도 없다는 듯 하늘 저편만 물끄러미 바라보았다.

흑단인형이 사라진 뒤에도 레드블러드는 한참 동안 낙빈을 바라보았다. 그녀는 쓰러져 있는 미카엘과 낙빈을 손보지 못해 아쉬운 듯 입맛을 다시더니 흑단인형의 뒤를 따라 바람처럼 허공으로 날아올랐다.

그녀 역시 순식간에 검은 돛단배에까지 도달했다. 검은 돛단배가 움직이기 시작했다. 나타날 때처럼 배는 검은 파도 사이로 순식간에 모습을 감추었다.

"모두에게 알린다. 흑단인형과 레드블러드가 섬을 빠져나갔다. 계획대로 빠른 시간 안에 AT섬을 빠져나가라! 남은 시간은 4분이다!"

검은 양복 차림의 요원은 자신의 눈앞에서 벌어진 모든 일에 잠시 얼이 빠진 듯했지만 재빨리 정신을 차리고 무전을 통해 신성한 집행자들에게 상황을 알렸다. 그는 재빨리 낙빈과 정희의 손을 잡고 성당 아래쪽 공터를 향해 내달리기 시작했다.

투타타타타…….

요원이 낙빈과 정희를 끌다시피 달려 내려간 곳은 작은 비행장이었다. 그곳에는 헬기 석 대가 요란한 프로펠러 소리를 내며 대기하고 있었다. 요원은 그중 한 대의 헬기에 낙빈과 정희를 밀어넣었다. 안으로 들어가자 승덕과 정현이 있었다.

"정현아, 오빠!"

정희는 두 사람을 보더니 와락 눈물을 흘렸다. 어린 낙빈의 앞이라 간신히 참고 있던 울음이 그제야 터진 것이다. 정희는 쌍둥이 동생 정현의 품에서 연신 눈물을 흘렸다.

"누나, 왜 그래?"

정현은 영문을 몰라 정희와 낙빈을 바라보았다. 정희의 길고 가는 손이 벌벌 떨렸다. 손만이 아니었다. 정희는 온몸을 떨고 있었다. 지금껏 참고 있었지만 흑단인형과 레드블러드 앞에서 정희는 견딜 수 없을 정도로 무시무시한 공포를 느꼈다. 그들의 매서운 눈동자를 바라보며 낙빈이 그대로 죽을지도 모른다는 끔찍한 느낌도 받았다. 그러한 느낌이 너무나도 두려웠지만 어린 동생 앞이라 간신히 참았던 것이다.

"낙빈아, 너는 괜찮은 거니?"

승덕은 낙빈을 바라보았다. 낙빈은 어딘가 멍하니 넋이 빠진 것 같았다. 무얼 보고 느꼈는지 완전히 넋이 나간 채 정신을 차리지 못했다.

"야, 이 녀석아! 정신 차려!"

시끄러운 프로펠러 소리가 울려대며 헬기가 이륙한 뒤에도 한동안 낙빈은 멍한 얼굴이었다. 결국 승덕이 주먹을 불끈 쥐고 낙빈의 머리를 세게 때렸다.

꿍!

옆통수에 혹이 날 정도로 얻어맞고서야 간신히 정신을 차린 듯 낙빈은 주변을 돌아보았다.

"아, 형…… 아, 모두…… 여기 있었군요?"

"이제야 알았냐? 아까부터 여기 있었거든? 하여간 정신 차려라, 녀석아."

승덕은 어린 낙빈이 느꼈을 놀라움과 공포가 짐작도 되지 않았다. 얼마나 심적으로 압박을 받았으면 저리도 정신이 나갔을까 싶어 그저 낙빈의 머리만 쓰다듬었다. 동그랗고 작은 머리에 담긴 많은 고민이 다 씻겨 내려가길 바라는 듯 머리를 쓰다듬고 또 쓰다듬었다.

"아 참, 형들! 미덕이는요?"

정신을 차린 낙빈은 두 사람이 사라졌던 이유를 기억해냈다. 미덕을 찾아 신성한 집행자들이 많이 모여 있는 곳으로 갔던 승덕과 정현이 아닌가.

낙빈은 헬기 안을 휘이휘이 돌아보았다. 하지만 낙빈 일행과 낯선 요원들뿐이고 어린 미덕의 모습은 보이지 않았다.

콰광!

콰과과광!

미덕을 찾던 낙빈의 눈으로 펑펑 터지는 시뻘건 불빛이 들어왔다. 조금 전까지만 해도 그들이 있던 작은 십자가 섬 곳곳에서 불꽃이 터지고 있었다. 섬은 순식간에 엄청난 굉음을 내며 불바다가 되었다. 개미 새끼 한 마리도 살아남지 못할 기세였다.

"헤르메스의 창이 사라지면 함께 사라질 운명의 섬이라고 하더라. 창은 신성한 집행자들이 무사히 옮겼대."

승덕은 불꽃을 바라보며 작게 중얼거렸다. 그러나 그 말은 낙빈이 기다리던 대답이 아니었다.

"미, 미덕이는요? 미덕이는요?"

낙빈은 허겁지겁 승덕의 팔을 붙잡았다. 승덕도 정현도 표정이 굳어졌다. 그 표정에 대답이 있다는 것을 정희도 낙빈도 알고 있었다. 하지만 낙빈은 물음을 멈출 수가 없었다.

"미덕이는요, 형!"

승덕은 떨어지지 않는 입술로 간신히 중얼거렸다.

"없었어. 아무리 찾아봐도……."

승덕은 낙빈과 눈을 마주치지 않으려고 고개를 돌렸다.

"다른 탈출 헬기에도 타지…… 않았어."

낙빈은 정현 쪽으로 고개를 돌렸다. 정현 역시 먹먹한 얼굴로 창밖만 바라볼 뿐, 낙빈과 눈을 마주치지 못했다.

"아아, 안 돼요! 미덕이는…… 아직 너무 어린데…… 안 돼요! 안 돼요!"

낙빈은 차마 그 사실이 믿어지지 않았다. 정말 동생 같았는데. 처음으로 맘껏 화도 내고 맘껏 뛰놀면서 티격태격 싸우기도 하고, 그 순간순간이 정말 재미있었는데. 그 눈만 커다란 꼬마에게 안녕이란 말도 못했는데. 이대로 이별이라니…… 마지막 인사도 못하고 저 멀리 떠나버렸다니…….

"미안, 미안해, 미덕아…… 미안해."

어깨를 떠는 낙빈을 정희가 감싸 안았다. 두 사람은 서로를 부둥켜안은 채 끊임없이 눈물을 흘렸다. 짧은 동안이지만 처음으로 암자에 온 귀엽고 어린 여자아이라 담뿍 정이 들었는데…… 그랬는데…….

퍼펑! 퍼퍼펑!

안타까운 울음을 삼켜버린 것은 AT섬을 가득 메운 폭발음이었다. 검은 시체로 가득 채워진 섬은 거대한 열기와 화염 속에서 완전히 사라져갔다.

낙빈은 눈이 부실 정도로 환하게 타오르는 불빛을 바라보다가 두 눈을 감았다. 너무나도 강렬한 불길에 어른어른해진 눈동자 사이로 말간 물이 흘러내렸다. 감은 눈 저편에 얼굴이 하나 있었다. 까만 눈동자를 깜빡거리는 검은 고수머리의 여자아이가 까무잡잡한 피부로 싱긋 웃고 있었다.

낙빈은 천천히 눈을 떠보았다. 두 눈에서 물방울이 뚝뚝 떨어졌다. 눈을 떴는데도 멀리 불길 사이로 어른거리는 얼굴 하나가 사라지지 않았다.

17

AT섬을 찾아가는 시간과 암자로 돌아오는 시간은 아마도 같았을 것이다. 그러나 돌아오는 시간은 더없이 길게만 느껴졌다. 요원의 배웅을 받으며 별 어려움 없이 암자의 산턱까지 왔는데도 너무나 험한 고행을 하는 기분이었다. 고행이라는 것은 외부의 물리적인 자극에 의한 것이 아니라 마음으로부터 비롯된다는 것을 낙빈은 절실히 깨달았다.

일행은 자신들에게 있었던 모든 일을 천신 스승께 어떻게 이야기해야 할지 갈피를 잡을 수가 없었다. 미덕을 찾아나선 그들이 미덕의 코빼기도 보지 못하고 결국엔 암자로 데려올 수도 없었다는 이야기를 어찌 다 풀어놓을지 알 수가 없었다. 이 슬픈 이야기를 대체 어찌 말할지 머리가 어지러웠다. 때문에 일행의 발걸음은 그 어느 때보다도 더디고 느렸다. 순식간에 오를 수 있는 산이지만 무거운 발걸음 때문인지 한참이 걸려도 오르질 못했다.

"현욱이라는 사람은…… 괜찮은 걸까?"

문득 암자가 가까워지자 승덕이 그를 기억했다. 사실 미덕의 빈자리가 커서 그렇지 모두들 그 남자를 잊은 건 아니었다. 헤르메스의 창을 단단히 봉쇄하고 사라졌다는데. 그 남자는 무사한지 궁금했다. 혹여나 흑단인형과 레드블러드의 추격을 받아 곤란한 상황에 빠진 건 아닌지도 걱정되었다. 별별 상상이 다 들면서 바늘 하나 들어가지 않을 것 같던 그 남자에 대한 걱정도 커지기만 했다.

"혹시…… 내 얘기를 하고 있었나요?"

막 고개를 넘어서려는 순간 고개 너머에서 나타난 남자는 바로 현욱이었다. 그는 출발할 때와 조금도 달라진 것이 없는 얼굴이었다. 그는 아무렇지 않은 표정으로 일행 앞에 나타났다.

"생각보다 조금 늦었군요. 어서 오시죠."

그는 동네 나들이라도 다녀온 식구를 맞듯 편안한 얼굴로 일행을 반겼다. 그 태도가 하도 자연스러워서 낙빈과 일행은 말문이 막혀버렸다.

암자에 도착한 낙빈과 승덕, 정희와 정현은 온몸에서 힘이 다 빠져나가는 듯한 느낌이 들었다. 천신 스승에게 미덕을 구해내지 못했다고 이야기할 생각을 하니 마음이 무겁기만 했다. 그렇게 그들이 암자 마당으로 들어설 때였다.

안마당을 바라본 일행은 그 자리에서 온몸이 굳어버리고 말았다.

왈왈왈!

어디서 왔는지 털이 복슬복슬하고 토실토실한 강아지 세 마리가 네 사람을 향해 맹렬히 달려왔기 때문만은 아니었다.

"복실아!"

그 복슬 강아지 뒤로 곱슬곱슬한 까만 머리를 하나로 묶고 분홍색 원피스를 입은 여자아이가 달려 나왔기 때문이었다.

"너…… 너…… 너어어……."

낙빈은 차마 말을 잇지 못했다.

"왜? 다들 어디 갔다 오는 거야? 낙빈 오빠야, 너도 이리 와서 봐. 이 강아지 너무 귀엽지, 응? 아이, 너무 귀여워!"

미덕은 새하얀 복슬 강아지를 집어 올려 제 가슴에 꼬옥 껴안고 볼을 비벼댔다.

"아이, 다들 왜 그래? 이거 보라니깐!"

그러고는 되레 멍하니 입을 벌린 채 자신을 바라보는 네 사람을 향해 신경질을 부렸다.

다들 철없는 꼬마의 얼굴만 멍하니 바라보다가 승덕이 간신히 물었다.

"미, 미덕이 너…… AT섬에 간 거 아니었냐?"

"에? AT섬? 그게 뭐예요?"

미덕은 동그란 눈만 말똥거리며 그게 무어냐고 승덕에게 되물었다. 승덕은 떨리는 목소리를 가다듬으며 다시 물었다.

"너…… 현욱 아저씨가 시켰다던 중대한 일이 뭐였냐? 너밖에 못한다던 그 일 말이야."

"아, 그거요? 강아지 사오는 거였잖아요. 아저씨가 암자에서 키울 만한 강아지를 사오라고 했거든요. 괜히 물리지 않게 조심하라고 하시면서……. 헤헤, 아저씨 말대로 3일 동안 같이 지내보고 나랑 같이 암자에 가고 싶다고 낑낑대는 세 놈만 데리고 왔죠. 어때요, 큰오빠도 귀엽죠? 너무너무 예쁘죠, 응?"

미덕의 말에 네 사람은 한동안 미동도 못하고 그 자리에 얼어붙고 말았다. 그들은 감쪽같이, 정말 감쪽같이 현욱에게 속았음을 깨달았다. 그 순간 네 사람의 머릿속에는 번갯불이 일어나는 것 같았다.

낙빈은 숨을 씩씩 내뱉으며 뒤로 돌아섰다. 일행의 뒤에는 멋쩍은 듯 미소 짓고 있는 현욱이 서 있었다. 낙빈은 아무 말도 없이 현욱의 앞으로 달려갔다. 그러고는 힘껏 그의 배를 머리로 들이받았다.

'어쩐지! 어쩐지 한 번도 얼굴을 보여주지 않더라니. 어쩐지 한 번도 제대로 미덕이 얘기를 해주지 않더라니!'

낙빈은 감쪽같이 속은 것을 알고 분한 마음을 감출 수가 없었다.

"너무해! 너무해! 너무해!"

미덕을 생각하며 엉엉 울고 용서를 구하고……. 온갖 쇼를 다 했던 것을 생각하니 두 볼이 화끈 달아오르는 것 같았다. 낙빈은 다짜고짜 현욱을 때리고 나서 또다시 눈물 고인 얼굴로 날쌔게 숲 속으로 뛰어갔다.

"이런. 미덕일 보면 좋아할 줄 알았는데, 하하…… 그게 아니 었나?"

짜아아악!

이렇게 너스레를 떠는 현욱의 볼에 이번에는 정희의 손바닥이 불꽃을 일으켰다.

"아아……."

순식간에 따귀를 얻어맞은 현욱은 그저 멍하니 정희의 얼굴을 바라보기만 했다.

"흑, 너무해요!"

정희 역시 갑작스럽게 눈물이 핑 돌았다. 그녀 역시 눈물을 감 추며 부엌으로 뛰어갔다.

"하하, 이런……."

퍼어억!

머리를 긁적이며 싱긋 웃어넘기려던 현욱의 배를 이번에는 정 현의 주먹이 강타했다.

"이건 나와 승덕 형 몫이에요!"

정현 역시 그렇게 주먹을 꽂고는 자신의 방으로 사라졌다. 정현이 한 명분이라고 하기에는 강도가 조금 셌던 모양이다.

"아이고, 아야야……."

현욱은 배를 감싸며 인상을 찡그렸다. 설마 이런 린치를 당할 줄은 꿈에도 생각지 않았던 모양이다.

"정현이 녀석, 내 몫까지 때리다니!"

배를 움켜쥔 현욱을 보며 승덕은 입맛을 다셨다. 그러고는 그의 등을 툭툭 두들겼다.

"인과응보요!"

그렇게 승덕마저 자신의 방으로 들어가자 미덕은 영문을 모른 채 멍한 표정을 짓고 말았다. 모두들 강아지를 보라니까 현욱 아저씨만 한 대씩 때리고 뿔뿔이 흩어지다니.

"헤에, 강아지가 맘에 안 드나? 아니면 다들 개를 싫어하나?"

철없는 미덕은 새하얀 강아지를 번쩍 들어올리며 요리조리 꼼꼼히 훑어보았다. 예쁘기만 한 강아지들에게선 문제를 찾을 수가 없었다. 머리를 굴리며 곰곰이 생각해보아도 어째서 암자 식구들 모두 이런 이상한 행동을 한 것인지 답을 찾을 수가 없었다.

-6권에 계속

신비소설 무 5 죽은 자가 깨어나는 밤

초판 1쇄 발행 2016년 4월 21일
초판 2쇄 발행 2017년 3월 31일

지은이·문성실
펴낸곳·달빛정원
펴낸이·전은옥

출판등록·2013년 11월 14일 제2013-000348호
주소·04004 서울 마포구 월드컵로10길 27, 201호(서교동, 세화빌딩)
전화·02-337-5446
팩스·0505-115-5446
전자우편·garden21th@naver.com
블로그·blog.naver.com/garden21th

ⓒ 문성실 2016

ISBN 979-11-87154-02-0 04810
   979-11-951018-6-3 (세트)

이 도서의 국립중앙도서관 출판예정도서목록(CIP)은 서지정보유통지원시스템 홈페이지(http://seoji.nl.go.kr)와
국가자료공동목록시스템(http://www.nl.go.kr/kolisnet)에서 이용하실 수 있습니다. (CIP제어번호: CIP2016008331)